咸平集

（宋）田錫 撰
羅國威 點校

四川新華文化公益基金會出版資助項目

巴蜀書社

圖書在版編目(CIP)數據

咸平集 / (宋)田錫撰;羅國威點校. —成都:巴蜀書社,2019.11
(巴蜀文叢)
ISBN 978-7-5531-1197-1

Ⅰ. 咸…　Ⅱ. ①田…②羅…　Ⅲ. 古典文學-作品集-中國-宋代
Ⅳ. Ⅰ214.42

中國版本圖書館 CIP 數據核字(2019)第 172402 號

咸平集
XIAN PING JI

(宋)田錫　撰
羅國威　點校

策　　劃	王群栗
責任編輯	王群栗
出版發行	巴蜀書社(成都市槐樹街 2 號　郵編 610031)
電　　話	總編室:(028)86259397
	發行科:(028)86259422　86259423
網　　址	www.bsbook.com
電子郵箱	bashubook@163.com
排　　版	四川勝翔數碼印務設計有限公司
印　　刷	北京虎彩文化傳播有限公司
版　　次	2019 年 11 月第 1 版
印　　次	2019 年 11 月第 1 次印刷
成品尺寸	170mm×240mm
印　　張	24.25
字　　數	350 千
書　　號	ISBN 978-7-5531-1197-1
定　　價	120.00 圓

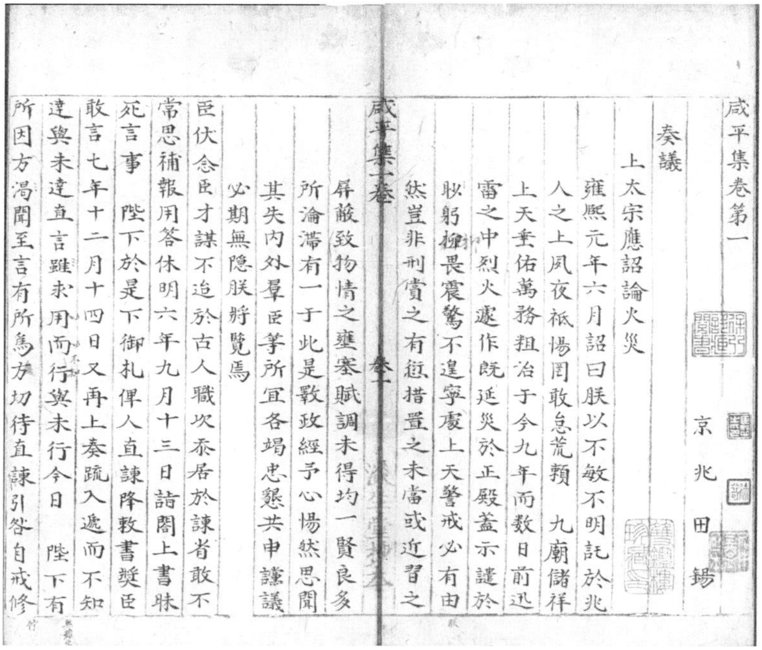
咸平集卷第一　京兆田錫
奏議
上太宗應詔論火災
雍熙元年六月詔曰朕以不敏不明託於兆
人之上夙夜祗惕罔敢怠荒賴　九廟儲祥
上天垂佑萬務粗治于今九年而數日前迅
雷之中烈火遽作既延災於正殿蓋示譴於
朕躬撫畏震驚不遑寧處上天警戒必有由
然豈非刑賞之有愆措置之未當或近習之
咸平集一卷　卷一　澹生堂鈔本
屏蔽致物情之壅塞賦調未得均一賢良多
所淪滯有一于此是戮致經予心惕然思聞
其失內外羣臣等所宜各竭忠懇共申讜議
必期無隱朕將覽焉
臣伏念臣才謀不迨於古人職次忝居於諫者敢不
常思補報用答休明六年九月十三日詣閣上書昧
死言事　陛下於是下御札俾人直諫降敕書奬臣
敢言七年十二月十四日又再上奏疏入遞而不知
達與未達直言雖求用而行與未行今日　陛下有
所因方渇聞至言有所為方切待直諫引咎自戒修

澹生堂鈔本《咸平集》

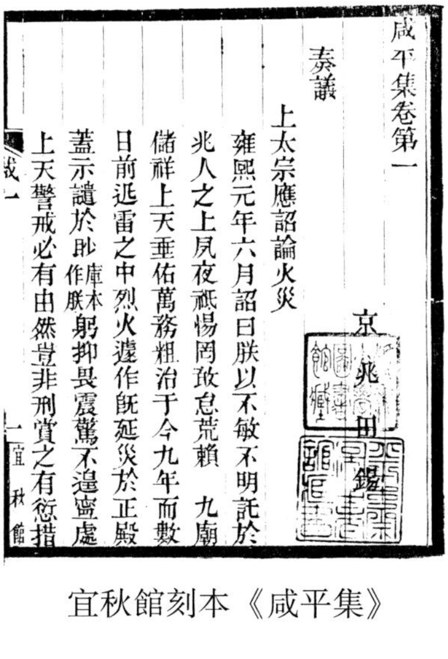
咸平集卷第一　京兆田錫
奏議
上太宗應詔論火災
雍熙元年六月詔曰朕以不敏不明託於
兆人之上夙夜祗惕罔敢怠荒賴　九廟
儲祥上天垂佑萬務粗治于今九年而數
日前迅雷之中烈火遽作既延災於正殿
蓋示譴於朕庫本作朕躬抑畏震驚不遑寧處
上天警戒必有由然豈非刑賞之有愆措
咸平集卷一　一　宜秋館

宜秋館刻本《咸平集》

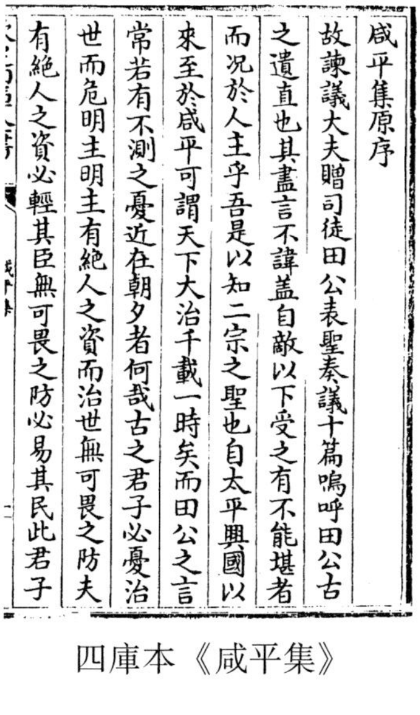
咸平集原序
故諫議大夫贈司徒田公表聖奏議十篇嗚呼田公古
之遺直也其盡言不諱蓋自敵以下受之有不能堪者
而況於人主乎吾是以知二宗之聖也自太平興國以
來至於咸平可謂天下大治千載一時矣而田公之言
常若有不測之憂近在朝夕者何哉古之君子必憂治
世而危明主明主有絕人之資而治世無可畏之防夫
有絕人之資必輕其臣無可畏之防必易其民此君子

四庫本《咸平集》

大宋重修鑄鎮州龍興寺大悲像并閣碑銘

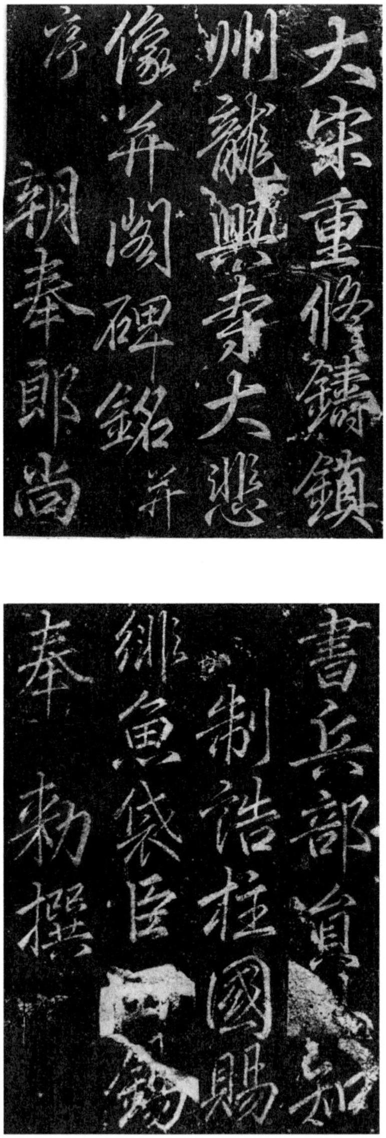

局部

前言

田錫（九四〇—一〇〇三），字表聖，世爲京兆（今西安）人。唐末戰亂，其先徙家於蜀之嘉州洪雅（今四川洪雅），遂世居焉。曾祖易直、祖誠皆隱居不仕。錫生於孟昶後蜀廣政三年（即後晉天福五年，亦即公元九四〇年），父懿，亦隱居不仕（後因錫之貴，累贈尚書左司郎中），好術數，聚書數千卷，善教於家。錫幼聰悟，好讀書屬文，懿誨之曰：『汝讀聖人之書而學其道，慎無速，爲期二十年可以從政矣。』〔一〕既而又曰：『觀爾之性，必光大吾門也，當立身揚名，勉副吾望乎爾也。』〔二〕錫承父訓，拳拳然博通群書。自以所見不博，東遊長安，與昌黎韓丕遊，復居驪山白鹿觀數年，器志大成。太平興國三年（九七八），三十九歲的田錫於九月二日登第，太宗皇帝親策天下進士，擢爲第二名。田錫從此登上了仕途。

初授將作監丞，通判宣州，繼遷著作郎，西京北路轉運判官，左拾遺，直使館。太平興國六年（九八一），爲河北轉運副使。七年，以右補闕徙知相州（今河南安陽）。八年，移知睦州（今屬浙江）。雍熙四年（九八七），轉起居舍人，以本官知制誥。端拱二年（九八九），京畿大旱，錫上疏，有『調燮倒置』語，忤宰相，罷爲户部郎中，出知陳州（今河南淮陽）。淳化三年（九九二），坐稽留殺人獄，責授海州（今江蘇連雲港）團練副使。次年，又責授單州（今山東單縣）團練副使。淳化五年（九九四），起爲工部員外郎，詔直集賢院。至道（九九五—九九七）年間，復舊官。宋真宗即位，錫以先朝舊臣，頗受眷顧。遷吏部郎中，出使秦隴，既而同知審官院兼通進、銀臺、封駁司，賜金紫。咸平元年（九九八），因與魏廷式聯職議論不協，求罷，出知泰州（今江蘇泰州）。咸平三年，詔近臣舉賢良方正，翰林學士承旨宋白以錫應詔。咸平五年，再掌銀臺，以本官兼侍御史知雜事，擢右諫議大夫、史館修撰。咸平六年十二月十一日終，享年六十四歲。臨終有遺表，陳邦國安不忘危之意，天子怛然，命中使賻之，有制痛悼，贈工部侍郎，其子將作監主簿慶餘、慶遠並爲大理評事，給奉終喪〔三〕。

綜觀田錫一生，可見他是一個嚴於律己、以盡規獻替爲任的賢臣。未獲取功名前，就已有意於風化，以白衣上書闕下，請復鄉飲禮，又請修藉田禮。入仕後，對於國事，更是知無不言，真正盡到了拾遺補闕的責任。北宋初年，經宋太祖趙匡胤的南征北討，終使四分五裂的中原大地得以統一。到了宋太宗趙光義時，經過十多年的休養生息，經濟得到發展，國家日漸富强，人民生活也得到改善。然而，田錫却從這表面的繁榮景象中看到了隱伏着的種種社會弊端，作爲言官，他將魏徵、李絳等唐代名臣奉爲楷模，太平興國六年（九八一），上太宗《論軍國要機朝廷大體》疏。七年，又上《論邊事奏》，《上太宗條奏事宜》。在河朔暨知相州時，仍心存魏闕，累章論邊事。八年出知睦州，注重風化，關心教育。至桐廬郡，以吴越之邦，歸朝廷未久，人阻禮教邈如也，錫下車，建孔子廟，教之詩書，天子賜九經以佑之，自是睦人舉考秀、登搢紳者比比焉。端拱二年（九八九），上《論旱災奏》，由於敢言直諫，太宗不悦，且忤宰相，即罷知制誥，以户部郎中出知陳州。繼又受到更嚴重的打擊，以留獄之謗，左降海州團練副使。打擊並未使他杜口，在被啓用爲工部員外郎的淳化五年（九九四），又論時政闕失，上《論時政奏》。至道三年（九九七），上《論防下動奏》《論安關輔奏》《論靈州饋運奏》。真宗嗣位，錫集經、史、子、集要語，進之朝廷，題之御屏，冀『聖德日新，與湯武比隆』。田錫不僅忠君愛國，且關心民瘼，咸平三年（一〇〇〇）出知泰州，上疏真宗：『今月十二日，有杭州差人齎牒泰州，會問公事。臣問彼處米價，每斗六十五文足，彼中難得錢。又問：「疾疫死者多少人？」稱：「餓死者不少，無人收拾，溝渠中皆是死人，却有一僧收拾埋藏，有一千人作一坑處，有五百人作一窖處。」臣又問：「有無得雨？」稱：「春來亦少雨澤。」臣問：「既少雨澤，麥苗應損？」彼稱：「彼處種麥稀少。」』〔四〕這道奏疏，與『唯歌生民病，願達天子知』的唐詩人白居易的詩歌如出一轍。在他去世前一年，亦即咸平五年，一連上奏了《上真宗乞賑給河北饑民》《乞召樞相訪問籌謀》《乞三院御史歸本職奏》《上真宗論點集强壯》《論政事奏》《上真宗論輕於用兵》《上真宗乞早建儲闈》等疏。咸平六年八月，他臨去世前的四個月，還奏了《上真宗乞詢求將相》疏，念念不忘國家大事。蘇軾序其奏議，有云：『嗚呼田公，古之遺直也。其盡言不諱，蓋自敵以下受之有不能堪者，况於人主乎！吾是以知二宗之聖也。自太平興國以來至於咸平，可謂天下大治，千載一時矣。而田公之言，常若有不測之憂近在朝夕者，何哉？古之君子，必憂治世而危明主，明主有絶人之資，而治世無可畏之防。夫有絶人之資必輕其臣，無可畏之防必易其民，此君子所甚懼也。』又云：『願廣其書於世，必有與公合者，此亦忠臣孝子之志也。』對田錫其人及其奏議，給予極高的評價。

田錫不但爲臣直諒，而且還是一位文采斐然的詩人。今本《咸平集》三十卷中，存有賦五卷、詩六卷。他仰慕漢代蜀中的兩位辭賦大家司馬相如和揚雄，追摩其風骨，其詩賦一改晚唐五代詩壇文苑的頽靡之風，爲北宋古文革新運動奠定了堅實的基礎。田錫去世後，范仲淹爲之撰墓誌銘，司馬光作神道碑，蘇東坡爲其奏議作序，無怪紀曉嵐發出如此慨歎：『爲之操筆者，皆天下偉人，則錫之生平可知也。詩文乃其餘事，然亦具有典型，其氣骨光明磊落，如其爲人，故終非澳涊者所得彷彿焉。』〔五〕

田錫文集，范仲淹作墓誌銘謂其『著文章成五十卷，目之曰《咸平集》，行於世』。宋晁公武《郡齋讀書志》卷一九『别集類』著録：『田表聖《咸平集》五十卷。』〔六〕宋末陳振孫《直齋書録解題》卷一七『别集類』著録：『《咸平集》五十一卷。』解題云：『端平初，南充游似景仁爲成都漕（案原本作『爲成憲』，今據《文獻通考》改）奏言朝廷方用端拱、咸平之舊紀元，而臣之部内仍有端拱、咸平之直臣，宜褒表之以示勸，願下有司議謚。博士徐清叟直翁、考功黄樸誠甫謚曰獻翼，云：今漢嘉田氏子孫，不知存亡，而文集之板在州者，亦毁於兵燼矣，可爲永慨！』〔七〕《宋史·藝文志》『史部故事類』著録：田錫《三朝奏議》五卷；『集部别集類』著録：『《田錫集》五十卷，又《别集》三卷、《奏議》二卷』；『集部總集類』著録：『田錫《唐明皇制誥後集》一百卷。』《宋史·田錫傳》稱其『所著有《咸平集》五十卷』。似元初其集尚有存世者，元以降，其集亡矣。今傳世之《咸平集》三十卷，當係後人輯録，已非舊貌。明清二代，《咸平集》靠鈔本流傳。乾隆年間修四庫全書，亦以鈔本著録。今存世最早的鈔本，當數明代祁氏澹生堂鈔本。一九二三年，南城李之鼎以其所録，校之以文津閣《四庫全書》本，刊入《宋人集》丁編，此乃迄今爲止《咸平集》三十卷本的唯一刊本。

現在奉獻給讀者的，是一校點本，以明祁氏澹生堂本作底本，以文淵閣四庫全書本、李氏宜秋館刊《宋人集》丁編本比勘。書末附録二種，其一爲《咸平集》集外詩文輯録，乃今本《咸平集》外之佚詩佚文，佚文大都爲《全宋文》所收，佚詩已爲《全宋詩》所收，（今全予收入），詳注徵引出處，以供研究者覆檢。其二爲新編之《田錫年譜》，筆者於二十餘種古代典籍中，輯出田錫有關資料，排比考訂，製爲年譜，見仁見智，讀者必有所得。

本書列入《巴蜀文叢》出版，與四川省委宣傳部和巴蜀書社的大力支持是分不開的，於此，深表謝忱。

羅國威

己亥夏於四川大學竹林村

〔一〕范仲淹《贈兵部尚書田公墓誌銘》，《范文正公集》卷一二，四部叢刊初編影明本。
〔二〕田錫《先君贈工部郎中墓碣》，《咸平集》卷三〇附。
〔三〕見《宋史·田錫傳》，又《宋大詔令集》卷二二〇《推恩田錫詔》，中華書局一九六二年十月版。
〔四〕《咸淳臨安志》卷八九，影文淵閣四庫全書本。
〔五〕見影文淵閣四庫全書本《咸平集》『書前提要』。
〔六〕《郡齋讀書志校證》卷一九『別集類下』，上海古籍出版社一九九〇年十月版。
〔七〕《直齋書録解題》卷一七『別集類中』，上海古籍出版社一九八七年十二月版。

凡例

一、本書以中國國家圖書館藏明代祁氏澹生堂鈔本《咸平集》作底本，以臺灣影印文淵閣四庫全書本《咸平集》（以下簡稱四庫本）、李氏宜秋館刊《宋人集》丁編《咸平集》（以下簡稱宜秋館本）比勘。

一、底本的明顯錯字（如『傳』訛『傅』之類），徑改不出校。

一、底本不誤而參校本誤，不出校。

一、底本不誤，參校本之異文有可採者，於校記中説明，以資參考。

一、本書採用新式標點，書名號用《》，爲便排校，不用人名地名等專名號。

目録

咸平集卷第二十一……一六八

咸平集卷第二十二……一八三

咸平集卷第二十七……二四四

咸平集卷第二十八

附録……三〇八

田表聖奏議序〔一〕

蘇軾撰

故諫議大夫贈司徒田公表聖奏議十篇。嗚呼田公，古之遺直也。其盡言不諱，蓋自敵以下受之有不能堪者，而况於人主乎！吾是以知二宗之聖也。自太平興國以來至於咸平，可謂天下大治，千載一時矣。而田公之言，常若有不測之憂近在朝夕者，何哉？古之君子，必憂治世而危明主，明主有絶人之資，而治世無可畏之防。夫有絶人之資必輕其臣，無可畏之防必易其民，此君子所甚懼也。方漢文時，刑措不用，兵革不試，而賈誼之言曰：『天下有可長太息者，有可流涕者，有可痛哭者。』後世不以是少漢文，亦不以是甚賈誼。由此觀之，君子之憂治世而危明主，法當如是也。誼雖不遇，而其所言略已施行，不幸早世，功烈不著於時。然誼嘗建言，使諸侯王子孫各以次受分地，文帝未及用。歷孝景至武帝，而主父偃舉行之，漢室以安。今公之言十未用五六也，安知來世不有若偃者舉而行之歟？願廣其書於世，必有與公合者，此亦忠臣孝子之志也。

校勘記

〔一〕《東坡集》卷二四載此篇，篇題與此同，四庫本卷首此文題作《咸平集原序》，與此異。

田司徒墓誌銘[一]

范仲淹撰

公諱錫，字表聖，世爲京兆人。唐德之衰，徙家於蜀。昔武王封舜之後於陳，春秋時公子完如齊，子孫遂大食采於田而命氏焉。厥後將有穰苴、相有千秋，斯可謂之著矣。大王父易直、王父誠，皆隱君子也，文而不耀。父懿，因公之貴，累贈尚書左司郎中。郎中善教於家，嘗命公曰：『汝讀聖人之書而學其道，慎無速，爲期二十年可以從政矣。』公服其訓，拳拳然博通群書。東遊長安，與昌黎韓丕復居驪山白鹿觀，數年，器志大成。拔王府薦，有聲於京師，太宗皇帝親策天下進士，擢公第二人，時太平興國三年秋也。釋褐除將作監丞，通判宣城郡，召還，改著作郎，俄拜右拾遺、直史館，賜五品服。出爲河北轉運使，改知相州，就除左補闕。移桐廬郡，遷起居舍人。還，判登聞院。尋以本官知制誥，進兵部員外郎，充職。以直言，改户部郎中。出守淮陽，以留獄之謗，左降海州團練副使。起爲工部員外郎，直集賢院，移户部郎中。真宗皇帝即位，遷吏部郎中，判審官院，兼通進銀臺封駁司，賜金紫。求出，典海陵郡，還臺，兼侍御史知雜，拜右議大夫、史館修撰。以咸平六年十二月十一日，終於私第，享年六十四。公自白衣已有意於風化，上書闕下，請復鄉飲禮，又請修藉田禮。及在朝廷，知無不言。太宗初，既取太原，攻范陽未下，帝怒，不賞平晉之功，中外囂然，而莫敢言者，獨公上書論諫，理意深切，帝感悟，璽書褒答，賜内帑錢五十萬。僚友謂公曰：『今日之事鮮矣，宜少晦以遠讒忌。』公曰：『事君之誠，惟恐不竭，矧天植其性，豈一賞可奪耶！』

在河朔暨相州，累章論邊事。至桐廬郡，以吴越之邦，歸朝廷未久，人阻禮教邈如也。而公下車，建孔子廟，教人詩書，天子賜九經以佑之。自是睦人舉孝秀、登搢紳者比比焉。在郡聞禁中火，拜章極言，上嘉之。及還，眷遇愈隆。會乾明節，館閣中多進歌詩，帝獨喜公之辭，乃依韻和賜，令宰相宣付公。又上《封禪書》，謂五代之亂，人如豺虎，不圖復見太平，宜崇檢玉之禮，以答天意。公在西掖，會京畿大旱，禱祀無應，遂抗言切於時政，故有宛丘之行。咸平初，出使秦隴回，上三章，言陝西數十州苦於靈夏之役，朝廷爲之戚然。出海陵之初，以星文示變，拜疏請降詔責躬，上奉天誡。真宗皇帝嘉其意，屢召對便殿。及行，降中使撫安，仍加寵賚。爰有翰林學士承旨宋公白舉公賢良方正，以副天下之望。一日召對久之，且曰：『陛下以皇王之道爲心，臣請採經史中切於治體者，上資聖覽。』帝深然之，乃具以進。詔答曰：『卿能演清浄之風，述理亂興亡之本，備觀鑒戒，朕心涣然。』所撰三十編，皆隱其目。公奉事兩朝，由遺補歷御史至諫議大夫，前後章疏凡五十有一。嘗謂諸子曰：『吾每言國家事，天子聽納，則人臣之幸，不然禍且至矣，亦吾之分也。』及終，有遺表，陳邦國安不忘危之意，其家弗預焉。天子怛然，命中使賻之，有制痛悼，贈尚書工部侍郎，二子改大理評事，持喪中並給月俸，哀榮之禮，可謂至矣。後以二子登朝，累贈兵部尚書。寶元二年四月二十四日，與夫人合葬於泗州臨淮縣歸化鄉之重崗原，禮也。公娶楊氏，再娶奚氏，封江陵縣君，能循法度以配君子。長子曰慶遠，今爲駕部員外郎；次曰慶餘，今爲比部郎中，並克奉堂構，有能政於四方。女三人，長適王氏，次適龐氏，季適張氏，皆以婦道稱。公動必以禮，言必有法，賢不肖皆憚服之，出處二十年，未嘗趨權貴之門，在貶廢中樂得其心，晏如也。著文章成五十卷，目之曰《咸平集》，行於世。論者曰：在大禹時，皋陶矢厥謨；在湯武時，伊尹、周公爲之訓誥，故教化紀綱，莫盛於三代，而子孫有天下皆數百年。秦滅詩書，其風不紹。至西漢得賈誼、董仲舒，其言可以追先王之烈，而弗克施，使後世王者無復起三代之心，由漢始也。聖宋定天下，太宗鋭意太平，真宗之初，復親擢俊乂，如田公之徒並見獎用，惜乎不終其才，豈皇天之意，特厚於古歟！仲淹幼聞高風，未嘗獲遊其門。今駕部書先君之履業，索文於江外，仲淹敢約而修之，又采舊老之言而作銘曰：

嗚呼田公，天下之正人也。言甚危，命甚奇，盡心而弗疑，終身而無違。嗚呼賢哉！吾不得而見之。

校勘記

〔一〕《范文正公集》卷一二載此文，題作《贈兵部侍郎田公墓誌銘》，文字小異。

田司徒神道碑陰〔一〕

司馬光撰

余自始學未冠，聞故諫議大夫田公當真宗踐祚之初，求治方急，公稽古以監今，日有獻，月有納，以贊成咸平盛隆之治，私心慕仰，想見其爲人。熙寧中始識公之曾孫偃師尉衍，因就求觀公之遺文。後十餘年衍爲武勝軍節度推官、知沈丘縣事，以公文集及墓銘相示，且命余爲神道碑，其墓銘乃故參知政事范文正公所爲也。范公大賢，其言固無所苟。今其銘曰：「嗚呼田公，天下之正人也。」雖復它人竭其慕仰之心，頌公之美累千萬言，能有過於此乎！余於范公無能爲役，范公恨不得見田公，則田公果如何人哉！余不惟愚陋不學，且不爲人作碑銘已久，不敢承命。然常怪世人論譔其祖禰之德業，壙中之銘，道旁之碑，必使二人爲之，彼其德業一也，銘與碑奚以異？曷若刻大賢之言既納諸壙，又植於道，其爲取信於永久，豈不無疑乎？願審思之，脱或可從，請附刻於碑陰之末〔二〕。

校勘記

〔一〕《温國文正公文集》卷七九載此文，題作《書田諫議碑陰》，與此小異。

〔二〕「末」字下，四庫本有「司馬光撰」四字。

咸平集卷第一

奏議

上太宗應詔論火災

雍熙元年六月，詔曰：『朕以不敏不明，託於兆人之上，夙夜祗惕，罔敢怠荒。賴九廟儲祥，上天垂祐，萬務粗治，於今九年。而數日前迅雷之中，烈火遽作，既延災於正殿，蓋示譴於朕躬〔一〕，抑畏震驚〔二〕，不遑寧處。上天警戒，必有由然。豈非刑賞之有愆，措置之未當，或近習之屏蔽，致物情之壅塞，賦調未得均一，賢良多所淪滯？有一於此，是斁政經，予心惕然，思聞其失。内外群臣等，所宜各竭忠懇，共申讜議，必期無隱，朕將覽焉。』

臣伏念：臣才謀不逮於古人，職次忝居於諫省，敢不常思補報，用答休明。六年九月十三日詣閤上書，昧死言事，陛下於是下御札，俾入直諫〔三〕，降敕書，獎臣敢言。七年十二月十四日又再上奏，疏入遞而不知達與未達，直言雖求用而不知行與未行。今日陛下有所因，方渴聞至言；有所爲，方切待直諫。引咎自戒，修德彌新。臣謂責在近臣而不在聖躬，罪在臣輩而不在陛下。日近陛下，有朝令夕改之事，由制敕所行，時有未當，而無人封駮者，給事中之過也。給事中若任得其人，制敕若許之封駮，則所下之敕無不當，所行之事無不精。事無不精，則垂爲典彝；敕無不當，則編爲格式，豈有朝令夕改之弊，豈有不精不當之虞也。臣又見陛下有捨近謀遠之事，由言動所爲，未合至理，而無人敢諫諍者，是左右拾遺、補闕之過也。今遺補是侍從之臣，而不得在左右；職分當獻替之事，而未有上封章。自此國家舉事有不便於時，遺補不敢諫；朝廷法令有不合於道，遺、補不敢言。加以時久升平，天下混一，致陛下謂升平自得，資陛下以功業自多，日遷月移，浸成聖性。左取右奉，無非睿謀。所以陛下出一言，乃以謂湯武可偕；陛下行一事，乃以謂堯舜可繼。自纘大位，於今九年，四方未寧〔四〕，萬國雖静，然刑罰未甚措，水旱未甚調，陛下謂之太平，誰敢不謂之太平？陛下謂之至理，誰敢不謂之至理？方欲爲民求福，報天之功，有事於太山，展禮於上帝，人謀雖克，天意未從。火於禁中，將覺悟於英主；詔下海内，遂布告於輿人。近臣聞陛下感悟之言，寧不惕厲；諫官閲陛下憂勤之詔，誰不彷徨。臣所以謂過在近臣不在聖躬，罪在諫官不在陛下。臣死罪死罪。然臣兩度上疏而陛下不用一二，今臣在外而陛下委之以分憂。碌碌隨衆，憂曠遺之靡暇；皇皇有志，思諫諍之未能〔五〕。今幸天啓聖心，神贊皇運，感陛下虚佇待犯顔之諫，致陛下專精求逆耳之言，臣是以再罄愚衷，復伸鄙見。臣所謂陛下有朝令夕改者，試舉其一二以明之：置而尋廢者農師也，禁而不嚴者車服也。臣所謂陛下有捨近謀遠者，試舉其一二以明之：宰相不得用人而委員外郎差遣，近臣專受責而求令録封章也。自此章奏必多，聽用必廣；聽用既廣，則條制必繁；條制既繁，則依從者少；既依從者少，則是法令不行；法令不行，則由規畫未當。有如前年敕下，令鄰近州府毋差司理、判官〔六〕，至今年敕下，却令本州仍舊差置。又如前年敕下，應征科官吏限前得了即與超陞，限外未了即當降黜。即不以縣有大小之分，税有難易之征，土田沃瘠之不同，歲時豐稔之不等，風俗勤惰之各異，官吏能否之各殊，而一概以程限所拘，一例以陞降爲定，自後未聞限外欠者降一官，限前了者陛一人，此無乃垂之空言、示之寡信？乞今後凡有所奏，或有所陳，幸陛下察而審之，令大臣議而行之。蓋臣下言之則謂封章，陛下行之則出爲法令，法令可簡而不可使繁，制度可承而不可屢變。變易不定，是彰思慮之不精；繁多難依，是令手足之無措也。《尚書》曰：『臨下以簡。』又曰：『得師者王。』今宰臣若賢，願陛下信而用之；宰臣非賢，願陛下擇可用而任之。何以置之爲具臣，而疑之若衆人也？百官若舉其職，願陛下聽而用之；百官未稱其職，願陛下量其才而用之。何以置之爲備員，而待之若冗秩也？臣謂百職若舉，則萬事從而自理；百官未修，則萬務從而亦隳。必若任而疑之，則上下非一心；疑而用之，則君臣非一體。何則？疑能生謗，謗能生疑。疑從謗生，則父子之道或虧於慈孝；謗因疑起，則君臣之際或變成於怨尤。魏文侯焚謗書，陛下固當知之；令狐楚有《辯謗論》，陛下時宜覽之。若然，則保得臣下始終，全得君上恩寵，方謂君爲元首，臣作股肱也。雍熙元年八月上〔七〕，時以右補闕知睦州〔八〕。太平興國六年九月、七年十二月兩疏。

校勘記

〔一〕朕，原作『眇』，據四庫本改。

〔二〕畏，四庫本作『恐』。

〔三〕入，原作『人』，據四庫本改。

〔四〕未，四庫本作『雖』。

〔五〕思，四庫本作『畏』。

〔六〕毋，原作『玄』，宜秋館本、《續資治通鑑長編》卷二五引並作『互』，據四庫本改。

〔七〕元，原作『六』，案雍熙僅四年，不得有六，據四庫本改。

〔八〕知，四庫本作『守』。

上太宗答詔論邊事

臣伏覩今月十一日御札，宣示内外文武臣僚，以北鄙多虞，戎人爲患，延佇良策，降諭德音，詢禦侮之嘉謀，問安邊之遠略，俾悉陳於異見，將擇用其所言。臣之顓愚，豈足上副宸衷；臣之狂直，敢不罄盡鄙懷。儻敭納可裨於事宜，則明聖不罪於狂瞽。臣每讀史傳，詳觀古來戎狄騷邊，乃是常事，朝廷設備，自有常規。舉其大略而言之，不過訓練師徒，選擇將帥，廣增蓄備，多置屯田，嚴其池城〔一〕，明於斥堠，謹於烽火，利其甲兵，行間諜以離狄心，禁侵擾以怠敵意。待彼羸弱，因勢取之，候其賓服，以德綏之。此皆方策備陳，采擇可用也。捨此則未見禦戎之術，用此則在知臨事之宜。兵機則不可定謀，邊議則須依古制。今具條奏，惟陛下擇而行之。

一、今之禦戎，無先於選將帥。既得將帥，請委任責成，不必降之以陣圖，不須授之以方略，自然因機設變，觀釁制宜，以此無不成功，以是無不破敵。昔漢之西羌犯塞，攻城邑，殺長吏，趙充國年七十矣，上使邴吉問曰：『誰可爲將？』充國對曰：『無踰老臣。』以是言之，則請令宰臣已下，各舉堪爲將帥者。又令宿舊武臣素有聞望者，亦令自舉，然後陛下詳擇而用之。又趙充國既爲將，宣帝遣問曰：『將軍度羌虜如何？當用幾人？』充國曰：『百聞不如一見，兵難隃度，臣願馳至金城，圖上方略。然羌戎逆天背叛，滅亡不久，願陛下以屬老臣，勿以爲憂。』以是言之，昔充國爲老將，尚謂百聞不如一見，況今委任將帥，而每事欲從中降詔授以方略，或賜與陣圖，依從則有未合宜，專斷則是違上旨，以此制勝，未見其長。伏乞速命宰臣，令舉良將，及令素有聞望宿舊武臣自舉其能，及舉所知者也。

一、將帥行恩信、恤士卒，必豐財貨，方得士心。昔趙奢爲將，所得王之賞賜盡與軍吏。又李牧爲將，軍市之租皆用享士卒。魏尚守雲中，其軍市租盡以給士卒，出私養錢享賓客軍吏，是以匈奴不近雲中之塞。今國家所命將帥，雖古今異宜，凡有給賜，今則誰敢效古？散家財，賞士卒，去吝嗇，有幾何人哉〔二〕？若以年年供億輓運，老師費財，曷若厚給將帥，使之賞用也。又聞近侯伯亦有廳直三五十人，習騎射，爲心腹，每出入陣敵，得以廳直隨身，翼衛主帥，後來不敢養置。昨來楊業陷陣，訪聞亦是無自己腹心從人，護助捍禦，以致爲狄之所獲。今雖時異事殊，然廢置利害，亦須詢訪行之〔三〕。

一、今之禦戎，以沿邊諸郡有勇智者命爲刺史，委之自用方略，警急利便，事訖方奏，使人人各盡其才術，此必爲陛下各立殊勳，控制侵侮。昔後漢郭伋爲漁陽太守時，匈奴數抄郡界，邊境苦之。伋乃整飭士馬，設攻守之略，匈奴畏憚不敢入塞，人得安業。在職五歲，户口增倍。又張堪爲騎都尉，破匈奴於高柳，拜漁陽太守，捕繫姦猾，賞罰必信，人皆樂爲用。匈奴以萬騎入漁陽，堪乃率數千騎奔擊，大破之，郡界以静。乃於狐奴開稻田八千餘頃，勸人耕種，以致豐富，百姓歌之。視事八年，匈奴不敢犯塞。以此言之，則沿邊諸郡，請令擇有智勇者爲刺史，必副陛下之憂寄也。

一、今之禦戎，更在悦取軍情。凡經揀退尚堪力役者，却與元本料錢；其歿陣及守戍死亡兵士、所有在營老幼，宜矜憫優恤，或給賜，令各存活，勿使寒餓無所歸向，又不可取充洒掃裁縫之隷。其次，揀中新招到軍，雖稍有身首人材，未宜便令管轄舊人，須是經歷行陣、稍知軍伍次第、微有勞效者，方令充節員，所貴已下亦各甘心，兼易爲驅使。若曾有功勞，未得優賞者，即乞别作名目，優異酬賞。臣未知朝廷府庫錢帛之大數，亦不知國家支費用度之衆寡，若陛下省罷塔廟之費耗，迴充軍旅之賞給，則孰不革其怨心，孰不致其死力。若是破敵，必副陛下平戎之心也。

一、今之禦戎，亦宜别設條例，等第立賞。若得一堡壘或復一障亭與某官、與若干賞，賞不踰時，必誠必信。條例不煩，令軍中曉會。此必有果敢智謀之士，副陛下之立賞也。

一、今之禦戎，又宜以重賞召募敢死之士，仍以古來選士之科〔四〕，以取士卒，亦於軍中擇取應得選士之條目，令舉其六七，更可詳酌增損。且據兵書言之，取曾習韜鈐者、有謀畫者，又取能知敵情僞者，取能知山川險易徑路迂直者，取强力過人能斬虜搴旗者，又取往復數百里不及暮至者，又取能破格舒鈎或負數百斤行五十步者，又取趫捷若飛能踰塹壘出入無形堪窺覘者，各區别技能，置立部分〔五〕，以副將帥之指使也。

一、今之禦戎，外則委任將帥，内則詢謀宰臣，行一事必使宰臣知之，出一詔必令宰臣議之。臣聞前年出師向北，命曹彬以下欲取幽州，是侯利用、賀令圖之輩誤惑聖聰，陳謀畫策，而宰臣昉等不知。又去年招置義軍，刺配軍分三邊〔六〕，宰相普等亦不知之，豈有議邊陲、發師旅而宰相不與聞？若宰相非才，何不罷免？宰相可任，何不詢謀？今宰相普三入中書，再出藩鎮，重望碩德，元老大臣人所具瞻，事無不歷。乞陛下以軍旅之事、機密之謀，悉與籌量，盡其規畫，此乃國體。君父至公，臣聞偏信生姦，獨任成亂，侯利用、賀令圖等既誤陛下機宜於前，無令似侯利用、賀令圖者復誤陛下機宜於後。伏乞陛下一一與宰臣謀議，事事與宰臣商量，悔自前獨斷之明，用今後公共之理，則事無不允當，下無不盡忠，則大臣之間，足以副陛下憂勤之旨也。

一、今之禦戎，在乎辨邊上奏報之虚實，察左右蒙蔽之有無。奏失利則未必盡言，報大捷則不足深信。陛下未當信而先信，陛下本欲知而未知，如此何以料安危？如此何以策成敗？安危成敗之理，乞陛下詳而察之。

一、今之禦戎，無先用諜。兵書曰：『事莫密於間，賞莫重於間。』狄中自有諸國，未審陛下曾探得凡有幾國否？幾國與匈奴爲讎？若悉知之，可以用重賞行間諜。間諜若行，則夷狄自亂，夷狄自亂，則邊鄙自寧。昔李靖用間破突厥，心腹之人自離貳也。書在唐史，其事可知。今募能往絶域，鬬亂蕃部，使交相侵害，如漢之陳湯、傅介子之流，則不勞師徒，自然歸化。此可以緩陛下憂邊之心也。其餘謹烽火，明斥堠，亦可以依古法爲警備。《趙充國傳》曰：『五星出東方，中國大利，蠻夷大敗。太白出高，用兵深入，敢戰者吉。』雖天道遠而難知，然昭昭垂象緯者，爲陛下言兵之利害也。

一、今之禦戎，凡召發兵士，或儲般糧草，亦宜謹静，勿使喧煩。臣竊聞去年於户税上折科馬草，及官中和買，當買納未足之間，即有使臣催督，貧下户婦女有行科校者。又聞汴河乾淺，遂分南河水添注汴河，以待漕運。國家計度何在，而臨時一至於此，輦轂之下，豈無外國諜人？臣即不知見在軍儲支得幾年，若是無九年之糧，實爲無備；若是無三年之糧，實爲窘急。若不窘急，則何以科校婦女而納草，添注河水而待漕運也？

一、今國家富有天下，精卒利兵，計有百萬，然無將帥爲陛下治兵。昔吴起爲將，爲士卒吮癰；霍去病爲將，漢帝欲爲治第，去病曰：『匈奴未滅，何以家爲〔七〕？』竇嬰爲將，得賜金千斤，陳於廡下，軍吏過者輒量取爲用。未諭陛下以今之將帥如吴起、霍去病否？若以臣所見，則將帥必無其人。何以知之？將帥肯爲士卒吮癰乎？若賜第宅肯不要乎？將帥非材，即無威名，何以使匈奴望風而懼？今有居顯位食厚禄，爲國之謀即不足，奉身之謀即有餘，何以副陛下致太平之心，何以致陛下成清静之理？然以臣所見，凡小小公事，不勞陛下一一用心。若以社稷之大計，爲子孫之遠圖，則在乎舉大略，求將相，帝王之大體也。設如人欲理身，先理心，心無邪，則身自正；欲理外，先理内，内既理，則外自安。臣謂邊上動由朝廷動之，邊上静由朝廷静之。任賢相於内，則百職舉而紀綱振；委良將於外，則四夷静而邊鄙安。臣之愚衷，備於此矣。已然之患，既陛下遍訪直言；未然之虞，乞陛下常切留意。

一、已上條奏，悉是國家已然之事，所以勞陛下謀及卿士，詢於蒭蕘，凡百臣僚，悉陳所見。然臣謂國家復有未然之事，得不爲陛下言之，得不爲陛下憂之？今戎主一姥而已，用黠虜爲謀主，頗有輕中國之志。今春夏必漸退，秋冬必復來。制之禦之，惟在前所籌數事而已。若將來狄人禦之而不去，邊境備之而未寧，加以匈奴間諜於西蕃，漢家未斷其右臂，即秦隴千里之外，瓜、沙、玉關之西，恐非國家之所有。萬一兵歉相仍，寇盜多起，此時何以謀之？此時何以禦之？聖人不能不災，而能禦災。今陛下聖德合天，國家無虞，萬里晏然，居安思危之計，得不由未然之事而預防之？此亦禦戎之遠意也〔八〕。

右臣備位掖垣，忝司誥命，祇奉睿旨，俾陳方略。昧於時事，思慮不精，然於狂愚，庶或可採。端拱二年正月上，時爲知制誥。

校勘記

〔一〕池城，四庫本作「城池」。
〔二〕有幾何人哉，四庫本作「有幾何也」。
〔三〕須，原作「繫」，據四庫本改。
〔四〕以，四庫本作「依」。
〔五〕部，原作「韶」，四庫本、宜秋館本俱作「部」，據改。
〔六〕「三邊」二字，據四庫本補。
〔七〕何，原作「豈」，據四庫本改。

〔八〕以上十二條，底本次序不同，且有錯乙，第七條『普等』至『憂勤之旨』一段文字，原錯置於第十二條『德合天』句之下，而第十二條『德合天』句之下『國家無虞』至『禦戎之遠意也』一段文字，錯置於第十條『臣即不知』句下，第十條『臣即不知』句下『見在軍儲』至『以待漕運也』一段文字，原錯置於第七條『宰相』之下，今並據四庫本訂正。

上太宗論軍國要機朝廷大體

臣伏念自忝諫垣，今已周歲，無一言可裨時政，無一善上答君恩。蓋以陛下文明，無事可諫；朝廷公正，無事可言。然尸祿曠官，憂慚益切；盡忠補過，夙夜寧忘。今輒以軍國要機，朝廷大體，布在一疏，上達四聰。寬鈇鉞之誅，容微臣之芻蕘之見。所謂冒萬死而不顧，當可言而不疑。又伏念陛下登位以來，未嘗罪一直言，未嘗戮一敢諫。天慈寬裕，睿鑑昭彰。雖前王好諫之心，未如陛下；而諫官敢言之節，不及古人。不唯負陛下超擢之恩，抑亦虧臣子公忠之道。何以安一膳之飽，何以安一裘之溫？胡顏立侍從之班，無藝帶清華之職。碌碌隨衆，遑遑惜身，不如馬之代勞，不及犬之吠盜。臣所以奮發之志，思有所伸；激切之詞，不敢自隱〔二〕。伏乞陛下察而恕之，容而用之。臣所言軍國要機者一，朝廷大體者四，今爲陛下引諭而言之。臣聞古先聖人，牢籠天下，張弛睿略，舒卷人心，使萬人之心如一心，四海之意如一意。有若馭馬，又如鑄金：善馭者使之馳則馳，使之止則止；善鑄者使之圓則圓，使之方則方。苟失其機，又失其時，則萬人不一心，四海不一意。亦猶不善馭馬不善鑄金，使之馳而不馳，使之止而不止，使之圓而不圓，使之方而不方。若是，則危與亂雖未萌，而不得不憂；機與時雖未失，而不得不懼。故古人云：『居安思危。』又曰：『理不忘亂。』臣每念有唐之末，天下分離，中原土疆，不過千里。自先帝恢張皇業，開闢天下，平吴取蜀，易如破竹。惟河東遺孽，終不能平。洎陛下一舉取之，功名光大，世宗、先帝所不及也。然自河東破後，聖駕回旋，諸軍之心，皆望賞賜；四海之內，亦俟霈恩。豈謂陛下未覃賞捷之恩，未行策勳之禮。經今二載，所謂踰時。今北方之戎不來朝貢，幽州孤壘未復封疆。臣以國家兵甲之强，朝廷物力之盛，滅戎人甚易，取幽州不難。然自古制御蕃戎，但在示之以威德。示之以威者不窮兵黷武，不勞人費財；示之以德者比之如犬羊，容之若天地。或來朝貢，亦不阻其歸懷；或背驩盟，亦不怒其侵叛。臣伏慮陛下以幽州未取，戎賊未平，一旦又來擾邊，萬乘復思再駕，欲快聖意，欲展睿謀，雖舉必成功，動無遺筭。然臣請陛下或展郊禋之禮，或行封禪之儀，因此賞河東之功，因此示策勳之信。人心懈怠者復悦，軍功勞苦者終酬。帝澤滂沱，物情通泰，所謂陛下駕馭其意，鎔鑄其心，使之馳則馳，使之止則止，使之圓則圓，使之方則方。苟不以威信鑄其心，恩惠馭其意[二]，臣恐使之馳則止，使之圓則方。當是時，陛下必念臣今日之言，陛下必思臣今日之諫也。此謂軍國之要機一也。又念交州未下，戰士無功，《春秋》謂『老師費財』[三]，兵書曰『頓兵挫鋭』。臣聞聖人不務廣於邊鄙，惟務廣於德業。武有七德，陛下何不廣之？天生四夷，陛下何須收之？必若聖德日新，皇風日遠，遠夷自然入貢，外域自然來降。苟不來降，又不入貢，彼國自有災癘，彼人自罹凶荒。《尚書》曰：『惟德動天。』又曰：『四夷來王。』《周易》曰：『聖人先天而天弗違。』天且弗違，况四夷乎？臣嘗讀《韓詩外傳》，言成王之時，越裳來貢，九譯而至，周公問其所以來，其人曰：『天無迅風疾雨，海不揚波三年矣。意者中國殆有聖人，盍往朝之？』昔太宗征遼，魏徵苦諫[四]，及貞觀太平之後[五]，天下州郡三百有六十，羈縻之州有八百，屯田置戍，悉在外荒，豈是一一加兵，然後方來内附？今陛下取交州何速，况大國視交州謂之瘴海，去者不習風土，兵在彼中留滯頗久，願陛下且罷斯役，暫息南征。交州未平，不足損陛下功業；交州既得，不足光陛下威聲。臣但以老師費財爲可慮，頓兵挫鋭爲可惜。蓋征討之役，費用非輕，皆生民苦力之物，悉諸國所供之賦。乞陛下惜輕費之用，望陛下念征伐之勞。此謂朝廷之大體一也。臣嘗讀《六典》，左右拾遺、補闕，掌供奉諷諫，凡發令舉事有不便於時、不合於道者，小則上封，大則廷諫。臣又讀《唐書》，見給事中得以封駁詔書。封謂封還詔書而不行，駁謂駁正詔書之所失。又起居郎、起居舍人得在天陛之下，備書王者之言。今來諫官，寂無聲影，設使詔書有所失審，制敕有不可行，給事中不敢封還而不行，不敢駁正其所失。給諫既不敢違上旨，遺補又不敢貢直言，其次起居郎、起居舍人不得立軒陛之間，不得記言動之事，使聖朝好事或有所遺而不聞，致陛下德音或有不知而不録。加之御史不敢彈奏，左右丞今尚闕員。又中書舍人是陛下近臣，司陛下誥命，臣每於起居日，但見其隨班而進，拜舞而回，未嘗見陛下召之與言，未嘗聞陛下訪之以事。臣慮其各有所見，欲待問而方言；各有所陳，欲因便而方奏。伏乞陛下或詢訪以事，或宣召與言，冀各盡其誠心，兼得觀其器業。又今三館之中，雖有集賢院書籍而無集賢院職官，雖有秘書省職官而無秘書省圖籍。臣伏讀去年九月十一日所降制敕條貫，百官仍於朝堂習儀，又委憲司申舉。此則陛下思復古道，大振朝綱。臣惟見所習者儀，未見所舉者職。如職業各舉，則威儀自嚴，君有君之威儀，臣有臣之禮法，何患百官不整肅，何患庶政不允釐？臣乞今後給事中得以封駁詔書，起居郎、起居舍人得以紀録言動，御史得以彈奏，諫官得以抗言，左右丞得以糾轄臺司，中書舍人得以祗膺顧問。中書舍人得備問，則皇猷日新；左右丞得轄臺司，則風憲益整；諫官抗言，則陛下聞所未聞，知所未知；御史彈奏，則百僚震悚，一人尊嚴；起居郎、起居舍人得在左右，則盛事無遺，國史大備；給事中得以封駁，則詔敕無誤出，政事無錯行。此朝廷之大體二也。今天下一家，海内萬里。四方所湊，輦下駢闐。萬貨所歸，京師富盛。軍營馬監，無不高嚴。佛寺道宫，悉皆壯麗。陛下又新西苑，復廣御池，池若漢之昆明，苑若周之靈囿，足以爲陛下宴遊之所，足以爲聖朝宏大之規。惟尚書省是前代所營，公宇低隘，南宫二十四司不在其間。六尚書無本廳，諸郎官無廨宇。至於九寺三監，寄在内前廊下。加以禮部無貢院，試處非省垣，每年試舉人，權就武成王廟，非太平職司之制度，非清朝文物之規儀。乞陛下俟西苑畢工，御池罷役，重新省寺，用列職官。此則朝廷之大體三也。臣又每於行路之次，見有羈錮之囚，荷以鐵枷，不覺自駭，不知其人所犯何罪，又不知其囚復是何人。臣謹按《刑統》准獄官令枷杻各有短長，鉗鏁各有輕重，制度尺寸並有刑書，未見以鐵爲枷者也。凡今州縣，欲笞一小罪，縶一輕囚，必詳格文，盡依典法，奉國家所頒之律，遵法寺所定之科。以鐵爲枷，事出法外。伏乞陛下釐革此法，免傷皇風。昔太宗因看《明堂圖》，見人五臟皆系於背，聖慈惻隱，免人徒刑，况太平之時，將刑措而不用，至仁之主，宜欽恤以居先。此則朝廷之大體四也。臣所言者要機，乞陛下審而察之；所舉者大體，乞陛下採而用之。臣不任感恩思報激切屏營之至。太平興國六年九月上，時守左拾遺。

校勘記

〔一〕自『寬鈇鉞之誅』至『不敢自隱』，底本、四庫本俱無，唯宜秋館本有，據補。

〔二〕恩，原作『思』，據四庫本改。

〔三〕老師，原作『師老』，據四庫本乙。

〔四〕徵，原訛『證』，據四庫本改。

〔五〕貞，原作『正』，據宜秋館本改。

上太宗條奏事宜

臣備位諫垣，出官河朔，雖勵忠勤之節，未伸謇諤之誠，尸素自知，彷徨益切。何以分陛下憂勤之寄，何以副朝廷委用之恩，敢不夙夜有思，涓埃欲效？願以芻蕘之見，上希英聖之知。今陛下命以頒條，委之理郡，親民之心，無先於此。苟若所理之郡，事簡獄空，所親之民，風淳俗厚，所謂涖民有術，御下有能，足以副朝廷任用之恩，有以彰陛下憂勤之旨。然事有無從而得簡，獄有無因而久空。民風未致於淳和，物俗未臻於淳厚。雖有涖民之術，無得而施；雖有御下之才，無從而設。況臣闇懦，御下非才。以臣愚蒙，涖民無術，但可言其久弊，恤其未安。久弊者，昔近并門，鄰於敵境，備邊之費，禦寇之兵，二十餘年，民不遑息。未安者，今以北狄邇於塞垣，屯兵禦戎，飛芻輓粟，三十餘郡民不甚豐。筦榷貨財，網利太密，躬親機務，綸旨稍頻。臣所謂網利太密者，酒麴之利但要增盈，商税之利但求出剩。或偶有出剩，不詢出剩之由；或偶有虧欠，必責虧欠之過。遞年比撲，只管增加；遞月較量，不管欠折。然國家軍兵數廣，支用處多，課利不得不如此征收，筦榷不得不如此比較。窮盡取財之路，莫甚於兹；疏通殖貨之源，未聞適變。似不知止，殊無定期。今乞國家以關市之征定其常數，酒麴之利授以常規。或偶有增加，不更求出剩。或偶有虧折，即可令於出剩時補填。且如州縣征科農桑税賦，年豐則未聞加納，歲歉則許之倚〔一〕征，自然理得其中，民知所措。何以言之？民生於利，亦猶魚生於水也。民困於利，又如水涸於魚也。願更生於讜議，別布新條。當生民既庶之時，是求理酌中之際，天下幸甚，海内幸甚。臣所謂綸旨稍頻者，臣嘗讀揚子《法言》曰：『聖人之道猶日中。』又嘗覽太公《六韜》曰：『聖人之道猶龍首。』龍首謂高視而遠聽，日中謂融明而燭幽。是知君有居上之威儀，臣有奉上之職業。君道務簡，簡則號令審而人易從；臣道務勤，勤則職業修而事無壅。臣伏見陛下憂民太過，視事太勤，每日早於崇德殿受百僚之朝，至日午於講武殿視萬機之事，或進呈申狀，或揀閱軍人，或躬問縲囚，或親觀戰馬。自曛而進者，或詳其詞理；撾鼓以聞者，或徇彼冤誣〔二〕。皆金口言詞，人人省問；天心揆度，一一區分。有以見陛下勞萬機之神，自此見臣下虧事君之職。况今四方無事，多壘盡平，何以勞陛下如此太勤，何以使三公因此無愧？蓋陛下慮四聰或有所未達，萬機或有所未知。文王之心，遂乾乾而夕惕；成湯之意，貴孜孜於日新。然陛下何不移此勤勞以求賢，何不改此精專於選士？諫官則寘之左右，御史即委以糾彈。給事中當材者，許之封駁詔書；起居郎有文者，命之紀録言動。百職如是，各舉其業，千官如是，各得其人，則何憂事不允釐，何慮民不受賜？今有司指揮，多以劄子取聖旨；官員注擬，必須引見聽敕裁。事若允當，則既由宸衷；事若未當，則亦歸睿斷。如此皆勞天聽，安用有司？致陛下視事太勤，憂民太過。况宮闕乃尊嚴之地，軒墀列清切之班，可以延佇賢良，詢求理道，豈宜使押來囚繫，或病患軍人，或虚詞越訴之徒，或僥倖希恩之輩，引之便殿，得面天顔？陛下則隨事指揮，臨時與奪。其間有驟承顧問，上懼天威；或偶有敷陳，稍愜聖旨。性懦謇訥者，口雖奏而未盡其心；姦詐辯辭者，言雖當而未必有理。陛下或賜之恩澤，或寘以刑名。然睿鑒周通，出令固無於枉濫；而帝廷清肅，終朝豈稱於喧囂？加以條理事宜，或傷頻併，施行詔敕，遂至稠重。《禮》曰：『王言如絲，其出如綸。王言如綸，其出如綍。』喻其以近及遠，漸光大於萬方；以言訓人，可常行於百代。簡而且要，人則易從；繁而又難，人則易犯。《書》曰：『臨下以簡。』又曰：『御衆以寛。』御衆不以寛，則獲罪者多；臨下不以簡，則從令者少。况帝王有常道，禁令有常程，施令貴乎必行，設禁貴乎必止。若令之無節，奉而行之者必難；禁之無時，遵而止之者亦寡。臣所謂網利太密既如彼，綸旨稍頻又如此。願陛下寛臣敢言之罪，察而審之；望陛下聽臣敢諫之言，擇而行之。臣復有未諭聖意之事三，又有奏請可行之事二。未諭者，今内職諸司，各有公廨，禁林近侍，各有本廳。中書是宰相職事之堂，相府是陛下優賢之地。今則於中書外廡置磨勘一司，較朝臣功過之有無，審州郡勞能之虚實。睠言是職，本屬考功，豈考功之職不修而磨勘之名互出？殊非雅稱，深損大綱。此臣所謂未諭聖意之事者一也。其次，御史臺本不禁人，今爲繫囚之所；大理寺舊來置獄，今爲檢格之司。授人之職者本貴當材，鞫獄以情者自然無濫。或諸侯有大過，或百姓有深冤，乃命臺臣委爲制，使憲府之風規自別，刑曹之按鞫無疑。今則或撾鼓聞天，虛詞詣闕，多差殿直承旨，使爲制勘。使臣殊非理獄之才，驟委鞫人之罪。其間有未明推勘，因致淹延，或未曉刑章，妄加深刻。既臨以制書之命，寘乎縲紲之中，上畏嚴威，誰敢拒捍。及當録問，皆伏款詞，雖罪至徒流，必該申奏。案既圓備，即據施行。豈無陷於非辜，豈無失於有罪？虧陛下慈仁之旨，損朝廷欽恤之恩。此臣所謂未諭聖意之事者二也。臣每讀史書，至於文集，或匹婦有正廉之節，野人有孝悌之風，尚旌彼門閭，或賜之粟帛，將以離澆漓之俗，亦以行風教之規。修身者由此彰名，尚義者因兹立節。今國家官僚遠宦，不得搬家；父母云亡，不得離任。墨縗視事，寧安孝子之心；明詔未行，深損聖人之教。此臣所謂未諭聖意者三也。昔漢文在位，稱爲刑措，歲終斷獄者三十，此蓋民安其業，乃無咎於刑章；物失其宜，必自罹於夭枉。是以聖人見一物失宜，則必加惻隱；知一夫失所，則必動哀矜。御一衣，思天下女工之勤；嘗一膳，思天下農夫之苦。故《尚書》曰：『不敢侮鰥寡。』《周易》曰：『信及豚魚。』豚魚至微，信猶能及；鰥寡至賤，侮不敢加。有以見聖人用心，無微不至；聖人施惠，無所不均。今河朔數州衙前軍將，應宣命配來之者，多江南、兩浙之人，雖曾有敕文，許令自便；然各無去着，猶係職名。其間有不請衣糧，只望差使，設有得該請受，多是折支，時寒無衣，日餒無食，老小相聚，凍餓貧窮，羈旅無圖，咨嗟愁苦。與其配之而無用，孰若捨之而放歸？此乃可言者一也。今國家封疆甚廣，州縣至多，令録闕員，據資勞而遷授；簿尉滿任，按歲月以除移。其間廉吏雖多，抑亦貪夫不少。貪者偶無彰露，刑罰寧加；廉者未有升聞，旌酬弗及。言乎賞勸，似未精詳。宜委諸州，遍令申奏，州有幾縣，縣有幾員。奏其善者，則不善者自彰；奏其廉者，則不廉者自顯。或就加獎飭，或聊與轉遷。則廉能既有所歸，猥濫者寧無自愧。揚清激濁，實爲致理之先；易俗移風，宜自親民之始。此臣所謂可言者二也。臣縷陳鄙見，煩黷聖聽。臣不任惶恐戰慄之至。太平興國七年十二月上，時以右補闕知相州，入迎上此奏。

校勘記

〔一〕倚，宜秋館本改『停』，校曰：『原作「倚」，庫本改「停」』。四庫本作『綏』。案『倚征』無誤。

〔二〕徇，四庫本作『詢』。

上真宗乞早建儲闈

臣竊覩唐憲宗即位改元，元和四年冬十月，御宣政殿樓，册皇太子。又按李絳《論事集》，元和三年翰林學士李絳等上言曰：『古先哲王以天下爲大器，知一人不可以獨理，四海不可以無本，故立太子以副己，設百司以分職，然後人心大定，宗社永寧。有國家者不易之道也。陛下嗣膺大寶，四年於兹矣，而儲闈未建，典册不行，是開窺覦之端，乖重謹之義，非所以承宗廟、重社稷也。』憲宗依所請，下制所司，擇日備禮册命。今陛下自纂承大位，改元以來，五年於兹矣。儲闈未建，典册不行，豈不慮窺覦之端，豈不思重謹之義？宜速以宗社永寧爲圖也。咸平五年上〔一〕，時爲侍御史知雜事。

校勘記

〔一〕五，原作『元』，案文中有『改元以來，五年於兹』之語，知此文當於咸平五年上也。

上真宗進經史子集要語

臣聞古者帝王，盤盂皆銘，几杖有誡，起居必覩，夙夜不忘。故湯之《盤銘》曰：『日日新，又日新。』《太公金匱》曰：『武王欲造起居之誡，乃銘於几杖曰：「安無忘危，存無忘亡。孰惟二者，後必無凶。」』《墨子》曰：『堯、舜、禹、湯書其事於竹帛，篆之盤盂，曰：君子福大而愈懼，爵隆而益恭。遠察近視，俯仰有別。』矧黄帝輿几皆銘焉，曰：『吾居民之上，惴惴恐不及。』武王户席必訓焉，席之銘曰：『無行可悔。』户之銘曰：『難得而易失。』聖人修德罔怠，然佩服鑒戒，終日不忘。故至德大業，永保天下也。臣又嘗讀《唐書》，見高宗命黄門侍郎趙智講《孝經》於百福殿，因謂之曰：『大旨朕知之矣，即舉此經要切處言之，以裨不逮。』智曰：『天子有争臣七人，雖無道，不失其天下。微臣敢以此言上獻。』帝大悦。又憲宗聽政之暇，採《漢》《史》《三國》而來經綸要事，撰書十四篇，號曰《前代君臣事迹》，寫於六扇屏風，置於御座之右，出入觀省之。臣每覽經史子集，因取其要語，總一十卷，輒用進獻，可題於屏，寘之御座，出入觀省。所貴日夕觀省，冀聖德日新，與堯、舜、禹、湯文武比隆也。咸平三年上，時宋白舉錫應賢良方正，自知泰州召歸朝。

上真宗論制科當依漢制取人

臣竊惟唐設制科，有道侔伊吕科，有識洞韜略堪任將帥科，有賢良方正直言極諫科。自太祖朝兵部尚書張昭奏請興制舉，於時據所奏前代制舉内選置三科：一、賢良方正能直言極諫科，一、經學優深可爲師法科，一、詳閑吏理達於教化科。敕文略曰：『應天下諸色人中，不限前資任職官、黄衣草澤等，並可應詔送吏部，試策論三道，共三千言，以當日内取文理俱優、人物爽秀者，方得解送。其登朝官，亦許上表自舉。』雖設制科之名，未盡取人之理，何以明之？夫漢詔取人，不限對策，字數隨其所對，盡其所見。故孝文時晁錯對策不過二千字，孝武時董仲舒對策不過二千餘字，然上覽之而異焉，乃復策之。凡詔策三問，而所對皆不及二千餘字。洎公孫弘荅策纔五百餘字〔一〕，然漢之得賢良，斯爲盛矣。觀董仲舒所對策三道，亦非以當日内成。今但依漢之取人，則董、晁、公孫輩不獨漢有也。咸平三年上，時自知泰州召還。

校勘記

〔一〕弘，原作『洪』，案作『弘』者，乃錫避宋太祖父『弘殷』諱改『弘』作『洪』也。以下徑改不出校。

上真宗乞賑給河北饑民

臣今月二十五日所進實封，爲霸州乾寧軍死傷人户等。自二十六日至今，又據莫州奏，饑死一十六口，滄州奏全家饑死一十七户。雖有指揮下轉運司相度，及減斛斗賑糶，即未見别行指揮。若有司只如此行遣，實未稱陛下憂勞之心也。陛下爲民父母，使百姓饑死，乃是陛下孤負百姓也。宰相調爕陰陽，啓導聖德，而惠澤不下流，王道未融明，是宰相孤負陛下也。今陛下何不引咎，如禹湯罪己，略降德音，下饑餓殺人處州府，民心知陛下憂恤，然後振廩給貸，以救其死。若倉廩虚而饋運邊備尚未足，即日無可給貸，則是執政素不用心所致。昔伊尹作相，耻一夫不獲。今餓殺人如此，所謂焉用彼相。今陛下可將此事以理道略面責宰臣以下，觀其何詞以對，視其有無怍色，有無憂色。待三日後，或旬浹以來，不上表待罪，不拜章求退，是忍人也，何良相之爲乎。既非良相而猶用之，則是陛下不以百姓心爲心也。若不別進用賢臣，恐危亂之萌，將來滋蔓難圖也。語曰：『十室之邑，必有忠信。』況今皇家富有萬國，豈無人焉。可於常參官自來五日一轉對中，觀其所上之言，有遠大謀略、經綸才業者，可非次擢用。若有其言而無其實，退之以禮，亦合理體。不然，則臣恐國家未能早致太平也。豈唯太平之未能致，其憂患不獨在邊防，而叛亂在内地也。此是陛下纘嗣先帝萬世基業之急務也。所急之務，莫先於此。惟聖聰睿鑒，詳徵臣之言。陸贄云：『貪因循者，終有大患。』今若因循，不早爲謀，則慮大患至矣。今臣所奏，且可先降德音，以禹湯責躬之意以謝天，以堯舜至仁之心以待下，使饑餓地分知陛下憂恤之心也。臣職在深嚴，日有聞見，不敢不奏。咸平三年正月上，時直集賢院權管幹通進銀臺司兼門下封駁。

上真宗論輕於用兵

臣竊惟國家斷徒以上罪，皆須勘鞫子細，案牘圓備，斷官録問，然後行刑。其大辟罪，將決斷，即給與酒食，命他官監決。慮有稱冤，及斷訖，即録案申奏，奏下大理寺，寺司點檢送至審刑院，院吏披詳。如案未圓，理未盡，即罪有司。所謂王者之心，重用刑而惜人命也。及至北狄騷邊，西戎犯境，不先計而後出兵，不先謀而後決戰，戰失利，即士卒陷殁者既多，人民俘虜者不少。不知斷徒以上罪，至用刑於大辟，一何用心精密之如彼；而不先計而後出兵，不先謀而後決戰，致陷殁士卒者衆，俘虜人民者多，一何用心麤疏之如此。用心精密之如彼者，是帝王重人命也；用心麤疏之如此者，由將帥輕人命也。州郡戮一死罪不當，即罪州郡。大理寺、審刑院點檢披詳漏略，各罪官吏，洎至士卒陷殁、人民俘虜，則宰相不過罷免歸班爲尚書，將帥不過黜降其官爲庶人，此乃朝廷用刑輕重之相遠也。咸平五年上，時爲侍御史知雜事。

上真宗論點集强壯

臣伏覩近日多雨，秋稼頗傷，近京諸州，積潦爲害。加以差遣使命，點集鄉兵，人情不安，物聽可駭。謂一家雖有數口，三丁必抽兩丁，定以强壯之名，備於緩急之用。雖不刺面，各遣歸農，其如終隸軍名，向去須在戎伍。當北敵未賓之際，值西戎爲害之時，豈不知臨時抽差，以補正軍闕少。如此，壯丁父母，逐家妻男，有哀慟之哭聲，實感傷於和氣。朝廷宜制理於未亂，樞相當經始而圖終。臣竊聞國家府庫稍虚，倉廩不實，不然，則何以急急於聚斂財貨，孜孜於備禦邊防？况廟堂無人，軍旅無將，居崇官者皆莫知危亡之漸，食厚禄者悉坐觀成敗之人。邊上奏報繼來，戎狄侵軼漸近，其好佞言而安聖心者，則曰國家何患；無遠慮而有近憂者，不過請聖駕親征。望陛下以宗社爲憂，乞陛下以芻蕘可聽。臣每奉聖旨，凡有見聞，即令敷陳，敢不遵守，干冒宸扆。臣無任惶恐激切屏營之至。咸平五年五月上，時爲侍御史知雜事。先是，詔集近京諸州丁壯選隸軍，錫上此疏。

上真宗論揀選强壯失信

臣伏覩去秋已來，霖雨作沴，近畿諸處，水潦爲災。雖聞檢覆蠲免租税，又聞相度低下，開決溝渠。雖憂恤之心，已有所濟；而利害相半〔二〕，莫知適從。古者不奪農時，慮妨營種，或遇歉歲，即念困窮，故有賑貸糧儲，除放徭役，免令凋瘵，不至流亡。今國家爲少闕軍兵，防備邊戍，遂於曹、鄆、宋、亳、陳、蔡、汝、潁之間〔二〕，點集鄉村，揀選强壯，得五七萬人。訪聞始降宣命指揮，只令在本城防守。及至奏聞郡數，即並抽赴京師。昨近臣何以商量，如此失信；令下民皆懷怨望，豈得無詞。況陛下常好讀書，有儒臣時得侍講。《春秋》謂『君命無二』，又曰『信不由中』。諒在聖聰，盡達微旨。豈有命令既宣於群下，而誠信不由於厥中？若外國差人在京探事，事無鉅細，境外既必盡知，知而圖謀，邊上未能安静。其所謀者謂古者以民爲邦本，食爲民天。今國家取丁壯爲兵，以失邦本；以災傷去食，寧有民天。糧儲何止無餘，邊備亦恐不濟。以此得計，以此乘時，此外國所謀之小者也。其所謀之大者，以關西去年秋稼不登，京東今歲春種已失，國家營救之不暇，廟堂圖慮之未精，欲以新集未慣之兵，授非才無勇之將，僥倖求勝，輕敵寡謀，此外國所謀之大者也。加以自春以來，多陰少晴，每遇朔風，其來數日不定。變陽春和平之令，入邊塞動静之占。臣不曉占書，不知兵略，但以經史所言之事，求災祥可見之證，以愚意裁量，望聖慈採納。雖兵者凶器，不得已而用之；民爲邦本，不得已而取之。今五七萬人，並離農畝，日近更差，使臣揀點，豈無物議憂虞？以災沴之餘，寇盜若起，適足爲戎狄之利，有勞宵旰之懷〔三〕。檢災傷乃是虚名，行賑貸且非實事，斯乃今日之務最急也，非時之患可憂也。臣謂非十年不足以聚蓄財貨，非十年不足以生育黎元。二十年間，治之得其宜則無慮，治之失其宜則有患。非二十年尚未能蓄聚財貨生育黎元，況臨事欲制置乎？望陛下思今日之急務，慮非時之所憂，示信以結之，善謀以成之。若信不由中，事出慮外，必恐國家多難〔四〕，自今日始。臣受先帝拔擢，不敢不言；臣受陛下指揮，不敢不奏。咸平六年三月上，時爲侍御史知雜事。先是，五年十一月，令近京諸州募强壯願充軍者，給衣服裝錢送闕下，錫上此奏。

校勘記

〔一〕相，原作『之』，據《續資治通鑑長編》卷五四改。

〔二〕鄆，原作『軍』，據四庫本改。

〔三〕宵，原作『霄』，據四庫本改。

〔四〕四庫本無『必』字。

上真宗乞詢求將相

臣嘗讀《唐太宗實録》，見李靖文武材略，隋將韓擒虎即其類也。靖再與擒虎論兵，未嘗不稱善，撫之曰：『可與論孫吴之術也。』初，事隋爲殿内直長，吏部尚書牛弘見而重之，曰：『李靖，王佐才也。』今國家自先帝平晉之後，與戎狄結隙，將相舊人，相次薨謝，邊鄙間州縣屢爲戎狄所陷。皇威不振久矣，時議乃以將相無人亦久矣。即不知今來朝廷公卿大夫間，有如韓擒虎與李靖論兵否？有人如牛弘知李靖有王佐才否？若有人能論兵，有人負王佐才，未審陛下知之否？有人善論兵，有人負王佐才，乃是帝王合先知之矣。自來皇城司差人探事，又别差探皇城司。探事人如此察探，京城民間，事無鉅細，皆達聖聰。近又差朝臣爲巡撫使，及差朝臣以點檢酒務名目，出外採訪。所採訪之事，不過民間利病，不過官吏能否而已。即未聞委公卿大夫察訪善論兵之人，詢求有王佐之才者也。由是見所求者瑣屑，而所忽者遠大也。陛下若以宗廟社稷爲憂，以生靈爲念，即宜以遠大爲務，求將相爲急也。臣每奉聖謨，令陳鄙見，仰祈英睿，特賜披詳。咸平六年八月上，時右諫議大夫、史館修撰。

咸平集卷第二

書一

請復鄉飲禮書

月日，鄉貢進士臣田錫惶恐頓首，獻書皇帝陛下。臣聞聖人建大業，得大位，制禮以經邦國，作樂以和神人。五禮行於朝廷，遠方之民有終身不得觀之者；六樂奏於宗廟，遠方之俗有終身不得聞之者。於是制鄉飲之禮，行鄉校之間，俾人徧知，冀人易識。蓋其禮甚辨，其儀甚詳，有祭獻之儀，有俎爵之數。命鄉人之賢者爲主，延鄉人之老者爲賓。揖讓拜起皆有儀，升降進退必有位。以金石之樂和其節，以《雅》《頌》之詩導其情。自秦承周衰，漢弭秦亂，不能行之。至後漢世祖行之，世祖之後復廢。至西晉復之，西晉之後又廢。至皇唐用之，明著禮文，散頒郡國，咸俾長吏，以化黎元。至開元中，宣州刺史裴耀卿以爲鄉飲之儀，唯於貢士之日，略得舉用，其餘寢停，豈聖王化俗之心，豈良吏知禮之大？於是拜章奏以上言，自恭勤而行禮。月而習之，歲而行之，於是宣州耆老、宣庭寮吏，每聞歌《白華》之什、《華黍》之詩、《南陔》之篇、《由庚》之頌，言孝子善養親之道，述萬物遂性之旨。觀者皆踊躍，聽者有感泣，蓋禮樂之感於外，而精誠之發於中也。在唐之世，爲唐之牧守，唐之世祚垂三百載，唐之牧守凡幾千人，唯耀卿能於一郡之間，獨奉先王之禮，猶化其俗，尚移其風。以是知先王之禮不徒行，先王之樂不徒用，但後人行之不得其道，用之不知其微。國家大禮，與天地同節，大樂，與天地同和。禋天地，祭宗廟，祠山川，正齒胄，追封册冠婚之禮，軍旅賓客之容，陛下皆舉百王之禮而行之，以六代之樂而明之，所謂禮樂征伐自天子出。矧國家括地三百州，拓土一萬里，年穀屢稔，民風大和，朝廷之禮既崇，而遠方之民有未親見之者；朝廷之樂既備，而遠方之俗有未親聞之者。願陛下申明舊典，舉行新命，頒鄉飲之禮，修鄉飲之儀。使其觀祭獻之嚴，則知不忘報本矣；覩蘋藻之祀，則知所貴者誠矣；見賢者爲主，則知懋德者可尊矣；視老者爲賓，則知高年者可恭矣；閲揖讓拜起之式，則知謙恭樽節之可學矣；見陞降進退之容，則知折旋俯仰之可習矣；聞《白華》《南陔》之詩，則知孝於父母矣；聽雅音正聲之奏，則悦於和樂矣。月而習之，歲而行之，稔於禮而自熟，漬於道而彌深。訐愎化爲柔和，狠戾遷爲貞順，革惡歸善，流邪復正，其何難哉？蓋性相近也，習相遠也，不覺自遷於無過之地，不覺自生於知耻之性。既無過又知耻，國家雖設刑，而無淫慝可刑矣；朝廷雖設禁，而無過差可禁矣。若是，則爲父者以慈而爲教也，爲子者以孝而自守也；爲兄者以友愛而自得也，爲弟者以恭謹而自悦也；爲夫者以和而有其室家也，爲婦者以柔而事於舅姑也。一家率之，一鄉慕之，一邑化之，一郡榮之，一國興之，天下同之，得非王者厲精於禮樂而致之，諸侯折節於禮樂而奉之？若以爲古之禮也不可復行，則世祖承盗莽之後，而能行之；晉氏承曹魏之亂〔二〕，而能復之；太宗革隋季之淫，而能用之。若以爲俗之薄也，難驟化之，則裴耀卿何以化之，宣州之民何以順之？是知千古絶迹，三代曠禮，猶可繕完補緝，損益裁酌，沿其俗，適其時而明之。況貞觀之風，開元之化，左顧不遠，右盼可及，彝章不泯，令式斯在。昔舜庭奏樂而鳥獸率舞，燕谷吹律而草木遂萌，文王行禮而虞芮懷慙，范宣讓功而樂驫知變。夫金石至和，非有樂於鳥獸，而鳥獸自舞；草木無情，非必應於律吕，而律吕能通；西伯之仁，不以化虞芮，而争訟自息；晉卿之讓，不以矯樂驫，而汰虐自亡。蓋禮樂之進物也速，而謙讓之服人也深。况欲以賓主之禮以明之，以祭獻之儀以示之，以金石之樂以歌之，以升降之度以化之，以揖讓之容以導之，以尊賢之序以命之，以養老之道以喻之。人之心、物之性，得不優而柔之，而自趣之；感而慕之，而自化之。鄉飲之禮化民導俗，夫如是之速也。願陛下詢公卿而復之，望陛下敕牧守而行之。行之期年，則民知耻；行之再歲，則民知教；行之三載，則民知禮。行之而不輟，用之而能久，則比屋可封之俗，不獨帝堯之時也，聖代當復見矣；聞樂而感之者，不獨宣州有之也，天下當盡然也。天下幸甚，海内幸甚。惟陛下裁之。臣不勝慺慺思理之誠，謹昧死奉書以聞。臣錫誠惶誠恐，頓首再拜。

校勘記

〔一〕曹，原作『元』，據四庫本改。

請修藉田書

月日，鄉貢進士臣田錫惶恐頓首，獻書皇帝陛下。臣聞農者，國之大本也；穀者，人之司命也。古先哲王，慮農之不勤也，憂人之棄本也，於是設躬耕之儀，立藉田之禮，行於國，化於天下，勤於身，勉於海内。天子履田，誰敢不力於壟畝；天子執耒，誰敢不務於播種。所以孟陬之月，擇日惟良，一人齋戒以晨興，百辟肅恭而景從。載耒耜於車右，就阡陌於國東，朱紘以飾禮容，青輅以協時令。春景燭物，和風扇野，千畝之首，三推爲先。内宰詔於后妃，乃獻穜稑；甸人率於黎庶，遂終耕壟。所以供粢盛也，以之備醴酪也。

天地山川之祭用兹而給焉，宗廟社稷之祀由此而備焉。是知藉田之禮，乃有五利：勸民不忘本一也，農有餘蓄二也，俗知廉恥三也，政教可喻四也，盜寇不起五也。用是五利，播於萬民，以之興役則民不凋敝，以之事戰則國有餽運。雖有水旱之災，不害民也；雖值凶荒之歲，不瘁國也。是故上之化下，如壐之在塗；下之從上，若水之在器。所以乃稼乃穡，宜自我勤；乃耕乃殖，宜自我先。雖有貨財，不救餓殍之困；雖有寶玉，不濟災凶之患。故歷代奉於周制，百王修於藉禮。漢魏晉宋之主，齊梁隋唐之朝，或立壇以祀先農，或置廩以爲神倉，或過三推之數，或頒萬斛之種，或許行之於郡縣，或亦因之而賞賚。今陛下嗣守洪業，勤恤黔黎，四方之書軌大同，九牧之貢輸咸至，坐明堂以布政，居宣室以詢賢。謂小大之獄未明，則慎擇法官，喻以無濫之旨；謂朝廷之政未理，則優容直臣，大啓上言之路；謂賢良未至，則虚佇以待。前古未行之事，陛下行之；今日所急之政，陛下修之。是故五星融明，八穀無害，風雨時若，黎元乂安。然於千畝之田，尚曠三推之禮。雖在南之畝、惟西之疇，時歛有多稼之謡，歲取聞如坻之詠。必若載揚之候，或以啓蟄之時，命大司農以飭田，詔太常伯以撰禮。惟月之吉，即晨以興，八鸞鏘鏘，前適東郊之道；百寮翼翼，相從北闕之下。鳴蒼珮於宸衮，建青旂於帝車。閶闔來風，振我發生之德；勾芒司候，佑我播種之儀；簠簋豆籩，薦先農之壇墠；耒耜黍稷，列公藉之阡陌。旭日新景，朝霞暖輝，千乘萬騎，列於左右。金根玉輅，儼於威儀。有司贊禮以降車，侍臣肅容以進耒。綺疇奮一墢之土，褕衣獻五稼之種。然後三公繼禮，九卿就列，庶寮迭耕，黎民終畝。於是順陽和之德，以農爲先；示稼穡之難[一]，以己率下。以金石絲竹，感和悦之懷；以賞慶錫賚，助禮容之盛。加以發如綸之詔，降藉田之儀，俾諸侯行之以興稼政，俾遠民觀之以知帝心。即民之趣耕，若憂風雨之至；民之務本，不遺天地之利。倉廩實而知禮節，衣食豐而識廉恥，則末作自歸於農畝，遊民必復於田業。豈徒粢盛是供，犧牲是養，實將人心無趨末也，民力無枉用也。

必父誨其子，兄勉乎弟，不使遺地利、失天時。桑麻之勤，由農而繁矣，雞豚之畜，由農而孳矣。民以之祠祭則有備，以之賦役則不困，以之餽餉則成禮，以之拯恤則爲仁。若是，皆陛下躋之於富壽也，由陛下致之於安逸也。既安且逸，則和樂之氣感乎天地；既富而庶，則禮讓之風行於邦國。天地感，禮讓行，所以麟鳳集於郊藪，圖書出於河洛。故臣以爲千畝之耕，五利斯得，其實在玆。願陛下憲章周官之禮，沿革唐朝之制，躬親黛耜，勉勵黔首也。昔武后，女主也，猶俾中和之節，咸獻農書；昭帝，幼主也，猶弄鉤盾之田，垂芳史策。矧陛下功業高於往古，文武冠於前王。雖湯仁禹聖，纔可同塗；漢祖唐宗，未堪較德。而猶闕於藉禮，何以示於黎元？惟陛下俯循采菲之言，幸復躬耕之禮，無俾前代之主，獨擅務農之美。臣不勝罄伸誠請之願，謹昧死奉書以聞。臣誠惶誠恐，頓首再拜。

校勘記

〔一〕難，四庫本作『艱』。

貽陳季和書

季和足下：錫觀乎天之常理，上炳萬象，下覆群品，顥氣旁魄，莫際其理，世亦靡駭其恢廓也。若卒然雲出連山，風來邃谷，雲與風會，雷與雨交，霹靂一飛，動植咸恐，此則天之變也。亦猶水之常性，澄則鑒物，流則有聲，深則窟宅蛟龍，大則包納河漢。若爲驚潮，勃爲高浪，其進如萬蹄戰馬，其聲若五月豐隆。駕於風，蕩於空，突乎高岸，噴及大野，此則水之變也。非迅雷烈風不足傳天之變，非驚潮高浪不足形水之動。夫人之有文，經緯大道，得其道則持政於教化，失其道則忘返於靡漫。孟軻荀卿，得大道者也，其文雅正，其理淵奧。厥後揚雄秉筆，乃撰《法言》；馬卿同時，徒有麗藻。邇來文士，頌美箴闕，銘功贊圖，皆文之常態也。若豪氣抑揚，逸詞飛動，聲律不能拘於步驟，鬼神不能秘其幽深，放爲狂歌〔一〕，目爲古風，此所謂文之變也。李太白天付俊才，豪俠吾道，觀其樂府，得非專變於文歟？樂天有《長恨》詞、《霓裳》曲、五十諷諫，出人意表，大儒端士，誰敢非之？何以明其然也？世稱韓退之、柳子厚，萌一意、措一詞，苟非美頌時政，則必激揚教義。故識者觀文於韓、柳，則警心於邪僻。抑末扶本，躋人於大道可知也。然李賀作歌，二公嗟賞，豈非豔歌不害於正理，而專變於斯文哉？季和，蜀之茂士也，嗜於博古，而工於作歌。以余東適秦關，祖道以別，示我長歌數百字，以爲贈行之言，有以見天資杼軸，得於長吉；文理變動，侔於飛卿也。吾黨聞人，非君而誰？金門玉堂，俟子偕進。延佇之意，書不盡言。錫白。

校勘記

〔一〕放，原作『法』，據四庫本、宜秋館本改。

貽宋小著書

數日論文，更得新意，若獲秘寶，如聆雅音。苟非賢智之交，寧厚切磋之道。所謂悦我以文藻，榮我以道義也。洎拜別後，在道路間，羸馬長驅〔一〕，征心自逸，三思商較之義，再詳通變之言，一以貫之，引而伸之，竊有所得，似亦可采。稟於天而工拙者，性也；感於物而馳騖者，情也。研《繫辭》之大旨，極《中庸》之微言，道者任運用而自然者也。若使援毫之際，屬思之時，以情合於性，以性合於道，如天地生於道也，萬物生於天地也。隨其運用而得性，任其方圓而寓理，亦猶微風動水，了無定文，太虛浮雲，莫有常態，則文章之有聲氣也，不亦宜哉？比夫丹青布彩，錦繡成文，雖藻縟相宣，而明麗可愛。若與春景似畫，韶光艷陽，百卉青蒼，千華妖冶，疑有神鬼，潛得主張，爲元化之杼機，見昊天之工巧，斯亦不知所以然而然也。則丹青爲妍，無陽和之活景；錦繡曰麗，無造化之真態。以是知天亦不知其自圓，地亦不知其自方。三辰之明，六氣之運，如目之在氣主視，耳之在體司聰，己亦不知其自然也。故謂桂因地而生，不因地而辛；蘭因春而茂，不因春而馨。人傷體則憂，蚺去膽則勇；龜殼便於外，鱓骨樂於衷；草腐而輝光生，物老而妖怪出；松以實而久茂，竹以虚而不凋；騶麟之性仁，虎豹之心暴。得非物性自然哉？錫以是觀韓吏部之高深，柳外郎之精博，微之長於制誥，樂天善於歌謠，牛僧孺辨論是非，陸宣公條奏利害，李白、杜甫之豪健，張謂、吕温之雅麗。錫既拙陋，皆不能宗尚其一焉。但爲文、爲詩、爲銘、爲頌、爲箴、爲贊、爲賦、爲歌，氤胎合，心與言會，任其或類於韓，或肖於柳，或依俙於元白，或髣髴於李杜，或淺緩促數，或飛動抑揚。但卷舒一意於洪濛，出入衆賢之閫閾，隨其所歸矣。使物象不能桎梏於我性，文彩不能拘限於天真，然後絶筆而觀，澄神以思，不知文有我歟，我有文歟？以是咨於君，孰是孰非，幸一見答，更祛瞢昧。錫拜手。

校勘記

〔一〕羸，原訛作「羸」，據四庫本改。

咸平集卷第三

書二

貽杜舍人書

五月日，進士田錫謹拜手奉書舍人座右：錫嘗以言而當，智也；默而當，智也。進而受知於識者，才也；退而無咎於躬，知進退也。《易》謂『動静不失其宜，其道有光』。粵若志在濟民，名未爲人知，必反經合道，用奇矯時，名乃一日千里，諸葛堅卧、太公釣國、酈生長揖、王猛捫蝨之比也。夫才略爲根幹，知己爲羽翼，不俟終日，可以論幾矣。錫天付直性，非苟圖名利者也，竊嘗以儒術爲己任，以古道爲事業。噫！圖名不以道，雖使名動朝右不取也；得位不以道，雖貴爲王公不取也。錫謂進賢爲道也，誅讒邪爲道也，濟天下使一物不失所爲道也。昔伊尹五就桀，欲理之速也，不得已歸於湯。伊尹固不以名、不以位，但濟天下之志汲汲也。夫有君子之行，不有君子之文者，漢申屠嘉、周勃也。有君子之文，不有君子之行者，唐元稹、陸贄也。其中人也，發若彍弩；其稔毒也，隱如敵國。所謂以名以位，務乎仇覆人，與伊尹相反。與其有文也，寧有行也。孔子曰：『惟名與器，不可以假人。』士有大功於國，天子則彰其名，賜其器。賜之既不濫，受之亦不喜，蓋公共也。小人則飾詐勉道，便僻希旨，盜我名器，以爲身榮。明公謂之何如？錫幸不佞，從士君子之後，安敢去彼取此乎？明公有君子之行，稱於識者，自邇及遠，如蘭蕙當風，苾芬襲人；如冬陽夏陰，人來歸之。錫於是冒炎暑，涉遠道，一拜高義，求他日之羽翼也。《周易·泰》：『拔茅彙，征吉。』〔一〕茅之連茹以其彙，類征往乃亨吉也。天地交，萬物通，君子道長之時也。天在地下，以貴下賤之象也。小人狂瞽，奮筆伸志，若默於明公，失則多矣。是用喋喋譊譊，黷於聰明，取《春秋》『言以足志，志以足言，不言誰知其志』之義也。幸賜留意，幸甚。錫再拜。

校勘記

〔一〕『周』上原衍『不』，據四庫本、宜秋館本删。此句，《周易》原作『拔茅茹以其彙。征吉。』

上中書相公書

四月二十三日，鄉貢進士田錫謹以長書一通，獻於相公黄閤之下。惶恐震駭，不知所裁。幸相公容而察之，使獲盡其愚衷，則可以免僭踰之誅，而蒙容恕之惠也。夫以賤干貴，遭逢實難；以言感人，聽信亦寡。蓋貴賤之際，若天壤之相懸；言感之間，非聰明而弗悟。今相公以英貴之重，居廊廟之尊，功業輝光，仁義流布，事無微而不燭，理無深而不知。故在位庶寮，與仕進之輩，孰不受陶鑄之大惠，靡不希顔囑之餘輝。錫是以載徵敷叙之辭，上覬鈞台之鑒。昔文王稱睿聖，猶詢及蒭蕘；周公曰聖人，亦下禮貧賤。邴吉問服犢之喘，齊相念涉淄之寒。路左長謡，而晏子動容；門下獻書，而姚崇弗罪。斯皆相公熟聞之事，儒生常叙之談，固不假形於書簡而後知，亦不勞伸於比喻而方見。然相公以房杜之策略，佐堯舜之事機，入造膝於一人，出勞神於百揆。所務者國家大事，所思者社稷宏謨。動唯萬務之繁，靜悅寸陰之暇。而白屋之士，片藝自沽，求謁見於黃扉，進干祈於重顧。求名者不過爲希科第，在位者不越爲冀遷升。若是者纍纍然接踵於門欄，藉藉焉取容於左右。無宏才大略以裨於采聽，無英氣異行以動於禮容。所以相君之門非深嚴也，由所謁之人非英特也，宜其情弗上通，而言弗下應焉。相君之聽非忽略也，由所吐之言非利害也，宜其進未速見，而退未能已也。是以古人知崇重之難接，非奇偉之莫伸，故有危冠長劍以飾容，長揖抗禮以自異。錫常研幾於此，而取類於彼，悅懌自得，始終可圖。以爲凡欲一謁公卿之門，一達生平之志，胡不觀往古所行之事，酌於今未兆之機，焉敢曲徵異辭，聊欲直叙往事。昔齊宣志在馳騁，而淳于之薦客非賢；閭廬志在仇讎，而伍員之所言未當。非言未當也，其言非閭廬之志也；非客不肖也，其人非齊宣之意也。故徼福者先意而爲事，事無不合；希寵者見幾以設謀，謀無不諧。觀大《易》之言，則曰『幾者事之微』也；詳《春秋》之旨，則曰『需者事之賊』焉。進與退必以時，而謀與斷交相養也。今相公知小人在此一書也，罪小人亦此一書也。雖知言出而罪入，固宜偷合苟容，與衆人碌碌焉。苟萬一志意相投，寵遇下及，則安可違利趣害，而貽識者之譏也？幸相公英明而察焉，望相公仁恕而容焉。錫以羈旅之人，懷叢脞之藝，去國三千里，宦遊二十載，貧賤瑣屑，迂懦闇鈍，不言而曉，言之且慙。年齡在躬，三十有九。昔在於蜀，同與科場者，今皆列丹陛、升清貫，出奉帝皇之命，入居臺省之職。而小人猶食人之食，衣人之衣，困爲旅人，辱在徒步。當明天子在上，賢宰相當國，仁猶及於草木，信尚乎於豚魚。安可負六尺之軀，懷丈夫之志，而終日屑屑，不能自奮。非知己之罪，實自貽之戚也。寒賤幽憂之苦，不足爲相公言之；希求遭逢之幸，不敢於相公伸之。言之則褻黷聰明，申之則干犯英貴。然又何以迴特達英果之遇，濟進趨變化之機？孟子云：『位卑而言高者，罪也。』今無寸祿之位，而吐僭高之言，酈生五鼎之烹，田光伏劍之節，豈獨古人也！今幸而爲相公言之。錫生平所著文約百軸，擇其自善者得二十編，雖繕寫獻投爲舉人事業，固不乞用爲賣名之貨，亦不足爲希賞之資。其實邀相公之知，迴相公之鑒者，在此一書爾。昔相公奉使於吴，而知吴可取也〔一〕。相公在西掖爲侍從之臣，旦夕論思，而謂蜀可滅也。相公在翰林，訏謨宥密，益親帝衮，而致吴越王來歸闕下。以是知擒吴滅蜀，平百越而來四夷，豈非相公贊成帝謨，而密用良畫哉！所以先帝取天下，平海内，二十年間强不敢掩弱，大不敢加小，信泰來之運鍾於聖朝，升平之時歸於今上也。今主明而相賢，本豐而基固，天下安危之柄，總之於主上，而持之於相公。夫盛事難兼，而良時不再。且老農有三載之儲，猶悦然而自裕；良賈獲千金之利，尚怡然而自多。矧相公遇太平天子而佐之，獲太平之民而理之，豈不以功名輝赫而自裕乎，豈不以志意縱横而自多乎？且自古亂世多而理世少，君子寡而小人衆。以姚崇之賢而值玄宗晚年，稍溺情於逸樂；以裴度之量而遇憲、穆之際，未致太平。今天子春秋鼎盛，好文而稽古，天下底定，内寧而外安，此相公可意之秋也，生民受賜之時也。夫制理於未亂，禁邪於未形，則君子明智先見之常道也。兵書曰：『善戰者無赫赫之名。』蓋制勝於未形未兆之前也。古人云：『天下有道，則守在四夷。』方今邊鄙無虞，戎夷畏服，契丹遣其愛子入朝貢奉，是相公慎擇邊吏，俾務大體，無使邀功而構怨之秋也。邀功則事生，事生則怨生，是邀功之人，不能布天子之大信於外夷也，相公能不介意乎？小人狂愚，一至於此。《春秋》不云乎：『嫠不恤其緯，而周宗是憂。』然狂夫之言，聖人擇焉。昔魏武惡楊修之智而殺之，千載之後，人皆非之；韓信納左車之説，百戰之勝，人皆美之。湯曰：天下愚夫，一能勝余。舜聞一善，沛然而悦。苟言利國家，則言之者無罪，而聞之者足以自戒。相公憐而察之，則以爲小人方謀仕進，苟非設奇，則無以警駭聽聞也。若相公鄙而淺之，則適足邀撫掌大噱也。相公若以片文知於小人，則錫有二十編之文，願受知於門下；若以一言知於下走，則錫有鄙聞陋見，願見采於輿人也。若以憐亡國之餘，恤宦遊之困，而錫鈞鎔於匹夫，則羈旅之人自兹而振矣。昔唐時名輩在科場間，亦以設奇取譽，如尹樞自放狀元、王璘衣纈之類。又若劉禹錫、柳宗元之爲人，皆以大儒之業，當壯年獲志於科第，自謂跬步萬里，坐邀大位，而言無畏忌，志務倜儻。迨升郎署，席未遑暖，而衆毁已熾。或出刺遐徼，而流離不復。或終老散地，而詩酒自寬。壯圖弗伸，晚年方悟，非當時弗用也，由鋭氣誤物也。仕進之仵，苟能鑒往失而慎將來，則安可不爲良相之用乎，安可不受良相知之乎？揣小人藝能，固與往賢懸邈也，然遽以蒭蕘之見，驟希廟堂之知，死罪死罪。相公若以爲適時之機，自伸之術，慕王泠然求知宰相，尹樞自放狀元，斯亦覬相公稍霽威怒而深察焉。錫惶恐頓首再拜。

校勘記

〔一〕『可』字原脱，據四庫本補。

答胡旦書

秀才即先輩：人來得書，竊知寧適，慰悦之外，感荷良深。兼蒙見招，俾與文會，良期美信，莫尚於兹，甚善甚善。余念自出蜀至咸、鎬間，今已六稔，再還家，兩遇權停貢舉，羈旅中支離契闊，幽憂愁辛，大丈夫壯節殆亦銷爍。今吾子書中憐余家貧援寡，久住關輔，乃知我者也。古人所重者交結，翼道祐德，激切奮發，何莫由斯。故吕布、袁遂爲奔走之交，晉文、介推爲急難之友，垂在信史，有志者慕之。余每自惟無英才大略以爲慷慨事，又無嘉辭優學以爲君子儒，而吾子過聽虚名，相厚之甚也。往年得澶淵之書，前歲偶渭北之會，今春得夷門之信，適足見惠然相顧之情也。《易》不云乎：君子定其交而後求。語不云乎：『君子以文會友。』《古樂府》有《結客少年場》。今三者君皆兼之，恭佩徽音，敢不勉信與學，以爲奉交之職也。古人云：易失者時，難得者知音。余嘗讀西漢書，見高祖以英武取天下，而文帝以道德化海内，措刑不用幾四十年。於時最稱俊才而年少者有賈誼，觀其所上書，真卿相才也。然當宣室受釐之際，思鬼神事，詔誼問之，不覺膝之前席，然終不能大用，惜哉。迨至有唐貞元、長慶間，儒雅大備，洋洋乎可以兼周、漢也。帝王好文，士君子以名節文藻相樂於升平之世，斯實天地會通之運也。自數百載罕遇盛事，今錫與君偶斯時焉。自吕狀元蒙正得第之後，有御製詩以賜之，聞兩制中得與上倡和。昔漢世祖以《外戚傳》賜竇融，以《河渠書》賜王景，唐太宗、玄宗與侍從臣以文賦相疇酢，今復覩之。況吾子負倜儻之氣，懷磊落之才，將來振海内之名，鼓天下之動，廣視闊步於場屋，飛聲走響於公卿，高掇榮名，若坐會稽、臨滄海，投犗十二而釣取巨鼇也，孰不偉之。然錫自得君書，三復闕繹，其中有云：將來舉公，有宋、李、趙三才子也。君欲以文彩聲稱與之相較勝，亦猶洞庭震澤，幅員千里，吞納江漢，雖飛濤駭湍，浮天沃日，得不委之？壯哉，真場籍中燕魏豪俠也。君既不以余鄙陋淺近，許與爲交遊，若使各言其志，則余嘗聞孟軻稱仲尼曰『德之流行，速於置郵而傳命也。』又曰：『至仁無敵。』《禮》稱顔子『得一善必拳拳服膺』。《語》曰：『德不孤，必有鄰。』〔一〕設使至藝如至仁，自然無敵。德苟修而衆善必爲己鄰。名載德而行，故君子金玉其名，砥礪其行，行茂而名榮，人莫得而勝之也，又何必肝膽楚越，而使人莫己勝也。昔郭代公在國學，家寄三百萬錢適至，爲急難者告之，傾裝以贈。代公器局之名，從而得之。又王起知舉，命白敏中疏賀拔惎〔二〕，而欲以狀元待之。白敏中曰：『一第何門不致，奈何輕我至交？』斯則交友之情從而見之矣。器局之名，當師範代公而求之。交友之情，當企慕白敏中而修之，則何適而不爲君子也。吾子勉之。暮春之月，必獲命駕，會挹非晚，欣愜豫深。謹奉書感謝，幸賜詳察。不宣。京兆田錫再拜。

校勘記

〔一〕語，原作『易』，案此乃《論語·里仁》章文，因據改。

〔二〕賀拔甚，原作『賀扱甚』，據《唐摭言》改。

附胡旦書〔一〕

僕與足下别亦已久矣，惟明月相共，清風尚遥，芳春素秋，頻隔嘉會，想計學呑雲夢，才高泰山，日隆王霸之圖，時積經綸之業，將期大變，塞吾與天下之望也。近者拾遺拜官，小子躬賀，喜沃無已，吾子可知。又論將來舉公之傑技者，屈指筭數，中無幾人。有宋元瑜、李度，二后之弟也，趙昌言名聞京師，其餘勢家，僅數十輩，惟何士宗卓然獨立，有不憤之色，願與僅同群，爲之力戰。公蜀人也，久在關輔，遠於京闕，家貧援孤，與我相角。倘聞斯言，必大喜也。請速來，三月盡，約爲夏課〔二〕，三人同志，以振吾道。將横擺筆陣，銛淬辭鋒，張雄文以遏其勢，鼓大名以挫其氣。吾子擊其前，何公刺其後，僕則左掎右角，彼入我出，拔旗挾鞆，斬將折馘。英聲一振，京師動摇，爲此之計，不亦大乎。願足下速與謀焉。夫敵人者不先扼其亢撫其背，刺虎者不先斷其爪滅其牙，則彼不可得也，惟足下詳之。春色將青，良會在近，遥望命駕，在乎朝夕跋涉之間，想無怠也。不宣，麗天頓首。正月二十九。

校勘記

〔一〕原作『胡旦書』，並置於《答胡旦書》前，今移其後，『附』字據四庫本補。

〔二〕夏課，原訛作『憂諜』，據四庫本改。

答何士宗書

二月日，京兆田錫謹致書仲感謝之意於秀才即先輩足下：錫自爲羈旅之人，久居關輔之地，每思朋英友賢之會，爲唱予和汝之文〔一〕。安知道不遠人，天弗違願，當渭北杜門之暇日，有流陽寄信之來人，款關稱云：兩書偕至，一則安定見寄之札翰，一則長者相投之簡牋。駭聞斯言，欣然而出，屨及於寢門之外，帶及乎賓階之間。得二賢之書，對使者朗讀〔二〕，喜與抃會，形相翼飛，勝獲連城之珍，若聽在懸之樂。因自退省，何從而來？且予秉筆非俊豪之才，待問無優深之學，智不足以詳論大事，名不足以推服衆人，豈謂驟承君子之交，便以國士遇我，誠爲誤聽，安敢克當。然英氣吐虹蜺，嘉辭敵珠玉，激余以善道，來我以良期，不覺增慷慨之壯圖，生抑揚之鋭志。亦猶觀白起長平之勝，入亞夫細柳之營，鼓譟而屋瓦皆飛，令嚴而天子按轡。懦夫爲之增氣，勢使之然，敢不悦投分之見知，重一言之然諾？雖未覿衛玠之容貌，未交夷甫之談諧，在君子以道爲心，以信爲體，文彩爲貌，聲稱爲言，又何必敷袵相親，晤言以接，方云識面，始謂知心哉。故千里之喻，比肩傾蓋，若同曩日。《略例》云：『隆墀永歎，遠壑必盈。』《管子》曰：『無翼而飛者聲也，不根而固者情也。』哲人交結之旨，尺書邀激之辭，脗合於心，適令得志。況今主上以文明之道化四海，良相以清静之理育萬方，卿大夫以名節相高，士君子以儒雅取進。鍾是鼎新之運，樂乎升平之時，苟不左交英豪，右結俊造，與振藻名場之會，陪鳴珂帝里之遊，則亦是包羞，安能免誚。方俟夙僕夫之駕，赴同人之期，豈惟一詠一觴，爲文章之樂；一名一第，階雲霄之高。余欲以六經爲寰區，以史籍爲藩翰，聚諸子爲職方之貢，疏衆集爲雲夢之遊，然後左屬忠信之櫜鞬，右執文章之鞭弭，以與韓、柳、元、白相周旋於中原。未喻此旨於君何如爾？願言之志，尚難罄輸。幸稍留意，不宣。錫拜上。

校勘記

〔一〕予，原訛「子」，據四庫本改。

〔二〕者，原作「乎」，據意改。

貽梁補闕周翰書

十一月日，進士田錫謹齋沐拜手獻書於補闕執事：錫每見仕進之心，皆欲人特達之遇，而覬遭逢之幸，不揣道何如也，才何如也。迨爲明哲之鑒，揣摩其術，高下其才，特達之遇果不爲叢脞所役〔一〕，則悵然觖望，以爲鑒失於己，而嘖有煩謗之言也。君子則不然。不患無通明之知，患藝之未精；不患無特達之遇，患才之未備。不以得失榮辱，汩其趣向。昔牛僧孺欲干有司之試，先以文章卜進退於韓愈，愈高其才，遽命改館，俟其亡而訪焉，乃大署其門而退。翌日輦轂之下，僧孺之名無翼而飛，藉藉衆口，此所謂級名階第不在於彼，而在於此，束緼知婦，勢使然也。凡有司以至公之明，當掄材之任，豈欲自擅於公器哉？亦候同列推擇，慰薦茂異，以濟己之明也。陸贄在唐，爲海内之聞人也，當其掌文之柄，録賢拔善，得賈稜、王涯、李觀、韓愈、崔群輩二十三人，於時梁肅在諫垣，爲之援引，肅之所言者八人，韓愈在其選中，至今稱陸忠州、韓吏部，果何如人哉！豈唯春官氏爲國家求賢，而賴同列之推善，抑士君子爲先達，常汲汲於外，導後進以爲己任。仕進亦豈專務求於人，固當先求諸己；豈在求諸名，固當先求諸實。實茂而名自至，己修而人後知。故特達之遇，不可邀而得也，才與賢相遇，道與義相際，言未發於外，而意已熟於中矣，何暇呰諏慄斯以徼福哉？錫不逭古人遠矣，自十有五志於學，逮今二十年。所吐之文非超絶横厲，駭人耳目，但屑屑在模範軌轍間，又未能鷹揚虹伸，與群俊角逐，而尚在貧賤中，未嘗不惕然愧耻。雖迂疏鈍訥之若是，然志有所自守，迹有所自明，必也躋一第、拜一命，庶幾無忝於時，無愧於心，不使識者指目而竊笑。斯願斯懇，非英信明達之大賢，固不敢妄發斯言以取譴怒也。今明公鑒如止水，公如平衡，言如鉤繩，動爲律度。剛决之氣斷於奬激，融和之色形於接納。錫是用曲俗之態，短綆之智，願爲門下之士，期明公以通達之識照，照其邪直，燭其妍蚩，苟若萬分之一可偕士林之末，則明公英特之遇不施於僕，僕遭逢之幸不自於明公，則直在錫也，曲在公也。亦猶南醫善蠲人之疾，疾者亦自善導養，能消息其氣，以合於醫。但俟錙銖善良之藥，則霍然洞散其湫底羸露之疾，而南醫持其疾以邀豐腆之酬，一旦爲北醫急於仁義，投以靈餌，起於瞑眩，南醫雖悔，其可復追？故君子臨仁義速不旋踵也。錫今所謂消息其氣，以合於善良之藥者也，善醫者幸早圖之，無爲他人攙惠而悔追弗及。抑近世仕進之子，不敢歷公卿士大夫之門，慮殖嫌疑於栽培之地，而耦俱生謗，設使負非常之才，有非常之名，彼世疑俗嫌，又何畏忌違去之有哉。必若伏奏於丹墀之下，導揚其名於天子，使赫然超拔，雖讒慝之口，欲疵癘讏訾於正人哉？豈徒涉猜履謗而已。使其人爲囚奴，爲俘虜，爲負販，爲仇讎，而道有可貴，尚當哀窮悼屈〔二〕，洗磨振擢，趣其亟也，若濡救焚灼，提引淪溺。况冠儒之冠，服儒之服，與群俊俯仰耀廣場之風采，而不敢挺然與之爲远蹊，則豈唯負於才良，其實負於邦國也，其次負於己心也。錫愧無超邁之才，以成明公特達之名。然觀前輩以一言一辭瑰壯峻爽，爲當世有名之士飛騰吹嘘，如杜牧《阿房宫賦》、李華《弔古戰場文》、李翺《高愍女碑》、高邁《長明燈頌》，如觀靈鳳一毛，則五彩九苞從而可知矣。錫自省介言隻辭，不足買聲彩於擬議，然録長掩短，亦可彰君子獎善之德也。謹以所編鄙陋之文五十軸，贅於几閣，卜進退於明公也。榮命謂之進，方敢進。若猶未也，則有聖人六經在，當復厲精於其間，而决取舍於至公而後已。不量狂瞽，干冒明哲，恭俟報復，惶懼惶懼。錫拜手上。

校勘記

〔一〕役，原作『設』，據四庫本改。

〔二〕當，原訛『書』，據四庫本改。

咸平集卷第四

書三

貽青城小著書

月日，進士田錫謹奉書致明公足下：錫嘗讀《大易》書，得『君子定其交而後求』之義，乃知君子之交以道義，小人之交以勢利。勢利爲交，有時而改矣；道義之交，不可得而變矣。有時而改者，張釋之賓客、廉頗故吏是也；不可得而變者，仲尼、顔氏子、子皮、公孫僑是也。錫每讀聖人之書，慕君子之行，正直自守，耿介獨立。非有好古博雅之道，純信英特之氣，錫則視之蔑如，非吾儕也。竊嘗聞足下有明允之行，懷高奇之文，蓄不羈之才。有是三者，修於躬而播於人。錫所以希慕德風，欲定交於足下。然錫名迹未著，不爲人知，一旦遽捧尺書，欲定交於足下，足下必按劍瞋目，不知其所由來。請以錫之行止，爲足下委曲而言之，冀足下詳信而稍意也。錫，蜀人也，當小國時，嘗以藝文干於時。時不我知，委頓廢棄。錫自謂鵬躍北溟，固爲槍榆者所非，誰復能效兒女子戚戚憤悶，思苟於身計耶？洎吾皇平定中區，蜀爲内地，錫滯若匏繫，介在一隅，約《國風》以伸辭，翫《大易》以知命，棲息環堵，服膺大道。雖然，長者之轍交於陳平之門，天將屈我以時而伸我以道乎？厚我以文而遇我以知乎？不然，安得弘農楊公徽之、安定梁公周翰、廣平宋公白〔一〕皆博我以雅道，勉我以大來矣？今竊聆高義，欲伸於足下，未喻足下能洞豁襟懷，俾錫以生平之志，一達於聰明乎？且士大夫所貴者，樹德而親仁，博學以師古。師得古道，以爲己任，親乎仁人，以結至交。至交立則君子之道勝，勝則可以倡道和德，同心爲謀，上翼聖君，下振逸民，使天下穆穆然復歸於古道。其若德樹而未有鄰，學博而不求知，則君子之道孤弱。孤弱則未能斥小人而行古道，安得聖君而翼之？安得逸民而振之？安得天下而理之？足下登進士第，升拔萃科，出爲青城佐，將來爲達官、享大位，豈不從今日樹君子之黨，濟他日之志乎？若使小人得志，擯吾儕於下位，雖有國士慷慨之志不得伸，雖有忠臣謇諤之心不得用，道孤黨削，則足下以爲何如？錫已定交於向者三君子矣，今又伸志於足下，庶使我忠壯朋黨久大，器業得全矣。昔魏徵得房玄齡杜如晦爲黨，所以成貞觀之業；姚元崇得宋璟爲黨，所以致開元之化。裴度無黨，初爲中人魏簡、辭臣元稹排之；韋貫之無黨，爲張宿誣之。錫每讀唐史至此，未嘗不慨然興憤。今布露真懇，足下以爲狂瞽乎？以爲倜儻乎？惟明公察之。錫拜上。

校勘記

〔一〕公，原作『有佐』，據四庫本改。

上開封府判書

十一月日，進士田錫謹齋沐奉書獻於郎中執事：錫輒叙狂愚之懇，上祈英察之明，幸不罪於僭干，望稍垂於憐恕也。惶懼惶懼。《禮》稱强學以待問，《易》曰藏器而俟時。詩人垂采菲之辭，君子貴憐才之義。錫雖鄙陋，常佩斯言，加以遭逢今幸於升平〔一〕，激發頗懷於忠節，思欲一歷科場之試，一登卿相之門，觀光彩於鴻都，與周旋於造士。然才非挺特，無經邦緯俗之文；學未該通，無備問專對之智。但營營謀進，屑屑求知，豈無識者以見嗤，諒亦小人之自得。必若擇取纖微之善，愛忘瑕謫之非，則螻蛄亦有五能，而鉛鍔亦堪一割也。願敷斯志，罔避枝辭。錫聞於《易》曰：『捨爾靈龜，觀我朵頤。』是戒人之躁進也。又曰：『君子見幾而作，不俟終日。』是戒人不知變也。是則動不可涉觀頤之躁，靜不可失見幾之言。今皇上嗣守丕圖，殆將周歲，孚大信，霈洪恩，用賢才，黜不肖。英威果斷，有類太宗；豁達大度，無異漢祖。所以億兆仰之如日月，裔夷畏之若雷霆。四方肅然，天下大定。乃品物咸亨之際，地天交泰之秋。會議朝堂，公卿則耻言霸道；獻能宗伯，士人方歌詠皇風。宜乎儒雅道光，賢豪時至，遂令朝在布衣之伍，暮升華綬之榮。自古汲善拔才，進人之速，未有若斯之盛也。矧復親王尹正於京府，朝臣司掌於鄉書。考藝觀能，稱廉舉秀，當爲國薦賢之柄，實求仁弗讓之時。至有薄才如稊米之微〔二〕，介善比涓流之細，亦思赴滄溟而委潤，與公廪之均輸。衆才幸甚，鄙人幸甚。錫本貫劍南，徙家關右，淮陰寄食，常慷慨於壯圖；方朔上書，願縱横於見用，固不暇復歸故里，求薦他人。於是齋莊絜誠，僶俛從事，因拜章於北闕，求就試於南宮。至情果動於天心〔三〕，拔解許依於王府。幸遇明公，以鄒、枚之才辯，贊堯、舜之親賢。嘉謀日新，詩禮益哲王之德；善計泉湧，鉤距成大尹之名。衡平而輕重無欺，水定而融明洞鑒。故群彦盡繫於激發，小人亦冀於矜憐。所謂良工度木之秋，先達援才之際。然則言無利害，不足邀識者之知；事不崛奇，不足動通人之鑒。是以王璘以纈襦邀譽，奉春以短褐趨朝，酈生長揖於時君，王猛踞見於國相，豈不知謙能基德，禮可藩身。然以賤干尊，邈若階天之險；以卑謁貴，慄如履虎之難。苟不設機變以先聲，冀當途之動念，則夕錦詎知於文采，啞鍾誰辯於春容。故有帶檑具以自彰，懷長繩而請試，郭代公以輕財見異，裴中令以陰德受知。外黄小兒，一言當而霸王息怒；杞梁女子，一慟哭而長城爲摧。所以感人以言，不得不切；從權濟志，不得不然。顧形捭闔之書，以卜見知之念，豈徒然也。蓋欲以塵露至微之益，爲蒭蕘見采之言，幸望憐恕之也。錫惶懼惶懼！錫聞忠莫大於進賢，仁莫先於獎善。見義而勇，謂之智；臨事無惑，謂之明。然人不易知，深心有山川之險；物難求備，良材有小大之差。今親王以薦賢之柄委明公，明公以無私之心舉多士。然明試之下，與貢之人，染翰飛文，藻鑒必詳乎工拙；英才大略，盈庭豈識乎是非？設使有輔相之才，將帥之器，君子履行，哲人詢謀，未喻執事以何理而得之，以何術而知之。若知而薦之，則明公有大忠於國家也；薦而用之，則明公有大賴於賢俊也。且復智能或似於狂愚，詐佞或侔於純信，又未喻執事以何術而察之，以何理而詳之。矧投之盈几之文，加以在公之務，雖智能周物，庖丁之刃有餘；若千慮一失，君子之明亦損。莫若采擇群輿之議，精詳與奪之機，詢當朝文學之人〔四〕，觀就試文章之士，則自然不役聰明而盡得其善，不勞智力而皆得其人。能於詩者，觀其所試之詩；能於賦者，閱其所試之賦。善於論則以論取，精於策則以策求。隨其所長，觀其所試。勿捨其所有，而責其所無；勿遺其所長，而陋其所短。無求工於力分之外，無求備於赴應之中。所謂鑒周而妍陋靡遺，理當而賢愚自辨。若有宏才大略之士，倜儻不羈之才，封章爲達於冕旒，文解迥高其等第〔五〕，冀賢王得而薦之，明主得而用之。豈非明公發解之善異於古人乎？進人之名光於今日乎？是謂導濫觴於駭瀆之源，封沃土於干霄之木也。惟錫儻於衆人之末，或有一藝之長，亦俟明公濟勺水於涸鱗，假順風於弱羽。豈惟鄙夫獲遭逢之幸，固亦大賢有特達之名。狂瞽之言，采聽是望，不任惶恐禱願之極。錫再拜。

校勘記

〔一〕升，原作『外』，據意改。

〔二〕稊，原訛『稀』，據四庫本改。

〔三〕情，原訛『精』，據四庫本改。

〔四〕學，原訛『價』，據四庫本改。

〔五〕迴，原訛『迴』，據四庫本改。

上宰相書

八月十五日，將仕郎、守左拾遺、直史館、監鹽院、賜緋魚袋田錫謹齋沐奉書，拜獻相公黄閣之下。錫伏有鄙見，理合上聞，願垂聽察之仁，不罪僭踰之過。矧宰相識量，不可不包容衆人，大臣聰明，不可不采擇片善。今相公佐太平之主，理無事之朝，四海謐寧，萬務整肅。房、杜功名之暐曄，良、平智略之宏深，比於是時，不獨稱美。然至明或有所未照，至聰或有所未聞，未喻相公欲聞讜直之言乎？未喻相公欲求塵露之益乎？儻容下僚輒陳管見，不獨衆人之幸，諒亦相公之明也。錫去歲至自宣城，入見旒扆，對敭之後，聖旨宣付中書，旋蒙殊恩，授以大著。不數日，又差充京西北路轉運判官。錫固非俊邁之才，竊慕清華之職，遂拜表乞在館殿，冀與編修〔一〕。果迴聖主之恩，命作諫垣之吏，仍兼史職，盡契夙心。此皆相公施代天理物之功〔二〕，從小人所求之願。然拜表之際，嘗詣閤門。閤門有司，未便收接，須候相公台旨。又取閤使指揮，往復審詳，然後呈進。蓋有司禀奉之職，理合宜然，况臣子重慎之心，禮亦可矣。邇後扈隨聖駕，留駐漳川，洎捷奏之爰來，與追班而入賀。數日後，因進《聖主平戎歌》，雖尋達於聖聰，亦先禀於台旨。又今春二月十六日，復進《請皇帝東封書》，不敢實封，先聞閤使，備言已奉台旨，有司方敢進呈。仍依常規，先供一狀，稱不敢妄陳利便，亦不敢希望恩榮。豈有備位諫垣，上書詣閤而如此委曲，不便敷陳，無乃損相公之明，無乃失至公之體？設使言事不合理道，以言而慢至尊，自有常刑可以加罪，不足一一煩相公台聽，不勞一一稟相公指蹤。錫纔列周行，未諳時事。若是近朝體例，須至如斯，相繼因仍，未暇釐革，則乞相公申明曠蕩之理，采納愚直之言，應令後諫官上章，不須閤門取狀。乃是三公之府，機扃洞開；百職之儀，綱紀斯在。錫受相公鈞鎔之造，荷相公特達之恩，豈合容易干聞，狂簡陳述？蓋聞諸道路，稱近日左拾遺胡旦上書，希求差遣，聖人問難詶詰，仍於中書取狀，似煩聖聽，有黷宸嚴。今來詣閤上書，不易輕進，可否須覆相府，去留皆繫鈞衡也。錫既聞斯語，實介鄙懷。何以？示人無私曰至公，裁事酌中爲大體。豈相公佐先帝取吴、越，事今上平并、汾，識度勳庸，昭昭如此，何煩尋常之見，取次於廊廟之尊。然緘默不言，實辜陶鑄；若披伸不密，亦掇譏嫌。《易》不云乎：『君不密則失臣。』蓋謂下言上洩，寘言者於危疑之地也，故識者不獲已而鉗口焉。錫今進雖奉書，而退必焚藁，幸相公鈞台之鑒，恕小人忠諒之誠。惶恐彷徨，不知所措，伏乞相公熟慮而留念也。錫頓首再拜。

校勘記

〔一〕修，原訛『低』，據四庫本改。

〔二〕施，原訛『死』，據四庫本改。

咸平集卷第五

古賦一

諸葛卧龍賦

天將滅漢，天下大亂，姦雄競起以圖霸，豪傑争馳於良算。江東有孫權之彊禦，關中有曹公之勇悍。惟蜀邦之險阻，付劉璋之闇懦。伊東海之徐庶，薦孔明於先主。其人自比於管、樂，其迹尚耕於壟畝。負霸王之大略，每謳歌於《梁父》。可以屈就，難以邀取。若應龍之卧淵泉，俟良時以爲風雨。雖吴主之得豹，縱魏君之若虎，儻獲斯人以爲用，可以争强於中土。劉備乃往詣南陽，雄圖抑揚，功業稽遲而憤悱，旌旗侍從以蒼遑。豈徒賁丘園，聘珪璋，實欲尊之爲謀主而制敵，貴之爲尚父而圖王。一之日驟欲履其閾，肩其墻，殊不知杳若千里之迢遥〔一〕，浩如重泉之汪洋。人在其外，如鱣如鮪，如鰌如魴，不敢遊其窟宅，不敢漾其輝光。乃退而歎曰：『信先生之道也，如龍之方卧也。』二之日闚其户，聞其人，人雖覩而難趨，迹雖邇而難親。自覺其門若河若海，若潭若津，不得見其最靈，不得測其至神。又退而歎曰：『信先生之德也，如龍之未易識也。』三之日升其堂〔二〕，入其室，仁干森植，義櫓駢比。疑波神侍衛而洶湧，謂水怪環周而蹴踖。見其以道爲蹤，以德爲迹，以文爲鱗而彬彬，以武爲鬣而奕奕。將侔夏后，河漢可御以天飛；尚類葉公，窗牖初窺其藻質。我於是以兑悦爲雨〔三〕，以巽順爲風，動其倜儻，鼓其英雄。遂慷慨變攄而崛起，以縱横籌略而相從。亮之遇先主也，若龍之得水；備之得先生也，若雲之從龍。所以躍於吴，驟於蜀，帝王其心，日月其目。張飛、關羽爲吾之股肱，趙雲、龐統爲吾之爪足。金鼓爲雷霆之威，甲兵爲風雨之速。旌旗爲飛鬣而常舒，鈇鉞爲逆鱗而難觸〔四〕。前則飲於渭水，後猶蟠於斜谷。觀其奮首於魏，施尾於吴，將欲騰躍於秦京與鎬京，窟宅於東都與西都。然後以燕齊趙魏爲河海，以荆襄楚越爲江湖。故得寰中波駭，海内鼎沸。馬超、韓遂之流，袁紹、吕布之類，若蛟螭奔走而喪膽，比魚鱉沉潛而屏氣。豈謂天賜吴以斗牛之分，賜魏以咸鎬之國，賜我以坤維之地，俾我以鼎分之域〔五〕。既天命之所授，豈人謀之能克。漢江、沱江亦足宅其西南，梁山、劍山亦足門其東北。方欲修其德，述其職，將上請於閶闔，冀下并於華夷。變三分之國爲上國，變漢水之池爲天池。復火德之世祚〔六〕，續炎精之絶離。俄而上帝有命，碧落言歸，劉禪攀髯以何及，譙周仰首以無依。世靈其神，敵懼其威。楊儀鳴鼓以震恐，晉宣喪膽以奔馳。至今岐山之側，滑水之涯，南陽之草木，西土之邊陲〔七〕，或烈風之飄飄，或暴雨之淋漓，猶疑其蜿蜒在晦，而陰騭是司。觀陣圖者見其規畫，讀國史者想其形儀。信奇士之遇主，實千載之一時。《春秋》曰『以龍紀官』，《詩》曰『爲龍爲光』，此葛亮兮攸宜。

校勘記

〔一〕杳，原訛『邀』，據四庫本改。

〔二〕升，原訛『外』，據四庫本改。

〔三〕『爲』字原脱，據四庫本、宜秋館本補。
〔四〕鈇，原訛『鉄』，據四庫本、宜秋館本改。
〔五〕以，原訛『與』，據四庫本改。
〔六〕祚，原訛『作』，據四庫本、宜秋館本改。
〔七〕陲，原訛『墜』，據四庫本、宜秋館本改。

鄂公奪槊賦

唐初鄂公在二十四功臣之列，獨推其雄。力敵猛虎，氣揚飛虹。揮鞭而馬疾如電，運槊而身輕若風。稜稜真丈夫之勇，頷頷信武夫之容。於時擒李密，戮王充，靖隋之亂，致唐之功，非太宗不能得我之死力，非我不能赴太宗之指蹤。壯其叱咤喑嗚，而萬夫莫敵；摧堅陷陣，而一隧前空。雖孟賁之勇，鄋瞞之崇〔一〕，固不足抗其鋭、當其鋒。所以秦叔寶之徒，屈突通之輩，隨我轉戰，指麾相從。既而蕩平天下，底定寰中，戎器既包於虎革，勳臣盡紀於鴻鍾。高祖位尊，正凝旒於北闕；太宗功大，方主鬯於東宮。一旦上御便殿，公因召見，語艱難之創業，念辛勤於百戰。張膽信其如升，瞋目艴以流電。有若伏波馬上，據鞍而猶示筋骸；李廣病中，聞鼓而思驅組練。帝問以軍陣之間，何爲最難。奏曰：『惟避槊不易，然奪槊尤難。請殿下試臣斯藝，幸殿下臨軒以觀。』於時宗室有齊王元吉，力可以索鐵而伸鉤，勇可以挾輈而礫石。由是命之以角逐，合之爲勍敵。二人乃策馬交馳，鋒鋩若飛。千人看，萬人窺，廣場喧闐而將裂，高殿崔嵬而欲欹。一馳一驟，乍合乍離。紅塵漲天地，殺氣飄旌旗。若兩虎鬭而未知生死，二龍戰而不辨雄雌。天顔爲之動容，神武爲之增威。莫不鬼出神藏，風馳雨走。金吾之列衛旁震，武庫之五兵潛吼。或左兮或右，或前而或後。或翻身相避，或挺身以誘。王謂我藝必勝，公謂彼槊可取。俄而齊王之槊，已在鄂公之手。駭衆目，譟群口，喧喧闐闐，足以見一勝而一負。王猶以爲偶然也。於是再躍鋒鋋，重飛驌驦，欲致於必死之地，將求乎一日之長。雖餘勇而可賈，豈突來而難防。適資我勝，終莫予傷。乃至於再、至於三，皆爲所奪，有以見鄂公勝於齊王也。壯哉，厥藝如神，其名益振。信烏獲扛鼎之匹，項羽拔山之倫，宜其淩三軍而勢若摧枯，奪一槊而易如拾芥。聞之者誰不盡伏，見之者無不大駭。當其左擊右刺，星馳電邁，一場縱横，使人神王而心快。上意欣愉，群臣歡呼，憐公絶藝，多公壯圖。《書》所謂『番番良士』，《詩》所謂『赳赳武夫』。霹靂可叱之而鬭，泰山可挾之而趨。况陳安擅價於蛇矛，敢爲匹敵；羊侃得名於折樹，未知馳驅。是知天生聖哲，賛以英傑，料敵在於籌謀，破敵由乎勇烈。然後禍亂可弭，姦雄可滅。故漢高得樊噲乃濟鴻門之危，太宗得鄂公乃立皇唐之基。雖文皇之聖也，房杜之謀也，而軍功武力，我實多之。

校勘記

〔一〕鄚瞞，原訛『腴瞞』，據四庫本、宜秋館本改。

倚天劍賦

昔《齊諧》有誌怪之篇，言古皇造物之先，形之剛克者静以爲地，氣之清明者外而爲天。地與衆流而右走，天與三辰兮左旋。籌二儀之睽闊，諒億萬之相懸。有古皇所佩之劍，其言可驗。諭其大也，若雪山之皚皚；壯其光也，若秋波之湛湛。倚於穹圓，高巍峩焉，孕長庚於太極，爾純兑於西偏。莫辨靈芒，或日明而月晦；詎分剛氣，或噓雲而吸煙。夜吼半空，比雄風之九萬；朝披迴漢，陋蓮峰之五千。北斗挂於鋒鋩，而七星錯落；長虹縮於轆轤，而雙帶蜿蜒。論其用也，剖混茫以爲天地；觀其迹也，裁融結以爲山川。噫！女媧斷鼇於海隅，漢皇斬蛇於澤邊。庚輿所試者幾十，闔廬所寶者三千。鏌鋣之與干將，魚腸之與龍淵，皆微茫瑣碎之器用，非陰陽造化之陶甄。觀夫煌煌煒煒，上莫窮其幾千萬里，錯星象而倒河漢，懾精靈而竄神鬼。變良宵之景，若白晝之明；照幽都之涯，若太陽之晷。顧滄海以堪淬，將泰山之作砥。乍疑天發殺機，鯨鯢奔而龍蛇起。又觀乎黯黯森森，高莫詢其幾千萬尋。鋒鋩瑩而雪霜冷，靈怪多而風雨陰。移春景之和，若秋郊之氛；易炎天之燠，若寒谷之深。可以挂浮桑若木之杪，磨蓬萊方丈之岑。所謂天之利器，浮雲決而妖星流。皎兮若黄河之冰，立而未泮；熀兮若銀河之瀑，凝而不散。珠聯垂象，飾寶匣以熒煌；璧合太陽，耀連環之熣燦〔一〕。晉邦一鼓之鐵，堪耻微功；棠溪百鍊之金，難矜善斷。炳然若大電垂而欲飛，爗然若流虹挺而增輝。風霜肅殺助其利，雷霆霹靂揚其威。龍伯旁觀，魂飛而駭其濩落；巨靈仰視，汗下而驚其陸離。截鴻雁而斷兕犀，安將比也；目豪曹而穪楯具〔二〕，何足多之。雖天柱折，我劍鋒不缺；雖日馭沉〔三〕，我劍光不滅。有時雪飛千里，如削巨魚之鱗；有時霞滿九霄，若染長鯨之血。迫而觀之，猶千里而近，則毛髮森竪，嚴凝凛冽；倏而觀之，猶七日來復，則神思惝怳，晶熒皎潔。乍憂封大象而屠六龍，天綱斷而地維絶。適足飾帝心之慮怒，示天威之勇決。粤有魁梧丈夫，倜儻雄圖，手操斗極，肩倚天樞。唯四時與六氣，爲一吸而一呼。因睥劍而色動，欲誅姦而氣麤。於是冠青雲之纓緌，曳黄裳之襜褕。謁紫微，朝清都，排閶闔以直入，瞻冕旒而前趨。曰：『臣聞立大功者雖以濟濟多士，禦大難者必用赳赳武夫。所以贊經綸之霸略，成恢廓之皇圖。願得倚天之劍，將以静四海而清八區。逆天命者爲陛下顯戮〔四〕，反天道者爲陛下行誅。俾萬靈奉職而不敢爲淫厲，使百神畏威而不敢爲毒痡。則下土無札瘥之患，生民無水旱之虞。冀聖人無爲而静理，庶彙有截而昭蘇〔五〕。』帝曰：『壯哉斯劍也，殆以陰陽爲炭，天地爲鑪，崑山之衆寶皆索，厚地之精金畢輸。敕風伯以司鞴，詔雨師而合塗。千英萬靈，前馳後驅。天老練日時之吉，太乙詳鋭利之符。然後鑄於道，鎔於德，鍛之以静，削之以默，淬以明智，磨乎睿識。以天山之雪融其輝，以豐嶺之霜耀其色。其鐔所以横於東南，其鋒由是周於西北。然後脊中夏而刃外區，匣六幽而藏八極。非聖人之大寶不足飾其容，非罔象之玄珠不足償其直。壘五山而溝四海，資以守邦；帶河漢而礪崑崙，用之宣力。今予賜汝，汝可佐皇王而衛邦國。』丈夫乃拜手而謝，趨風抗詞曰：『臣欣遭聖時，幸至天墀，罄忠誠之有請，遇宸衷之弗違。持神器以寵賴，敢戎行之越思。昔聞授鈇鉞者得專征伐，賜彤旅者用揚明威。實中權之節制，奉皇家之典彝。臣有三事爲陛下陳之：粤有馮夷之神，遐棄厥司，忽朝宗之常道，肆横流而自私。堯爲之咨嗟，舜爲之胼胝。幾欲萍藻我蒸民，汙瀦我方祇。臣常竊憤，今得誅之。其次曰屏翳之神，不貞其師，遇旱則密西郊以含潤，因潦則憑北方以流滋。望舒爲之韜明，羲和爲之藏暉。幾欲蒙我融明之鑒，全其部沛之非。臣嘗衷怒，今得刑之。抑有吞舟之鱗，谷其口，陵其頤，自尊乎介甲之族，縱暴於潮汐之池〔六〕。帆檣爲之蕩覆，湍浪爲之群飛。臣嘗懷恨〔七〕，今當戮之。此三者皆姦雄之大也，積凶德而無疑。陛下謂之何如？』帝曰：『閫外之事，將軍裁之〔八〕。』

校勘記

〔一〕環，原訛『澴』，據四庫本、宜秋館本改。

〔二〕目，原訛『自』；具，原訛『其』，並據四庫本、宜秋館本改。

〔三〕日，原訛『目』，據四庫本、宜秋館本改。
〔四〕逆，原訛『通』，據四庫本改。
〔五〕彙，原訛『位』，據四庫本、宜秋館本改。
〔六〕汐，原作『名』，據四庫本改。
〔七〕嘗，原作『當』，據四庫本改。
〔八〕軍，原訛『君』，據四庫本、宜秋館本改。

咸平集卷第六

古賦二

疊嶂樓賦

宛陵之丘，玄暉舊遊。城連延兮百雉，世緜歷兮千秋。流水白雲，惜依然而在覽；遺風往事，信恍若兮如浮。余以丹陛策名，皇華奉使，通莅於此，乘春以至。驛梅江柳，動遊宦之芳懷；風觀露臺，起高明之逸意。疊嶂居先，登之悦焉。憑落絮之危檻，向飛花之晚天。複嶺連岡，峙昭亭兮作鎮；平蕪遠樹，引句水兮爲川。因而以古興懷，臨高凝睇。自春秋戰國之後，洎吴魏鼎分之際，干戈僭王，乘輿擬帝。斯爲形勝之地，恃以控臨之區〔一〕。襟帶三江，咽喉五湖。歸句踐兮稱越，隸夫差兮曰吴。比奕棊之靡定，惟霸略兮能圖〔二〕。方今禹迹重新，堯封復古，御王命於北闕，詠皇風於南浦。登高而賦，憐宋玉以才多；覽景自怡，非仲宣之思苦。江渺渺兮涵春，草萋萋兮感人。指蘇杭之達道，介常歙兮爲鄰。兩槳何歸，引迴眸於天際；微雲似畫，帶斜陽於水濱。既而閲謝守之詩，蒼苔滿石；覽獨孤之文，芳塵在壁。杏花含露，念昔我之來時；菊蕊迎霜，乃今余之暇日。歲云豐稔，民之悦逸。思命儔兮嘯侣，聊登樓兮自適。

校勘記

〔一〕區，原作『地』，據四庫本改。

〔二〕圖，原訛『圓』，據四庫本、宜秋館本改。

望京樓賦

餘杭上游，古曰嚴州。入松院兮何處，七里瀨兮清秋。歸去來兮，陋風土之卑濕；日云暮兮，爲印綬之縻留。危樓乃登，京師是望。天遥而閶闔來風，海闊而蓬萊架浪。雲成宮闕，似瞻丹禁之間；吾豈匏瓜，久戀滄江之上。雖汎蘭橈，游泳乎子陵之灘；沙蝨有毒，又巇險乎鳴淵。雖攀雲梯，登眺乎烏龍之山；山嵐瘴人，惡躋升乎絶頂。《詩》不云乎『式微』，《書》亦畏乎『懷歸』。濯纓兮南澗之水，盈襜兮北山之薇。葵藿載傾，雖見小人之意；樞機一發，豈知君子之機。然何所不適，孤懷自惜，欲將體物之辭，留向他山之石。登高必賦，羡海水之朝宗；徒歌曰謠，望長安兮見日。始余來兮，蒹葭蒼蒼；今余言兮〔一〕，白露爲霜。安得乘彼白雲，歸乎帝鄉！

校勘記

〔一〕兮，原作『曰』，據四庫本改。

積薪賦

翹翹錯薪，委積交陳，後來者漸次居上，先用者逐熱相親。仰之彌高，或連枝而帶葉；怨不在大，喻棄故而從新。其大也，降鑾輅於東封，祀圜丘於南至。執玉帛者萬國，捧豆籩於群吏〔一〕。禮容具舉，樂章大備。《書》稱柴望，達上帝於外禋；《詩》曰薪蒸，本周人之貴氣。虞衡往來，析薪成堆〔二〕。載來北闕之下，采自南山之隈。輂運錯雜，積疊崔嵬。但取禋宗之用，不論瑰異之材。譬如爲山，豈勉力於勤學；寧媚於竈，不旋踵於貽災。薪既不能自言，人或代之析理。繄吾儕小人，與彼其之子〔三〕，憂負荷以弗勝，爲衆多之仰止。匪斧不克，因伐木以致身；受人之知，合不才而省己。始采采於山水之涯，丁丁合《風》《雅》之詩。積之累之，如京如坻。遠望比層巢之峻，仰瞻侔累卵之危。居中者謂不我遐棄，在下者謂人不我知〔四〕。美古人善喻，下僚其咨。本入用之遲速，胡觖望於高卑。

校勘記

〔一〕籩，原作「邊」，據四庫本、宜秋館本改。
〔二〕堆，原訛「惟」，據四庫本、宜秋館本改。
〔三〕其，原訛「已」，據四庫本、宜秋館本改。
〔四〕「者」字原脱，據四庫本、宜秋館本補。

依韻和呂抗早秋賦

《楚辭》若曰：洞庭始波兮，木葉微脱。今藻麗之所賦，彼詞采之可奪。秋之爲狀也，湘天江兮晝清，雲土夢兮晴闊。肅風日之澹白，爽乾坤之虛豁。蓐收其神，少皞良辰，天子居總章之左个，載白其輅，靡朱其輪。詔扈隨之有司，與侍從之輿臣〔一〕。迎氣也，雨師灑西郊之道，風伯清北闕之塵。順暑革故，微涼鼎新。當詞臣之在列，承睿睠之何頻。謂秋之可賦也，月紀靈娥，風清少女。珠連五緯，鱗差四序。當暑往以涼迴，若露晞而霞舉。方朔之辨，既逸君子之可稱；相如之文，乃爲時人之見許。於是抽毫進牘以就位，研精覃思乎多士。增雅詠於新唱，徵博聞於舊史。始沉鬱以麗則，終鏗鏘而綺靡。逸韻金奏，妍詞鋒起。詞云：秋之可賞也，初蕭瑟於玉關，旋澄暉於帝里。律生遡管以先變，雲聳奇峰而未已。日居月諸，景象何如？桐葉潛零，下玉欄兮金井。桂花增朗，鑒珠簾兮綺疏。白露降兮庭蕪已滋，寒蟬鳴兮塞草未衰。太史奏在金之日，詩人稱流火之時。華皓兮潘安易感，《離騷》兮宋玉何悲。人雖其咨，彼亦云嘻。蓋楚風之掩抑，夫郢曲兮高卑。蘭宇清兮風期自遠，玉繩長兮日馭可縻。當羲軒之景運，樂堯舜之昌期。皇猷有截，聖理無遺。歌事曰風，而布義曰賦，賦可金門而獻之。

校勘記

〔一〕與侍，原作『輿侍』；輿從，原作『與從』，並據四庫本、宜秋館本改。

咸平集卷第七

古賦三

籌奩賦

籌可運以經國，奩爲器兮因人。諒緘藏之在己，若智術以居身。巾箱是寄，刀筆相親。美方圓之合度，詢啓閉以何因。待用乎嘉謀之士，相從乎善計之臣。與夫玉藏於櫝，笏搢於紳，寶匣秘鋒鋩之利，錦囊包珠貝之珍。彼但拘於售使，我實濟乎經綸。當乎疆埸無事，干戈不試，放勛、重華之享國，大臨、庭堅之就位〔一〕。政寡聚謀，兵無計利。籌則斂之而弗用，奩亦閉之而靡動。如晦迹而無營，比卷懷而自奉。亦猶伍員在越，士會居隨，隱吕望於朝歌，匿留侯於下邳。雖有謀而弗用，雖有志而何施。所以五曹九章之位，無得而窺。若天地草昧，風雲交會，劉邦、項籍之圖霸，晉文、齊桓之伐罪。役智勞精，趣利違害。籌則虎躍而龍攄，奩亦罄中而赴外。如志士之變通，敢逢時而懈怠。亦猶陳平背楚兮歸漢，箕子去商兮事周，吕蒙拔於行陣，管仲釋於俘囚。既有謀而可銜，既有智兮堪薦。所以二首六身之文，可得而見。余謂奩則人也，人則奩也。文王拘於羑里，奩於聖也；伊尹耕於有莘，奩於賢也。韓信忍辱，奩於勇也；晉宣詐病，奩於明也。籌也者，固躬之睿智；奩也者，周身之外防。宜乎入將軍之袵席，升真宰之中堂。得進退屈伸之理，有弛張斂散之方。斂之則天地品彙之數，寂然無覩；施之則陰陽造化之情，焕然而明。龍靈蛟神，局於勺水；千兵萬馬，隱以嚴城。風雨動之而變化，號令發之而縱横。可以罄比奩用籌，則善謀嘉畫，因事而生。

校勘記

〔一〕庭，原訛「廷」，據四庫本改。

春雲賦

玉琯春迴，金門暖來，柔先變柳，繁已飄梅。悦風和之日至，賞雲彩之朝隮。其初升也，穠薈蔚兮；其少進也，澹怡融兮。依依然方觸類以多曙，藹藹然若含情而自迷。有時散作雨飛，春寒慘慘；有時亂和煙起，春陰悽悽。或蒼梧南北，或夢澤東西；或樊川與輞川，或吴溪與越溪。或宿林園，隨竹陰以籠徑；或沉村落，伴桃花而滿蹊。或祈祈出關，或溶溶映水。或北渚縈住，或東風吹起。或勇如波駭，積芳野兮幾重〔二〕；或曳若練舒，横碧天之半里。江中令醉吟不足，高閣閑登；王仲宣遠望有餘，危樓獨倚。疊疊連根，磷磷淺文，千狀萬態，山陰水濆。當青麥鷰飛，野色朝净，見平蕪雉過，韶陽夕曛。挂古木之横枝，纖微欲斷；覆孤村之半路，融薄將分。旭日未高，晴天尚早，幾片明滅兮殘雪方消，一脉輕鮮兮愁蛾澹掃。上國美景，五陵勝道。覆梁王之水榭，下繞落花；映韓嫣之金丸，遠沉芳草。澹澹霏霏，涵凝麗輝。漠漠依依，舒遲翠微。野態不定，幽容且奇。浮澤國之嶺頭，閑傷斷夢；生蘇門之席上，想滿仙衣。或漢世故宫，雀喧空屋；或梁朝古寺，水映疏籬。或阮籍嘯臺，雨吹半日；或嚴陵釣石，鳥立多時。或桑乾戰場，平沙渺莽；或椒塗永巷，群閣參差。佇立閑望，纏綿動思，想觸石以初起，旋浮空而散馳。塞遥而歸雁相逐，天闊而殘霞共飛。餘態遺妍，思得杜陵畫品；含毫寫景，詎徵楚澤芳詞。

校勘記

〔一〕幾，原訛「或」，據宜秋館本改。

菊花枕賦

粲粲佳人，虹綬珠纓〔一〕；采采芳菊，霜籬月庭。晞彩日以微燥，逗輕風而益馨。晝帕閑覆，珍盤久停。書閣閑開，讀錦囊之藥録；鑪香静爇，披瑶檢之仙經。味甘而豈獨蠲疾，品貴而仍堪續齡。於是剪紅綃而用貯金蘂，代粲枕而爰寘銀屏。誰羡陳宫，帶黄金以加飾；慵思漢邸，秘鴻寶以稱靈。當乎夜烱玉蟬，漏催銀箭，拂芳塵於象榻，展餘霞之綺薦。蘭燈背壁，慘寒焰之九華；珠箔垂軒，挂繁星之一片。於是撫菊枕以安體，憐菊香之入面。當夕寐而神寧，迨晨興而思健。或松醪醒而心頓解醒〔二〕，或春病瘳而目無餘眩〔三〕，益知靈效，雖琥珀以奚珍；自悦幽芳，豈珊瑚之足羡。昔也睥紫菊與白菊，和煙容與露芳，咸見采於玉指，惜徒況於金觴。巧思潛得，重緘有方。錦文緣飾以增麗，彩線彌縫而漏香。價掩槐實，名踰蕙房〔四〕。月幌斜開，恨西窗之欲曉；書帷半掩，順東首以延祥。魯國回賢，誰念曲枕之樂〔五〕；漆園吏傲，空懷化蝶之鄉。每至蘭堂夙興，寶篋朝斂，輕藻繪於芙蓉，勝琢彫之琬琰。香在玄髮，芳留雙臉。致元首之康哉，美馨德兮難掩。

校勘記

〔一〕珠，四庫本作『朱』。

〔二〕解酲，原訛『析酲』，據四庫本改。

〔三〕目，原訛『自』，據四庫本、宜秋館本改。

〔四〕房，四庫本作『芳』。

〔五〕枕，宜秋館本作『肱』。

長至賦

伊洹寒之嘉節，美長至之良辰。考天時於司曆，驗星昴於疇人。陰極陽生，《復》卦應連山之象；珠聯璧合，斗樞迴柳木之津。魯太師登樓以觀祲，周天王服衮以嚴禋。黄鐘應律兮《咸》《韶》韻逸，緹幕飛灰兮山川氣新。表權輿於陽德，信兆朕於芳春。圭測而羲和漸永，衡懸而土炭交陳。始觀玉殿歡呼，金觴獻壽，慶一陽之肇至，祝千齡而永久。廣庭燎設，明環珮於儀容；蒼海日升，照冕旒於元首。或恩緣長至而賞加〔一〕，或禮罷圜丘而赦宥〔二〕。歡聲大洽於寰中〔三〕，至信旁孚於飛走。所以金張貴戚，田竇權門，喜近增於爵土，悦新益於封勳。遇履長之納祐，符元吉而承恩。歌鍾鼎沸，朱翠雲繁。華堂列席，高燭羅軒。輝煌暐耀，雜遝嘩喧。賓榮以玳瑁飾簪，主貴以珊瑚映樽。或饋履襪於舅姑，或祝弓箕於子孫。協周正之故事，慶堯歷之垂文。唯有羈旅之客，流年可惜。長亭近歸，孤懷自戚。殘陽晚簾，寒燈夜室，形影相弔，精誠未適。雖有樽酒，誰飛觴而舉白；雖有爐火，誰方襟而比席。將何消遣，自圖悦懌。天既付我以文，遂攄懷而命筆。

校勘記

〔一〕恩，原作『息』，據四庫本、宜秋館本改。

〔二〕圜，原作『圓』，據四庫本、宜秋館本改。

〔三〕中，原訛『申』，據四庫本、宜秋館本改。

斑竹簾賦

湘水春深，修篁翠陰。因善巧之凝睇，可爲簾而運心。金刃光翻，拂霜筠而玄解〔一〕；朱絲織就，鬬黛點以交侵。雖曰皇英帝子，揮灑珠淚，亦秋露之曉滋，復春霖之暮漬。故錦章異狀，由造化之自然；綺錯奇文，入良工之經緯。或疊若連錢，或濃如濕煙。或黯若陣雲之起，或纍如滴水之圓。疏密增華，漏月光而未卷；斕斑若畫，隔花影以初懸。尤宜寶軸分輝，玉鉤加飾，垂旌氍虹綬之彩，飛額動金鸞之翼。彼海蝦之鬚，誰能貴之；神麟之毫，安足多之。編明珠者奚羨，緝翠羽兮胡爲。未若我鬱金之堂，椒塗秘室，取守節以持操，貴以文而勝質。連垂香砌，透燭影於洞房；高掛曲瓊，延曙光於綺席。矧乎金犢將駕，雲軿欲升，鬬繁華於戚里，閱芳菲於五陵。若玳瑁以粧成，前瞻繡軛；想瀟湘而意遠，後從玉乘。美哉琅玕之用，貴豪所共，悦珍華之外飾，致貞芳之可重也。因而歌之曰：碧鮮有文，露點煙痕。簾者廉也，感人思重華之德，援毫頌南風之薰。

校勘記

〔一〕玄，宜秋館本作『互』。

楊花賦

梁苑殘春，垂楊映津。枝黛染以交引，葉眉纖而鬬伸。落絮如雪，飄煙拂塵。輕芳兮就月爲魄，澹白兮依風作神。當艷陽之美景，過上巳之良辰。其繁也六出之英未多，其艷也早梅之芳若何。釋葉辭蔕，流枝逗柯。浮朝靄兮散斜陽，九重丹禁；拂扁舟兮隨兩槳，千里輕波。是時孝王多暇，閑登水榭，因悦柳之太柔，賞兹花兮似畫。乃顧鄒、枚，憐其逸才，命臨流兮就景，揚綺席之金罍。相如後至，居於右座。欣麗藻之無敵，若《陽春》之寡和。衆賓目動，怯勝氣以潛消；梁孝意怡，禮奇才兮敢惰。於是授以毫牋，言容懌然，曰：『寡人多幸，知子之賢。願以文爲樂也，俟當場而試焉。且昔楊柳之詩，古人有之；楊花之賦，作者多非。可以運精研之思，施絶妙之詞。』相如感主人之遇，援毫而賦，盡華藻之菁英，得飛花之態度。以爲漠漠霏霏，微風暖吹；裛甘露於珠樹，蕩朝陽於玉墀。乍若吴王江國，水殿春曦。梅花已老，零落交飛。矧又蕩然無羈，紛兮交錯，入殘月之綺窗，滿夕陽之畫閣。乍如陳后失恩，長門寂寞，梨花向晚，繽紛散落。有時金屋徘徊，珠簾半開，罥繡牀之彩縷，縈粉奩於玉臺。乍若謝家之院，寒景相催，暮雲方密，飄飄四來。至於湘浦幽深，榿林葱蒨，滿黄陵之古廟，撲蒼山之晚殿。乍如亂峰之下，落泉飛練，噴嵐灑煙，沫花相濺。有時送客南遊，垂楊渡頭，未盡離酒，猶縻去舟。思夕宿之江館，望朝雲之水樓。飄兮蕩白，縈觴惹愁。和鶗鴂以連飛，平波渺渺；伴舳艫而已遠，晚景悠悠。矧夫春院深嚴，書帷閴寂，横南窗之緑綺，委群書於緗帙。冰濡相浥，沾匣硯以難飛；風聚成規，滚砌莎而可惜。加之碧簟銀牀，梧桐影凉，春光餘幾，艷景方長。當奕客以凝情，飛來寶局；值嘉賓之舉白，吹過金觴。有時簾幕雨餘，池塘風定，凝去忽飛〔一〕，幽而可詠。榆墜莢以相先，桃落花而互映，餘態重重，妍姿弗窮。大約含愁於夕靄，唯憐委迹於流風。值輕露以多掩，傍微陽而即通。是知有以妖冶，輕爲貴者，雖五彩之毫，妍不可寫。雖數子之詞，才難騁奇。唯相如之善者，致梁王之悦而。乃命左史記言，而右史録之，藏之寶笥，以爲柳花之詞。

校勘記

〔一〕『忽』下原衍『不』，據四庫本、宜秋館本删。

咸平集卷第八

律賦一

西郊講武賦 以『順時閱兵，俾民知戰』爲韻〔一〕

吾皇帝以品物咸寧，方隅砥平，當北闕之無事，幸西郊而講兵。萬乘天旋，按和鸞之節奏；六師鱗萃，分部伍以縱横。蓋以安不忘危，先王之訓；理不忘亂，聖人所慎。雖寶祚之重熙，當昌朝之應運。《禮》稱秋獮，法無爽於威加；《易》貴師貞，動必遵於豫順。於是綸綍宣詞，西郊戒期，中謁者傳出兵之令，大司馬陳講武之儀，甸人奉職以奔走，軍吏胥征而陸離。觀象於天，當太白垂芒之際；陳師於野，協金風肅物之時。於是駕太一之帝車，出兑方之近甸，聲容海蕩以川振，扈從風驅而電轉。宣傳號令，若驪山之閲兵〔二〕；分布陳行，比滇池之教戰。百萬之衆，如虎如貔；三千被練，如熊如羆。或圓陣以右布，或方陣兮左施；或靈鼉以進矣，或金鉦以却之。喧喧闐闐，天地爲之震蕩；乍離乍合，山嶽爲之分披。睿武皇威，讋四夷而盡恐；軍般兵勇，肅萬里以咸知。既而臣下山呼，天顔兑悦，罷鵝鸛之行伍〔三〕，散魚麗之布列。蚩尤扈蹕以遵路〔四〕，風后陪乘而中節。乃捨爵以賞賚，迨策勳於功烈。古稱耀德，我則克己以虔恭；孰可去兵，我則以時而講閱。夫武有七德，修之於君；天生五材，用之於民。靖亂四方，必以武而底定；懷柔萬國，必用文以經綸。是知武輔於文，若雷霆表昊穹之怒；文經於武，猶舟航濟巨川之津。宜乎仁君纂嗣於丕圖，睿德方臻於至理。總兵三百萬，括地萬餘里。康濟黎元，混同書軌。然《春秋》有閱兵之禮，仲尼垂教戰之旨。故神武耀乎區域，天威震乎遐邇。《書》云：『華夏蠻貊，罔不率俾。』

校勘記

〔一〕順，原作『夏』，據四庫本改。

〔二〕兵，原作『真』，據四庫本改。

〔三〕伍，原訛『佐』，據四庫本、宜秋館本改。

〔四〕蹕，原作『畢』，據四庫本、宜秋館本改。

聖德合天地賦 以『聖德昭彰合乎天地』爲韻

聖德昭宣，巍乎焕然。廣大而下蟠於地，高明而上極於天。地道以卑，我則小心而翼翼；天心以健，我則終日以乾乾。《洪範》曰：『思作睿，睿作聖。』常心逸於萬務，每躬親於庶政。文明取象，圜穹垂昭晳之文；恭默無爲，方輿順發生之令。閱史官之圖籙，披夫子之文章。堯舜禪讓謂之帝，羲軒拱揖謂之皇。漢文或尚雜霸道，夏禹則首隆王綱。雖殊塗而光被，實同德而昭彰。宜乎恩普黎元，澤均品彙，鹿鳴食野以斯樂，魚性悦泉而自遂。亦猶高無不覆，三辰垂象於昊天；廣無不包，萬物流形於厚地。天之道，福謙也，所以用人於朝；地之道，害盈也，所以用德勝妖。《禮》或稱乎穆穆，《詩》或詠乎昭昭。睿聖崇高，固難闚於户牖；謨猷靜謐，亦下采於蒭蕘。美哉！仁比春融，量能海納，信一德以允若，與二儀之脗合。濡之惠澤，若吐自於山川；扇以皇風，比來從於閶闔。故得保興隆於帝圖，常覆育於中區。故天不愛其道，而祥風入律；地不愛其寶，而器車在塗。所以封泰山以告成，既盡善也；禪梁父而報本，不亦宜乎。今我后功掩百王，恩敷萬國，齊夷夏於大信，納生靈於壽域。故風雨咸若，陰陽不忒。大哉！蕩蕩巍巍，乾坤而合德。

五聲聽政賦 以『聖人虛懷求理設教』爲韻

伊昔夏禹，君臨兆民，設五聲以羅列，從萬務以躬親。詢采謨猷，雖蒭蕘之必達；敷陳忠讜，因金石以來伸。故德如天贊，功惟日新，所以文命稱爲聖人者也。蓋以事堯統天，翼舜爲理，常率職於曠土，遂成功於導水。昊穹賓運，因王者以應期；虞氏瑶圖，乃禪之而在己。莫不夙興念理，夕惕虛懷，思納善之有益，諒虛受以克諧。冀以聖功，繼達聰之與明目；將令儉德，比茅茨之與土階。於是筍簴交陳，鼓鐘斯設〔一〕，泗濱之玉磬居次，鳧氏之金鏞就列。彼鳴鐸之在懸，亦揚音而中節。五音遞奏，來直諫以無疑；衆善畢臻，補皇猷而靡缺。乃曰：教我以道者，振靈鼉而獻謀；咨爾以義者，聞華鐘而采收。考鞞者謂余以獄，擊磬者告吾以憂。彼言事之激切，在鐸韻之周流。扣擊以聞，所謂乎同聲相應；鏘洋有節，罔殊乎同氣相求。是知居大寶以至公，納嘉謨而設教，有以見聖人以道爲體，以天爲貌。必包納而弗厭，蓋仁賢之可樂。兢兢業業，敢弗躬而弗親；穆穆皇皇，實是則而是效。美哉！謙尊而卑不可踰，體道而受人以虛。信君臣之共濟，若魚水之相於。諫有五焉，所以五器之音命爾；德惟一也，宜以一言之善弼余。故得天錫玄圭，帝傳大政，非飲食以示儉，美黻冕而稱盛。宜乎仲尼曰：『禹，吾無間焉。』於以見有夏之至聖也。

校勘記

〔一〕鐘，原作『蹕』，據四庫本改。

泰山父老望登封賦

吾皇帝厚德比於坤元，至仁侔於穹昊。伊岱宗之父老，望翠華以升告。傾心精意，向天闕以虔恭；頓首斂容，冀綸言之布誥。豈不以恩深覆育，惠感生成。桑榆之景方暮，葵藿之心迭傾。檢玉高峰，思覩登封之禮；鳴鑾近甸，佇諧延望之誠。咸曰：帝嗣洪圖，寰區晏如；納生靈於壽域，侔至化於華胥。北天山而南越裳，爭輸職貢；右流沙而左蒼海，正混車書。莫不天意與人心交泰，戎情與物性相於。斯乃運方契於千年，得冥符於昊天。《雅》《頌》溢人文之采〔一〕，祥經盈太史之編。泳鯨翔鶼，已效靈於郊藪；靈茅秬黍，宜薦羞於上玄。臣等幸以期耄之身，爲太平之民，生籍寄龜蒙之下，先疇邇洙泗之濱。七十二君，古常稱於茂典；三千年後，今正逢於聖人。願陛下采古義於前書，命擇儀於良相，敕宗伯修壇宫之禮，詔太常建黃麾之仗。鹵簿鐘鼓，圭瓚秬鬯，展儀於梁甫之下，禋祭於靈峰之上。虞君頌瑞，願諧方伯之心；漢帝射牛，宜慰老臣之望。鶴髮齯齒，精誠不已。俯躬如就燥之焰，注意比朝宗之水。朝隮雲彩，諒龍德以堪從；口比山呼，冀鑾車之戾止。《易》曰先天弗違，《書》云肆覲群后。思古禮以猶缺，鬱衆心而是佇。泥金報天德之高，封土增坤靈之厚。協探策之冥數，薦如山之萬壽。小臣亦能著封禪之書，向皇風而拜手。

校勘記

〔一〕人文，原作『道人』，據四庫本改。

〔二〕鯨，原作『鯨』，據四庫本改。

群玉峰賦 以『玉峰聳峭鮮潔新明』爲韻

昔穆王以閬苑希風，宸遊縱欲，適玄圃之仙界，悦靈峰於群玉。乃顧謂祭公謀父曰：『斯山也，拔厚地，摩穹天，含珍蓄寶，藏神宅仙。軼銀臺之比峻，踰太白之相鮮。歷落排空，有處類巫山十二；崕峨倚漢，有處如蓮峰五千。朕知卿之才者，卿爲朕而賦焉。』祭公乃拜手對敭，揮毫應詔，心鶩嵷崪，情忘聳峭。或勞想於璘玢，或馳神於窊窱。以爲一氣初判，三才既生，融而流者有四瀆之靈，結而粹者有五嶽之名。雖羅封而列爵，謂生賢而誕英，未若我傑出紫府，高踰赤城。虎踞龍盤，聳圭璋而疏朗；霜華雪彩，皆琬琰之融明。或孤而高，或峭而絶。或掩映以相翼，或㰤〔一〕呀而半缺。遠而望也，則仙家青瑣，含秀氣以玲瓏；類而言之，則春宴金盤，點蘇山而皎潔。宜乎培塿玉壘，奴隸圭峰。藍關之英，安足比於形勝；荆谿之秀，固亦陋其聲容。若總而狀之，則高者如飛，欹者如恐，背者如遯，向者如聳。瑰姿琦態兮信非尋常，戛翠摩青兮可以瞻奉。祭公既筆不停綴，辭妍若春，賦詠既就，箴規載伸。以爲士林之群，藝圃之人，有道有德，有賢有仁。磨琢材能而益峻，切磋名節而尤新。儻一人之延納，則多士之來親。穆王乃曰：『吾願益求賢哲，比群玉之嶙峋。』

校勘記

〔一〕㰤，四庫本作『㘎』，宜秋館本作『谽』。

咸平集卷第九

律賦二

鴈陣賦 以『葉落南翔雲飛水宿』爲韻

絶塞霜早，陰山葉飛，有翔禽兮北起，常遵渚以南歸。一一彙征，若陣行之甚整；嗷嗷類聚，比部曲以相依。當乎朔野九秋，湘天萬里，風蕭蕭兮吹白草，鴈嗈嗈兮向寒水。單于臺下，繁笳之哀韻催來；句踐城邊，兩槊之幽音驚起。頡頏交相，翩翻迭翔，似魚麗之布列，若鵝鸛之舒張。疏密有緒，高低載颺，天空而殘月鋪影，水闊而微雲間行。應遵丹鳳詔書，咸增躍躍；雖是蒼鷹鷙勇，敢擊堂堂。觀其戾青霄，横碧落，歷江渚，達沙漠。來若羽林騎士，聞一鼓以争前；去如翼衛材官，聽摐金而稍却。豈天陣地陣之能詢，何圓陣方陣之足云。但見乘夕靄，拂朝雲，羽翼自高，不讓於漢家飛將；煙霞遠没，疑沉於朔土孤軍。宜乎後伍先偏，聲交影接。當塞上之飄雪，值江皋之墮蘂〔二〕。縱横勢定，陣圖按牧野之師；綽約體輕，兵法試吴宫之妾。唯有淮之北，漢之南，山如畫，水如藍。離離而霞彩旁襯，一一而波光遠涵。旋成偃月之形，悠颺可愛；忽變常山之勢，首尾相參。乃知接武煙鴻，追蹤霜鵠，既横空而似陣，自違寒而順燠。北方遠兮南圖，遥雲飛兮永宿〔二〕。

校勘記

〔一〕藥，四庫本作「葉」。

〔二〕「兮」字原脱，據四庫本補。

開封府試人文化成天下賦 以「焕乎人文化成天下」爲韻〔一〕

大哉至明之君，膺景運，集洪勳。躋域中於皇極，化天下以人文。時屬升平，焕聲明於禮樂；道尊儒雅，發謨猷於典墳。豈不以丕光大之遠圖，闡雍熙之至化。金革斯偃，朝堂多暇。遒人述職，方下采於詩聲；真宰經邦，亦耻言於强霸。美哉文之爲用也，至化攸先，明乎焕然。比萬彙流形於厚地，三辰垂象於穹天。藻火衮裳，禮之文也，始飾容而有爛；羽旄綴兆，樂之文也，將達節以相宣。故堯舜化民以仁，禹湯躋俗以義。致玄德以招著，見皇風之光被。是以魯史述湯之德也，則曰「齊聖廣淵」；《虞書》美堯之仁也，則曰「聰明文思」。宜乎籩豆品數，車服采章。成均掌庠序之齒列，瞽宗司金石之鏗鏘。繪宗廟之彝器，炳日月之太常〔二〕。皆文之於外者也。黎民閱之以恭肅，靡不昭彰。迨乎《易》之教也，厥旨精微；《書》之訓也，俾人貞幹。《詩》之教也，致流俗之惇厚；《春秋》之教也，懲賊臣之叛亂。斯乃文之於内者也。萬國化之中正，炳然明焕。是知撫育中區，恭臨寶圖，納生靈於富壽，致品彙於昭蘇。亦猶挹水於器，而方圓自適；以木從繩，而規模罔踰。是以洋洋鄒魯之風，宜乎盛矣；穆穆唐虞之化，猗歟焕乎。今我后功格昊穹〔三〕，澤流區夏。復風俗於淳古，播詠歌於大雅。悦靈臺之偃伯，慶華陽之歸馬。小臣幸與試於王庭，抃蹈於雙闕之下。

校勘記

〔一〕焕，原作『奐』，據四庫本改。

〔二〕『之』字原脱，據四庫本補。

〔三〕后，原訛作『後』，據四庫本改。

南省試聖人并用三代禮樂賦 以『皇猷昭宣禮樂備舉』爲韻

吾皇帝膺運承乾，唯師古以爲先。化邦家而輯睦，因禮樂以昭宣。雖三代令王，稽沿革而殊矣〔一〕；而千齡聖運，能損益而焕然。豈不以樂也者本乎天，禮也者本乎地，將化民以成俗，信有教而無類。禮能加肅，先俎豆之有儀；樂以導和，宜笙鏞之大備。昔夏后之御曆也，憲章於舜，祖述於堯，推曆稽人統之正，用寅爲歲首之朝。牲用乎驪，能降神於肹蠁；聲均《大夏》，又何取於《簫韶》。所以致皇猷穆穆，而王道昭昭。又若有商之統天也，以應天順人，惟干戈兮是舉；以逆取順守，致彝倫兮攸叙。恭爲禮本，嘉尚白於衣冠；《濩》爲樂稱，表均和於律吕。其以宗周之致理也，以道合乎地者稱帝，仁合乎天者爲皇。能兼帝皇之盛德，是爲聖哲之令王。騂犢貴誠，加以用宗彝之鬱鬯；黄鍾本律，其始導天統於陰陽。是知三王之救衰弊而拯黎元也，不相襲乎至音，靡相沿乎大禮。亦猶五材迭用，運元化以成功；四序交新，致歲功而有體。今皇上嗣位而致升平也，前古之遺文必復，百王之闕政皆修。是以文章明備，聲教同流。明堂辟雍，表尊崇於儒術；宫懸樂府，方遠播於鴻猷。矧今卜代繼於周姬，登歌美乎象箾，方期駕玉輅於魯道，封金泥於泰嶽。遐方咸走於梯航，太史遠頒於正朔。小臣稽首而稱之曰：穆穆皇皇，有以見我宋之禮樂也。

校勘記

〔一〕革，原訛作「華」，據四庫本、宜秋館本改。

御試不陣而成功賦 以「功德雙美威震寰海」爲韻

聖人以德御天下，威加域中，諒至仁以無敵，故不陣以成功。徵《道德》之格言，謂乎善戰；取《春秋》之經武，自服皇風。是知恩始乎於萬靈，武實加乎七德。安民和衆以爲本，禁暴戢兵而是式。所以堂堂之陣弗施，而唯取柔懷；整整之旗何用，而陋乎剛克。昔者成湯革夏，澤及萬邦，勍敵靡由乎力制，匪人自悦而心降。豈比夫祖龍霸秦，恃山河之百二〔二〕；淮陰事漢，稱智勇以無雙。又若武王克商，靈旗前指，豈鵝鸛之是列，匪魚麗之稱美。自然威宣有亳，民率服以來歸；師濟盟津，衆悦隨而戾止。是知王者之取天下也，澤普群動，恩流九圍，道德爲城池之固，忠信爲甲胄之威。所以簞食壺漿，迓王師而自速；靡旗亂轍，望聖德以如歸。宜乎師克在和，動先觀釁。仁義之施也，若風雨之速；威武之加也，若雷霆之震。《傳》稱因壘，美崇伯之歸周；《書》曰舞干，紀有苗之服舜。今聖朝以民濟壽域，道洽人寰，將鑄劍於農器，方虛候於玉關。弭禍亂於未形，恩能服衆；布英威於有截，禮以防閑。下臣賡歌之曰：化洽無私兮功符不宰，取仁義爲勝兮豈干戈礪乃。德上冠於唐虞，政下任乎元凱。孫吳之陣法奚取，韓白之兵機弗采。宜乎車同軌而書同文，至化方流於寰海。

校勘記

〔一〕恃，原訛作『時』，據四庫本改。

春色賦 以『暖日和風春之色也』爲韻

芳景晴空，春曦暖融。霽花天之一雨，泠蕙徑之來風。宮闕參差，晻靄朝煙之上；山川明潤，森羅遲日之中。總而賦之，春之色也。化工運丹青之筆，貞宰以天地爲冶。仙家乍至，桃花映武陵之谿；南國未歸，楊柳繞瀟湘之野。始乎言太簇之辰〔一〕，書曰王春。北闕引青旂之仗，東郊馳蒼輅之輪。和氣倏來，襲冕旒而盡悦；朝陽既出，麗藻火以交新。邇後革陰遷陽，更寒易暖。暖襲物兮舒釋，陽爲光兮布滿。明霞澹靄，初發色於樓臺；清奏雅歌，始均和於律管。言其狀也，則明婉而融怡；狀其體也，則暄妍而艷曦。宮漏晝永，天光日遲。散梨花兮似雪，垂柳線兮如絲。古渡輕波，望孤舟之去矣；平蕪落日，惜晴山之遠而。大都芳景之妍，物華非一。美梁王之苑囿，閲漢家之宮室。珠閣縻雲，金莖爍日。奇樹綺錯，幽禽錦質。盈空兮嘉氣曉浮，映水兮晴雲晚密。丹帷翠幄〔二〕，因藉草以駢羅；寶馬鈿車，遇看花以闐溢。景麗何多，情怡若何。藻餙兮神化之巧，融明兮時氣之和。美其近焉，謂彙花而澹柳；賦其遠者，憐被山而帶河。稱含筆以閑吟，生於豔意；宜倚樓之遠望，流入横波。唯有多士逢時，觀光上國，金牓中太常之第，玉階謝帝皇之德。柳陌杏園，花驄寶勒。雪袍綴行，桂枝新折。觀者如堵，有以見滿身春色。

校勘記

〔一〕簇，原作『族』，據四庫本改。

〔二〕 幄，原作「屋」，據四庫本改。

曉鶯賦 以「芳天曉景悦聽清音」爲韻

煙樹蒼蒼，春深景芳。聽黄鸝之巧語，帶殘月之餘光。金袂菊衣，新整乎遷喬羽翼；歌喉辯舌，鬬成乎一片宫商。嘗以清漢雲斜，東方欲曉，華堂静兮寂寂，珠箔深兮悄悄。新聲可畫，初歷落於花間；餘囀彌清，旋間關於樹杪。宛轉堪聽，纏綿有情。伊寶柱之清瑟，與銀簧之暖笙。雖用交奏，而咸豔聲。未若我朧月澹煙之際，鶯舌輕清。聽者躊躇，聞之怡悦。若清露之玉珮，觸仙衣之寶玦。隨步諧音，成文中節。未若我曉花曙柳之間，鶯聲清切。美夫藻井霞鮮，金盤露圓，語因繁兮乍默，韻將絶兮重連。窗背紅燭，星稀碧天。楚襄王春夢覺來，還應默爾；陳皇后香魂斷處，寧不依然。有時楊柳迴塘，梧桐深井，聲煙杲兮忽斷，意春牽兮自永。新篁宿寒，芳杏朝景。關關枝上，帶花露之清香；喋喋風傳，入月簾之静影。樓閣輕陰，房廊悄深。引萬重之芳意，成百態之餘吟。緑窗夢斷玉鑪殘，堪憐俊品；寶帳酒醒宫漏淺，彌稱清音。余以爲春帝之命，敷宣詞令，鄙桃李之無言，嫌百舌之多佞。知仙翰兮善歌，可司花於香徑。巧緒非一，詞端靡定。其聲也，纍纍然端若貫珠，悦春朝之采聽。

咸平集卷第十

論一

政教何先論

《禮》曰：『教猶寒暑。』謂寒暑違於常，則歲功失矣；教喻失於早，則人性塞矣。《語》曰：『性相近，習相遠。』故君子慎乎始習。矧以五常之教，欲澄清於人性之初乎？《語》曰：『爲政以德，譬如北辰，則衆星拱之。』又《禮》曰：『政者正也。』又政猶蒲盧〔一〕。詳聖人之指歸，觀當塗之政教，若水火之濟用，比輔車之相依。政與教交相用，理與亂無相遠。何哉？昔堯、舜之教人以仁義，故比屋可封；桀、紂爲政以暴虐，故比屋可誅。夫黎民必以曆數之命，大寶之位，歸於至聖之君，俾之設教爲政，以撫育黎元也。故聖人夕惕若厲，用天之道，而爲國之政。然一人不可以獨理，必以衆賢而贊之。故堯、舜欲教人之播殖，則命后稷以稼穡之政以訓之，天下之民，由是服勤於農桑矣。欲教人之知禮，則命伯夷以典彝之政以化之，故天下之民由是肅恭於訓導矣〔二〕。申命后夔掌金石之樂，臯陶司小大之刑，左右翼明聖之君，圓方得黎元之性。故唐堯之時，民盡躋於仁壽矣。斯則當至理之世，無爲之朝，先於教而後於政矣。

洎湯革夏之季世，武王化有商之遺黎，大則以干戈滅凶，小則以鈇鉞弭亂。雖應天以順人，亦逆取而順守。干戈爲三軍之政，鈐鈇爲大理之政，故天下畏罪而悛惡，民心自亂而復理。是則聖王之教猶寒暑也，理民之政猶水火也。水火有象，而寒暑無形；寒暑不可一候而有差，水火不可終朝而斯闕。《禮》曰：『使人遷善遠罪而不覺者，禮也。』禮防人之性，抑人之亂，皆於未然，故不見德之日益，必有時而成君子也。君慢於禮而怠於教〔三〕，人心漬熱，雖不見惡之日滋，必有時而滅身也。昔管夷吾，霸齊之一相也，猶云感人之心，若秋雲之生凄凉也；悦人之性，猶春景之致和樂也。仲尼曰：『吾志在《春秋》，行在《孝經》。』孝者百行之本，欲人之速於孝悌也，是聖人深於教也。《春秋》者，懲惡而勸善，亂臣賊子聞之而懼，是聖人深於政也。昔伊尹五就桀，欲速於政舉也〔四〕。夫教之道非一塗，而政之術有常檢。非一塗者，喻網罟之衆目，必牢籠廣施，而然後獲禽也。夫常檢者，若九逵之坦道，必夷蕩而使人知適也。昔群盗弄兵於潢池之中，龔遂單車至〔五〕，群盗散者，以道教之也。昔五陵諸豪恣横於京邑，而張敞以彩幟獲盗而民畏者〔六〕，以政肅之也。以是論之，上自聖王，而下迨賢吏，操政之柄，立教之本，亦無先焉，無後焉，比乎左右手〔七〕，輔於躬而適乎用。必若窮至理而取確論，則理清静之朝，勞精於設教可也；正澆漓之俗，則專意於爲政可也。《洪範》曰：『彊弗友剛克。』又曰：『燮友柔克。』教化先後，斯言可徵。

校勘記

〔一〕盧，原作『蘆』，據四庫本改。

〔二〕『民由是』三字原脱，據四庫本補。

〔三〕怠，原訛作『追』，據四庫本、宜秋館本改。

〔四〕舉，原作『與』，據四庫本、宜秋館本改。
〔五〕單，原作『散』，據四庫本改。
〔六〕敞，原訛『敝』，據四庫本改。
〔七〕手，原訛『乎』，據四庫本改。

妖不勝德論

《書》曰：『妖不勝德。』錫謂理未當也。若謂妖不勝刑可也。何哉？不忠之臣，國之妖也。不孝之子，家之妖也。唐、虞時四凶爲妖，堯、舜之德豈能勝之，卒用刑而流之竄之，然後天下咸服。既而禹繼堯、舜，嗣總大位，不能以德勝防風氏，果明其罪，誅而勝之。其後尹諧之妖，成湯誅之；潘止之妖，文王滅之；管、蔡之妖，周公戮之。堯、舜、成湯、文王、周公，尚不能以德勝而刑勝之，況伯宗之直，欲勝三郤之暴乎？仲章之賢，欲加酆舒之戈乎？伍相之忠，欲敵伯嚭之佞乎？蓋不能也〔一〕。唯明者能辨之，有權者得誅之。明與權相濟，妖與德相敵。苟明不照微，權不在己，雖有盛德，豈能勝妖乎！聽而不聰則妖言入，視而不明則妖色造。好訐似直言，好讒若忠告，言之妖也。貌厲而内荏，色取仁而行違，色之妖也。朱雲知張禹之妖，不能逐，是明有餘而權不足也。德宗惑盧杞之妖，不忍棄，是權有餘而明不足也。或曰：苗民不賓〔二〕，舜舞干羽，七旬來格，豈非德勝乎？錫謂非也。當始征之際，苗民有辭，舜謂之退，然後來格，蓋三苗不欲因伐而降也。若然，則聖人之德素被於天下，何必七旬之間益修文教，方化匪人？蓋彼緩舜之征，因而來服也。亦猶崇侯作亂，文王因壘而降。若使文王退而修德，不復再駕，崇亦弗賓也。少正卯，一姦雄爾，孔子未爲司寇，尚不能以德勝之；矧苗民、崇侯奄有邦國，雖虞舜、文王謂以德勝，未之信也。聖人猶然，況仁賢乎？自古君子寡而小人衆，獨立其德，不爲妖勝者鮮矣。故錫曰妖必勝德。

校勘記

〔一〕蓋，原作『益』，據四庫本、宜秋館本改。

〔二〕賓，原作『寶』，據四庫本、宜秋館本改。

天機論

天者道之心也，機者天之用也。以心發機，將全乎道也。日月風雨，雷霆雪霜，並機之用也。地輔於天，亦猶臣事君而子事父。故山嶽川瀆草木蠢動，亦機之用也。日月薄蝕，星辰彗孛，風拔大木，雨降流血，雷震寢室，霜降炎天，山嶽摧積，穀落激鬬，雉雊高宗之鼎，桑拱太戊之朝，即機之發也，發其機屬乎人君者也。夫天生蒸民，樹之君以司牧之。賞之寵之，君得而專行焉；戮之辱之，君得而擅行焉。威福二柄自由於君，行其所好，誰敢沮之？行其所惡，誰敢違之？聖人所以不妄動，不妄言，言必可行，動必可法，位至尊而心至謹，夕惕若厲，日新厥德，所以天降其祐。故《洪範》休徵，以爲肅則時雨若，乂則時暘若，哲則時燠若，謀則時寒若〔一〕，聖則時風若。乃有樹連理而呈祥，蓂抽葉而紀候，郊藪萃於麟鳳，宮沼躍於龜龍。若謂居域中之大，專二柄之重，以爲行其所欲，人莫我違，縱其所好，人莫我拒，於是身妄動，令妄施，則天降其咎。故《洪範》咎徵，以爲狂則常雨若，僭則常暘若，豫則常燠若，急則常寒若。乃有石言魏榆之野，壤壞梁山之丘，宣榭有火而降災，鄭門鬬蛇而表異〔二〕。天降其祐，天之賞機也。發其機，賞其君，俾人君無忘於德也。降其咎，天之罰機也。發其機，中其君，俾人君無縱其欲也。故聖人則天之明，用天之機。堯謂舜曰：『天之歷數在汝躬。』於是考璣衡而齊七政，然後揖讓禪受，膺其大命。是知舜有大孝，天以歷數授之也。舜又謂禹曰：『天之歷數在汝躬。』然後亦揖讓禪受，膺其大業。是知禹有大功，天以歷數福之也。成湯伐桀，則曰：『應乎天而順乎人。』周武伐紂，則曰：『恭行天罰。』故大禹休君，海神受職；暴秦黷武，人不聊生。天則移其歷數，授於漢祖，故五星聚於東井，赤雲見於驪山。是知天之發機，福善德而禍淫虐也。故《春秋》曰『天方授楚』，又曰『天厭周德』。授之者福善之機也，厭之者禍淫之機也。若君得天賞機而恃之，則福轉爲禍；得天罰機而懼之，則禍反爲福。所以楚莊小心，故身享元吉；宋景悔過，故國不纏災。天之不言，而信其機乎？孔子云：『惟天爲大，惟堯則之。』聖人則天之明，故厚其禄，峻其秩，以賞君子。峻其法，嚴其刑，以退小人。故賞一人千萬人悦，罰一人千萬人懼。然後賞不費而人自勸，刑不煩而人自正。得非天以機警於人君，人君得天之機警於兆民，則君明臣忠，則朝廷之儀正矣。父慈子孝，則家人之道嚴矣。兄友弟恭，則《棠棣》之詩興矣。夫和妻柔，則閨閫之理明矣。豈非人君用天之機，而養天之民乎？桀紂不知天之罰機，則玉盃象箸，酒池脯林，霜刃膏人之脛血，銅柱灼人之髀肉。故天墟其國，而暴其社〔三〕。文武能知天之賞機，則葬無主之骨，封賢人之墓，散商紂之財以富人，息虞芮之訟以勸人。故天祚其代三十，延其年七百。其若君明臣忠，父慈子孝，兄友弟恭，夫和妻柔，則悦心在於人，而和氣動於天。是以天之六氣，不得不調；地之萬物，不得不泰。行於樂府則其音安以樂，化乎赤縣則其人富且壽〔四〕。介族在藻而遂性，羽蟲擇木而安巢。天之用機則如彼，君之得機又如此。是知天之機，君之機，其循環乎。

校勘記

〔一〕時，原訛『若』，據四庫本改。

〔二〕鄭，原作『魯』，據四庫本改。
〔三〕社，原作『祉』，據四庫本、宜秋館本改。
〔四〕赤，原作『寓』，據四庫本改。

復井田論

井田之法，聖王所以維持萬民，而牢籠甲兵也。何謂維持萬民？一則比閭設而人無流亡，二則審知生齒之衆寡，三則賦役均而勞逸等，四則里有序而鄉有庠，庠以勸學，故謂之維持萬民也。何謂牢籠甲兵？蓋大夫謂之百乘之家，諸侯謂之千乘之國，天子謂之萬乘之主，各於提封賦出兵革，故謂之牢籠甲兵也。洎秦革周制，阡陌驟興，雖富國强兵，一時雄盛，及其弊也，後人不勝其害，蓋兼并者衆，而賦役不均也。豈徒然哉？自春秋時，井田之法亦已弊矣，當魯成公始作丘甲〔一〕，孔子書之，譏其重斂〔二〕。又季氏三分公室，各征其一〔三〕，皆井田之法已紊於周末矣。遠至於秦，商鞅革其弊，而利於時者也。然富者連阡陌，而貧者困流亡。流亡之患，由不復地著故也。漢興之後，民多末作，賈傅上言，遂開藉田；其有豐歉不均，耿壽昌請置常平之倉。東晉以來，人流不息，乃設土斷之法。齊梁之際，以版圖漏略〔四〕，不知生齒之衆寡，乃創校籍之吏〔五〕。皆沿革救弊，而井田之法，歷代卒不能復。唯王莽驟欲復之，而農商失業。今之論者尚思追復，而事有不可得而復也。何哉？且今之兵異於古也。古之兵散在農畝，力於稼穡，因蒐狩而教戰，爲征伐而征用，用則爲兵，退則爲農。今則異也，聚之爲營壘，仰食於廩禄，壯則責以干戈之役，老則退爲遊惰之民。井田不可復之驗一也。其次六筦之利，歷代攸先，實資豐富之民，俾爲筦課之户。既資豐富，寧去兼并？兼并既存，賦役不籌。此又井田不可復之驗二也。今但復常平之倉，修土斷之法，三歲一閲户籍之數，然後大興水利，博開藉田。藉田既博，則民務本者衆矣。水利既興，歲雖旱而農無害矣。本務因是而日增，末作因此自禁。倉用當平而常得酌劑〔六〕，民依土斷而不得流亡。夫如是，井田之利存焉。爲理者患在不行不久，苟行而且久，則民安得不庶且富乎？既庶而富，然後制度立乎其中，使輿馬衣服婚嫁喪葬不得僭差。僭差不生，則費用有節。費用有節，則在上者不敢僭侈，在下者不生覬慕。夫萬貨生於地，萬民依貨而生者也。聖人善用萬貨，善役萬民，以先務於用地。用地者，務農而生貨也。文王善於用地，而爲節制者焉。節制者，井田之謂也。自黄帝、唐、虞、夏、商之代，已有經土設井，立步制畝之數也。至文王用土著之法，而損益舊制，故有比閭鄉遂之别焉。今唯兵革，不可復於井田之制，而於禁流亡，知衆寡，均勞逸，亦有歷代之法存焉，可酌而用之。適時從宜，以便於國，即同實異名於井田也〔七〕，何必盡法周制，方謂之善哉。

校勘記

〔一〕丘，原作『兵』，據四庫本、宜秋館本改。

〔二〕譏，原作『議』，據四庫本改。

〔三〕征，原作『正』，據四庫本改。

〔四〕版，原作『板』，據四庫本、宜秋館本改。

〔五〕籍，原作『藉』，據四庫本、宜秋館本改。

〔六〕劑，原作『濟』，據四庫本、宜秋館本改。

〔七〕同實，原作『周望』，據四庫本改。

咸平集卷第十一

論二

伊尹五就桀論

柳宗元嘗有《伊尹五就桀贊》，其序略曰：伊尹者聖人也，不夏商其心，心乎生人而已。湯誠仁，其功遲；桀誠不仁，朝暮及於天下。又曰：湯桀之辨，一常人盡之矣。又曰：聖人之急生人，莫若伊尹。錫以爲柳公所美之意尚未盡。且伊尹在夏也，日見其暴，月聞其惡，歲熟其過，在明識先見，豈不知桀之惡確然必不可革乎？豈不知天之歷數在於湯乎？而去就自惑之若是，雖急於吾民，冀朝暮及於天下，所謂徒汲汲於康濟，而思慮不精審也。使之速去桀而干湯，湯之聖，伊尹之賢，賢與聖合，則天下之政，孰云晚矣？與其五就桀，孰若亟去之速也？矧君子俟時以行其志，時之弗來，雖聖與賢孰敢妄動？使伊尹忍朞月之遲〔一〕，周歲之晚，未爲後時也。欲朝暮之速，無乃太速乎？錫以爲伊尹於一日而五就桀乎？以周月而五就桀乎？殆數歲而五就桀乎？以理酌之，豈一日乎？豈周月乎？必數月之外，不然數歲矣。以是計之，益不如亟去之速也。較而論之，肇適於亳，醜夏之心素定矣；再適於亳，相湯之時將至矣。於是升自陑以一戰，相湯之功，行己之志，得其時矣。時之疾速，伊尹豈不預料哉？《易》曰：『知進退存亡而不失其正者，其唯聖人乎。』伊尹知時久矣，五就之言，錫謂孟子垂訓之旨也。若然者，雖欲疾速其功，可得而疾速乎？設使桀能返狂作聖，伊尹而相之，其仁雖朝夕及於天下矣，而天之歷數復棄湯而在桀乎？伊尹聖人也，豈懵於天時人事之向背，而惑於醜夏適毫之去就哉？

校勘記

〔一〕『尹』字原脱，據四庫本補。

知人安民孰難論

《書》曰：『在知人，在安民，惟帝其難哉。』以堯之仁聖，庭有元凱〔一〕，左弼右輔，猶稱知人安民之難。由是見君於邦國，吏於職官，得不慎重於用人，而勤勞於撫俗乎？嘗論之。或曰：大賢則深沉厚重而難知，大佞則姦詐矯僞而難識。苟非大賢大佞，則朞月盡見其爲人也。唯上之治民，下之從上，如水投器，器之方圓，水則隨之。以是商較，則知人甚難，而安民甚易。子復何以論之？錫謂曰：不然。且古者唐、虞建官，三載考績，三考黜幽而陟明。雖唐、虞之時，人亦未盡知，賢亦未盡識，故必俟考績，然後賢者用之，而不肖者黜之。下至《周官》，用人於鄉舉里選，凡賢之與不肖，正直之與姦佞，久而彰知其賢，識其不肖。諳其正直，考其姦佞，莫越於鄉里也。故周命鄉里升舉士之秀者，然後論辨而用之。自漢至唐，用士駁雜，不能如唐、虞之考績，又不能如《周官》之鄉舉，士林真僞，雖欲知之，而無由知之矣。雖欲辨之，而無由辨之矣。迨其一旦獲罪，矯迹盡露，方謂之難知，得非失之於本而責之於末乎？今若復唐、虞之考績，用

《周官》之鄉舉，則人不難知矣。故仲尼曰：『觀其所由，察其所安，人焉廋哉！』唯臨民之方，安民之術，古雖不易，今實尤難。古者專一國，典一郡，字一邑，民之舒慘在我，民之利病由我，一國之賦輿屬己，一郡之甲兵隸己。雖小國之事大國，諸侯之貢天子，苟有不便於民，不利於俗，君命可以理諫，上令可以理奪，從理而行也，不以君命上令之必可行也。故民之從我，如水之在器，自漢至唐則不然，郡制於邑，都府制於郡。郡之政令苟善，則屬邑皆獲其利也，爲邑者雖欲違之，而不可得而違之矣。郡之政令苟未善，則屬邑皆受其弊也，爲邑者雖欲違之，而不可得而違之矣。郡於都府亦然，都府於天子之命亦然。是知專一國，典一郡，字一邑，知人乃易，而安民甚難也。安民之術不過厚其生殖，省其傜役，薄其賦斂，而制度生於其間。設使厚其生殖，省其傜役，薄其賦斂，而無制度，則强并於弱，富兼於貧，私家之賦倍於公家之賦。若是，則孰謂之安民哉！夫安民之本，在乎天子之制。敕有不便於時，臺省符檄有不便於下，唯三事大夫逮百執事補察其闕，釐革而從於善，則天下之民安矣，豈獨一郡一國之民乎？過此以往，未見其安。由是論之，豈非知人易，而安民難乎？

校勘記

〔一〕『元』字原脱，據四庫本補。

羊祜杜預優劣論

錫嘗讀晉史，美羊祜、杜預二賢名足迹，可得而論之。其智略各有縱横，而聲譽不相上下。然羊公之善，頗優於元凱。何以明之？預之才略有餘，而恩信不及於祜。祜鎮南方，境鄰吴土，與吴交兵，克日方戰，不尚譎詐之計，不爲掩襲之利。敵人死於陣者，歛以還之；敵人拘於晉者，禮以遣之。祜之用兵，惠如時雨。孫皓暴侈，人有離心，祜乃以恩敵怨也，以信敵無信也。祜之得機，乃恩勝信取之時也。故石城以西爲晉有，吴民感惠，不稱祜名，饋藥軍中，陸抗無猜。何誠信若是之昭著！求諸名將，古無其儔。既掠吴人之穀，以縑償之；既獵吴人之境，以禽還之。蓋欲促其歸晉之心，而示其大信也。吴中將帥，果率部曲來降；吴中黎民，果以家屬而至。惜其經略已就，表陳密謀，而執政多違，厥功弗集。及其寢疾，朝廷就問其計畫。洎漢渚殲良〔一〕，吴都罷市，仰峴山以流涕〔二〕。何其遺愛，最厚於民。錫謂祜乃堯、舜之臣，非晉武之臣也。嘗舉杜預以代其職，預承成績，克平南夏。然預之多才，罕有其比。當其獨排輿論，造成孟津之梁；率用機心，製就周廟之器。撰曆以正於天度，詳刑雅合於國典。定考課之法，豐殖貨之利。虜人寇隴，先見已陳於石鑒；匈奴犯邊，定計預徵於省闥。苟非奇士，孰與於此？及代羊祜，彌見其才。張正乃吴之名將也，中我反間之術；孫歆乃吴之都督也，畏我飛渡之兵。孫皓既平，江漢懷德。於時簡練武事，修立泮宫〔三〕，頗與開設庠序，輕裘緩帶，風流之不亞也。疏沅湘之流，通零桂之漕，水利甚博，士人歌之，與夫墾田備邊實相侔也〔四〕。留精麟史，撰集《圖》《例》〔五〕，雖郄縠敦詩説禮，安可比也？自古名將鮮有全能，或大略有餘而細行不足。祜既慎密，預亦恭謹。祜焚藁以自慎，預獻賂以免禍。功名磊落，善始令終。比於知曹爽之必誅，不就其辟，知和逌之見斥，能以智免，祜又多焉。所惜者羊公有知人之鑒，得進賢之名，而元愷但知立碑峴山，垂名後世，不能簡拔一士裨於國朝。以是論之，優劣可見矣。

校勘記

〔一〕渚，原訛「起」，據四庫本改。

〔二〕峴，原作『觀』，據四庫本、宜秋館本改。
〔三〕泮宮，原作『湘官』，《晉書·杜預傳》作『修立泮宮』，因據改。
〔四〕夫，原作『未』，據四庫本、宜秋館本改。
〔五〕圖例，原作『圖列』，《晉書·杜預傳》有作《盟會圖》《釋例》之記載，因據改。

直論

《春秋》曰：『子好直言，必不免於難。』又曰：『子好直，必思自免於難也。』若是，則直爲賈禍之階也明矣。然陷於言，死於君怒，亦宜也。若以直言犯於時忌，而罹害於讒謗，可不惜哉。《春秋》之旨，其在兹也。噫，勇於爲仁，慷慨正直，君子之心，雖死又何恨焉。然在中人，慕爲君子，懼抗直之賈禍，因躑躅於爲仁，得不較論以進爲直之心乎？昔周公相幼主，召公不悦，管、蔡流言，雖聖人之心不能信於僚友兄弟，豈非直於爲道，以稔衆心之疑乎？苟非書啓金縢，天靐風雨，則無以表其誠也。仲尼見於南子，欲伸規誨，子路愠見。抑亦聖人之誠，尚未信於門人，豈非直於爲仁，以速一時之疑乎？苟不自誓而發『厭之』之言，則無以明其衷也。以是知不獨直於言辭以構禍難，直於爲道，直於爲仁，雖聖人猶不免疑，况他人乎。申生受讒，不能違難，是直於爲孝者也。韓信功高，朝廷疑懼，蒯通説之，拒而不納，以爲有功漢室，君必無猜，果致雲夢就禽，死於女子之手，此則直於爲忠者也。費無極之甘言，蔡朝吴之不疑，此則直於聽信，果遭放逐也。夫君子之直，以智濟之，所謂『信近於義，言可復也』。孔子曰：『吾黨有直躬者，父爲子隱，子爲父隱，直在其中矣。』又『惡訐爲直』。又曰：諫有五，『吾從其諷』。考聖人之言，得非欲人以智濟其直乎？昔魏獻子爲政，將受梗陽之貨，閻没、女寬入而諫之，因食三歎曰：『願以小人之腹，比君子之心。』獻子瞿然，自省其過。二臣之言，得非直在其中乎？亦猶考叔警悟於鄭莊，子革磨厲於楚靈，皆婉辭順言，直在其中矣。與夫趙盾驟諫，嗾獒見嫌，伍員抗言，屬鏤是賜，上則不能改君之過，下則適足速身之禍。孔子曰：『三諫不從則違之。』戒固寵也。又曰：『忠告而善導之，不能者止，無自辱焉。』戒力諍也。或曰：諫從於諷。蓋不欲彰君之過，豈是成懦夫之志，而固鉗諤諤之口乎？若然，則比干之直，不可預於三仁乎？論曰：紂之過惡聞於天下，比干蹈死而切諫，誠欲萬一迴其心也。嗚呼，言以申志，志以蹈仁。《易》曰：『慎言語。』又曰：『樞機之發，榮辱之主。』傳曰：『駟不及舌。』是知一言之發，尤難於爲道爲義之直也。較而論之，莫若直以守道於內，智以濟直乎外，無俾禍及，反害正直之心焉。

晁錯論

班固以晁錯急於利國，而不知身害。後代論者，或以景帝聽袁盎之讒，因七國舉兵，遂誅錯以悦諸侯，或以晁錯智小而謀大，或以景帝不明而無懲亂之術。斯皆執偏見之一端，而不周覽前後之次第也。夫安危理亂之形，必起於漸也。《易》曰：『履霜，堅冰至。』謂其所由來者漸矣。錫嘗讀《高帝紀》及文、景二君之事迹，因三復賈傅所上之書，乃備得七國叛涣之本末也。賈生曰：『竊惟事勢，可爲痛哭者一，可爲流涕者二。』時淮南王、濟北王與吴王逆節已露，故賈傅曰：今淮南謀爲東帝，濟北王西向取滎陽，吴王不循漢法〔一〕。今天子春秋鼎盛，德澤有加，猶尚如是。然天下少安，何也？諸王幼弱，傅相方握其事。若數年之後，諸王年長，傅相各稱病而罷，則淮南、濟北之邪，雖堯、舜不能理也。昔者屠坦一朝解十二牛，而芒刃不頓者，所排擊中理解也。至於髖髀，非斤則斧。夫仁惠恩信，人主之芒刃也；權勢法制，人主之斧斤也。今諸侯王皆髖髀也。釋斧斤之用，而嬰以芒刃，臣以爲不缺則折，胡不用之？自『本末』字以下皆賈生之言。以是詳之，諸侯强叛之心，自文帝始也。於時賈生雖有是言，而文帝不能用焉。逮吴王不朝，釐賜之几杖，以愧其心。斯所謂釋斧斤之用，而嬰以芒刃也。夫周公聖人，猶殺管、蔡，以正法制，况孝文纂新造之漢，欲以仁信感其心乎？亂本萌於高帝之時，滋蔓於文帝之世，難圖於景帝之代也。夫先王設禮，所以禁邪於未然也；用刑，所以懲亂於已然也。故《禮》曰：『使人遷善遠罪，而不自覺者，禮也。』兵法曰：『善戰者無赫赫之名。』謂决勝於未形未兆之前也。晁錯雖懷獨見之明，而切憂君之志，然驟欲削黜諸侯之爵土，使本强而枝弱，無乃智術未周乎？亦猶解結而急之，則其結益固也。又如沉痼之疾，雖秦和未能驟理。錫嘗研幾於聖人之用心也，設尊卑等差之位，以車服衮冕各有降殺，俾人各安其分。苟有僭侈，是謂禮失。失於小則降黜之，失於大則誅戮之。洎宗周之衰，暴秦之亂，禮亡樂壞，莫甚當時。高祖以英武之姿，撥亂返正，然臣下功高，封建踰等，使韓信、黥布、陳豨、彭越皆不保臣節，勢使然也。故賈生曰：『臣竊迹前事，大抵强者先叛。』謂淮陰王於楚，韓王信倚於匈奴，陳豨兵精，而貫高因全趙之資，皆以因强而叛心生也。斯皆賈生見前車之覆，於是指切時病，抗言於當時也。豈非禍亂有漸乎？賈生有先見之明乎？果數十年後，其言合若符契，景帝固不足嬰以芒刃，又不能斷以斧斤，驟悦叛王之心，而隕忠臣之命。尚賴周亞夫善用兵法，堅壁於滎陽，委梁不救，以絶吴楚之糧道，禍遂解弛。余謂晁錯之謀，適促諸侯之弄兵也，圖慮安危之計，無乃有慙德於賈生乎？唐有于佶作《晁錯傳贊評》，未盡其理，因作論以質之。

校勘記

〔一〕漢，原作『法』，據四庫本、宜秋館本改。

咸平集卷第十二

論三

水旱論

天之六氣，進退盈虛，固有常矣，造化之理使然。蓋陽氣生於子，其卦直《復》䷗，五陰而一陽。陽氣雖微，乘得進數，剛德浸長，利有攸往，然群邪在上，莫之余逆也。寒暑迭代，日月將迎，以至於純陽用事，其數斯極，其勢斯復。故陰氣生於午，其卦直《姤》䷫，五陽而一陰。陰氣肇至，乘得進數，柔道浸長，利有攸往，雖衆陽在上，莫之能拒也。三才隨之而變化，六氣循之而進退。其間陰陽差軼，水旱乘之，水乘其進數，則淫雨作沴。旱乘其進數，則亢陽爲災。水與旱，其數自極，然後陰晴乃順〔一〕。何以明之？旱數極則淫雨繼之，水數極則亢陽繼之，天地不能移其數，豈聖人能樽節其過哉〔二〕？當其水旱爲災也，害於粢盛，民懷怨咨。天子則禱於群望，諸侯則祈於境内，牲玉蘋藻，奔走於土木偶之間，日望其感通，月俟其報應。既而旱愈甚，至於水澤竭，草木枯。雨彌甚，則防水横流，害於衆民。猶以爲精意不虔，尚貽天譴，由是誠請益莊，祠禱益勤，冀其萬一通於神鑒。神愈不靈，肸蠁無朕，旱加惔焚，雨加霖淫。乃復喧然聚議於朝，代黎民籲天之意，佇陰隲必報之感，貶常膳，避正殿，徹樂懸，赦縲囚，然後戚然復告上下四方之神。不知陰之數已老而當晴，衆謂之因禱而獲霽；陽之數已極而當雨，衆謂之因祠而有應。於是載潔籩豆，載豐玉帛，賽之酬之，畏之謝之。安知陽之數九而陰之數六，陰乘陽之大數而作沴，故鯀治水九載而弗成；陽乘陰之大數而爲害，故湯禱雨七年而方獲。《易》曰：『七日來復。』又曰：『婦喪茀，七日勿逐得。』此乃往而必復之數自然也。數有大小，時有進退。數之大者積年，數之小者累月，以是明陰陽之數，上下四方之神可得而司之，不可得而專之。稽陰陽進退之數，得水旱災沴之旨也。

校勘記

〔一〕『然』上原衍『則』，據四庫本删。

〔二〕能，原作『欲』，據四庫本、宜秋館本改。

斷論

謀慮者斷之始也，勇敢者斷之用也。若謀慮未甚精，成敗未盡見，情僞未洞知，而不忍欲利欲勝之意，不忍小忿小耻之心，卒然奮發，自謂决斷，斯乃剛忿而趣敗也，安得謂之斷哉？若謀慮已精，成敗已見，情僞已審，而猶疑事或未濟，尚憂理之未盡，猶豫於大難，惶惑於臨機，本謀亂而不能堅守〔二〕，始慮撓而不能必行，是謂無斷也。噫，排大難、濟大事、立大功、垂大名，皆由於斷也。陷大惡、致大亂、隳大功、失大事，亦由於斷也。蓋謀熟而後斷，則大功大名隨之而興矣。智淺而言斷，則大惡大亂亦隨之而陷矣。昔桀惡日盈，湯德日新，干戈未舉，而成敗之數先定也。湯乃勃興，應天順人，一戰而克，遂自諸侯而爲萬乘主。

斯則湯之智慮已精，成敗已見，而果敢於斷也。其次商紂縱虐，而文王之德素積於民，民心歸周久矣。一旦武王法成湯之舉，師次牧野，風裂旗旆，武王震恐，以爲天意未遂，遽思中輟。唯太公獨排衆意，以爲必克。是則武王之斷未侔於太公也。洎秦滅六國，威名雄迹，信有英斷。長戟巨鎩，銷爲金狄。聖謨國典，焚爲煨燼。將以弱諸侯之兵也，將以愚天下之民也〔二〕。若是果斷，自謂超三王邁五帝，然而陷大惡，致大亂，失大位，得非斷於强暴，而不斷於仁信乎？由是知有斷於威武也，有斷於爲仁也，有斷於用賢也，有斷於貞介也。許由棄堯之禪讓，伯夷絶周之蔬粟，是果於貞介也。管、蔡流言，周公誅之，大義滅親之斷，自周公始也。龍逢、比干以諫而死，是斷於爲忠也。伊、霍廢黜由己，是斷於爲大節也。燕王用樂生，雖謗書盈篋，而委任愈堅，此則斷於用人也。項籍勇傑，不能終用范增，所以霸王之業，卒爲漢有，豈非無斷於推心乎？世祖單騎，入銅馬之軍，人人相説，説其推心也。唐太宗之初，頡利控弦者二十萬，臨於渭濱。太宗單騎，隔水責之，戎人畏伏，下馬謝罪。於時臣寮進諫，以爲輕敵，上曰：『國家初定，若示之弱，即生戎心。』所謂智略周通，而决斷果敢也。漢祖數項羽之罪，而弩矢竊發。責敵之罪，頗類太宗，然爲飛鏃所中。若萬一不幸，即漢祖之斷有餘，而料敵之智或淺也。有以見楚子投袂而起，孟明焚舟而前，是皆幸而成功，豈是善謀而能斷哉？夫智與斷在乎兼備也，若差之毫釐，則失之千里。使漢祖從酈生之言，斷而不疑，則功業無因而濟矣。使太宗從高祖之言，疑而不斷，則家國無因而變矣。今之論者，皆以韓信不從蒯通之言，謂之無斷。錫以爲韓信不斷於爲忠，而猶豫思亂，以取誅滅也。何哉？當蒯通説時，其心不迴，謂受漢恩深，不忍叛也。及其功高而疑生，勢逼而猜起，不能堅守初志，卒與陳豨謀亂。何始於忠而終於逆，蓋無斷於忠節也，非無斷於逆亂也。《詩》所謂『鮮克有終』，其是謂乎。亦猶孝景始用晁錯之言，從之如順流，將欲削七國之封，弱枝而强本。一旦七國共叛，遽聽袁盎之言，誅錯以謝七國。錯既誅而亂不息，豈非孝景無斷於用人，而返惑讒構之言哉！若成與敗，但思一决，而不圖始終，慨然自謂决斷，不其謬歟？故管仲不死子糾之難，非無斷也，其非死所也。晉宣得巾幗之贈，不敢出戰，非無斷也，戰未便也。是知智計明然後决斷，則事無不濟矣。

校勘記

〔一〕守，原訛「乎」，據四庫本、宜秋館本改。

〔二〕民，原訛「氏」，據四庫本、宜秋館本改。

問喘牛論

《漢書》稱丙吉嘗出，逢群盜鬬者，死傷横道，吉過之不問。前行，逢人逐牛，牛喘息，吉使騎吏問牛行幾里而喘。或以譏吉，吉曰：『宰相不親小事，非所以道路問鬬傷也。方春少陽用事，未可以熱，近行而喘，此時氣失節，患有所傷害也〔一〕。三公典調陰陽，職所當憂，是以問之。』錫嘗試論之曰：宰相尊天子，安諸侯，在乎總要綱，持大柄，務求賢以寘諸位，擇能以分其職。賢者在庶位，能者涖百職，庶位得人，百職具舉，則理道不紊於條貫，生民可得教化，所謂勞於求賢，而逸於致理。由是觀之，宰相猶哲匠爾。繩墨規矩，器於小大之材，材適其用，然後指麾衆工，授以制度，不勞親執斧斤，而崇屋構矣。是皇王帝霸之道若崇屋，賢能才智之人皆衆工，宰相操執大道以指麾百官，量其器能，授以庶務，則不勞躬親小事，而理道成。理道成，則兆民悦，則富且壽，故民無怨嗟愁憤，悲傷夭札〔二〕，所以天地交泰，水旱蟲霜不災於物，謂之陰陽和，由宰相總大政而致之，故謂之爕理元化，陶鎔品彙。丙吉拜丞相在孝宣神爵三年夏四月，至五鳳三年春正月薨。丙吉在相位，纔四載而薨。當其四載之間，有日蝕，有任宣坐謀反伏誅，有嚴延年得罪棄市〔三〕。楊惲坐怨望處死〔四〕，惲妄言天不雨之事〔五〕。公卿奏惲黨皆免官，京兆尹張敞亦被奏，因亡。於是京師吏民解弛，桴鼓數起，而冀州部中有大賊。上思敞功，徵拜理冀。又嘗有詔曰：『今郡國二千石，或擅爲苛禁。』又有詔以吏才廉平，增加其俸。驗兹數事，冬朔日蝕，天久不雨，盜賊擾境，官吏伏法，斯亦未爲陰陽和而天地泰。况群鬬者死傷横道，高陵民兄弟争田，復未爲庶民和悦。庶民既未之和悦，官吏又未之輯睦，河南殺人流血數里，豈不感傷和氣，而致春温？温和失時，人亦自覺，何必因牛之喘，方認時氣差違？矧丙吉拜相以來，未能進一賢人，黜一不肖，有黄霸不能早用爲同列，有于定國不能早引爲同僚。耻府中按吏之名，容車上吐茵之過，不足多也。欲待歲盡課人之殿最，方行賞罰，賞罰欲加誰哉？抑聖賢理天下，必致其道，然後政成而民悦。雖使夔、契爲政，亦待三載而成功，若期月化醇，未之有也。後人讀漢史，言賢相，皆服膺問喘之理，企踵調元之道，不詳事實。錫謂丙吉矯歟，誠失問歟？

校勘記

〔一〕患，原作『悉』，據四庫本改。

〔二〕夭，原作『夫』，據四庫本、宜秋館本改。

〔三〕『市』字原脱，據四庫本、宜秋館本補。

〔四〕惲，原訛『師』，據四庫本、宜秋館本改。

〔五〕惲妄言天不雨之事，此句原作『惲不言天久雨之事』，案《漢書·楊惲傳》載惲言『正月以來，天陰不雨』，是惲言『天不雨』而非『天久雨』也，因據改。四庫本、宜秋館本載此事不誤，却誤入正文之中。

開封府試守在四夷論 限五百字已上成

《春秋》以天下有道，守在四夷。詳丘明之書，觀古人垂訓，以爲明君在上，以道德化育，良相作弼，以謨猷經緯。故地天交泰，品物咸亨。和氣感於天，故四時六氣無差節候矣。至化孚於地，故群動萬彙悉遂於生成矣。當是時，諸侯之國秉璋執圭，奉朝廷之政令。四夷之長率貢納贄，服帝王之威德。然聖人以道爲城池，以仁爲網罟。牢籠禦備，使悉歸於術内；範圍包納，俾咸入於彀中。故《春秋》曰：『天生五材，民並用之。』又曰：『誰能去兵。』《孟子》曰：『至仁無敵於天下。』是則干戈之用，以順時教戰也〔一〕，用以威戎心也。仁義之用，以觀俗設教也，俾以遂物性也。以時教戰者，春蒐冬狩，因農之隙，閲兵之實，俾民知禦寇之教也。所謂安不忘危，理不忘亂〔二〕。故仲尼曰：『不教民戰，是謂棄之。』斯乃禦侮之大端，而防患之先備者也。守在四夷之義，其在兹乎？雖以道德羈縻以服其心，然以威武震耀以制其力。守之至理，請試别白而論之。魯史曰：『聖達節，次守節。』是則君子理一身，則守五常之教；聖人理天下，則守萬機之要。守而得其道，則百職具舉，而庶政允釐；百職既具舉，而庶政既允釐，則四夷不得不畏服也。守之一説，亦取蒐狩之狩，謂天下有道，海内無事，威制之柄，唯在四夷，故曰守在四夷也。何哉？戎人之心不可以仁信責之，不可以禮教束之，怙强則搔邊，畏威則款塞。故賈誼有安邊之策，鼂錯有禦戎之辭，載在前書，確爲嘉論。以爲堯、舜之聖，禹、湯之明，文武之德，其覆之也如昊穹，煦之也若春景，萬物靡不浹，群品靡不安。當時比屋可封，而外户不閉，猶未能銷釋兵革，亦未能徹去備禦，務在化中國以道，而制外夷以術也。今國家承百王之後，應五運之興，陰陽和，風雨時，日月貞明，黎元胥悦，封疆萬里，琛貢交至。雖漢武仲蕩定之志，唐時置羈縻之郡，未侔於今日，未偕於聖朝矣。方今乃守在四夷之秋也。

校勘記

〔一〕教，原訛「殺」，據四庫本、宜秋館本改。

〔二〕忘，原訛「志」，據四庫本、宜秋館本改。

御試登講武臺觀兵習戰論 限五百字已上成

《春秋》曰：「天生五材，民並用之〔一〕。」又曰：「誰能去兵。」是知堯、舜、禹、湯而下，迨於宗周之至聖，鮮不以仁義道德牢籠天下，而以甲兵武備以制海内。故仲尼曰：「不教民戰，是謂棄之。」故周有井田之法，春蒐夏苗，秋獮冬狩，乘三農之隙以教民戰。夫武有七德，禁暴戢兵，安民和衆之爲用也。故古先帝王臨御天下，持威制之柄於上，以制四夷，而齊萬國，得不以兵爲本焉。昔晁錯上漢文之書曰：「兵不堅利，與空手同。」是知兵不得不堅，而戰不得不習。唐開元之際，海内無事，明皇幸於驪山，講兵而閲焉，於時稱爲威盛。今國家自先帝臨御以來，弭禍亂而安黎元，勝兵數百萬，所謂霸王之器在手，故遠戎畏服，諸侯恭肅。豈非甲兵之用善，弛張卷舒由聖人乎。今陛下乘乾坤交泰之時，而當寰海宴清之際，雖以詩書禮樂以化天下，而致民於富壽之域。然能遵堯、舜、禹、湯之用心，而弗忘戰。以是知卜年之祚方遠，而卜世之基彌固。登崇高之臺以講武焉，講武之大體，寔觀兵之威武焉。既威且武，而有習戰之術，以是衆戰，則何敵弗克。夫是三令五申，雖古之習戰之法，而《易》貴師貞之吉。今睿謀神武，以兵戰之機以時習焉，天下畏天威而服聖德，豈非前書者云『善師者不陣』者焉。四夷之心，咸走梯航，玉帛而來朝者，由陛下德先勝，而兵有威也。今論兵甲之利，府庫之備，士卒之勇，土田之廣，疆場之安，雖漢武承文、景之羨財而利甲兵者，弗能加焉。區域之安，蒸黎之泰，風雨時順，天地氣和，雖太宗革隋之餘而善整武備者，亦弗能至焉。

校勘記

〔一〕用之，原作『之用』，據四庫本、宜秋館本改。

咸平集卷第十三

箴

相箴 并序

智周萬物曰聖，道濟萬民曰賢。聖乃君德也，賢亦君德也。然天無二日，土無二王〔一〕，故聖人立則賢者事之，賢者立則聖人事之。周公相成王，乃以聖事賢者也。仲虺相成湯，乃以賢事聖者也。舜、禹在十六相之間，即以聖事聖者也。高宗命相，稱若金用爾爲礪，若旱用爾爲霖，若和羹用爾爲鹽梅，若濟川用爾爲舟楫。此得命相之大旨也。昔管仲相桓公也，以隰朋善擯贊之禮，請立爲司賓；以甯戚能稼穡之政，請立爲司田；以賓胥無明於刑法，請立爲大理；以王子城父諳於戰陣，請立爲大司馬；以東郭牙忠鯁讜直，請立爲大諫。乃曰君欲理國强兵，則五子在焉；若欲霸王，則夷吾在此。此乃得爲相之大體也。是知宰相所居者國之大位，所務者國之大事，所憂者國之大難，所理者國之大柄。百職如網罟也，群官若襟袂也，提綱則網罟不紊，舉領則襟袂自整。所謂挈霸王之器，授於聖哲之主也。故陳平不言細務，丙吉恥按小吏，所以府無鈐閣，門不施闌，示與邦國大同也，不於衆務之有隔也。許扣閤以白事，呼宜禄以立聞，是表宰相之貴異於臣僚之貴也，宰相之職貳於帝王之職也。君在座，見宰相則起，贊拜者揖而告之。君在車，見宰相則下，贊禮者導而告之。故伊尹謂之阿衡，吕望謂之尚父，聖人所以隆其禮若是也，貴其才亦然也。所任非輕，所責亦重。若天地有大變，邦國有大災，則引咎責躬，謝病免職。天下知其隆貴而不知其憂勞，受其陶鎔而不知其功業。五帝之時，人謹事約，故宰相得致其理。三季而下，俗薄文弊，故宰相尤勞其精。昔玄宗用姚崇、宋璟，則開元之初，天下康濟。用林甫、國忠，則天寶之末，海内喪亂。豈獨臣之過也，抑亦君心之怠也。當憂勤之時，則逆鱗犯顔之臣，謂之忠藎而聽納也；及安逸之後，則苦口沃心之諫，謂之狂妄而厭聞也，豈徒然哉！昔魏徵相太宗也，以抗直克保其終；憲宗之用李絳也，以剛正不得其死。蓋君臣之際，委遇方深，則讒謗生焉，禍難起焉；讒言不惑，則匕首竊發。豈惟正直忌於衆目，抑亦富貴摇於人心。王涯遂死於疑兵，竇參亦逢於刺客。是知爲相不易，爲君亦難。不惑讒疑，君之難也；不事富貴，相之不易也。德宗，勤儉之令主也，惑於讒疑；贄皇，才略之賢相也，溺於富貴。故宰相所先者才略，所重者識量。劉幽求克平内難，唐休璟善料邊功，乃才略者也。張九齡請誅禄山，婁師德密薦仁傑，乃識量者也。有量則深沈而難測，有識則敏速於先見。使玄宗用九齡之言，則禄山之亂不生矣；使天后不言師德之薦，則仁傑之明不知矣。夫俾人遷善遠罪，而不自覺者，禮也；致君去危就安，而不自悟者，賢相也。蓋弭亂於未形，制理於未兆，群官但受其節制，萬機莫測於運用也。黄閤之下，敢獻箴曰：

惟天有斗，斡運化機。日月五緯，陰陽四時。斗柄所指，隨其推移。惟君有相，調爕天下。朝廷百揆，天地萬化。政柄所指，隨其强霸。一國具瞻，三台之象。所務才略，所先識量。量若不寬，不能容衆。識若不明，不堪大用。才若不長，不堪任重。林若不深，不謀公共。識量有智，爲相之器。禮樂征伐，爲相之轡。按轡理人，利器事君。獻替輔弼，啓沃經綸。乃成大業，乃集大勳。堯得元凱，垂衣而理。湯得伊、仲，順人而起。漢得良、平，亂略乃弭。唐得房、魏，王道如砥。君之股肱，禄既厚焉。君之耳目，貴亦極焉。禄厚驕生，貴極忘遷。延齡調上，林甫忌賢。元載專寵，吉甫弄權。衆僚位卑，不敢抗言。百官禮隔，誰肯犯顔。阿順久矣，傾亡忽然。性習相近，始終勿渝。進賢爲黨，道則不孤。至公爲任，身則無虞。民既富壽，物亦昭蘇。狂生不佞，敢告僕夫。

校勘記

〔一〕王，原作『主』，據四庫本、宜秋館本改。

將箴 并序

聖人能御將，良將能御兵。御得其道，則運籌料敵。留侯運籌，知彼我勝敗，如觀掌上。王翦攻於荆土，非六十萬不足禦敵；晉宣圖於壽春，非三百日不足用兵。其籌料本末，若是之審也。然而有謀而遲緩者，將之病也；有謀而心速者，將之病也。故《軍志》曰：『智而心怯，可窘也；急而心速，可久也。有驟勝則驕，不可不戒也；有驟勝則怠，不可不備也。』項梁敗於定陶，驟勝而驕者也；庸人敗於臨品，驟勝而怠者也。能理其偏材，知其所病，戒其驕怠，是謂知與爲將也。伊尹、吕望，王者之將也；郄縠、管仲，霸王之將也；孫臏、吴起，戰國之將也。其材不同，同歸於料敵；其功不同，同歸於用謀。謀既素定，戰無不克。故武侯以葛巾羽扇指麾三軍，羊祜以輕裘緩帶總提萬旅。謝安知合淝之勝，對碁自若；宋武知外水之宜，封函預言。其何然哉？蓋所料無失，而當必捷者也。雖云五帝有武備而無所用，是謂善師不陣者也。湯武之舉，是謂善陣不戰者也。桓文之舉，是謂善戰不敗者也。錫以爲制理於未亂，即善師不陣者也；制勝於未戰，則善陣不戰者也；得機於一時，則善戰不敗者也。何必桓文之師，不及湯武之舉乎？湯武之舉，不及五帝之有備乎？韓信以尺書定燕〔一〕，亦善師不戰者也；穆子以金城克鼓，亦善陣不戰者也。但務察機在目，料敵在心，自嚴將軍之令，不受天子之詔，爲將之道盡矣。嗚呼！機者難得而易失，功者難成而易敗，不可以圖富貴而欲爲將也，不可以愛威嚴而欲爲將也。有全材，受君之命可也；無全材，辭君之命可也。不可以己之好尚，而欲陷民於鋒刃。三軍之起，千里趨戰；一國奉戰，萬民陷阱。況應機之速，破敵之急，血膏草野，尸擁流水，而將帥自以爲功名，以爲富貴，以爲威嚴，以爲便利，可不惻隱乎！可不咨嗟乎！況勝不可保，袁紹敗於官渡；衆不可恃，馬服挫於長平。皆圖功貪名之過，無輯亂愛民之心〔二〕。加有私忿謀逆者，有幸亂而叛者，如漢之黥布、韓王信，即私忿謀逆之人也。晉之王敦、桓玄，即幸亂以叛之人也。輕士卒之死命，爲嗜欲之深志，可不爲傷心哉。且周之饑也，伐商而年豐；衛之旱也，伐邢而降雨。豈徒順於人欲，抑亦合於天意。是謂天人合發，萬變定機乎。欲期將帥之臣，先本仁信之用。故作箴曰：

兵者凶器，戰者危事。國有外患，君先擇帥〔三〕。受服於廟，授鉞於社〔四〕。鑿門而出，建牙指敵。一國所仰，三軍以律。苟非將材，必自敗績。先以仁信，次以智勇。勇則三軍增氣，智則謀慮必中。信則賞罰無黨，仁則甘苦必共。信智未明，仁勇或虧。難保强勝，必致傾危。天之雷霆，警物爲威。國之征討，弔民爲辭。晉文伐原，以信爲機。漢祖約法，以仁爲機。羊祜近吴，以禮爲機。韓信襲齊，以智爲機。吕蒙得羽，以恩爲機。合若符契，不差毫氂。叛者伐之，服者捨之。亂者平之，凶者戮之。譎詐有時，不可常施。殘忍非仁，不可念兹。苟違斯理，是奉其私。

校勘記

〔一〕尺，原作『天』，據四庫本、宜秋館本改。

〔二〕輯，原訛『刑』，據四庫本、宜秋館本改。

〔三〕帥，原作『師』，據四庫本改。

〔四〕社，原作『先』，據四庫本改。

嫉惡箴

仲尼有云，人而不仁，嫉之太甚，亂必攸因。敬違斯言，禍反乘身。儻無威柄，又無權政。欲攻其過，適令距命。朱雲抗訐，方慶糾彈。愈諫佛骨，蕡怒閹官。言出衆怒，貽譏謫官。上自君臣，下及朋友，善道以告，忠言而誘。言苟弗從，悔追勿後。欲捐彼怒，宜緘余口。周公嫉惡，有權有威，去惡之易，易於轉規。伊尹懲過〔一〕，位重言崇，懲過弗難，速於旋踵。若異於玆，戚無自貽。寬以蓄衆，藏機待時。時至機發，誅除罔遺。誡之守之，無忘箴藥之辭〔二〕。

校勘記

〔一〕懲，原作『慫』，據四庫本、宜秋館本改。

〔二〕藥，原作『樂』，據四庫本改。

用材箴

天運四時，地生萬類。以覆以載，各得其位。天地猶爾，人胡求備。堯以仁化，舜以孝理。稷專播穀，禹務導水。聖賢猶然，人胡求全。是以有才者不必有德，有德者不必有言。與人結交，能護其短；掩短録長，交即悠遠。任人之職，能從其長，録長掩短，邦實阜昌。無好之則忘其不肖，惡之則忘其允臧。執心至公，取其所强〔一〕。馬或奔踶，乃致千里；士有跅弛，可任以事。一善可稱，則勿求具美。然後會衆善以涖庶官，民寔攸暨。

校勘記

〔一〕『所强』下，原竄入卷一四《夏鼎銘》中『流陰陽戰而復和』至『願追三』一大段文字，今乙之。

求名箴

君子所懋者德，所貴者名。名高由乎德厚，譽美由乎藝成。德藝苟缺，謗毁亦生。譽善毁惡，如影隨形。勿學小人，欲誣君子，唯己弗修，唯名是企。設矯與詐，違謗避毁。矯終失常，久而遂彰。人皆指笑，名亦消忘。箴行在己，華名自至。戒於曲求，無忝無愧。

規過箴

人或有過，爾欲相規。過且未改，中已生疑。疑不一途，滋蔓多岐。徵怨召怒，何莫由斯。怨淺謗生，怒深禍隨。是以君子，慎於樞機。樞機之理，總乎慎言。規人之過，其言猶難。孰慮其宜，細詳厥理。言苟輕出，過反在己。雖云忠告，不能者止。妄欲善導，豈獨疑爾。愈令其心，增於汰侈。

守默箴

惟天之默，三辰燦然。惟地之默，萬物生焉。君子之默，百行昭宣。苟無昭昭之名，赫赫之德，德未爲人所仰，行未爲人之式。欲訥而言，欲寡而詞。孰謂爾無包藏，孰以爾爲秉持。夫事有節，而理有機。機赴節會，一言衆怡。所謂時然後言，敢志聖人之規。

聽　箴

聽貴於微，方謂之聰。無怒抗直，無悦順從。順從之言，如簧如綺，聞之勿喜，當酌於理；抗直之言，如鋒如鋋，勿以爲傷，當從其長。未必逆耳，皆謂之是；未必順詞，皆生於疑。外得所聞，内宜深思。無自忽略，差於毫釐。有諭有告，語難遽發，必託微詞，冀爾深察。有猜有嫌，言難直形〔一〕，必露微言，貴爾審聽。心馳意征，聽則不明。凡聆其語，必專廼誠。

校勘記

〔一〕難，四庫本、宜秋館本作『雖』。

視　箴

視貴於微，方謂之明。察於未兆，見於未形。蓋以理取，不以目覩。既得兆朕，預圖臧否。禍福有自，成敗有源。得喪有迹，理亂有先。憂樂在色，喜怒亦然。如萬物在地，而衆象在天；如珠玉沉潛，而輝采昭宣。觀象知來，識鑒宜前。違難逭惡，爾自圖全。拯危救禍，爾合勉旃。視人之禍，從微拯之，無待禍熾，方欲扶危；視人之難，從危安之，無待難至，方欲維持。見機之理，念兹在兹。

咸平集卷第十四

銘

湯盤後銘 并序

君子爲善，汲汲惟日不足，故《湯盤銘》曰：『苟日新〔一〕，日日新，又日新。』昔湯作夏諸侯，日修厥德，以成齊聖廣淵之道，致夏民之心。歸亳益衆，如渴者赴飲，燥然促促，欲速於酌而挹之也。故湯德益勝，桀罪益大，而禍不可解；德勝而位不可避，位來逼己。是以有夏之賢臣曰伊尹，歸亳而贊之相之；有夏之疲民惟億兆，望亳而歌之舞之。桀遂喪國，其滅也忽焉；湯遂得位，其興也勃然。大哉！聖人之心與天道合。天道健而行者也，其行不息，故日月代明，四時六氣萬彙從之而不斁矣。聖人懋其德，兢兢業業，日慎一日。《易》曰：『夕惕若厲，無咎。』故百職萬國兆民亦從之而無斁矣。夫天子大位，聖王守之則大理，賢主守之則小康；中庸之主守之，得其輔則理，失其輔則亂；闇暴之主守之，則大亂矣。古者盤盂皆銘，冀朝用之覩其銘，暮用之堅其志。聖與賢，克己以荷禄。闇與暴，肆欲以自敗。中庸之主，殆可儆戒爾。錫因作《湯盤後銘》〔二〕，申有商之祖訓，熙聖人之大道也。曰：

成湯銘盤，太甲弗視。微伊尹放於桐宮，宗祧幾墜。克念作聖，罔念作狂。雖曰聖哲，無豫從康。太宗念理，念念不已。果致升平，慎終如始。玄宗念理，念念忽虧。姚、宋云亡，其德遂衰。噫！修德罔怠，日不暫替。厥民大賴，永克永世。

校勘記

〔一〕『苟』字原脱，據四庫本補。

〔二〕『銘』字原脱，據四庫本補。

白獸樽銘 并序

君好諫，則直臣進而邪臣退。君好諛，則佞者安而忠者危。悦佞忌忠，翹足待亡邦之禍；斥邪用直，反掌有太平之期。當晉運承金，武帝涖祚〔一〕，鑒往君之理亂，詳前代之興亡。思得嘉謀，渴仲山而補衮；願聞讜論，慕大禹之拜言。於是庭設酒樽，樽施白獸。使獻言之士，謇諤之臣，將欲排金門，扣玉階，抗真誠，吐忠諫。必得挹酒漿而見志，干旒冕以犯顔。法膳夫之佐樽，誘隨季之及霤耳。佩玦者知其有斷，珥貂者表其外剛。招虞人以弓則不來，賜武夫以鉞則專殺。皆用物以旌其意也，飾外以知其内也。所以虎者取其威猛，以壯其心，冀觸鱗之懼。酒者取其醇和，俾悦其性，以生沃心之謀。所謂君誘臣之諫也，臣合君之道也，得澤山相感之理，見地天交泰之心。錫以爲感之以誠，則純信之士來；感之以恩，則死節之士至；感之以信，則慷慨之士進；感之以言，則鯁介之士歸。故成湯待士於總街〔二〕，齊桓録言於竇法〔三〕，皆降尊嚴而下卑賤，示誠信而求訏謨。豈不大臣固寵則惜言，小臣怯威則懼諫？苟汲善之誠未著，好諫之志不專，則上之過失或未聞，下之精誠有未盡。則面柔曰戚施，口柔曰籧篨，蔽我聰明，壅我嗜欲。故君欲見獸樽在下，則惕惕之志不得不警戒而守也；臣見獸樽在前，則謇謇之心不得不憤悱而發也。所謂挹之以忠言，酌之以直諫，味之以醇和之德，器之以公共之道。苟念終以入始，慎末以固本，則善旌諫鼓，又何異焉。夫誘諫在乎樽，而用諫由乎君。且臣非以直言爲難，而君以從諫爲難。從諫非難，辨惑爲難。其有豐珍厚貨以移君心，君則離法而悦之者。有悲色哀辭以移君心，君則離法而憫之者。有密姻近戚伊優相靡以移君心，君則離法而惑之者。是知執一御衆，君之明；順諫如流，君之道。苟異於是，樽實虚設。因銘之云：

白虎之象，爲樽之飾。壯彼瞻視，來其抗直。壅蔽斯聞，謨猷必陳。上或違道，下得觸鱗。君或咈諫，臣敢愛身。君臣相濟，上下交親。苟忘念理，惟欲是恣。雖設斯樽，適爲虚器。

校勘記

〔一〕祚，原作「胙」，據四庫本改。

〔二〕衔，原訛「銜」，據四庫本、宜秋館本改。

〔三〕「言」字據宜秋館本補。

夏鼎銘　并序

盤古之工有崑崙中柱，其周三萬里；巨靈之迹有太華仙掌，其高五千仞。一則制黄輿之動，一則通洪河之流。事亦近情，豈《齊諧》之誌怪〔一〕；言非摭實，鄙古人之不經。唯《堯典》可詳，《禹謨》斯在。當群陰作沴，洪水横流，浩浩滔天，若載舟也；湯湯懷山，若習坎也。農無田以稼穡，女無桑以蠶績。萬宇將爲江湖，兆民憂爲魚鼈。非聖人之智無以排大難，非聖人之功無以濟大艱。當其鑿龍門，通砥柱，疏百谷，導衆流〔二〕。陰陽戰而復和，天地否而復泰。猶以爲窮邊大澤，深山曠林，有魑魅姦慝之災，有猛鷙瘴癘之害。俗有所未習，人有所未知。於是象九州，鑄九鼎，赫曦連月，方收其炎熱。九鼎俱成，山形谷聲如在。其初也，睿智如神，王言如綸，命諸侯以貢金，空群山而伐薪。萬鞲一鼓，吹風吸雨，如媧皇仰天，待鍊石而將補。其終也，巽户風絶，離宫火歇，餘霞猶狀。任公臨海，得鼇魚而待烹。岌岌然在萬乘之前，巍巍然列雙闕之下。日月星辰之分野，山龍華蟲之文章，莫不上應昭回，下詳區域。未必《河圖》括地象，始判華戎；保章辨土風，方知陵隰。有以見鼓天下之動，入我牢籠；取域中之大，歸我掌握。開生民之耳目，爲後世之楷模。燥濕不變者，金之貞；濩落能包者，鼎之量。所以紀鏤與山河並久，圖象將世運常新。瞻之在前，不出户而知天下；仰之彌高，不闚牖而見天道。乃知聖人備物致用，立功成器，有位則可保，失道則相遷。故桀昏其德，遷之於商，商得之所以載祀六百；紂縱其暴，遷之於周，周得之所以卜世三十。洎定王微弱，戰國縱横，楚子無君，敢有輕重之問；丘明作《傳》，備存應對之辭。見寶鼎之有歸，由天命之所授。然則天下大鼎也，黎元鼎餁也。惟左輔右弼，前忠後良，以文明爲火而爨之，以教化爲味而調之，則日月明，陰陽和，天地静，區域安。故王孫善言，在德不在鼎；聖人垂訓，以道不以强。願追三代之闕文，以揚伯禹之鴻業。銘曰：

萬象鱗差，璿璣正之。六合輻湊，會要觀之。聖人既作，萬方攸歸。鑄鼎象物，神姦乃知。金鉉恢廓，寶圓融輝。得之非霸，失之非衰。霸者道昌，失者德虧。公共之器，聖哲無私。

校勘記

〔一〕『豈』字原脱，據四庫本、宜秋館本補。

〔二〕『導衆』下『陰陽戰而復和』至『願追三』一大段文字，原錯置於卷一三《用材箴》『取其所强』下，今乙之。

卜臺銘 并序

神以知來，智以藏往，蓍龜之靈也。識進退存亡之機，得悔吝吉凶之朕，君子之明也。漢世高士，成都逸人。信珮仁冠，獨得昊穹之爵；玄關通鍵，自開衆妙之門。窮達可移其心，豈喧静欲拘其趣？故揲蓍於卜肆，將誘善於輿人。驗太史之簡編，考先生之故實，人子從而卜，必告之以孝道也。人臣從而卜，必喻之以忠規也〔一〕。豈不以蚩蚩末俗，若山下之出泉，我必導其源而濬其流；冥冥若真，若懷中之無物，我必居其静而觀其動。以蒙養正，若褧衣加爛錦之文〔二〕；用晦而明，比良玉有成虹之氣。故萬乘聞其道，玉帛禮之而弗來；五侯知其賢，弓旌聘之而不至。是謂水官既廢，豈易得於真龍〔三〕；弋者可施，徒仰觀於黄鵠。先生之道既如彼，先生之名又如此，不獨發揮《彖》《象》，喻人之吉凶；實將隱見市朝，鎮人之躁競。蓋先生之智靈於蓍龜，先生之明洞若水鑑。且枯草腐骨，安足稽疑；坤馬乾龍，固無定體。且叔向以五難卜於子干〔四〕，知其蔑濟；伊尹以五就卜於夏桀，知其必亡；于公以陰隲卜其子孫，知其貴盛；智果以視瞻卜於韓魏，知其變更。又何必詢幽贊於六虚，取《繫辭》於十翼。先生以天方咎漢，卜孝哀不久乎；以天未悔禍，卜王莽將簒乎；以火德未衰，卜世祖中興乎。識者知先生以道卜於時，退觀理亂；昧者謂先生以筮疑隱於闤闠。蓬萊水淺，既難駐於仙蹤；河漢槎流，但遐思於往事。願以直筆，銘於卜臺。曰：

真格仙風，飄如鸞鵠。餘芳遺烈，馨若蘭菊。流聲走景，變陵遷谷。後人作臺，在坊之曲。難問揲蓍，空思握粟。我來徘徊，詠歌芳躅。

校勘記

〔一〕『之』字原脱，據四庫本、宜秋館本補。
〔二〕聚，原訛『聚』，據四庫本、宜秋館本改。
〔三〕龍，原作『能』，據宜秋館本改。
〔四〕干，原訛『千』，據四庫本、宜秋館本改。

几銘

親仁可以自託，友賢可以自扶。求仁得仁，必馳必驅。若隱几以召，憑几而呼，則仁賢斯遯，厮役來趨。嗚呼！賢既遯，身即孤。

杖銘

持人之顛，扶人之危。於國也，於家也，無得而忘之。

劍銘

圖難多疑爲甚惑，莅事無斷爲自塞。必在淬其志，率其職。大夫必果敢決斷，以取剛克。

盂銘

君子憂道，食不違味。所以顏子一瓢飲，一簞食，雖屢空而無恥。

硯銘

治石如之何？載磨載琢。治藝如之何？以文以學。藝成如之何？以禮以樂。

筆銘

古之良史，言必録，而事必紀。若生無令名，即没加惡謚，以爲子孫恥。君子措詞，幸無自私。

枕銘

君子有四時，朝以聽政，晝以訪問，夕以審令，夜以安身。苟名未揚於親，惠未及於民，敢思甘寢，以志夙興夕惕之勤〔一〕。

校勘記

〔一〕志，四庫本作『忘』。

盤　銘

湯乃聖人，猶務日新。吾儕何人，敢怠於勤。用於斯，觀於斯，即頌成湯之遺文。

弓　銘

天之道有弛有張，盈則虧，盛則亡。是以君子以謙而持盈，故位彌尊而名愈彰。

箭　銘

婞訐非直，忠信爲直。勿枉道而諂人，常守道而保身。

珮　銘

信不可忘，謙德彌芳。服謙珮信，其名鏘鏘。

尺　銘

言與行相顧，名與實相副。以俾他人，取爲法度。

鐘銘

德修於内，聲聞於外。行積於身，名彰於人。業茂於此，譽洽於彼。其器濩落，音則溥博。其氣春容，韻則穹隆。處厚持重，物莫傾動。詢爾宏圖，應以嘉謨。咨爾小道，隨以忠告。恢廓爾量，俾人法象。無以錚錚，所不足尚。

後序

《書》曰：『惟狂克念作聖，惟聖罔念作狂。』是聖與狂不相遠，蓋先王趣人歸善之速也。湯，聖人也，銘於盤有『日新』之戒；正考父，賢人也，銘於鼎有『益恭』之命。苟非聖與賢，而在中人之域，言與行終日不離戒慎，則僅可免過，安敢望偕於君子哉！儻斯須而忘檢慎，則差跌而獲罪戾矣〔一〕。因作箴銘以自戒也。

校勘記

〔一〕跌，四庫本、宜秋館本作『趺』。

咸平集卷第十五

律詩一

花雨比下秦中

雨裏飛花片片紅，雨微花亂轉溟濛。川原何處連天草，簾幕無人半日風。寂寞劉楨新病後〔一〕，淒迷莊舄苦吟中。可堪更是黄昏景，鷰冷鷖寒恨想同。

校勘記

〔一〕楨，原作『稹』，據四庫本改。

寄蒲城宋白小著

春日閑銷一局棊，春愁還得數篇詩。高吟大醉何人問，英略雄圖欠己知〔一〕。破産雖無容足所，丈夫豈合以家爲。時來富貴終須有，懶學梁鴻賦五噫。

校勘記

〔一〕欠，宜秋館本作『久』。

離懷

離懷如醉復如癡，脉脉無言不展眉。秋草空牽幽意在，征軒疑有斷魂隨。殘星更漏門開處，斜月簾櫳酒醒時〔一〕。此恨誰能解消遣，因題紅葉偶成詩。

校勘記

〔一〕月，四庫本作『日』。

自勉

飄泊年年頗恨身，梁園未到滯咸秦。上樓獨爲青山立，攬鑑初驚白髮新。北叟何曾悲失馬，宣尼猶自問迷津。功名分有終須得，莫强憂愁耗爾神。

夏日即事

王師猶未下全吴，何日封章賀獻俘。正是鬱蒸生瘴癘，可堪水潦滿江湖。威宣鐵軸千艘盛，勢撼金陵一壘孤。羈客無能爲籌略，閑消白日覆棊圖。

春雨

天寒雲彩變春輝，霡霂來如曉霧飛。著物先饒芳草濕，盈空旋翳碧山微。鶯村樹密吹應徧，鴛瓦簷高滴尚稀。丞相追班方入賀，沙堤柳色正依依。

樽前吟呈宋白小著

三年多謝主人翁，盃酒相寬禮數豐。唯惜時光如走馬，懶詢天道似張弓。秋深街巷槐花雨，夜静廳堂葦箔風。盡是無憀腸斷處，都將分付醉鄉中。

代牡丹酬答 太素有醉贈牡丹之作

舒元輿是賦家流，我有餘妍不盡收。今日謝君貽好句，恨無雙珮略相酬。神仙見謫情雖薄，風雨相輕恨未休。爲報悦人須以禮，不同蘇小耐慙羞。

多情

多情如病苦難醫，頭緒多於折藕絲。送客落花行馬處，望鄉殘月倚樓時。憶來幾入春深夢，感極翻成酒後悲。大抵爲君言不盡，彩牋閑詠合歡詩。

寄韓丕進士

嵩室亂峰三十六，嵩陽今復住何峰。已因詩好聲名出，却爲情高仕進慵。白鳥白雲秋色樹，水南水北月明鐘。逍遥自得閑吟興，誰識夫君是卧龍。

覽韓偓鄭谷詩因呈太素

風騷蔓古少知音〔一〕，本色詩人百種心。順熟合依元白體，清新堪擬鄭韓吟。搜來健比孤生竹，得處精於百鍊金。唯我與君相唱和，天機自見不勞尋。

校勘記

〔一〕蔓，四庫本作「夐」（夐之别體），宜秋館本作「夐」。

渭北即事書呈太素

渭北居來似塞垣，三逢堯曆度寒暄。家貧老幼思歸國，性僻交朋少及門。天暖憶遊沙苑寺，雪中會過洛河村。流年又是重陽節，賞菊論詩酒一樽。

醉題紅葉

拾筆閑題紅葉時，醉容相向亦相宜。塞垣風勁應吹盡，江國霜微想半衰。嫌聽滿階鳴夜雨，曾看臨水映疏籬。春光不許長如此，旋放寒梅嫩柳枝。

寄題象耳寺

二十年前會憶遊，彭亡渡口泊孤舟。一程林下登山路，百尺谿邊汲水樓。磬韻似煙和燭裊〔一〕，松聲如雨入窗流。別來往事都成夢，誰寄篇章問惠休。

校勘記

〔一〕裊，原作「梟」，據四庫本、宜秋館本改。

促織

西風嫋嫋欲昏黃，草木蕭蕭緑翅涼。闇傍遠燈催絡緯，獨經遥夜伴啼螿。露濡蟲網絲潛斷，月照澄江練有光。幾處疏砧紅葉寺，誰憐弄杼不成章。

憶梅花

三年不見遠江梅，長到梅時把酒盃。似共故人千里別，空思近臘數枝開。心隨曉月經鄉渚，夢與春雲傍釣臺。金蘂瓊花風雪景，憑誰圖畫入關來。

和太素春晝〔一〕

風幡輕細翠悠颺，樓閣輕寒水滿塘。柳絮微煙吟思足，梨花朧月睡魂香〔二〕。江山似畫憐湘浦，魚筍嘗新憶華陽。早是春陰已無賴，可堪中酒惡情腸。

校勘記

〔一〕晝，四庫本作『晝』。

〔二〕朧，宜秋館本作『淡』。

和太素早春書事憶遊京國

新年吟詠喜經旬，金粟山邊渭水濱。微雪尚妨天氣暖，衰林先讓鳥聲春。牽情但恨梅花謝，醒酒空思桂蠹辛。深感相將遊汴水，夢中楊柳已迷人。

覽太素新編

蜀國香牋似彩霞，裝成近集入京華。千篇詩好精靈哭，百軸文雄俠少誇。繁富禹王新職貢，妍明春帝曉鬻花。彤庭何處安排好，李謫仙才稱草麻。

吟情

風月心腸別有情，靈臺珠玉氣常清。微吟暗觸天機駭，雅道因隨物象生。春是主人饒蕩逸，酒爲歡伯伴縱横。莫嫌宫體多淫艷，到底詩狂罪亦輕。

和宋玄進士對雪

風迴玉宇拂窗欄，欲晚增城料峭寒。含月有光吟不盡，著煙無迹畫方難。江春南國兼梅落，塞臘西山向竹殘。何處多情偏入賞，狂隨舞袖遶盃盤。

冬夕書事

堪嗤棲屑客長安，風雪加添近臘寒。凍筆呵來書字淡，孤燈挑盡向窗殘。十年苦思詩千首，一夕迴腸事萬端。家住天涯歸未得，嶺梅江蓼自辛酸。

對酒

去年秋值罷文闈，今歲無憀自陝歸。雪月好吟還唱和，風雲未至且依違。江南梅早多紅蒂，渭北山寒少翠微。猶賴一樽消遣恨，不堪棖觸躁時機〔一〕。

校勘記

〔一〕棖，原作『帳』，據四庫本、宜秋館本改。

暮冬閿鄉遇蕭霸赴任

嶺外路遥君赴任，陝西年盡我歸家。長亭際會情無限，一夕分飛恨又賒。夜話無燈松火繼，曉行乘月亂山斜。七千里驛誰相伴，雪裹寒梅正放花〔一〕。

校勘記

〔一〕正，四庫本作『已』。

殘冬書事呈宋太玄

歸來何物可消憂，縣寺蕭條懶强遊。酒價未償重貰取，雪詩休厭且交疇。兼憐春近如迎客，莫惜年殘似急流。天子承祧重文物，花時早約入皇州。

寄梁周翰補闕楊徽之宋白二拾遺

飄零蹤迹尚堪悲，唯向三賢最受知。少俊有名輸賈誼，宦遊多難比張儀。詩中老格何人愛，酒後佯狂識者嗤。北省郎官應見誚，明時猶尚進身遲。

寄宋準學士

鸞輿西幸郊天日，洛水橋南乍識君。投分塤篪無異曲，定交蘭菊有餘芬。別來信阻年將盡，望去臺高日又曛。堪恨支離何所似，波中萍葉嶺頭雲。

和宋太玄臘日

逢臘欣酬吟詠才，已知春色向人來。口脂潤逐銀罌賜，面藥香隨鈿合開。梁苑辭臣堪賦雪，壽陽公主好粧梅。更憐罷獵歸侵夜，重對歌筵紅燭臺。

三月二十八日書懷

惜春將盡自徘徊，巷館殘陽户半開。芳樹更無鸎舌語，故巢空有燕歸來。音書杜絶家千里，愁憤消磨酒一盃。地狹長沙何所適，行謡方憶摘楊梅。

渭北春盡日作因思蜀洛舊遊寄太素

九十日春知枉度，樽前無賴獨咨嗟。空城北走諸陵道，古苑南連百里沙。翠憶玉津官舍竹，繁思金馬故城花。去年方與君遊洛，况味争如不在家。

即事

殘花飛盡留芳草，索寞孤懷話未能。天氣暄寒猶未定，春衫脱着自無憑。茘枝結子思南越，湖水宜茶憶竟陵。看是清和時又過，林亭何處度炎蒸。

晚望因寄宋太素

春深水榭絮紛紛，支策臨高日欲曛。故國已迷巴徼路，斷腸空似嶺頭雲。燕飛芳草隨天遠，鶯囀殘花隔竹聞。物景感人情不盡，因成吟詠寄於君。

幽居

寂寂閑居客至稀，静中滋味意何歸。因探易象知深旨，自喜吟高得化機。桑露乍寒蠶欲老，草煙纔暖蝶交飛。樊川物景終南翠，遂性空思杜紫微。

府解後有詔旨權停貢舉因成長句寄太素兼簡韓丕茂才

一名倜儻動皇州，寄應王門作解頭。將領風騷推李杜，較量英勇讓曹劉。曹公謂劉備曰：天下英雄惟我與君爾。春闈有詔俄中輟，秋賦隨時亦暫休。金殿制科思取應，遠飛章句問嘉謀。尋有敕開貢舉，太素時爲左拾遺知兖州。

御試二儀合德詩 七言六韻，用『心』字爲韻

聖主承祧兑澤深，乾坤玄化合堯心。黄輿比厚施生植，白日齊明遠照臨。周普至仁符積載，霶流睿渥若春霖。游鱗在藻方諧性，獷俗乘桴自獻琛。和悦感人生瑞靄，穆清流詠在熏琴。小臣幸與觀光試，敢效祈招頌德音。

寄陳處士

簿書軍吏日相隨，心在諠譁旨趣卑。明月夜吟無意緒，白雲秋約笑羈縻。宛陵古寺經遊少，疊嶂名樓眺望遲。堪重高人陳處士，不來尋訪已多時。

登郡樓望嚴陵釣臺

谿上嚴陵古釣臺，倚樓凝望自徘徊。先生能保孤高節，英主嘗師霸王才〔一〕。日暮白雲迷草莽，岸平

春水浸莓苔。登臨不盡微吟興，花落東風首重迴。

校勘記

〔一〕霸王，四庫本、宜秋館本作『王霸』。

寄陳處士

柳闇江亭春正深，黄鶯百囀有餘音。自慚分判頒條政，誰信常懷易俗心。吟次落花浮硯水，静中飛絮滿簾陰。及瓜即是歸丹闕，莫惜時來一訪尋。

登疊嶂樓

郡在江湖煙樹間，謝公遺蹤好躋攀。詩中勝景堪吟嘯，池上清風自往還〔一〕。凝思但憐雲映水，迴頭不覺日銜山。登臨屢起歸歟興，看是槐花滿故關。

校勘記

〔一〕自，原作『是』，據四庫本改。

和安儀鳳

水國迎凉暑氣消，思清吟嘯語雄豪。遠如海樹黄雲晚〔一〕，健比秋風白浪高。醻答愧無明月珮，縱横爭及解牛刀。和詩送別昭亭路，何似金鑾奪錦袍。

校勘記

〔一〕晚，宜秋館本作『曉』。

送安儀鳳

宣城相送思依依，正是紅蓮菡萏時。行色迎秋清似畫，別情因景化爲詩。人離湖水南邊岸，蟬聽槐花北向枝。天子文明是何地，丹霄岐路莫生疑。

寄樊郎中

近遣司賓小吏時，寄書兼寄十篇詩。自慚不是陽春曲，誰敢徼求作者知。疊嶂晚登空遠望，昭亭別後倍相思。夜來還有微吟興，風動新荷月滿池。

謝晏公

吟成大雅百篇詩，首首清新鑒者誰。草卷密封先見贈，藥欄斜倚看多時。意如虎窟難中得，字比雲峰險處奇。珍重十僧聲價外，江南屈指即吾師。

早秋言懷

清秋江國有餘暄，謝朓遺風稱雅言。簾下水亭人吏静，窗分竹閣簿書繁。坐來幽蝶雙飛過，吟次高梧一葉飜。自笑無能莅公事，將何才術報君恩。

咸平集卷第十六

律詩二

寄江南諸相知 并序

錫自復命丹墀，改官秘省。翌日，中書傳帝旨授綸言，承要衝委用之恩，倅近甸轉輸之職。因拜表上《樂府新解》十卷，《升平詩》三十篇。驟蒙聖恩，遷升小諫。澤國桃花之色，俄染華纓；丹臺藥簡之文，遽司編綴。未及偏飛牋翰，遠謝交朋，俄聞信自於宣城，併閱寄來之雅句〔一〕，因得七言一章，聊用奉疇。仍録所進《升平詩》以爲遠信，寄陳處士、微公、廬江秀才。

詩成奏入冕旒前，小諫官資驟轉遷。帶職喜爲仙館吏，立班常近御爐煙。清華拜命知深忝，謇諤非才愧昔賢。多謝宣城舊知己，寄來新句滿花牋。

校勘記

〔一〕閲，原作「闕」，據四庫本改。

乾明節祝聖壽 十九首，内七首流落〔一〕，此下河朔

百辟歡呼降誕辰，金樽獻酒願千春。延年不假丹砂效，享壽全由聖德新。古物進來兼藥鼎，畫圖呈處有仙人。君恩若賞歌詩意，應念甘泉侍從臣。

生日稱觴自六宫，香焚甲觀畫堂中。太平曆數歸英主，上壽年齡屬聖躬。玉樹有花因瑞雪，鈞天呈曲在虛空。三公進賀禎祥事，先奏河清達帝聰。

吾皇享福自無涯，百辟稱觴禮數加。韶樂揭天如上界，鑪香映日似輕霞。空中紫氣圓成蓋，海上蟠桃暖放花。感應聖人千萬壽，神仙日月屬官家。

皇朝令節號乾明，萬國嘻嘻若大庭。多士進詩隨禹貢，千官獻酒祝堯齡。天香曉降聞仙樂，南海秋來見壽星。黎庶更思瞻盛禮，待封日觀禪雲亭。

鸞盃進酒近天顔，拜舞風清響珮環。瑞日正高重御宴，摵鞭纔定再催班。霓旌絳節仙家樂，金闕銀臺海上山。綺陌晚來迴望處〔二〕，建章樓閣紫雲間。

聖節祥煙藹御鑪，殿庭嚴肅響山呼。赭袍日照來天上，玉珮風清侍坐隅。古字數行仙藥訣，蛟綃十幅壽星圖。遠方拜表來朝貢，兼賀虹流電繞樞。

漢家臺榭與天通，甲觀蒼蒼紫氣中。佳節夜來宣受賀，壽盃朝進祝延洪。管絃嘈囋鶯花發，風日晴和向雪融〔三〕。宴次宫鸎忽飛過，隨呼萬歲語玲瓏。

君王降誕繼陶唐，每至嘉辰覩異祥。宫樹曉來生瑞露，金門夜半有天香。皇親朝覲隨章奏，中使頒宣

散道場。萬國人臣皆悦樂，巍巍聖德自無疆。

慶誕長生寶殿中，非煙五色覆諸宫。酒爲天禄資君壽，曲奏霓裳樂帝聰。翡翠簾前雲氣紫，珊瑚枝上雪花紅。太平天子聞稱賀，先喜年年遇歲豐〔四〕。

聖節思歸會帝京，得隨班列祝文明。河清見底爲嘉瑞，海水無波表太平。月夜忽聞仙樂奏，宫中時有彩雲生。詩成拜表同封進，願繼詞臣雅韻聲。

日上扶桑第一枝，東方樓閣曙光時。萬邦將啓乾明宴，兩制應宣御製詩。樂感羽毛皆率舞，神和福禄自來宜。誎垣班列天顔近，暫乞歸朝侍玉墀。

河朔雖云近帝鄉，時逢慶誕祝君王。身心常在三清路，曉夕先裝一炷香。聖壽如山隨地久，恩光似日與天長。微臣所貴無他物，唯獻新詩十九章。

校勘記

〔一〕流，宜秋館本作『遺』。

〔二〕晚，宜秋館本作『曉』。

〔三〕晴，四庫本作『清』。

〔四〕遇，原作『過』，據四庫本改。

相州郡樓贈高祕丞

年來歸興憶皇州，頻向花時倚郡樓。南陌春光芳樹遠，西郊山色晚雲浮。國家無事邊陲静，風俗還淳禮讓修。吟得新詩謝知己，將何才術稱分憂。

贈楊監察 坦，時相州通判

昔日長安際會時，客情鄉思兩依依。金門次第俱升達，雲路高低各奮飛。御史班資知任重，諫官章綬愧才微。今來共理藩宣事，自古相逢似此稀。

郡樓書懷

館殿嘗爲侍從臣，出分憂寄牧黎民。時平事簡多公暇，樓迥風清欲暮春。樹杪壺關千嶂疊，天邊漳水緑波新。帝鄉永日憑欄望，心羨浮雲向紫宸。

池上

溝堰新分野水來，池邊日夕自徘徊。餘花飛盡空芳樹，落絮繁多滿緑苔。輦下歸心春館殿，天邊凝睇晚樓臺。郡齋欲立題詩石，御史丞郎各有才。

暮雨

春天寒慘欲昏黄，數點霏霏忽繞廊〔一〕。城滿暗催相共滴，花塵輕濕乍聞香。風生水際來將密，打轉簾文灑處光〔二〕。獨向郡齋心自喜，豐年宜賀待飛章。

校勘記

〔一〕數，原作『濬』，據四庫本、宜秋館本改。

〔二〕打轉，四庫本作『雨打』。

中夜聞泉

昨日西山野外通，聲如秋雨帶松風。誰憐鄴下重城夜，却似江南廨署中。燭燼垂花飄硯席，月華凝雪映簾櫳。此時新得潺湲聽，吟詠狂思學謝公。

言　懷

遠山蒼翠滿西樓，亶甲遺風古相州。春晚落花經雨盡，夜來寒水繞堂流。詔條静理無才術，衮職思歸待冕旒。吟寄良交若爲意，安眠不得似諸侯。

呈楊侍郎

權分憂寄理漳濱，惠化何曾及相民。條奏事宜思復古，興修風教望還淳。静當細雨初封印，吟對餘花自送春。清景好陪池上酌，故人情分最相親。

除夜

紅燭垂花酒滿巵，繞廊風細動簾帷。已從半夜分春漏，即是平明受歲時。右省轉官因大慶，元正立仗憶丹墀。吟思何日承宣召，却得金門和御詩。

元日

去年元會立班時，簪紱光輝與禮儀。今日洛川逢歲旦，延留賓客樂昌期。朝雲暖潤輕陰散，晚日融明瑞景遲。遥念皇州春色早，宫花欲發萬年枝。

漳川即事寄韓丕拾遺

漳濱柳色弄微黄，春日情懷詠載陽。自念安邊無上策，如何補衮與周行。身如迴鴈來河朔，心似浮雲在帝鄉。吟寄昌黎韓小諫，嘉謀應有好封章。

紅樹 此下睦州

秋來嘉樹色堪攀，紅葉沿溪復映山。半露寺樓深崦裏，密籠漁舍夕陽間。吟看摇落堆金井，醉賞扶疏對玉顔。水國却疑春野秀，似花幽鳥正關關。

聖節有懷

南山晴靄御爐煙，迴望長安白日邊。率衆謝恩呼萬歲，思歸侍宴已三年。翠微鍾磬行香寺，紅葉樓臺祝壽筵。吟想皇州晚來景，雲間宫闕夕陽天。

秋夜有懷寄副翰宋白舍人

秋聲蕭瑟北山椒，賴有琴樽遣寂寥。書幌静憐斜月鑒，窗燈寒帶落花挑。久辭知己來江國，少寄音書過海潮。因想玉堂今夜直，建章宫漏正迢迢。

釣臺懷古

閑讀銘詞掃緑苔，溪邊永日自徘徊。白雲遺迹今親到，青史高名不可陪。千古煙霞爲己有，一竿風月避誰來。松巔老鶴應相識，時唳和風下釣臺。

郡齋書事

江天短景莫相催，三度逢花折早梅。仙棹遠歸思李郭，廬山高會憶宗雷。林端忽見孤雲出，池上欣聞好客來。昨夜月明霜更苦，卷簾黄葉滿青苔。

暇日偶題

年來吟髩已星星，烏石谿邊葉又零。簾下孤燈删草奏，窗間疊嶂讀茶經。瘴鄉怕襲山嵐毒，野艇嫌衝水霧腥。天末豈忘歸去意，白雲掩映數峰青。

桐江即事

滄洲深隱未言歸，三載桐江解印遲。官職清華非不達，性靈疏拙欲何爲。閑移夫子青山廟，擬立嚴陵釣渚碑。兼喜谿雲每相狎，時來窗户伴吟詩。

秋　霖

菊花潦倒雨冥冥，秋菌參差上壁生。臺榭可堪閑眺望，池籠不快野心情。猿啼山館寒無夢，燈背風簾滴到明。却爲農家妨歛穫，叢祠精舍擬祈晴。

和温仲舒殘春遣懷

丹闕年來奏賀頻，金輿侍從望東巡。越王江上重迴首，嚴子臺邊再送春。水國山川怡道性，花時琴酒悦吟神。煙霞肯欲留君住，宰相方謀用故人。

郡中遣意寄友人

谿雲澹澹浪悠悠，十二州中最小州。花落喜過流水寺，月明懶下看潮樓。藥欄梅潤秋重换，棋局松陰夜不收。吟寄故人如借問，釣魚磯在海西頭。

桐江詠

桐谿湛湛見遊鱗，摇落楓林繞水濱。秋色數行沙上雁，殘陽一簇渡頭人。藍鮮斤竹過深澗，雪吼寒潮入富春。俱是謝公吟詠地，伊余何以繼芳塵。

偶題因懷張王二諫議

理郡三年政未聞，孤城僻在浙江濆。金門路遠書難寄，水國吟餘日又曛。半夜啼猿千里客，數峰殘雪一谿雲。詩中羸得爲官況〔一〕，不讓樊川杜使君。

校勘記

〔一〕羸，原作『嬴』，據宜秋館本改。

七里灘

清泚寒流走白沙，釣臺蒼翠遠嵯峨。隔谿人語穿芳樹，旁岸魚跳落淺莎。幾處上源堪涉渡，有時野艇併來過。秋聲不盡吟詩意，七里潺湲奈爾何。

和温仲舒寄贈

桐江秋水錦鱗肥，閑釣煙波是見機。野步共遊芳草徑，吟情對啓白雲扉。醉來寸筆題紅葉〔一〕，睡覺憑欄望翠微。官滿替人如未到，蒹葭玉樹且相依。

校勘記

〔一〕寸，四庫本、宜秋館本作『拾』。

和温仲舒感懷

郡齋松蓋翠斜欹，客至鳴琴汎酒巵。江上正當揺落景，天涯空惜太平時。雪殘幽谷春難到，蘭茂深林衆豈知。上國三千五百里，楊梅熟日是歸期。

倚樓

西樓吟倚若爲情，情似浮雲處處生。翠疊亂山千里闊，紅翻晴葉一川明。散分野色漁村小，斜襯秋光鴈陣横。迴望帝鄉歸未得，蘆花如雪繞江城。

秋懷

蒹葭深處古嚴州，吟向潺湲爲送秋。雲映疏鍾紅葉寺，浪摇孤角翠微樓。土茅路遠催先貢，霜稻天晴趁早收。零落黄花正西笑，應憐印綬尚淹留。

題天竺寺

三月楊花撲馬飛，聯鑣來款白雲扉。湖邊鍾磬含清籟，樹杪樓臺靄翠微。野景留人狂欲住，春光啼鳥勸思歸。萋萋芳草重迴首〔一〕，十里松門照落暉。

校勘記

〔一〕萋萋，原脱一「萋」字，據四庫本、宜秋館本補。

茱萸堰泊

茱萸堰下泊行舟，初落帆檣暮雨收。寒水漾煙輕似縠，微雲籠月澹如秋。登封自惜天涯去，盛事空思國史修。達曙不眠燈耿耿，寺鍾遥聽在西樓。

咸平集卷第十七

古風歌行一

讀翰林集

太白謫仙人，換酒鷫鸘裘。扁舟弄雲海，聲動南諸侯。諸侯盡郊迎，葆吹羅道周。哆目若餓虎，逸翰飛靈虯。落日青山亭，浮雲黄鶴樓。浩浩歌謡興，滔滔江漢流。下交魏王屋，長揖韓荆州。千載有英氣，藺君安可儔。

寄宋白拾遺

醉中别大梁，西歸渭水陽。飄然何所似，浮雲辭帝鄉。歸來驚歲晏，悵然增浩歎。景短倏云暝，夜寒難至旦。拂酒雪花飛，早梅思南枝。碧落周星紀，青陽换歲時。雙魚忽得書，云已外華籍。金骨俄輕舉，玉霄仍近密。小諫官職清，大才文翰逸。獻納有嘉謀，英豪伸壯圖。萬乘是知己，三公駭奇士。嚴吾侍從臣，元白才名子。揮毫爛彩霞，逸性飛湍水。不日縯絲綸，鼇宫承帝旨。伊余重交結，白日貫精誠。黄金一諾重，鴻毛萬事輕。微塵彈余冠，清泉滌吾纓。思佩朝天籙，相將升太清。

塞上曲

秋氣生朔陲，塞草猶離離。大漠西風急，黄榆凉葉飛。襜襤罷南牧，林胡畏漢威。藁街將入貢，代馬就新羈。浮雲護玉關，斜日在金微。蕭索邊聲静，太平烽影稀。素臣稱有道，守在於四夷。

塞下曲

黄河瀉白浪，到海一萬里。榆關風土惡，夜來霜入水。河源凍徹底，冰面平如砥。邊將好邀功，夜率鏖兵起。馬渡疾於風，車馳不濡軌。盡破匈奴營，别築漢家壘。拓土過陰山，窮荒爲北鄙。天威震朔漢〔一〕，人心畏廉李。所以龍馬駒，長貢明天子。邊夫苟非才，怨亦從兹始。

校勘記

〔一〕漢，四庫本作「漠」。

結交篇

爲簪莫用玉，玉脆長憂折。連環須以金，金堅永無缺。陳餘尚倜儻，張耳重交結。事勢俄參商，干戈自屠滅。意斷如玦離，情忘若絃絶。始志何綢繆，終讎何勇决。我願然諾心，不得輕相悦。

投杼詞

孝爲百行本，至性由天資。曾參善事母，母氏賢且慈。馨膳以饋進，承意唯歡怡。高堂既自樂，織室閑鳴機。飛語忽來告，明識潛深思。蓋念事吾孝，安得殺人爲。亟聞寧不信，投杼遂生疑。乃知君臣際，反以交朋推。道德難結固，恩情有合離。毁譽苟不入，讒間無以施。景慕魏文侯，滿篋留謗詞。樂羊在中山，委遇終不衰。

擬　古　十六首

棠谿出精金，百鍊無餘滓。鑄得芙蓉劍，靈輝若秋水。陸可斷兕犀，陰亦驚神鬼。照物雙影寒，中霄靈氣紫〔一〕。有時風雨至，欲作龍蛇起。海酒與陵肉，竇燭延奇士。酣飲取傳觀，英圖各相視。吐氣成虹蜺，將平不平事。大笑荆軻輩，卒如兒女子。

中山魏公子，志意邈難儔。朝吸沆瀣精，遠與溟鴻遊。風高江浪惡，雲黄海樹秋。青山對獨酌，明月在孤舟。心常懸象魏，迹若參公侯。縱横致君術，思一伸良籌。

遊子中夜心，功名忽嗟暮。皂貂空上書，甘泉方獻賦。白日驚壯齒，青雲有英顧。收采苟不時，珊瑚亦生蠹。

漢鼎鴻毛輕，諸侯争弄兵。吴魏已先定，玄德思功名。據鞍髀肉消，感激淚沾纓。南陽有奇士，三顧精誠傾。龍變得風雨，指麾霸王成。日月若長在，永永懸英聲。

碧落登真訣，太霄蘂簡書。安得松喬子，仙階一授余。載攬彩虹綏，去登紫雲車。飄然遠氛俗，志逸如龍攄。

曲逆漢功臣，少年嘗窘厄。巷館雖席門，軒車盡嘉客。事魏言不從，説楚謀無獲。來歸隆準公，磬伸圖霸策。絳灌競生妬，讒非相見迫。封金欲拂衣，將舉鸞皇翮。豁達英主心，信遇終無隔。小節不掩名，勳庸自輝赫。

禰衡鸚鵡詞，揮翰無停綴。狂甚於接輿，才不容當世。身居桴鼓下，心在雲天際。黄祖悁忿來，殞之如虎噬。淺水游巨魚，宜失縱横勢。

玉樹拭不滅，柳帶柔堪結。惠然貞婦心，皎若天山雪。羅幕生春風，珠簾鑒秋月。滄波蕩又歸，尺書胡斷絶。

萱花不須折，安足忘君憂。青銅莫頻攬〔二〕，適令驚鬢秋。謝安壯未仕，定遠晚封侯。功名俱磊落，時來豈自由。

直言如霜刃，卒發傷人意。痛貫丹誠中，無與金瘡理。緘恨若瘢痕，終身難棄置。伺隙果報時，遂陷無情地。雖悔安可追，弗及同奔駟。君子慎樞機，言之豈容易。

楚畹種芳蘭，發生逢早春。萌牙初蕺蕺〔三〕，枝葉俄莘莘。幽叢秋既老，芳氣冬彌薰。馨香當還風，晻藹來襲人〔四〕。百草莫相妬，從之爲爾鄰。深林莫蓋藏，芬然亦自伸。朝采暮采采，虹綬瓊瑶人。

天風吹雨來，黄土爲柔埴。一經女媧手，蹶然含性識。悲哉商子孫，不能述祖德。愚樸變澆漓，化之尤費力。

余聞靈鳳膠，可以續斷絃。又聞返魂香，招魂以其煙。因念三季時，人爲世態遷。遷之不自覺，純信成險艱。中含妬與忌，外即怡温顔。覆人如覆舟，先示其甘言。中夜蹈虎尾，霧海生波瀾。投彼機會時，傾亡果忽然。願得靈鳳膠，續之以仁賢。願得返魂香，返其淳化源。免令古樂府，高歌行路難。

廣陵秋節半，旗鼓迓靈濤。鰌沈雲海遠，風激雪山高。壯哉水濱人，游爲水中豪。弄濤若平地，輕命如鴻毛。古稱公無渡，終渡堪悲號。憑深良足畏，知險可先逃。甘言毒人藥，巧笑刳腸刀。狎玩終罹禍，險甚於滔滔。昭然聖賢誡，勉旃於爾曹。

赫赫英豪士，韓侯令子孫。千金募死士，博浪報君冤。國耻尚未雪，驥足俄驚奔。待搏如猛虎，未耀同朝暾。霸略師黃石，大計當鴻門。談笑定安危，功業遂隆尊。鸞皇不啄粟，麒麟不駕轅。將從赤松遊，高謝漢皇恩。一旦君臣中，奪宗物論喧。片詞爲密勿，四皓如飛翻。進退存亡間，以智爲身藩。

嶧陽生孤桐，擢幹百尺高。風雨萌枝葉，鸞皇棲羽毛。天質自含響，衆木非其曹。斲爲緑綺琴，古尺貞金刀〔五〕。所製有法象，不敢差釐毫。重詳舊譜録，試撫觀均調。其聲清以廉，聞者不貪叨〔六〕。其音安以樂，令人消鬱陶。彈宫聽於君，君德如軒堯。彈商聽於臣，臣道如夔皋。不覺起蹈舞，形逸同翔翺。願以七寶粧，薦之於天朝。玉軫朱絲絃，輝華近赭袍。一彈南薰曲，解愠成歌謡。

校勘記

〔一〕霄，四庫本作『宵』。
〔二〕攬，四庫本作『覽』。
〔三〕牙，四庫本、宜秋館本作『芽』。
〔四〕晻，原作『菴』，據四庫本、宜秋館本改。
〔五〕尺，原訛『天』，據四庫本改。
〔六〕叨，宜秋館本作『饕』。

咸平集卷第十八

古風歌行二

千金答漂母行

止水明沈沈，鑒貌未鑒心。丹鳳舞蹌蹌，知聲未知音。楚王欲圖霸，不識韓淮陰。淮陰漂母家，獨得千黄金。

雉媒

東風麥壟青，白日桑陰清。一雉欲媒衆，衆雉無猜情。五步一飲啄，十步一飛鳴。闇中觸駭機，鏃發如流星。洞徹羽毛質，低摧錦繡翎。卻宛若召客，子常非好兵。讒言既交構，禍難即隨生。齊王聽遊説，韓信急功名。三軍雖罷戍，一命遽遭烹。古來不疑地，悔吝堪相驚。

鬻冰詠

赫日生炎暉，鬻冰方及時。邀利有得色，冰消俄若遺。兩失俱無猜，雖悔安可追。仁惠當務遠，勿使失其宜。

辨惑篇

春樹桃與李，美果終得嘗。春樹枳與棘，芒刺還相傷。君子所樹黨，在擇賢與良。其黨苟非人，爲禍亦自殃。蓄者本鉛刀，用欲如干將。豢者本款段，騁欲侔驌驦。辨之胡不早，堅冰自履霜。

江南曲 三首

金蟬飾緑雲，細靨蘂黄新。南浦解清珮，西谿采白蘋。密竹映深花，湖山日欲曛。春腸知已斷，脉脉兩難親。

吴艷若芙蓉，乘舟弄湖水。照影不知休，雲鬟墮簪珥。含笑忽迴頭，見人羞欲死。歸去入花谿，棹濺鴛鴦起。

金陵王氣消，六朝隳霸業。白雲千古恨，空江照樓堞。虎丘羅蔓草，姑蘇委楓葉。懷賢思伍員，靈濤浩難涉。

贈朱玄道士〔一〕

憶昔長安道，與君初相識。密雲滿天來，不見南山色。美酒斗十千，一醉情歡然。胸中雲夢澤，眼底高陽客。狂呼月華人，撫弄雲和瑟。揮鞭過渭川，館第相留連。朝簾杏花露，暮樓楊柳煙。流輝今六稔，交情益相審。忽忽披君文，如截機頭錦。余本生天涯，散金常破家。東方上書志，高欲凌丹霞。安能常戚促，雀啄秋田粟。海路與天遥，鸞皇好相逐。

校勘記

〔一〕朱，四庫本作『宋』。

華清宮詞

繡嶺葱蘢浮瑞氣，雲樓靄闕明珠翠。禁城緣嶺連九天，一片笙歌如鼎沸。我恐紫麟丹鳳洲，移於近甸資宸遊。東將太華爲城雉，北以渭川爲御溝。又疑西王開月圃，白雲仙都紫雲府。碧瑶新宫初構成，借與明皇自爲主。開元之末天寶初，天下太平方晏如。萬幾多暇頻遊宴，青門道上馳鑾輿。長樂岐頭霸陵岸，新豐市井驪山畔。百里煙波錦繡明，寶馬香車若珠貫。宫中湯泉瑟琴文〔二〕，潺湲長以蘭麝薰。白玉蓮花蹙飛浪，珠堂繡殿温如春。貴妃承恩貌傾國，三千宫女朝霞飾。謝家有女名阿蠻，歌舞纖柔柳無力。頻唤入宫恩寵厚，金粟臂鐶頒賜得。秋來嶺上霜月明，光照組練金吾兵。槐煙柳露咽宫漏，玉笛一轟巖壑驚。

春來嶺下春波緑，夜聽琵琶將理曲。幽咽輕攏慢撚聲，鸞皇引雛啄珠玉。嘗記乘輿避暑時，御衣輕似紅蕖絲〔二〕。翠輦將遊石甕寺〔三〕，採得姚崇乘小駟。往來緑樹影中行，清凉適稱逍遥意。荔支顏色燕脂紅，生於南海煙瘴中。南海地遥一萬里，使臣日貢華清宫。六宫每從鑾輿到，遺珠落翠長安道。百司既奉玉乘歸，湯宫横鏁黄金扉。門戈陛戟皆繡衣，朝鐘暮鼓含清輝。參差天上朝元閣，往往紫煙飛皓鶴。至今碧落星宿繁，猶似當時掛珠箔。

校勘記

〔一〕琵琴，四庫本作『琴瑟』。

〔二〕蕖，原作『渠』，據四庫本、宜秋館本改。

〔三〕甕，原作『壅』，據四庫本改。

曉　鶯

春宵已闌更點急，煙柳濛濛露花濕。畫堂深邃樓閣寒，碧紗窗中月華入。早鶯百囀催朝陽，簧言綺語何鏗鏘。雲飛雨散夢初破，聞時滿枕梨花香〔一〕。聲宛轉，十三絃高指撥軟。宫喉徵舌多改變，圓於珠，細於線。韻玲瓏，湘妃調瑟煙靄中。珠纓寶玦遞相觸，東風細響修篁叢〔二〕。或纖柔兮同彩縷，繡得輕煙織微雨。或輕麗兮如彩毫，畫成曉景描春朝。間關歷落意不盡，花中似索鸞皇饒。逡巡曙色浮林際，菊花毛衣金作袂。一片蘇張俊辯心，長與春皇巧遊説。

校勘記

〔一〕聞時，四庫本作『時聞』。

〔二〕饗，原作『乾』，據四庫本、宜秋館本改。

晚雲曲

高唐晚峰欲生雨，空山啼猿風嘯虎。春雲數片留南浦，自與鴛鴦共飛舞。

御溝

春半桃花水初下，一溝潤緑元如研〔一〕。夾道宫城數里中，静稱潺湲明月夜。千門萬户建章宫，金鏁横門溝闇通。三月花飛若零雨，水聲何處咽香紅。

校勘記

〔一〕元，四庫本作『光』。

惜春詞

春色初從江國來，湖邊楊柳嶺頭梅。梅花飛雪柳垂帶，遞次相將時節催〔一〕。春力欺寒過江北，深谷黄鸝生羽翼。曉月輕煙禁苑啼，南園桃李已成蹊。就中何處芳菲好，春波飛絮魏王堤。我憶去年暮春月，京洛新粧丹鳳闕。天津水緑煙樹深，萬井笙歌牡丹發。天子鑾輿駕幸時，嵩峰瑞靄籠郊圻。扈從千官與萬騎，翊衛羽林兼佽飛〔二〕。六宮隨駕羅珠翠，諸王從行陪七貴。香氣成霞金犢車，鳴珂中節虹龍駟。朱橋細柳端門前，畫舫横塘會節園。朝花貴俠珊瑚席，夜燭嬌娥玳瑁筵。西樓殘月深宮漏，明河半沉垂北斗。縱飲貪歡意未闌，紫陌喧喧人已繁。玉鉤掛簾開雉尾，曉日赭袍朝至尊。方今寓止臨清渭，杜門無與天涯異。殊忘詩酒狂蕩心，但悦琴書高古意。可惜春芳漸欲歸，五陵煙草方離離。迴憶當時洛陽道，歌魂空與殘花飛。

校勘記

〔一〕次，原訛『玄』，據四庫本、宜秋館本改。

〔二〕翊，原作『𡋯』，據四庫本改。

風箏歌

白蘋洲暖春風生，畫樓檻上銀箏鳴。鏗鏘節奏急復慢，空中一部天樂聲。三十六宮深窈窱，綉楣藻井光相照。十三絃上千般聲，朝靄微吟暮煙嘯。夜來親向月中聞，繁音錯節何紛紜。碎如鸞鈴與珂珮，巫山隊仗迎湘君。晚來金屋愁微雨，風細箏聲不全舉。依稀嬪妾怕人知，啾啾切切私相語。洪纖斷續何所拘，鳳凰著對飛鸞孤。梧桐枝邊泊未穩，琅玕島上鳴相呼。有時方奏俄中絶，宫商斗頓如刀截。杏花露重鴛鴦寒，空見如霜滿庭月。有時半日全無風，一一暮天樓閣紅。唯聞鳥雀啄絃上，暖珠寒玉何玲瓏。清音朝朝與暮暮，誤聲不管周郎顧。祇嫌雅鄭交奏時，寶鐸丁冬鬧相妬。

聖主平戎歌

玉關秋早霜飛速，代馬新羈逞南牧。胡人背信闚漢邊，刻箭爲書召戎族。漁陽烽火照甘泉，疆吏飛牋至御前。睿謀英武何神速，鑾輿自欲平三邊。百萬羽林隨駕出，殺氣皇威先破敵。賊臣喪膽遽奔逃，漳水波清因駐蹕。宮錦戰袍花鬬新，綉韉珠絡金麒麟。天顔威武不可犯，垂鞭按轡示群臣。金吾隊仗如鱗萃，環衛旌旗徑千里。漢王曾上單于臺，壯心磊落侔風雷。比量英武不足數，聖文神武雙全才。勢可驅山塞滄海，紫氣逶迤龍鳳蓋。金花簇斂若星羅，寶鈿乘輿翼雲旆。塗山禹帝戮防風，涿鹿蚩尤死戰鋒。鋒鋩俱染玄黄血，争如不陣而成功。示暇皇歡有餘意，御筆題詩饒綺思。翰林承旨先受宣，西掖詞臣及近侍。詔命交酬繼和來，君臣道合何如是。和氣感天天地寧，日融瑞景籠八紘。風生旗旆翻龍鳳，霜嚴鼓角喧雷霆。海神來受軍門職，太上禱兵尊帝德。牢籠萬國頓天網，天網恢恢恩信廣。胡兒潰散何比之，大明升空逃魍魎。漳川地闊霜草平，合圍會獵布天兵。六師雄勇一百萬，六班侍衛交縱横。鐵衣間耀金鏁甲，鼓旗雜錯槍刀鳴。霓旌似擊單于頸，獵騎如破匈奴營。鶻鶚狰獰搦狐兔〔一〕，花驄躍龍驕在御。弓圓明月金鏃飛，妖狐中鏃駭天機。兵師會合如波注，山呼萬歲震邊陲。東海爲樽盛美酒，斟酌酒漿操北斗。鸞刀割肉若丘陵，軍聲汹如獅子吼〔二〕。三公拜舞百辟隨，鳴珂飛鞚星離離。雲舒二十有四纛，傳宣罷獵整魚麗。勝氣威聲壓千古，堪笑驪山稱講武。直館微臣樂扈隨，太平盛事今親覩。會看金泥封禪儀，拜章别獻新歌詩。歌詩何以容易進，爲受文明天子知。

校勘記

〔一〕猙，原訛「生」，據四庫本、宜秋館本改。

〔二〕洶，原作「恟」；獅，原作「師」，並據四庫本、宜秋館本改。

咸平集卷第十九

古風歌行三

西樓殘月歌

西樓置酒賓客歡，西樓酒闌夜亦殘。汪汪月華如玉盤，酒力不禁明月寒。

倚柱吟

暮春慘慘黄昏雨，零落櫻桃斜掩户。未張燈火簾幕深，樓閣巢寒聞鷰語。昔時常説長安好，而今厭走長安道。蘇秦辯説長卿才，自笑功名胡不早。人悄悄，倚柱時，情脉脉，無人知。憐春惜遠情不盡，斜雨兼花闇濕衣。

李謨吹笛歌

洛陽少年稱李謨，衆推横笛多功夫。當時教坊第一部，筭得比伊皆不如〔一〕。天津楊柳籠橋緑，朧月澮煙何處宿。不怕金吾禁夜嚴，偷得新翻禁中曲。曲中次第能記持，盡向橋欄闇譜之。性聰心慧歸來習，分明把向月中吹。五音嘈囋相攙出，呼宮吸徵尤奇崛。誰羨曹綱善琵琶，未説陽陶能觱篥〔二〕。纏去。聲不斷如連環，重聲忽轉如迴山。清新不比落梅曲，飄颻乍象霓裳翻。碎節繁音交砉騞，南箕鼓風簫籟窄。一斛明珠一索穿，撒落金盤催曲拍。錚摐大抵聲雄豪，歷歷出群宮調高。豐隆驚得蛟螭起，雨趁雲隨初嘯嘷。每到換頭多頓挫，一聲忽迸疑轟破。玲瓏秖許牙枝催，清脆不容他樂和。宮城響應聲更渾，夜静月明諸處聞。何人懶憶馬南郡，知予已勝桓將軍。明皇上樓初聽得，聽罷沈吟都不測。宣令徧詢坊巷中，旋使王人捕入宮。李謨悉心以實對，皇慈由是寛其罪。後來落魄如散仙，扁舟況月江湖天。繡囊探出金線管，揚眉舐脣徒自憐。驚神動鬼吹一曲，指法尤高氣海圓。波浪無風帖然静，千里水面鋪輕煙。水族精靈潛鼓舞，老龍變見來相顧。因將鐵笛相對吹，李謨未識無驚怖。乃知藝但出衆奇，不獨人知鬼亦知。

校勘記

〔一〕伊，原作『衣』，據四庫本改。

〔二〕篥，原訛『策』，據四庫本改。

峨嵋山歌

高高百里一屈盤，八十四盤青雲端。星辰淋漓瀉瀑布，嵐樓雪寺五月寒。殘陽忽黑雨雹飛，霹靂火著枯杉枝。登臨慨然小天下，迴時一顧東海涯。細看朝陽初出時，火精轉毬百尺圍。曈曈曨曨浮在水，峨嵋朝雲已如綺。

采蓮曲

南谿秋水深淪漣，南村美人來采蓮。蓮花灼灼葉田田，芳桂輕橈蘭作船。采采紅蓮幾成束〔一〕，蓮枝交亥相撐緑。蓮蘂滿衣金粉撲，蓮子爲盃葉爲足。唱歌相並畫舸舷，願得采賢如采蓮。樊姬昔時進燕趙，幾人精彩朝霞鮮。中有二人賢於己，柔明婉順君王前。堪嗤羊侃錦繡妾，豔歌留怨朱絲絃。

校勘記

〔一〕束，原作「采」，據宜秋館本改。

紫雲曲

沈沈鸞殿垂珠箔，祥煙瑞氣含樓閣。三十六宫明月中，夜静無風花自落。寳屏珠帳一夢時，靈仙初降趨丹墀。煙衣霞綬赤瑛珮，鈞天樂部前參差。合奏鏗鏘向金屋，云是仙鄉紫雲曲。朱絃遠召舜湘靈，鳳管應呼秦弄玉。天漢星流夜既闌，露零珠樹彤庭寒。芙蓉枕上夢初覺，猶聞庭際聲珊珊。上曉五音十二律，仙曲記持心歷歷。金線龍頭紅玉笛，新聲吹得情飄逸。應是夔襄樂府魂，翻得雅音聞至尊。俾與霓裳羽衣曲，遞相奏向梨花園。

春洲謡

衣鮫綃兮美人，采白蘋兮水濱。裊翠翹兮爲飾，步羅襪兮生塵。緜緜兮遠道，萋萋兮芳草，遠山眉兮澹掃。

夜宴詞

天如瑟瑟盤，恢廓億萬里。古稱天傾西北半在地，夜轉繁星磨海水。逡巡轉上星彩高，北斗未定光飄飄。楚王夜入章華宴〔一〕，紅綃燭籠滿宮殿。美人歌舞雲雨迷，不知寒漏催銀箭。

校勘記

〔一〕入章，四庫本作『北張』。

送春

花霏霏，柳依依，留春不住送春歸。春歸何處堪圖畫，春盡江南日暮時。黄鸝啼多芳草遠，青梅子重楊花飛。人生三萬六千日，與君復有明年期。

暮雪

北風慘慘生微雪，微雪片片皆横飛。梅花柳絮隨人歸，黄雲千里凝無輝。唯念蓬蒿何處客〔一〕，緼袍不暖饑且羸。

校勘記

〔一〕蒿，四庫本作『萊』。

短歌行

曉月蒼蒼向煙滅，朝陽焰焰明丹闕。杜鵑催促躑躅開，鶗鴂已鳴芳草歇。芳春苦不爲君留〔一〕，古人勸君秉燭遊。願與松喬弄雲月，紫泥仙海鸞皇洲。

校勘記

〔一〕春，四庫本作『草』。

贈宋小著

紫皇御天方視事，將擇靈官補仙吏。金波古殿寒星簾，虹節蜺旌觀就試。白皙仙人皆雪衣，衣冠森列蟾蜍墀。寶盤初賜紅霞饌，斗魁挹酒空淋漓。水精地上宮花折，枝何渥丹花艷白。高於建木老於椿，其名仙桂長含春。又有驪龍長萬尺，波濤爲屋淵爲室。逆鱗滿頷如鋒鋩，觸之則怒無人當。旁有明珠夜月光，宛轉炫燿生靈芒。能探驪珠折得桂，方許驂鸞駕鳳皇，方令碧落爲星郎。所以房星之精姓東方，字曼倩，受天命，佐炎漢。昴星之靈其姓蕭，其名何，貴爲相，封於酇。復有中台稱茂先，讀書三十車，乃爲晉朝輔相之大臣。又有長庚字太白，下筆一萬字，是爲唐朝之俊人。予知下則誕而爲俊傑，上則列之爲星辰。君曾再對珠旒試，君才堪作仙宮吏。驪珠粲粲蟾枝香，紫煙華綬黄霓裳。風裝雲馭慣升陟，太霄瀚海嘗翺翔〔一〕。願以横天之鵬爲逸駕，垂天之虹作飛梁。馳雷走電以鶩策，叱風揮雨前啓行。結水精珮雲錦章〔二〕，隨君一至於仙鄉。

校勘記

〔一〕瀚，四庫本作「澣」。案「瀚」與「澣」通。

〔二〕水，原作「大」，據宜秋館本改。

琢玉歌

藍谿中，荆山峰，結靈凝粹生群玉，飛英蕩彩如長虹。野人初向深崖得，蹋著雲根風雨黑。滿把晶熒雪霜色〔一〕，特達天姿幾人識。治玉之工初琢成，熒熒輝彩鏘鏘聲。方瑚圓璉薦宗廟，蒼珮玄圭頒帝庭。堯兵曾用丹浦戰，漢斗已碎鴻門營。我願琢爲北斗柄，指麾五星齊七政。庶使陰陽造化機，四時六氣隨吾令。

校勘記

〔一〕把，四庫本作「地」。

咸平集卷第二十

古風歌行四

酬陳處士詠雪歌

潁川處士情高古，閑卧煙霞向南浦。忘却簞瓢陋巷貧，耽嗜琴書醉歌舞。昨日西風生凛洌，江天慘慘陰雲結。雲色蒼黄千里同，晚來旋旋飛輕雪。寒條黏綴生梨花，梅飄絮蕩相交加。危樓粉飾軒窗冷，横橋玉碾欄干斜。高人嘯傲吟情動，醉拾江毫呵曉凍。狂才意度若元白，滿牋靈怪如麟鳳。因遣橘僮封寄余，門者稱有陳君書。展開詠雪六十字，水晶盤中明月珠。字字纍纍可編貫，句句緜緜意不斷。恨無瑛瓊奉報酬，勝得美人錦繡段。君不聞吾皇在上致太平，地不藏珍天降靈。時聞刺史奏河清，又報諸侯賀景星。君心幸有經綸術，休向江湖隱聲迹。雲眠雪嘯意雖高，争似金鑾待赭袍〔一〕。不必虹綸千二犗，明月爲鈎釣巨鼇。

校勘記

〔一〕鑾，四庫本作「門」。

桐谿行

東郊驛樹連理枝，西廟叢篁十丈圍。堪將輕素命人畫，賫爲方物歸京師。公署石楠圓似蓋，畫樓北面當廳檜。桐谿怪石勝太湖，賤如泥土無人愛。天生爾材地且卑，空山老朽人不知。人不知，睦州右史作歌詞。

苦寒行

昨日北風高，霏霏滿天雪。千里六出花，六日飛不歇。深山深一丈，樹木凍欲折。平地盈數尺，布肆不成列。覆物生輝光，照人清皎潔。紫塞群玉峰，滄溟白銀闕。篁竹爲琅玕，松風篩玉屑。官吏來參賀，物情亦感悦。瘴癘已消除，豐穰及時節。長吏因疾恚，請假來一月。病眼爲寒昏，風頭因冷發。湯藥厭服餌，酒肉悉罷輟。夾幕映重簾，爐茵與衾褐。禄粟不憂饑，絮俸無乏絶。江海主恩深，素飡心激切。兒童温且飽，當風泝凛冽。朝索暖寒酒，暮須湯餅設。不知有饑寒，燈火夜暖熱。越人輕活計，春税供膏血。及至風雪時，日給多空竭。樵蘇與網捕，負薪冰路滑。口噤無言語，股慄衣疏葛。藜藿不充饑，凍餓多不活。慙惶襦袴恩，徬徨空殞越。因作苦寒行，聊與兒童説。

酬桐廬知縣刁衎歌

詔守江西新定郡，二年撫俗誰相問。白浪青山繞郡城，卧理煙霞稱嘉遯。帝鄉迢迢天一涯，子牟戀闕人不知。慷慨情懷何企慕，宋璟政事杜牧詩。六縣萬家人輯睦，魚鹽利人茶貨足。公家事簡案牘稀，芳草疏籬映空獄。楊柳湖邊觀釣魚，芙蓉池上静看書。優游天爵浩然性，貴如三入承明廬。靖節先生來訪我，欣然延入黄堂坐〔一〕。斂襟欲坐先發言，捧出尺書雙袖間。七軸好詞同跪授，儒雅禮豐情意厚。主人識鑒非延陵，金石何煩榮固陋。且寘瓊瑶未暇看，高談如綺有餘歡。黄鸝百囀天欲暮，客去斜陽已半軒。焚香道院無人到，風花拂几收真誥〔二〕。却取文編一一看，南朝體制多淵奥。兩軸七字五字詩，珠貫纍纍樂府詞。古於禪月畫羅漢，麗於范蠡進西施。議論精微窮理窟，賦詠升高能體物。一篇序送周子通，飄飄思若翻冥鴻。自有滄浪高尚志，因人命筆生詞鋒。嘗聞水國清輝殿，曾事吴王侍文宴。田園未遂歸去來，嚴子臺邊知一縣。古人窮則善一身，達則惠澤如陽春。一邑生靈如受賜，何須兼濟方爲貴。金門吏隱能安身，何必棄官爲逸人。桐廬山水幸堪賞，歌詩酬唱且相親。

校勘記

〔一〕黄，原作「皇」，據四庫本改。

〔二〕風花，四庫本作「花風」；收，原訛「牧」，據四庫本改。

贈别琅邪評事兼寄兩制舊友

醴泉少府王評事，秀氣神清好奇異。讀書擊劍善彈琴，仲容信是青雲器。我從蜀國來咸秦，長安久客多風塵。因此移居清渭北，與君在彼初相識。相識經今二十年，支離契闊長相憶。去年罷直西掖垣，君亦醴泉方解官。關中路遥宛丘道，不遠千里來相看。我忝淮陽知郡事，郡齋喜聞嘉客至。槐花黄時初到來，菊花開時言欲迴。主人苦留留不住，爲君采菊登高臺。高臺臨古道，北走音奏。《漢書》曰：北走邯鄲道。還京秋已老。白日遠長安，西歸出關天已寒。神仙作尉道雖在，骨肉爲累心且寬。與君俱年五十一，老去時光轉堪惜。況今秋暮冬欲殘，七十唯餘十八年。未知十八年之間，悲歡得喪與險艱。到得七十即爲幸，此外浮生何足言。明日正逢重九日，未忍與君張祖席。樽前新菊含露滋，茱萸丹實星離離。茱萸擷芳菊延壽，壽酒滿滿莫固辭。淮陽郡吏若早替，帝鄉即有相見期。兩制交朋若相問，爲我勤勤多謝之。

酬宋湜賈黄中二學士菊花之什兼呈諸廳學士

靖節先生曾賞菊，東籬有霜花正開。翰林主人人賞菊，北門吟詠有餘才。一唱再和才力健，兼金酬以瑛瓊瑰。善歌使人繼其志，遠寄淮陽知郡吏。淮陽郡中方燕居，跪讀重緘尺素書。中有五章章八句，復有二章同一處。五章千葉菊花詞，一章副翰學士詩。一章酬和季左司。人前再讀與三復，人從日邊初到時。斂手先問諸學士，駭目乍闞文字奇。兩制别來今已久，朝寄宛丘權太守。眼底唯嫌簿領繁，耳冷不聞騷雅言。重陽錫宴不得與，湛露空思奉至尊。忽捧新詩若爲意，聞詩勝得千金賜。受知益感恩顧深，吟賞請言清麗致。清如玉樹生天風，麗若露花開錦宫。水精盤中置明月，絳火珊瑚枝葉紅。珍則難酬青玉案，文律詞鋒併化工。因事喻懷堪自惜，神化丹青與刀尺。丹青暈淡刀尺裁，先春雪中生早梅。春饒桃李及時發，牡丹占斷芳菲來。芍藥羞人嬌且妬，玫瑰倚欄笑欲語。帝里春從何處歸，巫山雨散朝雲飛。遺紅墮翠歸天下，不失年年三月期。天生百卉各有時，彼何太盛此何遲。蒹葭蒼蒼凝白露，西風蕭蕭向秋暮。月華籬落有霜華，映籬叢薄生黄花。花寒葉冷無蜂蝶，固無寶馬與香車。每因九月當重九，暫時采擷浮樽酒。金鈿浮動萬歲盃，爲君慶祝南山壽。菊不能言爲作歌，金壺酒傾生緑波。重臺千葉若堪賞，栽培好近金鑾坡〔一〕。

校勘記

〔一〕坡，原作『岐』，據四庫本、宜秋館本改。

進瑞雪歌

聖德昭彰動天地，歲歲豐穰爲上瑞。明年有閏節氣遲，冬深有雪方及時。三農但喜及時雪，天心帝力豈得知。臣忝頒條居近輔〔一〕，勸課農桑理輿賦。宛丘之下爲封部，宣布皇恩愧襦袴。王澤流而有頌聲，因而拜手獻歌行。歌云歲云暮兮日云暮，白雲初向斜陽度。斜陽韜掩雲舒布，慘慘陰風生北户。風來帶得霏霏花，花輕片片如瓊葩。凍黏寒綴紛交加，陌上逡巡鋪玉沙。琪樹瑶臺相間出，落梅墮絮初堆積。映箔横沾翡翠紋，拂窗斜度瑠璃隙。飄飄千里度龍山，衮丈蕭關與玉關〔二〕。海上銀臺對金闕，水精簾櫳鑒明月。萬年枝上夜輝光，上林先似梨花發。黎元有望既滿望〔三〕，手足舞之而蹈之。因思去歲在京師，國家將議改元時。時雪未呈盈尺瑞，百神奔走應禱祈。海風吹起澄江練，織女金刀碎裁剪。剪作天花撒翠微，茫茫六合生光輝。明月宫中玉臼杵，霜兔擣藥雲母飛。風篩乍似琅玕寶，翔鸞飛下啄瑶墀。金門廊廡龍尾道，賀雪千官趁朝早。吾皇爲喜表豐年，六出飛花不令掃。樞相侍臣初奉宣，宣赴中書賜御筵。光禄移厨供玉饌，上樽賜酒中官勸。宣令不醉不得歸，席上仍令各賦詩。詩成封進同奏謝，御製歌行競傳寫。拜舞歡呼感聖明，千年遭遇作門生。微臣忝幸在兩制，得以歌詩樂太平。而今出典淮陽郡，組綬輝華佩金印。才微任重副憂勤，履薄臨深守廉慎。聖人德澤如陽春，陽春及物無不均。微臣懷抱如葵藿，葵藿向陽堪喻身。今因瑞雪獻歌詠，西垣再願續絲綸。

校勘記

〔一〕居，原作『君』，據四庫本改。

〔二〕丈，原作『文』，據四庫本、宜秋館本改。

〔三〕既，四庫本作『復』。

留别句中正學士

玉人欲歸留不住，南山出雲作朝雨。雨中却柅使車輪，主人重得延嘉賓。嘉賓有詩留别我，句句高奇字字新。新若新花凝宿露，高似秋天曉星布。奇於雲起成峰巒，鮫人淚珠盈玉盤。浪大月照如金線，金線交加珠可貫。玦離環合間珠圓，風生玉步聲珊珊。珍奇若此爲重賜，齋沐焚香然後看。三復吟看既忘倦，命筆和來才思緩。桃李難酬瓊玖珍，野老美芹聊贄獻。與君俱是錦江人，今幸星軺來過陳。鄉情交分忍輕别，少留可待早秋辰。秋光月華伴行色，步步隨君歸紫宸。

代書呈蘇易簡學士希寵和見寄以便題之於郡齋也

金殿嘗聞金口言，詞臣官職是神仙。三年偶忝西垣職，致身似得文章力。感激思酬聖主恩，危言所以難緘默。出入金門與玉堂，屢因狂直拜封章。禦戎救旱無上策，言詞不足動君王。改官出職歸郎署，粉闈正秩慚叨據。仍命淮陽頒詔條，元正不得與趨朝。中書舍人捧寶策，加美徽稱尊帝堯。大明殿裏上壽酒，翰林學士先群寮。獨有淮陽知郡吏，爲典郡符蒙借紫。閤門引謝正衙辭，撰日忽忽辦行李。都門柳色早春天，繁臺寺中排祖筵。離盃滿勸不惜醉，醉别上馬魂黯然。客心易感須如是，迴思故國三千里。子雲相如俱蜀人，我今五十君青春。春秋鼎盛正清貴，我年漸似下坡輪。下車猶未踰朞月，官舍初經禁煙節。殘陽乍聽吹角聲，臺榭梨花簇香雪。獨酌不歡何所爲，孤懷無緒懷己知。十八學士相念否，應笑骨凡格且卑〔一〕。地仙敢言謫仙宦，海槎却有上天時。陳州去京地不遠，莫惜音書來慰勉。若得工夫可作歌，歌中言語不厭多。畢三情旨頗似我〔二〕，向二宋四及李大。請與副閣王舍人，呈以此歌希唱和。畢相士安、向相敏中、宋給事湜、李相沆、副閣王禹偁。

校勘記

〔一〕凡，原作『兄』，據四庫本、宜秋館本改。

〔二〕情，原作『晴』，據四庫本、宜秋館本改。

送韓援赴闕

逢君南浦落花時，送君南浦草離離。離魂自與白雲斷，兩槳去時乘夕暉。昔時漢家稱八使，登車便有澄清意。吾皇宵旰念黎民，歌詠皇華遣使臣。昭文館殿選學士，巡撫使名名號新。二人分得淮南道，人自日邊來既早。敷宣朝旨達君恩，淮陽父老私有言。言逢太平歌且舞，利病達聰皆悉聞。我昔南宫與西掖，後來謫宦爲遷客。慶澤量移往單州，長淮塗次泊孤舟。昌黎工部未相識，一見怡然如舊遊。詩酒論交各相許，何如李白杜工部。海上往來將月餘，煙波寄詩兼寄書。書裏情深若江漢，詩中意重若瓊琚。今説歸京忍輕别，别夜波光蕩明月。若到朝廷話鄙夫，爲説子牟心戀闕。闕下交遊憶者誰，翰林蘇畢韓損之。韓丕字損之。憑君與達相思意，夢向金鑾款北扉。

思歸引

河朔受詔書，移官向湖外。初問禁法茶，次問丁身稅。稅口徵四百，茶利高十倍。老死及充軍，縣籍方消退。采摘不入官，公家定科罪。何以升平時〔一〕，遺民猶未泰。何以在位者，興利不除害。我願罷秩歸，天顔請轉對。一言如沃心，恩波必霶霈。

校勘記

〔一〕升，原作『外』，據四庫本改。

歸去來

歸去來，詩不云乎，王事一埤遺我兮，終日孜孜，心力疲勞齒髪衰。爾今已年五十二，前去七十幾多時。爾性雖拙頗好學，爾才雖短頗好詩，文學歌詩之外非樂爲。金門玉堂若無分，隨分官職胡不歸。苟能遣得婚嫁累，又何苦憂伏臘資。爾不聞仲尼曰，飯疏食飲水，曲肱而枕之，樂亦在其中，浮雲富貴非爾宜。表聖表聖，爾當念兹而在兹，勿使無其實而有其詞。爾若捨靈龜而觀朵頤，無乃見爾癡爾癡。

咸平集卷第二十一

頌

河清頌 并序

臣嘗覽圖牒曰：河千年一清，聖人之大端也〔一〕。考酈元之《水經》，稽《夏書》於《禹貢》，洪河千里一曲，上應雲漢。發崑山而疏砥柱，貫中域而注滄溟。駭浪朝宗，通濁涇而一色；靈長薦祉，帶清渭之澄瀾。所以彰睿聖之乘時，表升平之應運。自陛下臨御，十有三載，以堯舜之道行風教，以文武之德化要荒。禮讓興而刑罰清，兵革偃而邊防静。五星不差於軌道，百穀屢報於豐年。信及豚魚，應《大易·中孚》之象；仁敷草木，協《國風》《行葦》之詩。諒壽域之可躋，宜華封之來祝。是以功成則《韶》《護》之音必作，理定則俎豆之事畢修。方潔祀於先農，式告虔於后稷。青壇翠幄，列於國門之東；葱犗縹衡，寘彼公田之次。五輅南轅之在馭，三推御耦以將親。粤若澶淵之濱，雷澤之滸，獻歲發春之五日，東風解沍於層冰。初漣漪以成文，旋浩渺以交漾。澄清見底，榮光襲人。沉潛可鑒於遊鱗，浮動遠涵於瑞日。守土之吏，乘軺之臣，會父老以載觀，馳牋章而上達。聖恩宣示，瑶圖讓德於圓靈；臣下歡呼，金門拜表以稱賀。百執事蹈舞以就列，億兆衆歌詠於逢時。豈不以玄德升聞，而象緯呈休；王澤旁流，而山川薦瑞。矧太史鈎盤之經瀆，桃花竹箭之迅湍。人壽之言，古賢惜其難俟；靈源之異，聖出慶於榮觀。與夫《芝房》《寶鼎》之歌，瑶蠁、醴泉之詠，豈同日而言哉！臣忝竊代言，慙非稱職。歌時樂聖，合陳葑菲之詞；載筆侍耕，得紀河源之瑞。頌曰：

聖主千年運，洪河九曲清。地靈儲慶異，天意屬升平。冰泮頳魴躍，波摇瑞氣生。遠通靈沼液，高徹絳河明。漢國慙爲帶，滄浪愧濯纓。鑒人曾爽澈，潤物達句萌。明月兼淮映，榮光向海傾。王正春尚淺，帝甸雪初晴。萬國觀農祀，千官侍御耕。奏章馳象魏，拜表會公卿。薦祉臻川瀆，言祥自水衡。出圖同表異，習坎象持盈。珠濺龍門溜，雷奔砥柱聲。瑩宜清渭合，湛可玉壺盛。更顯皇猷洽，彌彰理化行。百王堪讓美，三代豈稱英，深廣源流遠，涵濡品彙貞。土膏承積潤，水澤效殊禎。群后思東觀，吾皇待告成。微臣獻詩頌，葵藿比忠誠。

校勘記

〔一〕端，四庫本作『瑞』。

藉田頌 并序

國家嗣位之十三載，王道清夷，邊防静謐，時和歲稔，遠至邇安。藉田可復於躬耕，后稷宜修於祀事。足以勸三農之本，備九年之儲。貴戚知稼穡之艱難，宗廟享粢盛之豐潔。於是坐朝堂以端拱，召公卿以就列。謂三事大夫曰：『邦國之本惟民也，黎元之命惟食也。使男有餘粟，女有餘布，老者得衰羸之養，少者知耕稼之勤。衣食既豐，禮節自曉，然後風俗易化，刑罰不用，無乃爲王者之所務乎。』群心允諧，百辟聽命。由是金門曉闢，御札初下，布告自邇以及遠，號令雲行以雨施。翌日，命宰臣昉曰：『藉田大禮，爾爲之使，俾禮典詳而樂章備，百職舉而千畝修。』又命翰林學士宋白、賈黄中曰：『爾等司沿革於禮儀，典導從於鹵簿。』然後百執事駿奔走，各奉其職，無曠厥官。洎獻歲發春〔一〕，乙亥御辰，農祥晨正，農事將起。六宫獻穜稑之種，千官從耕藉之儀。金輿玉乘，和鸞萬騎以翼衛；東郊南畝，華夷億兆以駢闐。觀我后冕而朱紘〔二〕，躬秉黛耜，坻場染屨〔三〕，御於三推，公卿大夫，自五至九，庶人終畝，禮容皇皇。若煙非煙，和氣蓊鬱。拂青壇而映翠幕，藹春野而麗朝陽。既而奉常變六樂之懸，太僕進六騑之轡，金輅鞶纓之次列，黄麾羽林以馳驅。迴御鳳樓，揭鷄竿而赦天下。所謂聖人作而萬物覩，王澤流而頌聲起。臣職居禁掖，才愧司言。顧縯誥以非工，寧裨潤色；因侍耕而獻頌〔四〕，用慶升平。美盛德之形容，紀皇猷之萬一也。頌曰：

聖主文明，時方太平。四鄙無事，萬邦咸寧。貫索星稀，所以措刑。泰階文符，可以偃兵。物俗丕變，禮讓興行。條風塊雨，年惟順成。屋粟里布，歲有常征。濟濟之衆，蚩蚩之氓。若登華胥，若造大庭。藉田之禮，歷代久廢。乃下御札，宣示中外。乃命有司，詢謀經制。祖述三皇，憲章五帝。蠲潔之享，割牲奠幣。清明之誠，三酒五齊。后稷豆籩，先農壇陛。鍾磬羅列，冠劍繁會。千官侍耕，諸侯助祭。居靡都鄙，人無華裔。疊迹駕肩，揥裳連袂。觀我耕藉，勸民樹藝。布德覃恩，行慶施惠。惠澤霧流，天光下濟，禮儀彬彬，文物皆新。聖德動天，至誠感神。嘉雪應候，和氣先春。梅飄灑道，絮落清塵。馳道若坻，列幄如鱗。鹵簿雲羅，車旆星陳。煇煇煌煌，闐闐轔轔。三推禮畢，五路迴輪。普天之下，率土之濱。知我勸農，悦我爲民。雕幾返樸，風化還淳。廟祧之享，烝禴之辰。蕭茅邑酒，藉田而有。黍稷粢盛，藉田而取。潔其簠簋，豐其俎豆。致享藝祖，展禮先后。祝史正辭，神降之祐。繁祉來宜，戩穀允受。時歲豐穰，生物暢茂。帝王之孝，永言在兹。黎元之本，莫重於斯。惟倉惟箱，如京如坻。有醴有酪，爲盛爲粢。神既歆之，民實賴之。臣忝詞臣，官爲右史。因獻斯頌，得以言事。鄉飲之禮，行之甚易。庠序之學，復之可以。古典鬱堙，由人振起。千載一時，允謂昌期。時不再來，臣實惜之。登封降禪，願陛下行之。

校勘記

〔一〕洎，原訛「泊」，據四庫本、宜秋館本改。

〔二〕「后」字原脱，據四庫本、宜秋館本補。

〔三〕坻，原作「遊」，據四庫本改。

〔四〕侍，原作「待」，據宜秋館本改。

太平頌 并序

聖朝垂統，十有八載。皇帝以仁賢之德，由晉邸而即大位，嗣王業而承廟祧。天地氣和，日月貞明，協千齡之會昌，應萬民之推戴。昔舜有大功二十，而堯以鴻圖付之，漢文以五讓天下，而公卿大臣立之。推魯史之遺文，得漢家之故事〔一〕，儔功比德，吾皇兼之。稽羲文出震之格言，徵《戴禮》向明之大位，黄麾列仗，洪寶傳國。百辟山呼而稱賀，萬方波朝而會同。一之日覃《連山》作解之恩，布率土眚災之令，與民更始，趣物於新。號令一發，罪繫咸釋，雷霆振幽滯，江海蕩痕瑕。自華及夷，逢時樂聖，聲悦成歌頌，形動爲鼓舞。《易》不云乎：『天地革而四時成』，『聖人作而萬物覩』也。《書》不云乎：民非后不乂，后非民不立〔二〕。律曆有五勝之策，圖讖應一人之運。夏后得内禪之禮，周家稱太弟之賢。公劉積仁，然後武王、成王享大位；高皇撥亂，然後文帝、景帝致太平。晉以金德王，而孝武稱賢；唐以武德取，而太宗好理。在淵或躍，所以見王者之興；大明方融，於是喻聖人之道。自天厭唐德，昭宗失國，四海九州，瓜剖豆分。朱氏稱梁，石家號晉。居於岐者有僭王之車服，據於鄴者擁圖霸之甲兵。金陵繼闔廬之雄，南海有尉佗之盛，湘潭咫尺，與中國稱鄰；庸蜀險固，以一方自大。天子之守不過三千里，諸侯之兵何啻八百乘。中原鹿走，高材得犄角之名；海水鯨飛，黔首困懷襄之害。或暴秦之祚，纔二世而亡；有夏諸子，或再稔而謝。夫差劍盾，修武備以方勤；叔孫豆籩，飾禮容而未暇，不有天命，國何以興；未遇真主，亂無以弭。玄穹所以睠命，皇宋於焉勃興。獄訟謳歌，捨丹朱而歸舜；禮樂征伐，黜諸侯而尊王。强本弱枝，兼亡取亂，自兹始也。初則滅李筠於澤、潞，次則覆重進於維揚。南平荆門，西舉劍閣。命伏波之將，以清嶺表；詔樓船之師，以克江南。繫三僞主，生致闕下〔三〕。求諸前代，罕有威武。若斯之盛也，故匈奴畏服而請吏，南蠻奉琛而納款。雖先朝之英武，底寧寰區，由吾君之密謀，贊成大業。昔魯、衛爲兄弟，晉、鄭稱昭穆，咸能夾輔王室，保扞宗周，而《春秋》紀其勳也。昔唐祖革隋，由太宗之功；明皇滅燕，賴肅宗之力，寰區果大定，宗社乃再安，故《實録》紀其事也。仲尼稱『其或繼周者，雖百世可知』。披皇圖而稽帝文，揚英聲而騰茂實。堯有天下，以文思允恭之聖，得邦國社稷之臣，始以義和爲日官，次以重華録大政。曰棄曰契〔四〕，克諧俞往之言；曰夔曰龍，盡協疇咨之命。所謂精求理亂，明辨凶賢；衆賢既登庸，四凶遂流竄。然後土階三尺，茅茨不翦。垂衣而天下理，不亦陶唐善致太平乎〔五〕。洎舜格藝祖，纂堯之績，輯五瑞以來群后，巡四嶽而省輿民。協時日之無差〔六〕，同律度而必審。聰明咸達，樞機不壅。猶謂其臣曰：『予欲左右有民，汝翼；予欲宣力四方，汝爲。華蟲藻火之文，以汝明之；六律五聲之音，以汝聽之。』猶以上之過失或未聞，下之謀猷有未達，法謗木之求理，建善旌以表誠。《語》曰：『舜無爲而理。』又曰：『《韶》盡美矣，又盡善也。』斯乃有虞之克肖唐也。至於禹勤力於溝洫，致美於黻冕，設簴求讜言之善，泣辜見恤物之仁，拜伯益之昌言，誅防風之後至。《傳》曰：『微禹，吾其魚乎。』《語》曰：『吾無間焉。』大哉，湯革夏政，應乎天，順乎人，用王者之干戈，救生靈之塗炭。肇征葛伯，四國悦之；後戰鳴條，天下尊之。設總街之大庭，訏謨畢至；解野人之密網，曆數攸歸。《書》曰：『東征西夷怨，南征北狄怨。』斯所以見禹湯之致雍熙也。雖典籍所備載，今古所熟聞，然則遠取前王，近方聖代，則堯舜爲帝道也，禹湯爲王道也。舉是四君子，而比萬乘主，且何愧焉。曠數千載之間，踰七十君之盛，中有漢氏，稱刑措而不用，迨至唐室，有囚釋而自還，亦足方駕皇風，並驅大道。臣今謂繼唐者，非大宋乎？自陛下臨御以來，天下之目，顒然觀朝廷之所行；天下之耳，專然聽國家之所務。陛下果以天爲貌，以道爲心，以萬民爲體，以六合爲家。謂三王之禮不相沿，五帝之樂非相襲，或因仍舊制，或釐革故事。發先庚之教令，施涣汗之恩私。始以寧邊爲遠圖，次以納諫爲切務。振幽拔滯，旌賢進能。蠲關市之征，勉農桑之業。哀悼鰥寡，惻隱困窮。禮高年，尊有德，封樹降漏泉之寵，室家覃疏邑之榮。王言如絲，其出如綸，不終朝而詔下朝堂，未及夕而令敷國内，纔浹旬而恩均天下。宜乎至和之氣感於天地，不測之神發爲禎祥。六辯弗迷，四溟無蕩。五緯燦編珠之彩，三階若懸衡之平。雨流潤以如膏，雪盈尺而呈瑞。閶闔風來而應候，貫索星稀而省刑。太史銅渾，不失陰陽之節；容成玉曆，遂更正朔之文。驗休徵，考《洪範》，善謀則時寒自應，睿聖則甘澤不愆，斯皆德動天以昭彰，物有感而通泰。語封疆則東際桑林之國，西走葱河之道。日南萬里，設都護以懷柔〔七〕；漠北五原，化單于之獷驁〔八〕。有以見王者無外，書軌大同。豈止代馬新羈，頋備六閑之御；名輩入貢，來稱九譯之朝。論都邑則陳留古封，商丘雄地。仰渾儀則房、心之分，按地圖則豫州之域。左控齊、魏，右引淮、湖。闠里閈以綺紛，凑舟車以鱗萃。皇居壯麗，信威戎而憚夷；都人雜遝，實駕肩而擊轄。閱文物則司徒以七教理兆民，樂正以四術教胄子。賢良待公車之詔，俊造升天府之名。焕然若重離之明，炳焉得奎星之象。諒千古之下，與三代同風。班、馬文章，列芸閣、麟臺之次；嚴、吾侍從，居石渠、金馬之中。觀武備則精兵三百萬，功臣二十四。世祖兼昆陽之衆，曹公得劉琮之兵。是以軍容益嚴，國威大整。雖四鄙無事，靈臺有偃伯之期；而三農之隙，司馬有教戰之法。比夫驪山講武，陋唐紹之草儀；澤國觀兵，鄙楚君之憑軾。言盛禮則君尊於上，臣肅於下，法厚坤之有別，本太一以爲容。民得之則父子親而兄弟和，國用之則祭獲祥而戰必勝。然後以車服而別之，以爵勳而辨之，以珩珮和鑾以聲之，以黼黻絺繡以文之。故百官象物而動，九貢不戒而至。聽雅樂則五音正，六律和，用於方澤而地祇升，奏於圜丘而天神降。振作於廟，知祖考之來思；鏘洋於庭，感鳳皇之戾止。朱干玉戚，兩階見象武之容；樹羽崇牙，六佾辨用文之德。詳制度則明堂爲布政之宫，太社爲禮神之本，金城儼百雉之峻，天門踰兩觀之崇。謁靈臺以視常文〔九〕，闢太學以優儒教。連營棊布，若羽林之四十二星；列署鱗差，比太微之三百六位。驗豐富則全齊曰魚鹽之國，右蜀爲金碧之府，南越出珠貝，北燕多健馬。國家既網羅六合，庭衢八荒，異物内流而國用饒，萬貨均輸而公帑富。陋隋文之儉德，稱有羨財；輕漢武之事邊，肇興緡筭。較版籍則既庶矣，又富矣。所謂積於不涸之倉，務稼穡也；藏於不竭之府，勉桑麻也。皆陛下躋之仁壽之域，導其生殖之源，故比屋可封，外户不閉。仲尼觀蜡，退而稱三代之英；伊尹持衡，慨然慮一夫不獲。語臣寮則廟堂之上得賢相也，三軍之師皆良將也，可以侔周之十亂，虞之五臣。儒雅雍容，登瀛洲而論道；英雄慷慨，晝雲臺而紀勳。功成理定既如彼，禮備樂修又如此，陛下猶以本枝百世，封建親戚，恩之先而禮之大者也。乃謂侍臣曰：『昔周王莅祚〔一〇〕，以輅車旌旃。夏后之璜玉，封父之繁弱，迨闕鞏之甲，密須之鼓，姑洗之鍾，商民之族，以爲分物，用彰國家之庸，而賜諸弟。封伯禽於魯，封康叔於衛，封唐叔於晉，左史書之，至今稱爲美事。朕於是命有司，陳玉策冠劍，鹵簿鼓吹，以營丘四履之國，封皇弟爲齊王。又命太常以金輅蒨旆，秬鬯圭瓚，疏鶉首千里之封，遷侍中爲京兆尹。又命禮官以虎符獸節，赤茀金舄，分南梁十四郡之地，升太保爲興元連帥。』信堯親九族，周重宗盟。楚國析珪，稱莊王之九德；漢家刑典，非劉氏而不王。宜乎皇基若磐石之安，宗室比維城之固。庸知卜代之吉，何止於三十；卜年之永，將踰於萬齡。君有威儀而可尊，臣有禮法而可仰。天下無事，海内有截。皇風蕩蕩，尊盧、赫胥之朝；民物熙熙，柏皇、陸栗之世〔一一〕。脱寶劍以賜騎士，却駿馬以駕鼓車。惜中人之産，而罷露臺；愧吴芮之心，而賜几杖。集書囊於帷殿，列諫疏於御屏。觀明堂以去笞刑，畫衣冠而别有罪。野老或不知帝力，公卿亦耻言人非。行萬里不持寸金，消五兵可爲農器。海牛南卧，遠夷占以來朝；楛矢東歸，旅宰司其所貢。魚在藻以遂性，鴞食椹而懷音。瑞露凝甘，降竹柏之上；景星垂象，助晦朔之明。器車知厚載之仁，舟甑表將豐之兆。蓂生近砌，因更月而呈芳。箑在中包〔一二〕，亦無風而自動。《書》曰魚鼈咸若，《詩》稱《行葦》不傷。《由庚》《蓼蕭》，悦遒人之見采〔一三〕；《芝房》《寶鼎》，流樂府以登歌。信宗廟之垂靈，當地天之交泰。攸宜垂黈纊，凝冕旒，棲神於穆清，守道於玄默。遊大庭以怡睿，覽升姑射以適皇情。於是三事大夫率百職卿士，秉桓圭以就列，委蒼珮以颺言，曰：『陛下德掩前代，功格玄穹。古稱因天事天，因地事地，封禪之禮，歷數十世而無覩焉。天其命陛下修闕典，秩無文哉。不然，安得民和神悦兮若是，乾符坤珍之畢臻。臣等遐詳舊儀，得之新禮，欲願陛下覲群后於東國，展嚴禋於岱宗，命虞官相高卑之儀，詔掌固施表著之次。泰壇三襲，祠昊穹之神；圜陛四周〔一四〕，列衆星之位。《雲門》《大濩》，施於重壝之中；勾陳執金，周於四門之外。玉輅金根翼於道，殊珍衆寶旅於庭。庶邦冢君，四夷酋長，環天壇而序立；佽飛之將，羽林之兵，衛禁署以增威。於是宵漏未盡，中嚴外辨，服冕裘而上征，鳴玉鸞於太清。祈昭嘏於萬靈，布福壽於群萌，探金策以受神休〔一五〕，封玉檢以成大禮。然後勒丹碑於雲際，霈玄澤於天下，以彰盛烈也，不使七十二君獨美於古先也。』皇帝嘉忠誠之懇禱，而猶懷謙德而未報。既而聲聞於外，下臣得之於道塗，不覺抃蹈。以爲美盛德之形容，無先於頌；雖菲才之無取，幸昌運之重熙，願以詩聲揚於王庭曰：

德厚稱帝，仁勝爲王。仁德兼備，謂之三皇。天命靡常，邦或其昌。吾皇嗣位，南面垂裳。左唐右虞，超周掩商。大業於鑠，鴻名焜煌。二儀幽贊，群靈協祥。《河圖》啓瑞，《洛書》含章。運逢交泰，時來允臧。君明臣賢，禮備樂詳。書軌大同，貢輸相望。風雨弗迷，黎元咸康。至和之氣，感天之陽。日流嘉彩，星垂瑞芒。三脊之茅，茁然呈芳。九包之鳳，飄然來翔。堪備縟禮，升告穹蒼。泥金載密，燎煙高颺。鸞車珮衣，交鳴鏘鏘。天靈地祇，降福穰穰。用顯我皇〔一六〕，太平昭彰。億萬斯年，永永無疆。

校勘記

〔一〕家，原作『嘉』，據四庫本、宜秋館本改。

〔二〕此處引《書》，並非原文，今本《商書·太甲中》作：『民非后，罔克胥匡以生；后非民，罔以辟四方。』

〔三〕闕，原作『闗』，據四庫本、宜秋館本改。

〔四〕棄，原作『垂』，據四庫本改。

〔五〕致，原作『政』，據四庫本改。

〔六〕日，原作『月』，據四庫本改。
〔七〕柔，原作『桑』，據四庫本改。
〔八〕鶩，原作『鶩』，據四庫本改。
〔九〕謁，原作『褐』，據四庫本改。
〔一〇〕祚，原作『胙』，據四庫本改。
〔一一〕陸栗，四庫本作『栗陸』。
〔一二〕篷，原作『蓬』，據宜秋館本改。
〔一三〕遒，原作『道』，據宜秋館本改。
〔一四〕圜，原作『圓』，據四庫本、宜秋館本改。
〔一五〕休，原作『林』，據四庫本、宜秋館本改。
〔一六〕顯，原作『喪』，據四庫本、宜秋館本改。

武有七德頌 并序

聖人守法度以信，禁過差以義，翦禍亂以兵。示人之誠，惟信爲速；感人之心，惟義爲速；濟信與義，惟兵爲速。兵不可弭，堯舜猶用之以禁暴；武不可黷，湯武猶戢之以愛人。故《周禮》則曰『兵有九伐』；魯史則曰『武有七德』。兵者，利用也。生殺賞罰出於己，旌旗金鼓榮於目，摧堅破剛快於意，苟不以道德仁義主張牢籠，以彰明武德，則淫戾之過返諸己，而驅除之柄在於人也。夫物之不附，由曲直相戾；人之不親，由間隙所生。間隙既生，曲直不入，則情離意遯，心越意去。聖人以兵附而麗之，合而會之。兵猶器也，斂拂戾違慢之國以納諸器，而提挈以致霸王之業。其在《周易》象曰：『頤中有物，噬嗑。』比天地爲頤也，萬民爲頤中之物也。聖人以甲兵爲齒牙，噬而合之乃能通也。小則以五刑，而大則以五兵。威而懷之，使心不離；糾而合之，使意不散。所以大國畏其威而安靖也，小國懷其德而慈和也。昔周德下衰，經武之柄爲齊桓、晉文所用，是以徵包茅示禮，遷刑器示仁〔一〕，伐原示信，蒐軍示義。故魯、衛、宋、鄭、曹、邾、杞、鄫，以土地封畛之大小，貢賦藝極之輕重，奉齊、晉以司盟，瞻齊、晉而爲命。蓋服有禮而畏有法也。在二霸猶然，況聖人暢之如天，載之如地，燭之如日月，涵之若江海。所加之兵，所臨之國，非土地是貪，惟封疆是正；非玉帛是取，惟貢職是徵；非威武是耀，惟凶慝是服；非震怒是逞，惟教告是明。觀其以兵除害，所以見禁暴之德也；以順爲武，所以見戢兵之德也；有功而不伐，所以見保大之德也；克亂以築京觀，所以見定功之德也；所務不違民欲，所以見安民之德也；興廢繼絶，所以見和衆之德也；動不耗國，所以見豐財之德也。暴既禁則兵可戢，兵既戢則大可保，保其大則功可定，定其功則民斯安，民既安則衆自和，衆既和則財乃豐。强兵之本在農，務農之本在民，安民之本在德。兵與農交相養，德與刑交相用，利與害交相生。聖人觀釁而動，非七德不妄動也。聖人見可而進，非七德不妄進也。故詩人美禁暴之德，則有『於鑠』之詩在也；美戢兵之德，則有『載櫜』之詠在也；美保大之德，則有『允王』之篇在也；美定功之德，則有『耆定』之章在也；美安民之德，則有『繹思』之什在也；美和衆之德，則有『綏萬』之歌在也；美豐財之德，則有『屢豐』之頌在也。今國家德兼於堯舜，功高於湯武，苟不形容盛德，蹈舞頌聲，則亦司言之罪也。敢拜手獻頌云：

於鑠王師，煌煌其武。如龍如螭，如熊如虎。以道以德，爲鉞爲斧〔二〕。以仁以義，爲干爲櫓。惟亂是伐，惟凶是取。能禁其暴，削其土宇。能戢其兵，肅其部伍。善保其大，仁信周普。克定其功，禮樂歌舞。聿安其民，惠若時雨。撫和其衆，衆實安堵。既豐其財，實乎帑庾。言有訓誓。伐有鍾鼓。以威以懷，以招以撫。柔亦不茹，剛亦不吐。孰爲厲階，孰爲怨府。如工理木，如農事畝。正其徽墨，以合規矩。去其稂莠，以養稷黍。爲黎庶君，作諸侯主。萬方黎元，莫予敢侮。小臣獻頌，願播樂府。

校勘記

〔一〕刑器，四庫本作『邢衛』，宜秋館本作『邢器』。案若作『邢衛』，則指邢國與衛國，作『邢器』則誤矣。

〔二〕斧，四庫本作『鈇』。

祝網頌 并序

昔夏王縱暴，庶民罹毒痛之災；成湯修仁，四國有旋歸之意。雖空桑之子，來翼霸圖；而九戎之兵，尚爲桀用。非至仁無以克敵，非全德無以勝妖。至仁伊何，澤及草木；全德伊何，信孚禽魚。故盤有銘而敢憚於勤，兵以律而得以專討。葛伯有弗祀之過，農夫值奪餉之仇。湯於是始行問罪之征，用慰來蘇之望。諸侯聆之而胥悦，生靈悦之以知歸。所謂三分天下，而湯有其二。猶以爲桀雖溢惡，而君不可伐。靈矛銛戟，未興時雨之師；神蛟應龍，已有躍淵之吉。一旦飾高蓋以言邁，適郊原以肆懷，覩山澤之虞人，形殺心而祝網，曰：『自天之降，從地以出，四方來者，皆入吾羅。』湯聞之曰：『嘻，盡之矣。非桀之徒歟，孰能與於此？』乃命解其三面，更教之祝曰：『欲左者左，欲右者右，高下如之，吾取其犯命者。』於是漢南諸侯，咸聞帝乙之言，益知聖人之德。由是鼓舞以慕化，歌謡而歸亳，一時而至者，凡四十有六國。《書》曰：『惟天輔德，其命靡常。』宜乎順天人合發之機，膺曆數在躬之運，進破安邑，遇戰鳴條。陳逆順以誓師，衆皆聽命；以寬仁而伐虐，誰不歸懷。遂俘玉於三朡，乃握圖於萬乘。考緯書之摭實，稽瑞牒於前言。有白狼銜鈎，黃魚化玉，視拱穀而妖亡福屆〔一〕，禱桑林而雲蒸雨流。斯皆動天之德昭彰，革命之符赫奕。而尚懷慙德，惕然罪己。豈非聖人以至公而大權自獲，因勞謙而徽號難辭？雖云解密網於一時〔二〕，其實示深仁於萬國。法天道恢疏之象，見君恩眚肆之懷。蓋禮有三驅，釋前禽而不取；法踰再赦，當撤懸而弗張〔三〕。足以知有商懷惻隱之仁，後代仰高明之德。事在《世紀》，安敢忽諸。因作頌以美之，曰：

網罟之設兮，蓋取諸離；以畋以漁兮，必戒乎時。桀惡日侈兮，民心益離；湯仁天授兮，曆數攸歸。解中野之網兮，更其祝詞；諒好生惡殺兮，示君父之慈。宜其享天祿兮，垂千古而是思。

校勘記

〔一〕屆，原作「戒」，據四庫本、宜秋館本改。

〔二〕時，原作「夫」，據四庫本、宜秋館本改。

〔三〕張，原作「伭」，據四庫本、宜秋館本改。

五聲聽政頌 并序

昔文命事堯之明，受舜之禪，大功赫奕，炳於日月；至仁涵濡，霈若雨露。然以堯之聖，猶以謗木聽於人；以舜之才，猶設善旌求其過。況我臣於唐，乘四載而平水土；嗣於虞，觀七政而御曆數。敢忘踵其懋德，師其明規。於是設五聲以示誡，俾群賢而納誨。故題於簴曰：『教我以道則鳴鼓，告我以宜則撞鍾，示我以事則振鐸，語我以憂則擊磬，告我以獄則揮鞞。』五音在器，五器在懸，設於朝，列於庭，外以示國人，内以示庭臣。食土之毛，居土之濱，在予之化，爲予之民，苟有道、有宜、有事、有憂，有獄，必從予而伸，必率意以陳。堂雖深於千里，善意嘉謨，不得不聞；天雖高於九重，蒭言蕘詞，不得不達。享予之禄，立予之朝，惟予職是守，惟予過則規。苟有道、有宜、有事、有憂、有獄，必從而言，必面而諭。雖憚犯顔，而良規嘉畫，不得不聞；雖畏直諫，而忠誠赤心，不得不見。筍簴之設，有所取象。天有五緯，國有五教，君有五官，臣有五諫。欲召五諫，遂設五聲。聲如五達之衢，廓之而無壅；諫如五土之民，懷之而則來。鼓之音博而達，故使教我以道者，鳴鼓而言焉。鍾之音屬而整〔一〕，故命教我以宜者，擊鍾而達焉。鐸之音流而不蕩，故令教我以事者，振鐸而述焉。磬之音哀而思，故敕喻我以憂者，擊磬而伸焉。鞞之音慘而急，故詔示我以獄者，揮鞞而至焉。處至尊之位，持思理之心，聞其抧擊之聲，知有謇諤之人，耳則瞿然，心則惕然。位愈高而心愈慎。當懷襄之際，墊隘是懼，慮萬物汩爲萍藻〔二〕，憂萬民化爲鱗介。堯咨於朝，鯀殛於羽。或投袂以起，或推几以出；或仄席以待，或怡顔以接。所以下之情無不通也，上之過無不聞也。是知聖人水土之職，我專其任；溝洫之勤，我致其力。聞昌言而必拜，聆呱泣而弗視。天鑒其勤，神贊其功，圖出於河，書出於洛，蒼水使授以秘籙，淮渦神鏁於深淵。一旦百谷皆導而順流，九州大同而交泰，偃豬之地化爲沃衍，隰皐之土鞠爲芻牧，土有柔桑，田有嘉穀。所謂聖人有巨功於天地也，有大賚於生民也。堯既錫以玄圭，舜乃授之大寶。定公有『微禹』之歎〔三〕，宣父伸『無間』之言。然猶日加慎也，夕加惕也，慮政有闕，恐過未聞。繇是建五聲，采衆善；衆善既至，萬機聿理。名愈崇，德愈隆，道愈彰，惠愈洽。禹迹萬里，《禹謨》斯在。鼓鍾之器，筍簴之用，與夫考擊於樂府，振作於公宫特異也。退頌聖德，以彰鴻勳。頌曰：

立大功兮享大位，慎其終兮德不匱。菲其膳兮厚祭祀，惡其服兮美黻扆。猶詢賢兮以自樹，欲問道兮常自裕。羅五聲兮啓諫路，用群材兮爲國輔。幹於道兮邦彌阜，基於德兮名轉固。不然安得聲爲律，而身爲度？

校勘記

〔一〕屬而整，宜秋館本校曰：『庫本屬作厲，整作切』。

〔二〕汩，四庫本作『泊』。

〔三〕禹，原作『君』，據四庫本改。

咸平集卷第二十二

策對

制策

皇帝若曰：國家承五代亂離之後，稽三王質文之變，太祖以神武定天下，太宗以聖文化域中。萬里封疆，復禹舊迹；二聖功業，與天比崇。德化所被，靡不祇若；日月所照，罔不率俾。自開創致升平，迨四十年矣。朕以寡昧，嗣纂大位，遵守先訓，慮弗克負荷，夙夕未遑寧居。惟萬務之幾微，鑒燭未明，中心浩然，罔知攸濟，兢兢業業，五載於兹矣。鎮撫夷夏，康濟黎元。雖下承成規，事仍舊貫，庶政用乂，宇縣久安〔一〕，屢降詔書，旁求讜議，五日轉對，亦復往制；尚慮君子難進，嘉言攸伏。故詳延賢良方正之士，咸造於庭，欲聞經國之謀，轉時之策，明予於大道，致予於至理。今子大夫其發揮理本，宣揚道要〔二〕，言又曰從，朕敢忘《洪範》之訓？噫，大道之行，三代之英，仲尼其猶喟然。又《書》不云乎：『克念作聖。』孟軻曰：堯舜亦人。朕永惟皇王之理，思復三代之迹。堯民比屋可封，舜《韶》鳥獸率舞，夏后魚鼈咸若，文王虞芮讓畔，何千古難繼？其或繼之者，厥道何從，厥理安在？其次適時之務，安可忽諸？今三邊無虞，重譯入貢，制獫狁自古無上策，禦姦宄不得已而用兵。方求聞所未聞，得所未得。慮黠虜乘間，屢來搔邊〔三〕；還賊負恩，罔畏干紀。致勞征戍，每煩供饋。供饋出於民力，征戍資於國用。專利山海，殖貨關市，或譏王道之未融；豐財於農桑，節用於制度，其如邊備之未足。斯二途取捨，其術安在？又古者什一之稅，秦氏大半之賦，其按田收租，始自何代？計口定筭，肇於何時？《春秋》曰：近鹽，公室乃貧。《管子》曰：謹正鹽策。其義相反，何所適從？又勤恤人隱，奉若天道，而間歲以來，陰陽不和，水旱作沴，寒暑罹於疾疫，歉儉致其流亡。夫安上理民，禮樂爲急，禮以本天地，樂以和神人。豈陰陽之或差，致水旱以作沴，札瘥天昏，流庸浮冗。無乃禮樂之用，其未至乎？嗚呼！上失其道，民散久矣。講議禮樂，予將疇咨。觀禮以知興亡，審樂以明理亂，非賢臣弗達。子大夫懷才抱器，學古待問，知己慰薦，副朕所求〔四〕。各罄爾之所長，交修予之不逮，敷之條對，靡有所隱。

校勘記

〔一〕宇，原作『寓』，據四庫本改。

〔二〕『宣』字據四庫本補。

〔三〕搔，四庫本作『騷』。

〔四〕所，原作『東』，據四庫本、宜秋館本改。

試同人策一

問：君子之儒貴乎博物者〔一〕，所務先乎辨疑。吾子各蓄奇能，榮采觀國，願以咨詢之志，略闕辨博之詞。三皇之名，互言靡定；五霸之號，所載亦殊。堯知鯀凶，何以用之治水？舜事父孝，何以不告而娶？范宣之讓，能易欒黶之心？文王之仁，不變崇侯之惡？皇舞用於何際？甲曆起於何時？良、平之功與謀，何人最善？韓、柳之文與行，孰者爲優？漢高稱善御英雄，何以致韓、黥之叛？周公有信睿之聖，何以生管、蔡之疑？幸略爲於指明，冀用祛於懵昧。

校勘記

〔一〕博，原作『傅』，據四庫本、宜秋館本改。

試同人策二

問：皇家創業垂二十年，平楚取蜀，係吴破越，復三代之王略，消群凶之厲階。正朔遠頒，恩信大布，外域争輸於貢奉，云亭方俟於登封。然念三晉遺黎，未霑皇澤；一方鉅盜，猶保孤城。世宗興問罪之師，大勳弗集；先帝有平凶之志，聖策未伸。觀往古之用兵，實研幾於料敵。山川形便，始務諳詳；攻守利害，必精計畫。昔晉宣決勝，以周朞而可取壽春；充國圖邊，請益兵而方濟戎捷。揣摩之術，毫釐靡差。國家以德懷來，用衆敵寡，佇獻俘於宗廟，方擇善於臧謀。子大夫久練時機，雅稱國士，願畫蕩平之策，勿陳遊誕之詞。

私試策第一道

問：國家奄有中區，誕敷文德。考《河圖》而括地象，率土皆賓；蒐兵實而閲武功，遠夷咸伏。蕞爾并土，猶怙堅城。興周宣六月之征，尚聞逆命；用虞舜兩階之舞，無以懷柔。子大夫榮與國華，久諳方略，願聽蕩平之策，以觀經緯之才。

對私試策第一道

對：兵貴伐乎深謀，妖不勝乎盛德。仁修而獷驁自化，備設而攻取無疑。我國家丕建洪圖垂二十載，先朝以神武之略蕩定天下，吾皇以聖文之德撫育中區。萬方咸賓，九貢來底。蠢兹并土，久隔皇風，雖懷之以德而弗來，震之以武而未服。亦猶鸒鸒巢而在幕，魚失水以居陸，雖暫苟活，其能久存？《管子》云：『料衆以攻衆。』《孟子》云：『王者之兵，惠若時雨。』今料衆之義，請試陳之。以國家之土疆，遠且萬里；以聖朝之士卒，精而久練。府庫豐實，雖漢武事邊之財，未偕於今矣。黎元富庶，雖玄宗開元之間，未侔於今矣。以此衆戰，何敵勿克；以此衆攻，何城不降！國家但欲示之以仁，而使自知歸；化之以道，而俾其自服也。又何疑苗民怙險，度七旬而弗歸；崇侯弄兵，必因壘而方至。必欲誅元惡以示法，弔遺黎而表恩，則兵家之謀，有五間之術；司馬之法，有九攻之儀〔一〕。舉必成功，動無遺筭。然兵者詭道，戰以譎勝，當太平之世，實愧言之。以威服之，以德化之，在此二道也。謹對。

校勘記

〔一〕儀，四庫本、宜秋館本作『義』。

私試策第二道

問：以禮化民，推誠致道，必因讀習，方致淳和。驗前代鄉飲之儀，見躋俗禮容之盛，有唐之後，歷代弗修。今國家方屬於升平，俎豆諒宜於修襲。所冀《白華》播曲，誘孝悌於深心；清管登歌，發融和於庶彙。嘉言復古，虛意待賢。願指明其是非，仍發揮於損益。

對私試策第二道

對：先王制作禮樂，化導黎元，亦猶置水於盤，方圓斯就；鎔金成器，模範靡遺。觀鄉飲之儀，喻國人之禮，俾日而習之，月而化之。聞管磬之音，則和樂生乎中矣；覩樽彝之設，則恭肅加乎外矣。閱賓主升降之容，則知尊卑有序矣；熟《雅》《頌》誘喻之意，則知孝悌有自矣。斯禮久廢，淳風未還。詳天命之有歸，俾吾皇之復古，宜乎海内大定，寰中大理。日月宣明乎天道，風雨咸若乎歲功。民心悦隨，物性交泰。鄉飲之禮，《白華》之歌，願復行之，天下之幸。謹對。

私試策第三道

問：懷才待舉，隨計觀光，苟非該博之儒，寧稱詢謀之旨？三王禮樂，胡不相沿，百代職官，何因繁省？《孟子》稱至仁無敵，安得苗民弗恭？仲尼云積善餘慶，曷以丹朱不肖？瑶琨篠簜，貢自何州？淮、濟、江、河，發於何郡？《春秋》以藏冰得禮，則風雨弗迷；《洪範》以修德動天，則陰陽自順。惑乎確論，無所適從。高談勿吝於辨疑，奥學用觀乎歷試。

對私試策第三道

對：王者功成作樂，理定制禮，故唐虞之功成乎揖讓，則《大章》《簫韶》之樂作焉；湯武之理定乎平蕩，故司儀、奉常之禮異焉。玉帛之容，取乎化民心，不取乎觀閲也；金石之奏，取乎和物性，不貴乎鏘洋也。蓋隨時之理亂，因時以損益。故三王禮樂不相沿也。職官之數亦然。《書》曰：唐、虞『建官惟百』。夏、商官倍，亦克用乂。周、漢以降，迨及有唐，沿革不同，繁省靡定。酌理言之，苟得賢才，雖簡略而亦理；苟曰常吏，雖官繁以何爲〔一〕。苗民終服於舞干，有以見至仁無敵也；丹朱得備於虞賓，有以見積善餘慶也。瑶琨稱珍，篠簜充貢，貢自維揚之域，詳乎有夏之書。河發源乎崑丘，江濫觴於嶓冢。淮、濟之出，載籍備存。藏冰而風雨弗迷，申豐之言，未臻至理也；修德而陰陽自順，箕子之辨乃可垂訓也。錫淺陋之學，不足以待問王庭；葑菲之詞，不足以發揮古義。徬徨震恐，不知所裁。謹對。

校勘記

〔一〕繁，原作『長』，據四庫本、宜秋館本改。

開封府試策第一道

問〔一〕：我國家誕膺景命，爰創洪圖，立萬世不拔之基，成四海混同之化。主上大明維照，聖德日躋，乙夜觀書，旰食聽政。訓兵練將以養鋭，務穡勸農以豐本。孜孜不倦，豈無意乎？豈不以薊北戎人，尚侵禹畫；河東餘孽，猶保梟巢？然則二寇歡盟，數世連結。畏中原之强盛，曲陳款附之誠；憂同惡之危亡，潛懷救解之計。若擊之，則有阻夷狄來王之意；若置之，則恐違生靈徯望之心。取捨之間，後先安在，秀才博達今古，洞照機宜，來覘國光，豈無良策？試爲條對，將副虚求。

校勘記

〔一〕『問』字原無，據下文補。

對開封府試策第一道

兵貴伐乎深謀，妖不勝乎盛德。仁修而獷驁自化，備設而攻取無疑。我國家光啓寶圖垂二十載，先朝以武功定天下，吾皇以文德化域中，故四裔咸賓，九貢來底。雍熙之化，升平之運，今其時矣。蠢茲并土，尚隔皇風，懷之以德而弗來，震之以威而未服。怙戎人之强援〔一〕，幸同惡以相濟。《孟子》曰：『至仁無敵於天下。』《管子》云：『料備以攻備，備存而弗攻。』今國家民俗寧和，提封遐遠，府庫豐富，兵革精練，以此勝敵，何敵弗克；以此攻城，何城弗降？主上但欲修德服匪人之心，養威惜黎元之力，何憂有苗負固，不歸舞干之化，裔戎懷詐，外示款塞之心而已哉。必欲念一方之遺黎，釋二寇之逆節，則兵家之法曰『去其所恃』，又曰『用間有三』。若以聖人用間之術，絶叛人所恃之心，則自然盟好携疑，而黨援孤子也。若是，則舉一并土若吹鴻毛，則戎人救解之謀無所施焉，外域款附之誠化爲信矣。書軌混同之策，英威蕩定之機，在斯術也。昔羊祜取吴，猶以仁義，吴中感惠，不稱祜名。矧蕞爾賊臣，安足爲聖朝言議也。謹對。

校勘記

〔一〕 援，原作『授』，據四庫本、宜秋館本改。

開封府試策第二道

問：有國者設爵求賢，懸科待士，雖古今之通制，在沿革以殊途。周開俊造之科，漢重孝秀之目，皆因鄉曲之譽，遂登公卿之府。末俗澆薄，浮競成風，或托勢援以干有司，或假梯媒而取上第。有唐季世，此弊尤繁。今國家以文教大興，古道盡復，若采聲華於鄉曲，恐漸成朋比之風；但令程試於有司，又慮開請託之路。取士之道，何術爲先？秀才若策試於天庭，將何辭以待問？

對開封府試策第二道

求賢擇才，周禮精其術也；升廉舉孝，漢制得其要焉。何哉？士之賢愚，審乎鄉黨，故鄉舉里選之目，《王制》備焉；才之優劣，審乎策略，故直言極諫之科，《漢書》備焉。觀歷代之取人，詳賢才之中選，惟周與漢，最得其宜。迨至有唐，首開貢籍。於時中太常之第者，尤爲寵榮，雖公卿之才，自茲而得；而仕進之典，亦由是興。今國家采三代之典謨，熙百王之禮樂，精擇賢能之士，待以爵禄之榮。尚慮妄干進於有司，竊虚名於曲徑〔一〕。莫若損益先王之術，審詳取士之機，先試之以經濟之謀，後訪以英翹之譽，責其實稱乎名，若名實之相符，必是非之立辨，又何慮啓幸心於請託，鼓虚譽於比周也。謹對。

校勘記

〔一〕曲，原作『由』，據四庫本、宜秋館本改。

開封府試策第三道

問：周均井賦，漢重力田，皆敦本之良規，爲後代之成式。稅關市者始防遊惰〔一〕，論鹽鐵者亦救弊俗，何淳古之漸醨，遂末作而忘返〔二〕，不耕而食者塞路，不織而衣者寔繁，浮汎之户漸多，兼并之家日富。恃豪强者或勢侵於州縣，逼饑寒者亦難守於丘園，以至賦籍不增，版圖亦耗。近世談論之士，亦有沿革之書，皆非永遠之謀，唯取一時之利。我國家政同三代，道邁百王，博訪群謀，思臻至理。秀才道窮秘奥，識洞古今，來副虚求，必懷良策。且井田之利，可以復於古否？力嗇之科，可以行於今否？遊惰者何以使之返本？兼并者何以使之均濟？禁豪强者何法？拯饑凍者何術？試爲縷陳，無甚高論。

校勘記

〔一〕惰，原作『情』，據四庫本、宜秋館本改。

〔二〕遂，四庫本作『逐』。

對開封府試策第三道

昔黄帝設井田之法，周文用土著之令。故生民之衆寡，由是而詳焉；王者之征賦，由茲而均也。洎秦君圖霸，商鞅適變，廢哲王經久之術，濟强國縱横之用。井田遽廢，阡陌驟興，兼并之弊遂生，賦輿之法不一。洎漢家垂統〔一〕，武帝事邊，以鹽鐵六管之財，佐疆埸連年之用，末作益甚，而黎元愈困。後代救時之弊者，或以土斷禁流亡之俗，或以常平均豐歉之民，牢籠萬邦，平準百貨，信史備載，斯言可徵。夫井田之賦，千古絶迹，不可復也。力田之科，前王所行，未足尚也。使遊惰者返本〔二〕，莫若利其衣食之源，使饑凍者相濟，莫若抑兼并之人也。兼并既抑，則貧富自均。貧富既均〔三〕，則豪强自禁。其術安在？在乎王者提利權而均國用也。重輕萬貨，斂散百穀，乃其術焉。鍚愧無待問之才，幸與觀光之試，智策無取，方略靡詳。憂畏傍徨，不知所措。謹對。

校勘記

〔一〕洎，原作『泊』，據四庫本、宜秋館本改。

〔二〕惰，原作『墮』，據四庫本、宜秋館本改。

〔三〕既，原作『自』，據四庫本、宜秋館本改。

試進士策第一道

問：富國備邊，實資農戰；化民導俗，本貴儒玄。尚玄以清浄爲宗，尊儒以禮樂爲本。《書》稱偃武，《春秋》謂不可弭兵，《禮》重中庸，刑法欲畏如觀火。聖人垂訓，取舍何從？國士懷才，是非必當，願聞至理，上副旁求。

試進士策第二道

問：聖人之性，與天地合，故不待多學，一以貫之。又云終日終夜，不食不寢，以思無益，不如學也。垂訓各異，其理何從？夫臣之事君，將順其美，而魏徵之諫，請停封禪。父有諍子，不陷令名，而瞽叟不賢，未聞諫諍。請發揮於古道，冀釋去於所疑。

試進士策第三道

問：《易》道精微，王弼之注行之久矣，群儒共傳，而云進物之速，義不及利；成物之終，利不及義。嘗思至理，其不然乎？湯武之兵，興於二季，豈非義也？丘、軻之言，垂於萬古，豈非利乎？況裁事得宜，而謂之義，進成於物，豈有異焉？幸聞嘉言，以祛未悟。

試進士策第四道

問：《書》云師古，《易》曰隨時。執守則昧於時機，適變則違於古道。比德於玉，仲尼何獨佩象環；知幾其神，周公豈或罹讒口？繫於金柅，未詳金柅之定名；席上之珍，莫辯席珍之奥旨。子該通爲學，茂秀懷才，觀光斯來，待問程試，幸悉至理，以副旌求。

試進士策第五道

問：摘山煮海，以資軍儲，關譏市征，亦裨國用。自蒐狩教習之禮廢，而點閲召募之事興。乃征齊民，永充士卒；又因廣福，碩度緇黄。故祠部籍名，其衆動盈萬數；戎麾隸役，終老不復歸農。故一夫之耕，支贍靡足；一婦之織，供億無餘。致田疇少闢於荒閑，租賦急用於徵督。子有何術，爲究斯言。

試進士策第六道

問：井田難復，策論已相承備言；屯田可興，士卒又難爲兩役。邇來雖聞建議，未見成功。所以備邊有饋運之勞，積粟無通濟之術。其理安在，幸爲敷陳。

開封府發解策第一道

强學待問，儒行所先；博物辨疑，識者當務。成湯七號，幸略紀其徽稱；文王九德，亦可舉其成數。漢雜霸道，孝元之志不同；鄭鑄刑書，叔向之心特異。是非安在，取舍何從？荀、孟言性之有殊，孰者爲當？管、樂立功之俱善，何人最優？守道不如守官，官非道何以能守？教民不如化民，民非教何以能化？文行忠信，忠信非行歟？禮義廉耻，廉耻非禮歟？復井田，則其議屢聞；行鄉飲，則其禮尚在。方當明代，可舉而行，子大夫以爲何如？幸詳斯言，悉意以對。

開封府發解策第二道

古者蒐狩之禮，以教民戰；征伐之際，稽諸版圖。里閭有士卒之名，井田賦馬牛之數。聚之則蓄爲我武，散之則復爲齊民。洎王道其亡，霸圖相維〔一〕，以兵逞欲，以民養兵。兵農由是遂分，財用以兹不足，筦榷以爲國計，賦租先於軍儲。因兹遊惰之人，罕務耕桑之業。加以不耕而食，不蠶而衣，其徒寔繁，豈可悉數。議復古則見非於知變，論適時則思有所聞。今沿塞屯田，防秋戍卒，疆埸無事，可力穡以服勤；戎狄之虞，則被堅以禦侮。可以救三時妨奪之害，免千里輓饋之勞〔二〕。佇聞嘉言，以觀方略。

校勘記

〔一〕維，據四庫本作『繼』。

〔二〕免，原作『堯』，據四庫本改。

開封府發解策第三道

儒者之行，貴難進而易退；君子之德，先人而後己。所以鄉舉里選，既升俊造之名；循名責實，乃得公卿之器。貴其身，所以錙銖視國；尊其道，故有師傅之稱。洎叔世以還，其風不振。漢以詔策取賢良方正之才，唐設科場較詩賦文論之藝。雖英髦間出，豪傑並驅，然有進不斧藻其行能，退不砥礪其名節。豈俗之澆薄使之然，化之敦勸未至也？今議賢良之薦，必自於鄉里；文行之選，不由於科場。冀士林茂三代之英，賢路導四科之士，佇聆商較，以副薦揚。

設邊吏對

昔漢孝武勤兵十八萬，北過天山，旌旗林殖，徑周千里，金鼓川沸，聲聞於天。匈奴震恐，不敢抗威，棄銜帳而遁。帝升單于臺，有黷武驕傲之色。乃有邊吏老矣，然精强矍鑠，狀貌魁傑，若賈餘勇，遂屬櫜鞬，請見於軍門。上召與語，曰：『若居邊鄙，多歷年矣，諒諳練戎政，而詳悉事機。今天山之北，大漢空曠，經川通谷，平原險蹊，車戰之地，騎鬭之場，客主便利者凡有幾何？其次濫車之水，伏兵之道，堡衝壘要，峙糧輓芻之所，復何從而善，若當悉意以陳，朕欲周知其名數，期以殄滅匈奴而後已。』邊吏曰：『臣遠祖唐堯時爲華封人，嘗因祝延洪之壽於堯，堯乃嘉其忠孝，命世爲疆場之吏，俾食關塞之征。厥後歷夏、商、周以迄於聖代，子孫嗣襲不絶。臣雖不佞，今辱守祖先之職，疆場之事，敢有越思？』於是以山川形便之地，堡壘控扼之勢，洎戰鬭利害，與烽爟遠邇，悉陳於上前。帝益悦而善其稱職，命增之寵數。邊吏辭之，曰：『臣受國深恩，今數十稔，未有塵露裨益，敢以口給之對，遽欲邀陛下寵光？臣嘗讀家藏之書，見唐堯帝天下，以清浄爲理，先勞精於求賢，果得舜於側陋。舜由是舉十六相而去四凶，海内大理，以至於無爲。當時遠夷慕德，咸相率而朝貢，其言具列於唐、虞之書，及《禹貢》載要荒之義是也。舜、禹繼堯而理，不更其道，故有明珠大貝，奇器良馬，迭充王庭，有以見皇風王化，覃及殊俗，梯航險深而至者。然於時不以窮邊極裔爲意，而以修德化下爲先。洎太康喪國，四方來侵，賴后相纂嗣，且征且討，或叛或服。然德信衰薄，未足來遠。迨成湯、文王，勉道勤仁，故羌、髳、鬼方，復修朝貢。大約道德服人之心，而兵革制人之力；與其制人之力，曷若服人之心？故《春秋》謂武有七德，所以王師一出，若時雨之降旱歲也。然猶聖人不得已而用之。今陛下承文、景理平之運，海内豐富，時和民安。胡不端居穆清，垂拱而理，上法堯、舜、禹、湯之德，使涣汗之令一發，天下若風行草靡，而自躬勞聖駕，親董戎行，頓兵於瀉鹵之地。豈不聞先帝却千里馬，罷露臺，而遠人自歸仁乎？況兵不苟聚，戰不幸勝。苟聚則財耗而民困，幸勝則害多而利寡。設使陛下得戎虜之地，譬如石田，何所用也？臣雖愚駑，竊爲陛下不取。』武帝不悦，事邊益急，由是伐朝鮮，驅林胡，取莎車，滅葉護，連年不息，海内空匱。乃下令鬻爵得以補吏，入粟得以免徭。用度未足，遂取管榷之利，算及舟車，而民益困。搜粟都尉諛上，而言利不已，請田輪臺。帝方大悟，追往年邊吏之詞，下哀痛之詔，命封富人，將以息天下，然困耗已甚矣。

咸平集卷第二十三

表一

謝御製和祝聖壽詩表

臣錫言：今月十七日，宰臣瓊赴中書，伏蒙聖慈宣賜御和臣所進《乾明節祝聖壽詩二十韻》者。俯拜皇恩，仰窺睿藻，駭凡目而怔忪失次，閱聖文而榮抃交并。中謝。伏以華封慶祝之辰，里社呈祥之節，頌聲合貢，忠懇冀伸。豈謂皇帝陛下降御製而頒宣，命臺階以錫賜。始歡呼而跪受，終惕厲以退思。且《書》曰『賡歌』，《詩》稱《大雅》，但美升平之際會，或揚德業之形容。未聞臣下獻芻菲之詞，君上答英華之什。斯實皇朝新事，玄貺殊恩。用紀瑶編六義，常彰於睿思；永光寶運千齡，永固於昌期。臣無任感恩荷聖榮耀兢惶激切屏營之至。

進藉田頌表

臣錫言：伏以東郊之儀，藉田之禮，歷代久廢，明詔復行。闕典既修，無文咸秩。三農知勸，詎忘稼穡之勤；萬乘親耕，將備粢盛之薦。凡居率土，孰不歡呼？臣中謝。伏惟皇帝陛下體天覆育，並日照臨，以百姓而爲心，慮一夫之失所。講求典禮，咨訪闕遺，導其衣食之源，務以農桑之本。祥符交薦，上瑞必由於豐年；王道已融，聽政尚勤於日旰。以爲籍於千畝，禮有三推，耒耜寘之於輅車，穜稑獻之於宫禁。表身先於貨殖，果德動於昭回。嘉雪應期，盈尺已豐於渥澤；大田將稔，載歌方美於京坻。《易》曰先天，既便蕃於景貺；《書》稱固本，乃勉勵於群情。將以致孝享於宗祧，貽慶賴於黎庶。聖朝師古，有以見勸農務穡之心；來葉美談，可以播下管登歌之曲。臣幸逢昌運，忝列侍臣，清禁縯綸，殊乏論思之用〔一〕；黄門進牘，難偕體物之詞。敢不祇率鄙懷，比求音於扣寂；謳謡聖德，因獻頌以達誠。固慙葑菲之文，上黷冕旒之鑒。然國家盛事，已聞野老之歌；臣子爲心，合效華封之祝。謹詣東上閤門，進《藉田頌》一首。干冒宸嚴，臣無任惶恐激切屏營之至。

校勘記

〔一〕思，原作『恩』，據四庫本、宜秋館本改。

進文集表

臣錫言：臣聞美盛德之形容謂之頌，抒深情於諷刺莫若詩，賦則敷布於皇風，歌亦揄揚於王化。下情上達，《周禮》所以建采詩之官；君唱臣酬，《舜典》於是載賡歌之事。既逢清世，何讓古人。木鐸求規風之詞〔一〕，彌光聖德；金門獻芻蕘之説，式表忠懷。中謝。伏惟皇帝陛下以唐、虞莫大之德，修湯、武無敵之仁，富壽於生民，慈儉曰至寶。塗山高會，執玉帛者華戎；瑞牒載書，萃郊藪者麟鳳。讓圓靈以玄德，推臣下以赤心。皇勳帝功，可以封泰山而禪梁甫；至德大業，可以作《韶》樂而建辟雍。永隆千載之基，高冠百王之業。伏念臣藝文素淺，學識非精，逢時誤受於聖知，中第早塵於睿鑒。代耕以禄，歷試諸艱〔二〕。初命授將作監丞，再命歷左右遺補。遇郊丘之恩澤，轉記事之班資。尸素爲虞，廉勤益勵。仍念策名之歲，親聞金口之言，常令各守謙和，莫忘筆硯。邇後或漳濱近郡，或江外遠官，莅事之餘，修詞敢怠？況帶史臣之職，慮孤英主之知。嘗因疊嶂危樓，既登高而必賦；釣臺淺瀨，亦倚棹以成詩。豈唯抒子牟戀闕之心，其實歌文王南國之化。菁英雖寡，編綴靡遺。三度拜章，聊舉箴規之職；八年外任，復歸侍從之班。因輒上言，却乞在館。蒙聖恩之俞允，仍舊貫以編修。清閣濡毫，愧乏素臣之作；丹墀珥筆，慚非右史之才。陛下既以文學知臣，臣敢不以文字報答陛下？今録得在睦州編集中歌詩賦頌共十軸，謹詣東上閤門進獻。播樂章於金石，文彩非工；祈睿鑒於冕旒，罪尤可待。干冒宸扆，臣無任惶恐激切屏營之至。

校勘記

〔一〕「規」字原無，據四庫本、宜秋館本補。

〔二〕艱，原作「難」，據四庫本、宜秋館本改。

進河清頌表

臣錫言：伏覩中書門下奉宣示澶濮二州奏，今月五日黄河清者。伏以千年之運，聖祚方興；四瀆之中，洪河爲長。波瀾清泚，表嘉瑞以無疆；圖牒昭宣，協皇家之有感。中謝。伏惟皇帝陛下唐、虞至德，湯、武聖功，夕惕勞懷，掩文王之勤儉；夙興求理，侔大禹之諮詢。是以王道融明，猶日中之臨照；鴻猷浹洽，比天覆以恢崇。夷狄綏懷，邊防久静；黎元富庶，風俗還淳。禋宗類帝以嚴恭，纘祖承祧以祗慄。公田載籍，將以奉清廟之粢盛；闕典咸修，將以報先農之功烈。萬邦玉帛，方會於觀耕；九曲河源，遽聞於飛奏。勾芒應律，東風已泮於輕冰；川后呈祥，習坎不生於濁浪。虚明洞乎鑒物，清潔可以濯纓。潤下朝宗，示寰區之静謐；儲靈效祉，知社稷之感通。何讓重華臨觀，授出圖之異；堪嗤孝武中流，告沈玉之誠。宜播登歌，永光信史。豈青雲干吕，能昭文物之朝；滄海無波，更表聲明之化。佇候白茅藉用，薦三脊於泰壇；明水潔清，首五齊於玄酒。告成功於東岱，示底貢於西鰈。升中秘玉檢之封，永久嗣瑶圖之盛。臣才非典誥，職忝綸綸，文翰是司，豈稱代言之用；頌聲合貢，用彰盛德之容。謹詣東上閤門，進《河清頌》一首。干冒宸嚴，無任惶恐抃蹈激切屏營之至。

賀德音表一

臣錫言：今月二十一日，刑部連到德音，已畫時施行訖。伏以絲綸作解之恩，非時霶霈；華夷至和之感，向日歡呼〔一〕。中謝。伏惟皇帝陛下神道知幾，文明以理，金玉必貞於王度，璣衡以奉於天時。宜乎二儀萬靈，祥瑞交薦；五風十雨，稼穡屢豐。所以答上帝之高明，思下民之勞苦。念其闕乏，或貸以餘糧；恤其罪辜，或省乎庶獄。尚疏法網，用滌恩波，取《連山》宥罪之文，行出紓眚災之令。重刑减降，殘賦蠲除。仍寬聚嘯之徒，俾啓自新之路。人心感悦，春雲護肅殺之威；帝德昭宣，秋日麗清光之彩。臣忝分憂寄，方遠丹墀，臣無任忭蹈激切屏營之至。

校勘記

〔一〕日，原作「曰」，據四庫本、宜秋館本改。

賀德音表二

臣錫言：今月九日夜遞中刑部牒，連到德音，減降釋放罪戾者。伏以歲時更始，制旨惟新。協陽春以布和，與品彙以覃慶。凡在臨照，孰不歡呼。中謝。伏惟崇文廣武聖明仁孝皇帝陛下，爲政以德，守位曰仁，明義以禁於民非，推恩式致於刑措。是以號令渙發，當王正視朔之辰；動植咸亨，應天道施生之候。詔命朝出，寰區夕周，重刑遞降於徒流，輕罪悉從於釋放。山林聚集之盗，容以歸還；城池失守之臣，許令引見。物情舒泰，聖德融明，躋人於仁壽之區，致理成升平之化。臣忝分符竹，屢换星霜，近奉詔書，即歸丹闕。拜聽德音之宣諭，躬先士庶以歡呼。仰聖人之道如日中，慶王者之恩及天下。臣無任抃蹈激切屏營之至。

賀正表

臣錫言：伏以千載良辰，三陽令朔。東風入律，《雲》《韶》諧太簇之音；北闕稱觴，簪紱慶華封之祝。伏惟尊號皇帝陛下明融瑞日，德動玄穹。皇極中庸，納生靈於壽域；青陽左个，布政令於明堂。璿樞頒正始之文，寶曆永無窮之祚。臣忝膺重寄，方遠明庭。無任瞻天祝聖抃蹈激切屏營之至。

賀冬表一

臣錫言：伏以氣序方周，陽和來復。祥雲五色，映瑞日以堪書；丹鳳九苞，應黄鍾而率舞。伏惟法天崇道皇帝陛下膺乾納祜〔一〕，與天同休，臣叨奉詔條，出分重寄。土圭測影，空傾葵藿之心；玉殿歡呼，莫與鵷鴻之列。臣無任瞻天祝聖抃蹈屏營之至。

校勘記

〔一〕祜，原作「祐」，據四庫本改。

賀冬表二

臣錫言：伏以一陽革故，萬彙鼎新。雲物呈祥，珥筆可書於魯觀；日華表瑞，測圭增麗於堯階。伏惟尊號皇帝陛下德合穹蒼，功宣造化。聰明文思之道，光被華夷；陰陽寒暑之機，昭垂言動。玉琯慶履長之節，瑶圖膺惟永之期。臣叨奉朝章，出分郡寄，黄鍾應律，空馳率舞之心；景殿稱觴，莫與歡呼之列。臣無任瞻天祝聖抃蹈激切屏營之至。

進乾明節祝聖壽詩表

臣錫言：伏以節逢降誕，運屬升平。《禹貢》萬邦，賀紫禁延齡之慶；《漢官》百辟，有黄金爲壽之儀。若以詩綺靡於緣情，頌形容於盛德，上采賡歌之旨，旁宗《大雅》之詞。律以新聲，文之近體，爲理世變風之什，慶良辰繞電之祥，用表精虔，實符忠願。中謝。伏惟皇帝陛下睿聖凝圖，文明致理。三雍禮樂，敦風教於昌期；萬國黎元，悦仁和於太古。封人受賜，歡呼祝壽之時；丹鳳有靈，鼓舞聞《韶》之際。伏念臣素無文藝，叨受皇恩。備位諫垣，未舉箴規之職；出官河朔，慙非經略之才。子牟雙闕之心，欣逢令節；堯帝千齡之福，願與稱觴。情動於中，詩聲於外，因成《乾明節祝聖壽》七言詩十九首，謹繕寫進呈。干冒宸聰，臣無任瞻天戀聖慶抃激切屏營之至。

謝敕書奬諭上章表

臣錫言：臣今月十九日伏奉敕書，以臣所貢封章，特加奬喻。仰荷皇明之鑒，寧勝光寵之詞。榮抃徬徨，啓處無地。中謝。臣聞敢諫非易，納諫尤難。蓋以臣下抗言，多致觸鱗之怒；帝王至貴，駭聞逆耳之言。苟非天鑒昭彰，臣誠果敢，何以見聖主優容之德；何以伸直臣謇諤之心？所以陶唐盛時，猶設登聞之鼓；有虞至理，許書告善之旌。蓋思誘敢言之臣，亦欲聞未知之事。伏念臣遭逢陛下，塵忝諫宫〔二〕，雖精誠之中，思有所報，而激切之志，未有所伸。近者伏蒙聖恩，榮有差遣，當金殿入辭之際，洎天階宣上之時，遂以實封，直進御座。小臣愚昧，所見尋常，妄言軍國要機，朝廷大體，退而恐懼，伏待誅夷。然於忠亮之心，少黷貪饕之罪。豈期聖造特軫皇慈，優降詔書，褒稱賤品。仍頒御札，宣示群臣，見皇王鑒燭之明，示天地包容之量。朝廷雖理，而陛下未以爲理；黎庶雖安，而陛下未以爲安。自此言路洞開，朝綱益整。所謂堯惜一夫之不獲，舜於一善而悦聞，成湯之德益新，大禹之謨自遠。太平已致，比屋可封，豈獨微臣之榮，諒實天下之幸。臣無任感恩荷聖激切屏營之至。

校勘記

〔一〕宫，四庫本、宜秋館本作『官』。

謝除右補闕表

臣錫言：臣今月二十日，於天雄軍得河北南路轉運副使李琯差軍將齎送進奏院遞到官告一通，敕牒一道，伏蒙聖慈授臣右補闕，餘如故者。綸言進秩，諫省增榮，祇荷寵章，徬徨交積。中謝。伏念臣叨居侍從，有玷清華，薄才誤受於聖知，非次驟分於憂寄。積粟備邊之策，豈是所能；豐財利國之謀，又非素習。伏遇禮行清廟，功告圜丘。慶澤惟新，雖下周於庶品；優恩特異，俄叙轉於華資。臣每讀《唐書》，載觀名士，裴度藴三公之業，歷此清途；吴兢有良史之才，當兹衮職。臣識非淹邃，辭媿菁英，直館踰年，未舉編修之職；乘軺將命，俄兼飛輓之司。微效弗伸，榮遷驟至。太平無事，忠言寧補於皇猷；封禪有期，覲禮但思於丹闕。臣伏限所守，不獲奔詣宸階，無任瞻天戀聖感恩激切歡呼屏營之至。

賀曹彬奏勝捷表

臣錫言：今月七日，進奏院狀報三月十七日并州、鴈門兩路前軍都部署、侍中曹彬等奏：三月八日並十日，殺下蕃賊二千餘人，餘三千餘人傷中〔二〕，其餘並皆逃遯。並涿州、寰州等僞命官吏率百姓僧道歸降，已安撫訖者。伏以皇威大振，戎捷遐聞，纔興貔虎之師，遽破犬羊之衆。照臨所被，歡抃皆同。中謝。伏惟尊號皇帝陛下撫寧萬國，底定三邊，武經方詠於止戈，文德誕敷於振鐸〔二〕。尚以薊門遺俗，久不隔於虜廷〔三〕；燕朔舊疆，宜復歸於王略。安邊上策，或伐叛以懷來；命帥嘉謀，亦乘機而破敵。滹水朝宗之浪，方鼓威聲；藁街獻捷之音，載光睿筭。臣伏限所守，不獲奔詣闕庭，無任瞻天戀聖歡呼激切屏營之至。

校勘記

〔一〕傷中，四庫本、宜秋館本作『中傷』。

〔二〕『於』字原脱，據四庫本、宜秋館本補。

〔三〕廷，原訛『延』，據宜秋館本改。

賀潘美奏勝捷表

臣錫言：今月十三日，進奏院狀報三月十九日至二十日，雲、應、幽、朔等州行營都部署、太師潘美等奏：僞命節度副使趙希贊等率軍民一萬五千餘人歸降，並飛狐北殺下敵軍三萬餘人，活捉到僞命冀州防禦使太鵬翼〔一〕，康州刺史馬贇已下，及收到衣甲器械羊馬牛畜牌印等不少者。伏以睿算無遺，王師繼捷，塞外之飛章疊至，寰中之吉語交聞。中謝。伏惟尊號皇帝陛下聖德昭彰，天機果斷。垂衣裳而致理，治即用文；利弧矢以宣威，動惟經武。狼星未滅，宜鈇鉞以專征；虎旅争先，鼓雷霆之奮怒。佇縶單于之頸，郊廟獻俘；即覃英主之恩，策勳飲至。車書混一，曆數登三。表瑶圖保大之功，行玉檢告成之禮。臣限拘外任，恭聽捷音，無任歡呼慶快激切屏營之至。

校勘記

〔一〕太，四庫本作「朱」。

賀容懷意奏勝捷表

臣錫言：今月十七日，進奏院狀報三月二十五日至二十六日〔二〕，內品容懷意等走馬到闕奏：大軍於涿州南殺下蕃賊一千餘人，并、應州及飛狐軍僞命官吏率所屬二萬餘人歸降，收到衣甲鞍馬錢帛糧草不少者。伏以廟朝決勝，將帥成功。四夷八蠻，益震威加之令；一月三捷，未如神速之謀。凡被照臨，同深慶快。中謝。臣聞周稱獫狁，漢曰匈奴，負恩則違背驩盟，肆暴則侵撓邊鄙。苟非皇威景鑠，王道融明，授金鉞以專征，出玉關而拓境，則何以致腥羶族類，來朝禮義之鄉；瀉鹵山川，復正要荒之服？伏惟尊號皇帝陛下至仁無敵，我武惟揚。以帝堯丹浦之師，破醜虜黑山之衆，未踰浹日，連下數城。豈煩築壘以受降，但慶獻俘而執馘。飲馬長城之窟，金石登歌；鳴鑾日觀之峰，人神共悅。臣任當求瘼，職忝記言，屢聞奏捷之音，限遠對颺之列。臣無任惶戀歡呼激切屏營之至。

校勘記

〔二〕「院狀」二字原無，據四庫本補。

賀潘吉奏勝捷表

臣錫言：今月二十六日，進奏院狀報外殿直潘吉今月三日走馬到闕奏：三月二十八日大軍到靈丘城下，僞命官屬七千餘人歸降，收到衣甲器械錢帛糧草不少者。伏以王者之師，有征無戰；廟謀之勝，一舉萬全。捷音屢下於邊城，喜氣彌高於率土。中謝。伏惟尊號皇帝陛下日新聖德，天贊皇勳，舜干方舞於兩階，禹會悉朝於萬國。蠢兹戎醜，敢逭靈誅，勞將帥以專征，出車徒而薄伐。天山牧馬，瀚海洗兵，我師無遺鏃之勤，彼寇有絶紘之敗。燕然銘勒，信千載之一時；梁甫秩籩，俟八鸞之肆覲。臣亟聞飛奏，但切歡呼。白日傾葵藿之心，滄溟繫匏瓜之迹。不獲隨例，蹈舞闕庭。臣無任慶快惶戀激切屏營之至。

賀李規奏勝捷表

臣錫言：今月三日，進奏院狀報四月九日外殿直李規走馬到闕奏：大軍收下雲州，殺戮賊軍並盡，所有百姓並依聖旨存留安撫訖，並收到衣甲器械鞍馬錢帛糧草極多者。伏以王師乘勝，戎壘克平，盡白日之照臨，慶皇家之勝捷。中謝。伏惟尊號皇帝陛下恩流萬國，威馭四夷。執玉塗山，獫狁曠賓王之禮；洗兵澣海〔一〕，嫖姚成破敵之勳。嬰城固守者必誅，徯后昭蘇者即赦。果霈涵濡之澤，俾新汙染之民。七德彰明，三邊静謐。佇魁渠之繫頸，生致闕庭；用億兆以爲心，躋於壽域。臣忝分朝寄，遠在海涯，恨無羽翼以奮飛，徒仰天顏於咫尺。臣無任惶戀歡呼激切屏營之至。

校勘記

〔一〕澣，四庫本作『瀚』。

賀張明奏勝捷表

臣錫言：今月七日，進奏院狀報四月九日至十一日外殿直張明等相次走馬到闕奏：大軍於新城東北并蔚州南飛狐口，殺下敵兵二千餘人，活捉到四百餘人，收到鞍馬衣甲器械不少，内外文武臣僚，取十三日稱賀者。伏以細柳出兵，仗皇威而必勝；甘泉舉燧，與飛走以俱來。凡聞克捷之音，共慶蕩平之策。中謝。伏以王者用刑之理，叛則先誅；戎人伏莽之心，困猶思鬭。伏惟尊號皇帝陛下兆民子育，六合家爲，孚大信於豚魚，薰至和於草木。所以嘉禾生而靈芝出，白雉貢而丹鳳來，蠢兹種落之人，不及飛鳴之類。敢背恩信，尚肆陸梁。勞沙塞以驅除，污霜鋒之殺戮。雲驅電掃，螘散狼嗥，委戈甲以谷量，收馬牛於風逸。猛將與謀臣之捷，青史書勳；三公率百辟以朝，黄金上壽。臣忝分憂寄，屢聽邊功。美盛德之形容，空思作頌；慶吉音而鼓舞，莫覩獻俘。臣無任歡呼惶戀激切屏營之至。

賀簡昌壽奏勝捷表

臣錫言：今月十一日，進奏院狀報四月十八日内品簡昌壽走馬到闕奏：大軍於飛狐北口下寨，有蕃賊救援蔚州，尋趕趁二十餘里，殺下首領二人，並殺契丹三千餘人，捉到馬三百餘匹，收到衣甲器械不少者。伏以驅除戎狄，恢復邊陲，四方聞勝捷之音，千載慶升平之運。中謝。伏惟尊號皇帝陛下功超邃古，道掩前王。念汙俗之來蘇，軫漁陽之未下。風雷威令，體天道之惡盈；鼙鼓戒嚴，謀帥臣之薄伐。追奔逐北，斬馘獻俘，以敗不相救之戎兵，立舉則必成之功策。佇清氛祲，即詠凱旋。漢家無烽火之虞，禹畫正要荒之服。臣限違朝闕，叨守詔條，陪壽觴稱慶以無由，望魏闕歡呼而但切。臣無任抃蹈惶戀激切屏營之至。

賀張冲奏勝捷表

臣錫言：今月十六日，進奏院狀報四月二十五日張冲走馬赴闕奏：大軍在蔚州城下，有城内壯丁許彦欽等結連本城兵士五千餘人，殺逐出契丹首領蕭毀理，及捉到僞命同州節度使充蔚州鹽城使耿紹并男孫共四人，把定城池歸明，尋入城安撫者。伏以廟社垂靈，邊疆克復。三軍勇勝之勢，迅如疾雷；萬方慶快之心，融爲和氣。中謝。伏惟尊號皇帝陛下體法玄穹，建用皇極，勝妖以聖明之德，禦侮行仁義之師。禹别九州，夷狄遠居於荒外；唐分十道，雲、嵐近在於河東。戎性不常，狼心既野。中原多事，叛違則輒肆侵漁；聖主臨朝，攻取則自然敗衂。城中士庶，或逐出於元凶；塞外貔貅，或生擒於渠帥。斯乃天贊平戎之策，神資無敵之謀。致彼人心，自相矛盾。成我國討，不動干戈。金微玉關，復置羈縻之郡；楊柳杕杜，佇旋邏迯之兵。昭彰聖功，歌詠睿德。臣伏限所守，恭聽捷音，阻觀露布以獻俘，但仰雲天而拜慶。臣無任歡呼惶戀激切屏營之至。

賀盧漢贇奏勝捷表

臣錫言：今月二十三日，進奏院報十二月二十五日代州駐泊副部署盧漢贇等差高班内品李延遇入奏：契丹賊軍入界打劫，尋於土鐙寨殺下蕃賊，斫到首級二千餘個，活捉到契丹五百餘人，馬一千餘匹，及殺下北大王男一人，監軍錫里一人首級〔一〕。奪到牛羊車帳衣甲器械不少者。伏以方隅勝捷之音，天聰遠達；華夷歡呼之列，日域遐周。中謝。臣聞邊鄙之虞，有備無患；蕃戎之性，驅去復來。是資邏沙之兵，時聞克捷，可賞嫖姚之將，屢獻功勳。伏惟尊號皇帝陛下道德爲藩，慈儉曰寶。王度貞明於金玉，皇風混一於車書。戎狄來朝，必飾藁街之館；犬羊入寇，即興榆塞之師。用憲章五帝之謀，得駕馭四夷之術。俘囚操袂，郊廟登歌，彰軍禮之允修，見睿謀之不測。臣方膺詔旨，將赴闕庭。臣無任瞻天望聖歡抃激切之至。

校勘記

〔一〕錫里，原作『舍利』，據四庫本改。

咸平集卷第二十四

表二　笏記附

賀田重進奏捷表一

臣錫言：今月五日，進奏院狀報十一月三日定州駐泊都部署田重進奏，殺下蕃賊並奪到鞍馬衣甲器械不少者。伏以師出以律，動必成功；天道惡盈，叛必先討。多壘已平於千里，捷書何止於百函。中謝。伏惟皇帝陛下羲、軒道德，湯、武功勳，寰區已致於升平，黎庶方躋於富壽。彤闈日旰，猶聽政於萬機；清禁漏殘，已求衣於五夜。動圜穹而感方載，祥瑞畢呈；左滄海而右流沙，車書混一。豈謂垂衣之化，未賓左衽之人。舞干羽以不來，出車徒而薄伐。一之日則壺漿滿道，來迓王師，始則汙染之人，背胡沙而歸漢土。二之日或力屈來降，或困猶思鬬，此乃腥羶之衆，依水草而擾邊疆。廉頗諳練於邊機，魏尚弛張於方略。風毛雨血，比驅獵於戎狄，神筭天機，已蕩平於區域。

賀田重進奏捷表二

臣錫言：今月五日，遞中報十二月五日定州駐泊都部署田重進等奏，易州十一月二十二日，契丹賊軍入界打劫，遂差三指揮却往北界；二十八日，打破岐溝關，殺下賊軍一千餘人，收虜到鞍馬牛驢不少，所有岐溝關城内錢帛糧草衣甲及人户舍屋，並總燒爇訖，今月八日内外文武百寮稱賀者。伏以邊上捷音，遠聞於旒扆；寰中喜氣，高薄於雲天。中謝。臣竊以戎人犯境，蕭關必務於驅除；猛士守方，沙塞果聞於克勝。伏惟皇帝陛下躋民壽域，偃伯靈臺，列庭衢於八荒，執玉帛者萬國。契丹獨建諸族，尚未來王。稽塗山後至之誅，遑代馬新羈之惠。廟堂成筭，既增貔虎之威；將帥立功，式表雷霆之怒。

賀田重進奏捷表三

臣錫言：今月三日，進奏院狀報十二月十八日定州駐泊都部署田重進等奏，十二月二日殺下契丹五千餘人，收衣甲器械不少者。伏以兵機貴速，矧如時雨以行師；戎壘盡平，屢慶使星之告捷。中謝。伏惟皇帝陛下王道方融，玄功不宰，消厲階於邊鄙，躋壽域於生靈。周宣伐獫狁之詩，已流金石；漢史滅匈奴之策，既委廟堂。千里天山，已爲内地；三秋沙漠〔一〕，永息驚烽。農夫狎野以耕桑，將吏勞旋於封爵。玉關虚候，混書軌於外區；金策告成，讓功庸於上帝。臣忝權符竹，限遠闕庭。

校勘記

〔一〕漢，原作『漢』，據四庫本改。

賀南郊表一

臣錫言：於洛州伏覩今月十七日赦文，南郊禮畢者。禮盛嚴禋，恩覃在宥。凡樂文明之化，寧勝舞蹈之歡。中謝。伏惟應運統天睿文英武大聖至明廣孝皇帝陛下，聖德日新，睿謀天縱，晉、越既歸於土宇，華夷遂混於車書。貞觀太平，未侔今日；開元無事，豈及此時。公卿既上於鴻名，玉帛爰新於祀典。一陽來復，隨德澤以融和；肆赦從寬，霈恩波而滌蕩。幽囚盡釋，逋欠咸蠲。軍功示悦賞之誠，戎莽布懷來之信。贈加風樹，封及閨闈。遷客官資，復以出綸之命；遠人家屬，遂其懷土之心。念功先厚於策勳，恤物下周於掩骼。《連山》觀象，既符作解之恩；率土歡心，大慶禋宗之禮。臣限拘所職，不獲奔詣闕庭。

賀南郊表二

臣錫言：今月五日，伏覩制書，南郊禮畢改元大赦者，臣已晝時宣諭訖。伏以郊廟薦享，神人以和。至誠既達於圓穹，慶賞遂周於率土。覆載之内，抃躍皆同。中謝。伏惟皇帝陛下端拱無爲，太平已致。兆庶既躋於富壽，萬靈方效於禎祥。所以祀天報光大之功，爲民禱豐穰之福。升禋纔畢，惠澤旁流。囹圄久空，仍布眚災之令；萑蒲無警，亦覃肆赦之恩。征賦已輕，更令蠲復；徵償至寡，咸許復除。天波蕩滌以無遺，王道坦夷而有截。勳庸先賞，勞效均酬。俾人敦修睦之風，命之封蔭；延世舉恤孤之典，榮以存亡。

加以矜寛居作之人，牽復左遷之吏，和氣周物，祥光麗天。所以曆授人時，遂改雍熙之號；禮成樂備，佇修封禪之儀〔一〕。臣限權六條，方遥雙闕，不獲奔詣玉階，無任歌樂聖抃蹈激切屏營之至。

校勘記

〔一〕『修』字原脱，據四庫本補。

謝轉起居舍人表

臣錫言：今月七日，遞中伏蒙聖恩賜臣官誥敕牒，特授臣起居舍人，依前直史館者。祗膺寵命，遷陟華資，不離近侍之班，俄忝記言之職。傍徨拜受，榮懼交并。伏念臣遭遇明時，踐揚清貫，才識固慙於兼茂，勤勞常愧於未伸。遺補美官，繼塵閨籍；封章鄙見，嘗受聖知。加以兼館殿之清華，歷藩宣之委寄。榮踰始望，忝已居多。豈謂纔畢嚴禋，遽霑慶澤。珥筆丹墀之下，戀闕加深〔一〕；頒條滄海之濱，分憂豈稱。敢志恭恪，以贖貪叨。

校勘記

〔一〕加，原作『深』，據四庫本改。

陳州謝恩表

臣錫言：臣去年十二月二十七日蒙恩改授官資，兼受敕權知郡事，已於今月八日上訖。祗膺朝命，頒守詔條，内省非臨莅之才，外任當重繁之寄。感戴恩寵，雖實知榮；夙夕憂惶，何以致理？中謝。臣每念文學之性，固無所長；諒直之心，庶幾有補。始自秘省擢升諫官，初上封章遽蒙聽納。尋下御札，徧求直言，仍賜臣敕書以示嘉獎。以臣所言者罷交趾之役，以臣所諫者去髡鉗之刑，其餘所陳，不敢備述。敕書喻臣曰：『今後凡有見聞，更在無辭獻替。或行或寢，斷自於朕心；盡節盡忠，勿渝於爾志。』臣所以嘗思啓沃，上答聖明，每有見聞，必陳章疏，非敢沽直臣之譽，但欲酬英主之知。臣蓋遠人，幸逢昌運。冒涉遐阻，入關知蜀道之難；孤苦零丁，挈家比秋蓬之轉。遇陛下初登寶位，親主文衡，於七十四中，忝第二人及第。不數年，列在遺補，帶館殿之職。先前年，擢知制誥，爲侍從之臣。忝幸若斯，報答無所。去歲稍因愆亢，方軫念勞，臣奉敕於太一宫禱告靈仙，祈求雨雪。臣所以輸忠罄節，因事上言，言多狂愚，事頗切直。天聰采聽，亦有施行。聖慈優容，幸無罪戾。洎陛下受寶策以新徽號，御正殿以朝千官，臣以歲節假中，先受恩命，爲差出則無例告謝，未朝謝則無因立班。行事捧策之儀，空思珮委；祝壽稱觴之禮，不與山呼；戀闕之心，但傾葵藿；頒條之寄，若履冰淵。朝廷重委之榮，懼不克荷；交親相勉之意，亦有所聞。以臣屢因上書，致茲落職。雖文翰之職，豈臣所能；而物論之間，以臣爲誡。臣心匪石，雖獲罪以寧辭；衆口若鉗，豈達聰之有補。況臣迹疏性拙，言直道孤。慮公事之闕遺，去天顔之咫尺。敢不躬親郡政，上副憂勤；佩服官箴，免孤任使。然錫盡心無愧，期百生酬君父之恩；揣分自知，重兩制比神仙之職。

海州謝恩表

臣錫言：伏蒙聖慈以臣莅事疏遺，録問淹滯，尚寛恩宥，責授檢校右散騎常侍、海州團練副使，已於今月十一日到州訖。祇膺朝命，感懼難任。中謝。臣聞懲勸欲行，賞刑必正，示無私於天下，表至理於區中。實聖明所守之先，綱紀有常之始。臣素無才識，本乏聲塵。每念生於劍南，鄙在草野。父母訓勵，早令讀書；鄉里薦稱，遂謀干祿。相繼數舉，未成一名。洎朝廷書軌混同，文物光被，臣始携持老幼，涉歷艱險，往來咸秦，羈旅京闕。值陛下嗣登寶位，振起儒風，微才不遺，群英咸至。臣年三十九及第，便授官資；達不因人，驟升華貫。閣下三載，每愧忝塵；淮陽二年，遂致遺曠。據其罪戾，合竄遐荒，尚蒙宥過之恩，俾列副戎之秩。東海之郡，去京不遥；南風之薰，順流而下。程途自便，骨肉隨行。罪重責輕，恩深感極。洩涕知幸，驚魂省躬。循過咎之所因〔一〕，荷生成之罔極。披陳愚懇，雖在表章；叙罄感懷，合貢歌詠。謹奉表稱謝，并進五言《感聖恩詩》二十三韻，干冒宸嚴以聞。

校勘記

〔一〕過，原作「遇」，據四庫本改。

謝量移單州表

臣錫言：今月四日，進奏院遞到官告一通，敕牒一道，責授單州團練副使，散官勳如故者。五色絲綸，頒於海上；貳車官秩，移近京師。既拜命以欣榮，彌省躬而感懼。中謝。伏以禋宗云畢，慶賜遂行。搢爵策勳，方霈惟新之澤；赦過宥罪，遐均作解之恩。臣每念遭逢，驟塵清切。入居綸閣，莫伸潤色之勞；出典郡符，有誤憂勤之旨。俾從左宦，尚未周星；爰遇嚴禋，例該殊渥。滄溟之上，隨槎汎以將歸；白日之輝，覺葵傾而愈近。敢忘補報，仰答休明。

謝特授工部員外郎表

臣錫言：臣今月二十六日，蒙恩特授工部員外郎，爲無例於崇政殿告謝，尋於二十七日謝恩訖。臣伏覩臺司引見左降官凡百餘人，唯臣獨授官資，復齒班列。循省榮懼，不知所裁。中謝。臣伏以受恩特深，叙感亦切。苟不披露肝鬲，敷陳始終，則何以表聖人特達之恩？何以見微臣遭逢之幸？伏念臣稟受之性，愚直自知；遐遠之人，孤危自奮。遇陛下肇登寶位，親主文衡。臣詞藝非長，器能無取。軒墀之下，賜以策名，科第之中，復在殊級。歇歷官序，便居侍從之班；臨莅公途，常守廉勤之節。此外不忘筆硯，載成詠歌。始因進《升平詞》擢爲諫官，後因上《封禪書》令知制誥。遷授非次，報答無由。是以有所見聞，輒形章疏；靡詳事理，屢貢芻蕘。臣子之心，唯思讜切；君親之意，不罪狂愚。陛下所以賜臣奬諭敕書，欲廣上言之路；陛下因臣特降御劄，旁求敢諫之人。德至明而無不照臨，道至大而無不包納。臣又嘗因聖節，輒貢蕪詞，蒙陛下怡天睠而優容，降宸章以宣和，臣又嘗因時雪輒進歌行，珠旒亦賜於披覩，金口曾垂於嗟賞。臣至愚至陋，無藝無能，有如此徽榮，有如此遭遇，雖殺身無補於萬一，而過分寧免於顛濟。洎閣下改官，淮陽典郡，素無政術，但守詔條。然京輔之間，豪猾難理；州郡之職，智慮不周。負陛下拔擢之恩，孤陛下憂勤之旨。致有公過，上煩聖聰。每思受恩既異於常倫，受責亦宜於加等。陛下尚寬朝典，俾副戎車，不踰年逢赦量移，未周歲抽歸引見。臣得生還帝里，獲面天顔，慶幸已多，私願已適。豈期聖造復寘周行，自衆多罪人之中，授清華外郎之秩。拜官之後，受命以來，夙夜省循，俯仰慙懼。感君恩之特異，倍激私誠；慮公道之或虧，實憂官謗。將何名節，用贖疏遺。敢不遵臨深履薄之言，守補過盡忠之訓。冀伸微效，上答鴻私。

代李給事惟清讓密地表

臣某言：今月日，伏蒙聖慈賜臣官告敕牒，以本官同簽署樞密院公事者。綵綸之命，恩出非常；樞務之榮，任當不次。循涯增愓，聞寵若驚。中謝。臣聞天高聽卑，陳力就列，古既存諸方策，今得敷爲讓章。竊以臣本諸生，素非奇士，偶讀書史，遂玷科名。遭逢盛時，驟居清列。才能無取，器業無聞。歷官以來，微效蔑有，常憂殞越，每懼滿盈。而陛下擢於流品之中，寘諸華顯之職。陞爲大諫，讜言無補於清朝；遷拜冬郎，駁奏豈伸於厥職。才微任重，既而罷錢穀之司；責淺恩寬，尚命以藩宣之寄。番禺重地，交廣要衝，上奉詔條，外撫荒服。敷宣朝旨，遵守官箴，飲冰潔於誠心，食蘗苦其清節。洎改轉輸之命，慙非幹濟之才。三年海濱，偶免遺曠；千里闕下，仰戀聖明。詔書爰來，冕旒入覲，未踰月復其官秩，不浹旬授此恩榮。兢惶失圖，寵用過分。蓋深嚴之地，近密之謀，非臣顓蒙所能負荷。況今提封萬里，守在四夷，帷幄之謀，軍國之務，英主裁斷，近臣僉同，臣也何人，敢言是選？伏乞陛下特迴成命，俯亮愚衷，別擇才能，以裨任使。則微臣有妨賢之責，敢不罄陳；陛下垂則哲之明，必俞所讓。

賀傅潛等奏勝捷表

臣錫言：今月八日，進奏院狀報鎮定高陽關馬步軍都部署傅潛等奏：九月十七日，先鋒、都監石普等殺下蕃賊二千餘人，斫到賊頭五百個，奪到馬五百匹，衣甲器械不少。奉聖旨取二十五日稱賀者。伏以明君御宇，聖謨方協於天機；猛士守方，武略咸遵於廟筭。果致平戎之績，以成禦寇之功。凡在照臨，孰不歡慶。臣嘗讀《漢書》，每籌邊事，當文帝承祧之始，有匈奴犯塞之虞。騎入雲中，兵屯細柳，但設備邊之策，未聞克狄之功。伏惟崇文廣武聖明至孝皇帝陛下道冠成康，德高文景，承太祖太宗之大業，應無爲無事之昌期，三邊平寧，萬物謐静。禋祀宿齋清廟，方表孝思。效慶靈者百神，執玉帛者萬國。豈犬羊之衆，敢肆猖狂；勞貔虎之師，遂行翦滅。以前茅之斥候，成破竹之功勳。捷奏星馳，朝聞旒冕；歡聲雷動，夕徧寰區。千官慶武定之基，四海仰威加之德。臣伏限所守，不獲稱慶闕廷。

賀册尊號表

臣錫言：臣伏覩報狀，宰臣百官上册尊號者。伏以聖主承祧，方親鳳曆；群臣推美，爰上鴻名。巍巍既與天比崇，赫赫同大明之照。凡在覆載，無不歡呼。中謝。臣早逢昌運，常事先朝，見盛德大業之光輝，成積善餘慶之昭報。仁莫先於守位，孝莫大於揚名。伏惟崇文廣武聖明仁孝皇帝陛下寶祚傳昌，璿圖毓粹，三載諒陰之禮，候紀爰周；千官拱極之儀，推崇敢後。以爲至道廣大，上玄崇高；經天緯地謂之文，禁暴戢兵謂之武。惟睿曰聖，燭理爲明。孝惟百行之先，仁冠五常之首。封章屢達，聽覽方迴。冲讓合於道樞，虚受符於《易》象。尚以薦享清廟，禋祀郊丘，方從徽美之稱，以示後先之式。恭以春秋鼎盛，皇王節高。雖成康仁賢，豈迨盛烈；文景儉静，孰侔嘉猷。慶賜浹於華夷，大禮光於典策。南山在詠，永隆萬壽之期；北極居尊，益表千齡之運。臣限拘符竹，方遠闕庭，不獲從玉輅之清塵，侍祠俎豆；捧寶函之編簡，就列軒墀。

咸平集卷第二十五

表三　笏記附

賀大赦表

臣錫言：臣今月十四日，伏覩制書大赦天下者。伏以聖德廣大，鴻名昭彰，報功於天，推恩逮下。發渙汗之大號，示乾健之垂文。慶賞兼行，罪戾並釋。覆載之内，歡呼畢同。中謝。臣聞郊祀天地，配享祖宗，孝莫大於斯，禮莫盛於此。伏惟崇文廣武聖明仁孝皇帝陛下紹登寶位，繼守丕圖，英睿稟於自然，仁和發於至性。三載恭默，萬方平寧。示慈惠則删約條科，念忠賢則委用耆舊。文德在宥〔一〕，禮樂居先；武功其神，暴亂自弭。以一陽來復，有事於南郊；肆赦遂行，宣令於北闕。澤徧天下，先陽春而布和；風行域中，與品物而更始。釋放刑禁，務寬過尤。蠲復租征，招懷違叛。勳勞先賞，遺滯旁求；惠孚惸嫠，恩加存歿。合天波之蕩滌，同壽域之躋升。鳳儀九成，方樂升平之化；山呼萬壽，佇觀封禪之儀。臣恭守詔條，遠在淮表。執籩豆而侍祠祭，就列無由；傾葵藿而仰照臨，馳誠但切。

校勘記

〔一〕宥，原作『省』，據四庫本改。

謝加勳表

臣錫言：臣今月九日，伏蒙聖慈賜臣官告一通，敕牒一道，加上柱國者。祇荷寵光，不任感懼；進受勳級，彌覺忝塵。伏念臣幸逢昌運，早踐周行。東觀西垣，歘歷斯久，内庭外郡，委任非輕。慙無茂異之才，上答照臨之德。今以郊祀云畢，慶賞方行，是先春布令之辰，與物惟新之際。懋功業者酧其爵土，旌績效者轉以勳階。臣素無微勞，亦受殊賜。柱國加於上字，既荷峻遷；勵節發於中誠，敢忘盡瘁。

行在起居表

臣錫言：今月十五日，遞中伏覩御札，以逆胡犯順，大駕親征，法天道之運行，舉王師以薄伐。百神受職，二儀儲祥；風霜助肅於皇威，金玉必真於聖裕。臣錫伏限所守，不獲扈隨。

賀聖駕還京表

臣錫言：今月七日，伏覩制置茶鹽司報狀，聖駕正月二十二日還京者。伏以萬方係望，鑾輿景從以天旋；六師凱還，鳳闕策勳而飲至。照臨之下，歡慶畢同。臣聞聖明御宇，既任賢撫理以安民；夷狄犯邊，則命將驅除而出境。布在方策，形於詩聲。伏惟崇文廣武聖明仁孝皇帝陛下嗣啓丕圖，恭臨大寶，聖文神武，稟自天資；睿算英謀，諒符幽贊。八表混同於書軌，百蠻奔走於梯航。詔邊吏以戢兵，來遠人以修德。而契丹久隔朝化，未悛禍心，侵軼邊陲，劫略生聚。疆場飛奏，將帥請行。聖慈軫恤於黎元，大駕躬親於征討〔一〕。天道助順，王師立功，不朞月而塞垣謐寧，未踰時而車輅旋復。星辰環拱，既瞻北極之尊；士庶山呼，佇慶東封之禮。臣忝分朝寄，遠限淮濱。當鳴鑾順動之時，無由扈從；及翠鳳迴還之日，莫遂班迎。仰首堯天，向日但傾於葵藿；馳心魏闕，朝宗空羨於波瀾。

校勘記

〔一〕討，原作「計」，據四庫本、宜秋館本改。

賀德音表

臣錫言：今月九日遞中刑部牒連到德音，釋放罪戾，及蠲免逋欠，招懷違叛，旌舉勞能者，已晝時施行申奏訖。伏以漢殿凝旒，百辟慶朝元之禮；舜絃應律，萬方覃在宥之恩。凡仰照臨，孰不慶抃。中謝。臣聞順時布令，必欽若於典章；視朔臨軒，宜普行於恩澤。伏惟崇文廣武聖明仁孝皇帝陛下動天以德，守位以仁，建中于民，推恩待下。金玉必真於王度，地天交泰於昌期。以月紀蕤賓，日當初吉，袞冕升太微之座，星辰羅拱極之班。君臣會朝，盛禮斯畢。雷雨作解，恩制遂行。歡聲遐徧於八紘，喜氣盡浮於雙闕。德音所至，庶獄咸空。惠渥旁流，逋租盡釋。恤滯淹則吏員減選，示綏懷則寇盜攸歸。捐軀爲國者存歿霑恩，抱器懷才者薦揚有自。風行地上，既符發號之文；雲起封中，佇慶告成之禮。臣謬膺朝寄，遠奉詔條。星霜再周，未展涓埃之效；軒墀久別，但傾葵藿之心。

賀老人星見表

臣錫言：今月十六日，進奏院録到宰臣與百僚詣東上閤門拜表賀老人星見，並批答者。伏以聖君御曆，自膺萬壽之期；上帝垂祥，方協千齡之運。中謝。臣聞動天以德，由誠信發於中；與日齊明，謂照臨逮於下。伏惟崇文廣武聖明仁孝皇帝陛下纂承二聖，勤勞萬幾，以大舜仁孝之心，嗣守洪業；以軒皇清静之理，撫安生靈。時當太平，物遇至化，和氣所感，殊祥遂臻。南極見乎壽星，東壁燦其垂象。應秋分之日，當夜朗之時〔一〕。兆民式瞻，仰黄明潤大之色；太史伏奏，還祉祐昭彰之符。《洪範》休徵，一曰富，二曰壽。陛下富有萬國，壽比南山。宰臣百寮，既獻華封之祝；微臣外任，但懷子牟之心。魏闕來歸，將覲於三載〔二〕；堯樽上壽，阻與於千官。

校勘記

〔一〕朗，四庫本作『闌』。

〔二〕覲，原作『僅』，據四庫本改。

賀尅復益州表

臣錫言：十月三十日，進奏院報十月八日閤門准樞密院劄子，雷有終等奏：九月二十日已取下益州城池，入城殺下賊軍三千餘人，所有在城百姓並無殺害，已招安訖，九日文武臣寮稱賀者。伏以聖君御極，當書軌之混同；叛卒逆謀，怙山川之險阻。梟巢既破，龜城已寧，凡在照臨，孰不慶抃。中謝。伏惟崇文廣武聖明仁孝皇帝陛下謨猷天縱，道德日新，至信及於豚魚，深恩被於草木。昨以坤維分野，民或罹災；井絡妖氛，兵因致討。成筭授之於中禁，捷音自至於外區。劍閣先平，刀州後破。王師出如時雨，儒臣應於將星。果成克捷之功，共樂升平之慶。臣忝分朝寄，遠在海陵。闕邸吏之飛申，已除小寇；聞鼎司之入賀，盡率具寮。限守土於淮濱，阻綴班於闕下。誠如葵藿，但傾向日之心；迹在江湖，空羨朝宗之浪。

賀殺下王均表

臣錫言：今月五日，進奏院報雷有終差寄班供奉官安守忠到闕奏：石普、楊懷忠、馬貴同共部領軍馬往滎州路趕趁潰散軍賊王均等。十月三日到富順監，楊懷忠、馬貴前陣先與賊人相見，一合殺下軍賊，斫到王均首級，掩殺招降到賊人並草補人員等共六千餘人，奪到衣甲器械物色不少，其賊並已翦除浄盡〔一〕。奏聞，奉聖旨，劄與中書、閤門、御史臺，取今月二十二日稱賀者。伏以王師所至，無不成功；睿略遐宣，屢聞獻捷。凡在區宇，孰不歡呼。中謝。臣每讀邸報，方樂時平，巴蜀久安，邊隅無事。防秋戍卒，忽自叛違；禦侮出師，已聞翦滅。由天道之助順，見聖策之無遺。伏惟崇文廣武聖明仁孝皇帝陛下嗣守丕圖，恭臨大寶，躋民於仁壽之域，待下以誠信之心。猛士守方，以恩威而撫馭；遠人受賜，同覆載之生成〔二〕。豈謂將校負心，輒懷逆節，據城池而僭竊，勞師旅以蕩除。尚望生全，更敢逃遯；天施疏網，豈漏凶徒。陣有前鋒，先誅元惡，斷其首領，奪到甲兵，掩殺至多，招降不少。捷奏星馳於闕下，歡聲雷動於域中。益部山川，永息寇虞之患；蜀城父老，式歌弔伐之恩。仰慶昌期，彌隆景運。臣忝分朝寄，介在淮濱，趨玉階以無由，望金門而申悃。

校勘記

〔一〕净，原作『静』，據四庫本、宜秋館本改。

〔二〕生，原作『坐』，據四庫本、宜秋館本改。

遺表

臣錫言：臣聞修短之期，固有定數；臣子之志，空戀明時。忍死遺言，瞑目長往。臣誠悲誠咽，頓首頓首。伏望陛下以慈儉守位，以清净化人，居安思危，居理思亂，與宗廟社稷爲福，與天下億兆爲主。臣無任感咽悲哀之至，謹上遺表，永辭聖明。臣誠哀誠咽，頓首頓首。謹言。

謝知制誥笏記

臣錫言：臣伏蒙聖恩賜臣官誥一通，敕牒一道，特授臣知制誥者。祗荷寵榮，不勝感懼。伏念臣聲光素淺，文藝非高。東觀濡毫，不足與史官之列；西垣掌告〔一〕，安能司王者之言。豈謂聖慈，擢升清近。綸綸鳳閣，慙非潤色之才；委珮龍墀，忽在論思之地。敢不冰泉勵節，緗素研幾，上酬英主之恩，聊舉詞臣之職。

校勘記

〔一〕告，四庫本、宜秋館本作『誥』。

謝除工部員外郎笏記

臣錫言：伏蒙聖慈賜臣官告一通，敕牒一道，特授臣工部員外郎者。祇荷寵光，不任感懼。伏念臣素乏時才，謬分憂寄，爰因公過，出佐方州。未踰年逢赦量移，未周歲蒙恩引見。自循過咎，敢望恩勞。豈謂聖造矜容，宸慈光被，俾歸郎署，復齒班行。敢不進思盡忠，退思補過，上答乾坤之施，用明砥礪之心。

謝直集賢院笏記

臣錫言：伏蒙聖慈賜臣敕牒一道，令直集賢院者。祇膺榮命，感懼交并。伏念臣學識才能，不偕時彦，華資顯職，屢忝恩光。未伸微勞，復霑殊渥。金殿集仙之職，玉陛近侍之榮，内省庸虚，益慙尸素。敢不服勤儒行，砥礪臣誠，上酬覆載之恩，永報照臨之德。

謝復户部郎中笏記

臣錫言：伏蒙聖慈賜臣官告敕牒，授前件官依前充職者。祇膺寵命，感懼交並。伏以慶賜方行，殊私驟及。郎曹念舊，既承牽復之恩；帝澤惟新，實繫遭逢之幸。伏念臣器能無取，文學非優，早歇歷於清華，每兢慙於尸素。豈期聖造，擢寘榮班。復五品之華資，益知忝冒；樂千年之景運，彌覺光榮。唯勤忠悋之誠，上報照臨之德。

謝皇太子笏記

臣蒙恩授户部郎中，仍舊直集賢院充職者。祗荷寵光，不任感懼。伏念錫素無才識，早玷官常，爰當慶賜之辰，復荷優隆之寵。此皆伏蒙皇太子鴻私廣被，睿德無私。致粉署之殊榮，爰陞賤品；荷儲闈之大造，徒激微誠。永勵恪勤，上酬覆燾。

謝改吏部郎中依前直館笏記

臣錫等言：伏蒙聖慈各賜官告敕牒，蒙恩除授吏部郎中，仍舊充職者。祗荷寵光，不任感懼。竊念臣等器能無取，文學非優，遭逢既自於先朝，敭歷驟升於清貫。或綸闈效職，或史閣策名，但貽尸素之譏，未展涓埃之報。今伏遇陛下嗣登寶位，光啓鴻圖，普覃雨露之恩，仰荷雲天之澤。

謝改賜章服笏記

臣錫言：臣蒙恩改賜章服，祗荷寵光，不任感懼。伏念臣素無文藝，本乏時才，遭逢既自於先朝，敭歷驟升於顯秩。忝塵斯久，報效未伸，每愧貪叨，但慙尸素。豈謂聖慈曲被，寵命惟新。象簡朱衣，念其久賜；金章紫綬，錫以增榮。唯勵丹誠，上酬玄造。

謝充彭城郡王生辰使笏記

臣錫言：伏蒙聖慈差押賜彭城郡王生辰例物者。祇膺睿旨，感懼交并。伏念臣早受聖知，累塵近職。內庭差使，未踰浹旬；王邸誕辰，復令將命。荷稠重之渥澤，循省難勝；承睠注之光榮，兢慙愈切。

謝兼侍御史知雜事笏記

臣錫言：伏蒙聖慈賜臣官告敕牒，授兼侍御史知雜事。祇荷寵光，不任感懼。切念臣才能無取，齒髮已衰〔一〕，尚列軒墀，每慙尸素。忽沐涵濡之澤，遽塵端副之榮。矧以申明典章，必資諳練故實。俯循闇懦〔二〕，寧振起於朝綱；仰玷選掄，但徬徨於官次。敢忘勤瘁，上答休明。

校勘記

〔一〕衰，原作「弱」，據四庫本、宜秋館本改。

〔二〕俯，原作「循」，據四庫本改。

謝改諫議大夫笏記

臣錫言：臣伏蒙聖慈賜臣官告敕牒，授臣右諫議大夫，散官勳封賜如故者。祇荷寵光，不任感懼。伏念臣遭逢景運，敭歷官途，慙無絲髮之微勞〔一〕，上答君親之大造。豈謂天恩曲被，宸睠猥臨，寘諸侍從之班，授以箴規之職。彌憂官謗，上候聖知。敢忘獻替之誠，上答照臨之德。

校勘記

〔一〕微，原作「徵」，據四庫本、宜秋館本改。

謝覃恩笏記一

臣錫等伏蒙聖慈，各賜官告敕牒，改授官資。祇荷寵光，不任感懼。伏以千年景運，慶賜方行；五品華資，非才豈稱。唯勵忠勤之節，上酬覆燾之恩。

謝覃恩笏記二

臣錫等伏蒙聖慈，各賜官告敕牒，改授官資。祇荷寵光，不任感懼。臣等遭逢英聖，塵玷清華，當策勳行賞之辰，荷稱物無私之澤。或超陞顯秩，或牽復舊官。省循咸愧於非才，報效敢忘於盡瘁。唯勤忠恪，上答文明。

咸平集卷第二十六

奏狀一

謝恤刑一

右臣今月二日遞中伏奉敕書，以蒸暑之時，條理刑禁，並賜臣優詔勉諭者。纔臨畏景，遽軫皇慈。仰瞻貫索之文，刑章已措；俯閱出綸之命，王道彌光。伏念臣職忝分憂，任當求瘼，上體哀矜之旨，敢忘勤瘁之心。囹圄潔除，飲膳供給，湯藥必蠲於疾苦，水漿用滌其煩蒸。每務躬親，不至淹滯。仁主好生之德，既已昭彰；微臣述職之誠，唯增恭恪。臣已晝時録敕施行訖。

謝恤刑二

右臣今月二十五日遞中伏蒙聖慈賜臣敕書一道，以時及鬱蒸，恩隆軫惻。丁寧諭恤刑之旨，慮有滯淹；撫問承出綍之文，彌增惕勵。臣竊念早塵睿鑒，擢在掖垣，每畏景之纔臨，覩舊章之必舉。哀矜之意既得代言，欽恤之詞亦曾起草。況今自爲長吏，恭布詔條，導俗宣風，固當己任。親民聽訟，但守公方。仰分宵旰之憂，未展涓埃之效。敢不屬因炎暑，更切專勤。疾病者湯藥必供，縲絏者飲食無缺。掃除禁室，置給水漿，重囚則無至淹延，輕繫則逐旋疏理。浹日常親於慮問，圜扉迨及於空虛〔一〕。上酬委任之恩，共慶長嬴之令。仍尋録敕，散下管内施行。

校勘記

〔一〕圜，原作「圓」，據四庫本、宜秋館本改。

謝恤刑三

右臣今月十七日遞中伏蒙聖慈賜臣敕書一道，以炎蒸之時，下欽恤之詔。凡守官次，祇奉朝章，始聞命於哀矜，次符恩於撫問。愧抃交切，循念尤深。臣本非强明，屬當委任。自分竹使，再歷梅時，慙無安撫之才，仰副憂勤之旨。當赫日可畏，南風正薰，敢不上體皇恩，俯遵時令。小大之獄，豈但躬親；夙夜在公，不令淹滯。至於飲食充給，囹圄潔除，或水漿滌其煩蒸，或湯藥療其疾病，已有先敕，徧下有司。謹當宣布詔條，勤恤人隱，協天地長嬴之令，應帝王軫惻之仁。

謝恤刑四

右臣今月二十六日遞中伏奉敕書，爲恤刑獄，兼蒙恩奬諭者。伏以天道運行，既當炎暑；皇慈軫恤，諒協長羸。慮庶獄之滯淹，憫縲囚之困苦。出綸之命，務在矜寬；解網之仁，孰不感戴。臣忝分憂寄，恭守詔條，敢怠躬親，免辜委任。訟庭聽斷，雖愧通明；圜扉禁留，常勤決遣。况刑清事簡，運屬升平；令肅恩寬，人無枉濫。皆聖主慈仁之所及，豈微臣政理之可求。丹詔遄臨，特諭哀矜之旨；黄沙既啓，盡承欽恤之恩。臣尋依敕命，散行管内訖。

謝恤刑五

右臣今月十三日遞中伏奉敕書，以候及長羸，時當炎暑，獄訟之理，既上軫於聖慈；撫問之恩，亦下及於凡品。俯僂披閲，虔恭奉行。况宣導化風，臣之職分；躬親刑政，敢忘專勤。重輕禁繫之人，無至淹滯；供給潔除之事，不住指揮。仰副詔條，勉遵朝旨。順時布令，合大道之昭明；矜罪恤刑，暢物情而舒釋。人歸帝德，舞詠《南風》之薰；身係使符，思歸北闕之下。

謝恤刑六

右臣今月二十四日遞中伏蒙聖慈賜臣敕書一道，令疎理刑獄，兼加撫諭者。伏以《南風》之薰，舜絃方奏；北闕之下，漢詔爰行。既自邇而陟遐，協順時而布令。當天道長羸之際，推帝心欽恤之仁。方國咸周，共體哀矜之旨；圜扉所繫〔一〕，盡承疎理之恩。玄象夜闚，貫索驟稀於星彩；丹書曉讀，出綸俄自於日邊。臣謬以頒守六條，躬親庶獄，但仰泣辜之德，慙無聽訟之才。唯勵恪勤，庶無淹滯。夙興夜寐，虔遵明慎之文；事簡刑清，唯樂升平之運。

校勘記

〔一〕圜，原作『圓』，據四庫本、宜秋館本改。

謝賜冬衣一

右臣今月十三日祗候内品任延保到州，伏蒙聖慈賜臣紫敧正縣旋襴壹領，並敕書撫問，兼賜屯駐本城諸軍員寮等衣襖，已准宣俵散訖。伏以江國祁寒之際，金門慶賜之初，瑞雪纔飛，早梅方拆，俯閲出綸之詔，拜手知榮；跪承挾纊之恩，撫躬增感。竊以臣忝分憂寄〔一〕，豈著微勞，揮涕淚以霑襟，寧酬玄造；對衣裘之在笥，益勵丹衷。

校勘記

〔一〕竊，原作『切』，據四庫本、宜秋館本改。

謝賜冬衣二

右臣今月二十三日教閲内品林延壽至，伏奉敕書賜臣紫敧正縣旋襴一領，兼賜屯駐本城員寮衣襖，已准宣俵訖。歡呼拜恩，俯僂跪受。詔以出綸之命，宸奬難勝；頒之在笥之衣，戎容共悦。伏念臣久違近侍，繼忝分憂。美服爲榮，敢忘益恭之訓；撫躬知感，寧酬慶賜之恩。

謝賜冬衣三

右臣今月四日翰林待詔王祐至，伏蒙聖慈賜臣敕書一道勉諭，並賜紫欹正緜旋襴一領，兼賜就糧諸軍員寮等衣襖，尋准宣俵散訖。伏以祁寒之節，初戒於霜嚴；慶賜之恩，普覃於天下。守方猛士，衛社勳臣，宜挾纊以頒宣，表出綸之渥澤。臣忝分朝寄，叨布藩條。慙無襦袴之謡，亦荷衣裘之賜。俯伏拜慶，歡呼戴恩。喜動連營，春色先歸於細柳；職拘守土，夢魂徒繞於禁林。

謝賜冬衣四

右臣今月二十八日翰林藝學光禄寺丞郝承惠到，伏蒙聖慈賜臣紫欹正緜旋襴一領，並賜敕書撫問，兼賜員寮衣襖，已准宣俵散訖。臣忝分憂寄，未展微勞；爰及祁寒，例霑慶賜。俯傻聽出綸之命，歡呼承在笥之衣。禮厚頒裘，省躬靡稱；恩深挾纊，撫已難勝。唯堅忠恪之心，上報照臨之德。

謝賜冬衣五

右臣今月八日使臣後苑打毬祗候、三班奉職張珏押衣襖到，伏蒙聖慈賜臣敕書一道，並紫欹正綿旋襴一領，及軍員冬衣等，已依宣命俵散訖。伏以祁寒初戒，慶賜咸均。星使降於禁闈，時服頒於郡國。竊以臣素無才術〔一〕，叨奉詔條，歲月再周，勞效未著。承出綸之問諭，荷挾纊之恩榮。捧圭而既覺難勝〔二〕，束帶而益知靡稱。歡呼就列，拜聖君臨照之私；感激於懷，愧微臣尸素之幸。敢不恪居官次，慎守公方，冀仲絲髮之微勞，上答君親之厚施。

校勘記

〔一〕竊，原作『切』，據四庫本改。

〔二〕圭，原作『閲』，據四庫本、宜秋館本改。

謝賜冬衣六

右臣今月日秋官正趙昭益到州，伏蒙聖慈賜臣敕書一道撫問，並紫欹正緜旋襴一領者。伏以祁寒初屆，慶賜遂行。天人降自於禁闈，時服頒宣於外郡。臣忝分憂寄，恭守詔條，愧無勞能，亦荷寵錫。俯僂閲出綸之詔，歡呼承挾纊之恩。輕暖在躬，禦風霜之凜冽；兢惕省己，需雨露之涵濡。唯勵丹誠，上酬玄造。

賀德音一

右臣今月三日夜密院馬遞到敕書一道，以炎蒸時序，推恩既表於哀矜；輕重刑名，布令普行於減降。已晝時散下管内施行訖。照臨之内，歡慶畢同。伏惟皇帝陛下道洽泣辜，仁深解網。四時合序，蕤賓方戒於長嬴；萬物勞懷，庶獄先憂於枉撓。至於言形罪己，念切向隅。徽無納者，悉與蠲除；杖已下罪，特令免放。動天以德，仰瞻而貫索星稀；感物以誠，解愠而南薰風至。臣忝頒條詔，已踰歲時，愧無微勞，上答玄造。每遵朝旨，囹圄静而屢空；方樂時康，刑法措而不用。

賀德音二

右臣今月十三日遞中伏奉德音，應見禁罪人減降決遣者。陰陽之數，亢旱有時，聖哲之心，宵旰爲念。慮科條之尚密，致刑罰之未平，爰以深春，稍愆甘澤，遂降哀矜之詔，用彰軫惻之仁。遞減重刑，俾從輕典。人心感悦，和氣舒以雲行；天意昭彰，玄貺流而雨施。宣敕之日，尋有霶沱；播種之時，悉得霑足。仁主好生之德，變沴爲祥；烝民受賜之心，式歌且舞。臣謬膺朝寄，恭守詔條。夙夜在公，敢忘惕厲；躬親庶獄，常慮滞淹。絲綸爰降於矜寬，縲絏盡除其禁繫。幽鑰夜動，圜扉曉空〔一〕。睿德所覃，大賚斯普〔二〕。仰稟憂勤之旨，俯增尸素之懷。臣尋依敕施行訖。

校勘記

〔一〕圜，原作『圓』，據四庫本、宜秋館本改。

〔二〕賚，原作『賴』，據宜秋館本改。

謝賜曆日一

右臣十二月二十九日遞中伏蒙聖慈賜臣宣頭一道，雍熙四年曆日一軸者。伏以堯帝授時之典，周官頒曆之儀，君命先春，感嶺梅而盡拆；王正告朔，催江柳以俱新。伏念臣叨守六條，已更三載，俯閲履端之始，豈勝慶賜之恩。

謝賜曆日二

右臣今月十二日伏蒙聖慈賜臣雍熙二年曆日一軸，仍降敕書撫諭者。臣久違近侍，方忝分憂。律曆頒行，俯僂拜授時之賜；絲綸問念，歡呼馳就日之誠。榮抃交并，不知所措。

謝賜曆日三

右臣今月一日進奏院遞到宣頭一道，賜臣淳化二年曆日一卷者。伏以皇明示信，帝德先春。頒寶曆以授時，平分四序；表瑶圖之撫運，永慶千齡。拜受捧闕，省躬知感。臣忝膺朝寄，方布藩條。讀氾氏之農書，合周公之時訓。勉人耕作，欣節候以無差；與衆頒行，見陰陽之不忒。豈煩闚牖，天道已知；徒限剖符，宸階尚遠。

謝賜曆日四

右臣今月十九日伏蒙聖慈賜臣咸平三年曆日一卷者。伏以日官供職〔一〕，既遵守於舊章；王者授時，遂頒行於新曆。履端於始，舉正於中；三百六旬，七十二候。開卷有得，俾人不迷；慶賜所均，先春而至。臣忝分憂寄，恭守詔條，黎元是親，勸課爲本。紀候昭著，與農書而共披；陰陽運行，同聖德之廣被。仰應玄造，豈勝丹誠。

校勘記

〔一〕官，原作「宮」，據四庫本、宜秋館本改。

謝賜曆日五

右臣今月四日進奏院遞到宣頭一道，伏蒙聖慈賜臣咸平四年曆日一卷者。伏以星迴於紀，月周於天，堯仁既則於上玄，禹服遂頒於新曆。臣才非典郡，任重親民，披分至啓閉之文，知勸課撫綏之節。所念一違天闕，三換王正。寒暑往來，鴻雁遂隨陽之性；草木萌動，葵藿有向日之心。萬國授時，拜閱但欣於慶賜；明堂讀令，禮儀空羨於榮觀。

進賀聖節一

右臣伏以千齡應運，萬國同歡，彩虹流渚以呈祥，率土充庭而執贄。前件絹出從公帑，入貢宸階，用馳北闕之心，仰祝南山之壽。謹差某乙押領上進，干冒旒扆。

進賀聖節二

右臣伏以虹流華渚，電繞辰樞，凡居率土之濱，咸祝後天之壽。前件絹出於公帑〔一〕，貢入明庭，遇千年慶誕之辰，同四海歡呼之志。謹差某乙押領上進，干冒宸嚴。

校勘記

〔一〕『件』字原脱，據四庫本補。

進賀聖節三

右臣伏以上帝垂祥，聖人誕慶。當紫氣充庭之日，是黄金爲壽之辰。况祝堯齡，皆循《禹貢》。前件絹賦租所入，京國上供，願同率土之濱，用慶後天之筭。謹差某乙押領上進，干冒宸嚴。

進賀聖節四

右臣伏以承天嘉節，誕聖良辰，凡居《禹貢》之封疆，盡祝堯仁之富壽。前件絹邦民租賦，國帑貯留，用充貢奉之儀，以表虔恭之節。謹差某乙押領上進，干冒宸扆。

代宰相謝社日宣賜

伏蒙聖慈宣賜酒食餅等。仲陽嘉月，主社良辰，錫御府之酒漿，頒大官之餅餌。祇受愧惕，感戴交深，捧觴雖對於堯樽，借箸未伸於漢殿。徒積素飡之責〔一〕，豈勝推食之恩。臣等無任惶懼激切之至。

校勘記

〔一〕責，原作『貴』，據四庫本、宜秋館本改。

謝除姪男昌裔漣水主簿〔一〕

右臣今月二十一日伏蒙聖慈賜臣姪男昌裔官告一通，敕牒一道，授將仕郎、漣水軍漣水縣主簿者。雲天之澤，俄及於私庭；綸綍之恩，遽加於猶子。顧微勞之未展，慚内舉以非宜。况兹敘陰出身，本因覃慶；起家入仕，固無他能。但以臣解縯誥之職司，荷頒條之寄任，遂拜章以陳乞，方積憂虞；蒙宸旨以曲從，特與除授。里閭之内，一家增榮；骨肉之情，聚族知感。矧於近地，效此初官。覃邑之間，公事不少，敢不丁寧訓勵，重疊諭言，俾將冰蘗之心，上報君親之施。

校勘記

〔一〕漣，原作『連』，據四庫本、宜秋館本改。下文訛者，徑改不出校。

謝加朝散大夫階

右臣今月八日進奏院遞到敕牒一道，蒙恩加朝散大夫者。國家以因時覃慶，與物惟新。勳階敘進之恩，本酬殊效；雨露無私之澤，亦及微臣。祗荷寵光，豈任感懼。臣竊念素無文學，驟忝掖垣。遭逢致身，實知玷幸；出入受命，徒罄忠勤。方解職於綸闈，俾頒條於藩門〔一〕。階銜轉改，名品遷升，益爲按部之榮，彌勵履冰之節。

校勘記

〔一〕門，四庫本、宜秋館本作『省』。

謝賜御製雪詩

右臣伏蒙聖慈宣示御製雪詩者。伏以聖德動天，累副憂勤之念；嘉祥降雪，已彰豐稔之期。睿藻俄新，抒妍詞於歌詠；宸慈曲被，俾凡目以闚觀。拜捧增榮，歡呼失次。伏惟皇帝陛下道超三古，功冠百王，日覽萬機，躬親庶政。朝廷之事無不允釐，天下之民已臻至化。然五行常數，稍致亢陽；九年之儲，素有豐備。而陛下勵精益切，求理彌深，以至引咎眚以在躬，走禱祠於群望。聖心如是，天鑒聿彰。雲觸石以朝躋，千里同色；雪繽紛而夕降，盈尺呈祥。宿麥咸滋，大田斯溥，三農相慶於閭里，百穀將詠於京坻。是以感《兑》悦於宸衷〔一〕，炳《乾》文於御唱。『白雲』之句固莫繼於菁英，『黄竹』之歌豈可侔於藻麗。攸宜秘之瑶檢，播以鈞天，永新二《雅》之音，式茂載歌之作。臣素無才識，忝備掖垣。紫薇紅藥之司，已慙非據；《白雪》《陽春》之曲，受賜難勝。

校勘記

〔一〕衷，原作『哀』，據四庫本、宜秋館本改。

進瑞雪歌

右臣忝分憂寄，祗守詔條。勸課農桑，宣導風教，臣之本職，敢不專勤。臣實非才，豈忘惕勵。上賴聖德，下奉朝章，所以獄訟稍稀，公事亦簡，禾稼大稔，封部無虞。唯自入冬，尚未降雪，蓋明年有閏，節氣校遲，宿麥未妨，農候不失。竊聞深軫聖慮，徧令禱祈〔一〕，果動天心，聿彰報應，當州今月十一日已得時雪，將表年豐。遠近之間，必獲霑足；豐穰之瑞，所宜詠歌。臣早以非才，擢在清貫。因思去歲亦是深冬，六出呈祥，方覩盈尺。兩制同列，俄受急宣，俾於中書錫以良會，上樽賜酒，光禄移厨。聖製歌行，初蒙陛下宣示；御筵賦詠，亦令臣等進呈。『白雪』『黄竹』之謡，豈憂稼穡；君唱臣和之美，堪載策書。臣亦親聞德音，願歌茂實。今以大蜡之月，佳雪及時，撰成葑菲之詞，上黷冕旒之鑒。干冒宸扆。

校勘記

〔一〕徧，原作『偏』，據四庫本、宜秋館本改。

進瑞麥

右臣伏以聖德所感，和氣發祥，既表異於來辫，實殊常於合穎。豐年爲瑞，靈貺有歸。伏惟皇帝陛下德合二儀，仁深萬彙。薰絃在御，應朱明長養之時；秀麥乃登，彰玄造豐穰之理。瑞圖所載，信史可書。既獻自於西疇，合貢之於北闕。臣職叨長吏，任重親民，躬覩慶靈，豈任抃蹈。謹差押衙云云。

進賀南郊

右臣伏以聖君纂嗣，諒陰之制爰除；景運升平，郊祀之儀遂展。凡居率土，咸貢明庭。前件絹邦民樂輸，公帑所積，用慶禋宗之禮，冀伸贊幣之誠。謹差某乙奉狀上進，干冒宸嚴。

咸平集卷第二十七

奏狀二

進應制詩

右臣昨日閤門奉傳聖旨，宣召赴賞花曲宴者。伏以良辰美景，錫宴追歡，仰承明聖之恩，方屬升平之運。《詩》稱在鎬，豈足擬於皇猷；歌有橫汾，安得侔於盛事。竊念臣器能無取，文學非優，早塵侍從之班，屢赴深嚴之召。每惟黴忝，常積兢慚。美盛德之形容，達微誠之慶抃。欲陳歌詠，上黷冕旒。限以閤門曾受指揮，不許進獻文字。今屬上林春曉，内苑花新，汎蘭酒於堯樽，詠《柏梁》於漢殿。雖芳叢應制，釦渚裁詩，慙非敏妙之才，但抱怔忪之思。數日前輒嘗賦《牡丹詩》《賞花詩》《賞花釣魚詩》《釣魚詩》，因得盈編。皆金門應奉之詞，悉丹禁芳菲之景。不敢藏秘，是用進呈，與今日奉宸旨所賦詩同進。歌時樂聖，爰因侍宴之辰；比興緣情，蓋受言詩之賜。干冒嚴宸。

謝賜九經書

右臣當州，爲無經書，乞自辦紙就國子監印取九經歸州。今月若干日，伏奉敕牒，蒙恩却給還紙，特宣賜九經書並《釋文》者。伏以聖人之道，著在典墳；英主之恩，頒於郡縣。是使桐廬陋壤，化爲禮義之鄉；釣瀨遺民，永習詩書之訓。伏念臣忝分憂寄，權守詔條。文翁勸學之風，慙無祖述；宣父化民之道，敢怠師資。是以輒貢封章，乞印經籍。上干旒冕，方憂典憲之誅；俯降絲綸，特允芻蕘之請。賜書湖外，文明益播於頌聲；函丈席間，問學驟新於王澤。佇俟緘之緗帙〔一〕，寘彼頖宮。鄉校請觀，咸遂專經之志；郡人傳寫，免勞閲市之勤。仰荷殊恩，永爲盛事。

校勘記

〔一〕緗，原作「湘」，據四庫本、宜秋館本改。

乞住漣水軍寄居〔一〕

右臣近蒙恩澤，量移單州。榮慶之懷，尋具表章稱謝；行邁之次，輒有衷懇披陳。臣昨離海州，今至漣水，訪聞綱運稍併〔二〕，河道未通，孤舟深憚於泝流，盡室復當於畏景。乞從私便，須至上言，進退憂虞，不知所措。夙夕循省，豈合徼求。但以君親之恩，所祈或遂；日月之照，洞鑒無遺。臣素以窶貧，又無兼力。所到之處，既闕人船，出陸之時，仍乏鞍乘。欲乞且寄漣水，以俟後時郊禋，庶令親屬之間，稍遂便安之望。干冒旒扆。

校勘記

〔一〕漣，原作『連』，據四庫本、宜秋館本改。下文訛者徑改不出校。

〔二〕綱，原作『網』，據四庫本、宜秋館本改。

謝許漣水寄居

右臣今月十四日伏覩敕下漣水軍，伏蒙聖慈依臣所奏，爲乞於漣水軍暫住，以俟後時郊禋，兼蒙恩便於漣水軍請給料錢者。臣伏念請求之懇，雖上達於天聰；憂惕之心，慮有煩於聖聽。方虞罪戾，難逃鈇鉞之誅；豈謂允俞，俯降綍綸之命。加以天慈曲被，月俸仍霑，恤其羈旅之人，遂以便安之志。省躬懷感，聚族知恩。白日近於帝鄉，舉頭雖見；滄波遠於魏闕，迴首猶睎。恭俟鳳曆三周，雞竿肆赦，已遂量移之志〔一〕，例該牽復之恩。當補過以輸忠，冀酬恩而展效。

校勘記

〔一〕志，原作『者』，據四庫本、宜秋館本改。

謝姪男昌裔加階

右臣今月十六日遞中敕牒到，臣姪男前漣水主簿昌裔蒙恩加文林郎階者。伏以禮畢圜丘〔一〕，慶覃方國。自天之澤，既霶霈於寰區；猶子之榮，遽轉加於階級。光生里巷，寵浹私庭，載惟枝葉之親，得與簪纓之列。舉家知感，聚族爲榮。難酬覆燾之恩，徒訓廉勤之節。臣昨因謫宦，已遂量移，尋蒙聖慈，許寄漣水。忽覩絲綸之命，榮慶既同；但傾葵藿之心，歡呼所共。

校勘記

〔一〕圜，原作『圓』，據四庫本、宜秋館本改。

乞直館

右臣輒披丹懇，上黷宸嚴，進退憂虞，難逃罪戾。寠貧困迫，須至敷陳。伏念臣遭逢盛時，際會英主，謬因文學，誤受聖知。塵忝既深，驟列繽綸之職；勞能莫展，豈伸報國之誠。迨至授以正郎，委之近郡。時才闒懦，有孤委任之恩；公過謫遷，旋遇龐鴻之澤。洎歸丹闕，復賞通班。尸禄曠官，彌深惕懼。陳力就列，將曠貧叨。伏乞聖慈，俯垂照亮，念臣曾備員於東觀，嘗寓直於西垣，願伸撰述之微勞，上紀文明之盛事。干冒旒扆。

奏魏廷式封駁

臣今月二十六日受實封敕一道，爲魏廷式封駁陳恕等不赴晡臨還司敕。其奏狀云：『臣與田錫同共取旨，其田錫妄奏聖君，遂相矛盾。臣奉聖旨，令獨署名銜駁奏。』奉敕：『宜令田錫詳所奏，分析聞奏。』右臣昨二十二日於長春殿與魏廷式進呈劄子，臣未讀劄子，先奏稱魏廷式將斷敕，取聖旨。魏廷式遂將三司鹽鐵使陳恕等不赴晡臨斷了還司敕對御披讀，又將《刑統》第一策於御前讀曰：『禮者恭之本，恭者禮之興。故《禮運》云「禮者君之柄，所以別嫌明微，考制度、別仁義」。責其所犯既大，皆無肅恭之心，故曰大不恭。』於是臣遂奏云：『御史中丞李惟清所奏元無「大」字〔一〕，祇稱「有此不恭」。』陛下遂取《刑統》看，並看元敕。臣又奏，『大不恭』有八條。臣又奏曰：『臣按故事，凡制敕有未允當，即駁正其事，封還詔書，謂之封駁。今此敕已斷遣了。』臣又奏：『臣昨日與魏廷式商量，此敕緣是斷了敕，然不敢堅執。緣張鑒是臣親情，慮魏廷式有所疑，今日須至於陛下當面敷奏。』臣又奏曰：『臣於法律不熟，魏廷式本是法科成事。臣乞祇令魏廷式自駁奏。』尋蒙陛下謂魏廷式曰：『祇卿獨自駁奏。』又再謂魏廷式曰：『卿自駁奏。』臣又奏曰：『魏廷式欲法寺定斷元條，若陛下寬減其罪，所貴恩歸陛下。』臣之所奏，陛下必一一記得。今魏廷式稱臣妄奏聖君，所奏安敢輒妄？魏廷式又稱臣遂相矛盾，臣緣所見與魏廷式所見不同，所以不敢與之同駁奏，以此魏廷式奏臣遂相矛盾。臣與魏廷式同勾當審官院，通進銀臺封駁司，豈敢與之矛盾？若魏廷式所見與臣所見同，即臣方敢與之同封駁；若魏廷式所見與臣所見不同，即臣豈敢與之同封駁？臣謬因文學，偶忝科名，幸以遭逢驟塵華顯。效官史閣但閱圖書；供職校垣，曾知制誥。典謨之事，則嘗聞之；刑律之書，未嘗學也。昨八月八日閤門受敕，差臣與魏廷式同職勾當，敢不盡忠於陛下，敢不共力於同官。實非妄有奏陳，輒相矛盾。仰祈聖鑒，俯察愚誠。

校勘記

〔一〕清，原作『靖』，據四庫本、宜秋館本改。

泰州謝上

右臣昨奉詔旨，差知泰州，已於今月五日到任上事訖。伏念臣素無才術，驟歷官常。先帝誤知，寘之外制；陛下擢用，列於内庭。臣每憂致疏遺，慙無裨益。難進易退，輒效古人，量材授官，因告明主，遂有狀奏，乞歸館中。兼以太祖史書，久未了畢；集賢職分，願效勤勞。豈謂聖意丁寧，憂寄差使，出令典郡，委以親民。告謝之時，既叨敦諭；入辭之後，仍有所陳。遽荷殊恩，累降中使；再蒙召對，復得頒宣。仰戴恩光，實踰始望；恪守官次，敢不盡忠。自至臨行，合有所奏；爰當發日，曾上實封。竊計愚誠，尋達睿聽。臣識見素淺，年齒已衰，惟陛下以特達知臣，唯臣以愚直奉陛下。兼因宣召，面奉指揮，候到本州，若有公事，或入遞申發，或赴闕奏來。臣實何人，驟承宸睠。況外郡以常行之事，自素有定規；若舊敕有未便之條，必奏取進止。臣乍違嚴扆，每念冕旒，敢竭愚誠，敬塵聖鑒〔一〕。

校勘記

〔一〕「每念」以下十二字，據宜秋館本補。四庫本無「臣乍違嚴扆」句，作「臣無任踴躍待命之至」。

泰州乞替

右臣輒披丹懇，上黷皇明，仰祈臨照之恩，俯鑒憂虞之抱。臣至道三年，蒙恩差與魏廷式同勾當審官院、通進銀臺封駁司事，因魏廷式奏三司使陳恕已下犯大不恭罪，爲所奏與御史中丞李惟清所奏不同，臣所以不敢同其所奏，自是魏廷式與臣不和，以此上章乞歸館殿〔一〕。適值三館中差安德裕、席希叟、韓援、宋鎬、王綸、李建中、張復、曾會、樂史、路振等出典州郡，時聞聖意謂臣亦求差遣，遂有敕差臣知泰州。臣以本無意求出，祇爲魏廷式性識麤疏，難與之久處，臣所以先自求退，乞歸館殿。因詣崇政殿告乞免此差遣，聖旨未允，臣更不敢辭免，遂等候春水進發。未進發間，伏覩二月五日御札以彗星見，令臣下各陳所見，臣遂以三月七日上章。是日至未時，宣召顧問，蒙恩以臨行特有頒賜。八日朝辭，九日，復進封劄子。十一日，中使至，再宣召於崇政殿西閣顧問，仍蒙金口問喻甚日進發，祇半年與替。兼奉聖旨：或有事要面奏，但乘遞馬赴闕。臣到任上事後，尋發奏謝，狀中亦略言訖。蓋州郡常事，可行即行，不足更煩聖聽。但憂離違陛下左右之後，或有讒謗，所以臣不遂半年與替之詔。臣今在任已二年八個月，三逢聖節，以官秩未滿，朝覲無由，不獲隨班上壽。所謂身在江湖之上，心歸魏闕之下。揮涕感戀，情不能忘。雖夙夜在公，敢不惕勵；而旦夕望替〔二〕，蓋憂疏遺。兼去年曾具奏聞，爲臣男長城與即今知興元府、國子博士許遜家結親，於今年四月成迎訖。緣許遜始因官在泰州居住，臣久在任，慮非穩便，願歸京師，且在館殿供職。伏望聖慈，允臣所奏。

校勘記

〔一〕章，原作「音」，據宜秋館本改。

〔二〕替，原作「贊」，據四庫本改。

謝得替

右臣今月一日，伏蒙聖慈賜臣敕一道，差膳部郎中崔維翰知泰州軍州事替臣，今臣候替人到，交割訖，發來赴闕者。臣伏念近發奏章，未解所任，追思僭易〔一〕，方抱憂虞。蓋以臣素無才能，叨膺任使，考秩將滿，勞效蔑聞。雖常佩官箴，敢忘惕勵；而願歸仙殿，庶免曠遺。豈謂皇明俯鑒於忠誠，睿德特容於上請，今已祇受制旨，恭俟替人。當獻歲之令辰，捧出綸之優詔，俯僂拜命，歡呼戴恩。路雖遠於清淮，心已歸於丹闕。朝覲在即，榮慶交深。

校勘記

〔一〕僭，四庫本作『替』。

謝賜御製社日詩

右臣伏蒙聖慈，以社節御製詩賜直館已下，令依韻和來者。伏以文昭天德，實炳三辰，詩與道鄰，式合萬象。豈臣固陋，所能討論。所念臣遭逢盛時，伏事先帝，歷清華之職次，塵侍從之榮班。或上苑花時，或中秋月夜，得與言詩之賜，屢陳應制之詞。雖采葑每愧於緣情〔一〕，而傾藿但承於委照。今遇陛下嗣膺寶曆，恭守丕圖，以秋社之令辰，慶豐年之嘉節。堯樽湯鼎，賜嘉會於館中；聖藻宸篇，示同歡於天下。物情欣戴，睿澤汪洋。臣既就列歡呼，覩皇家之餘慶；省躬感泣，觀雅道之重光。敢不仰紀王猷，上膺宸旨。在心曰志，樂三農豐稔之時；扣寂求音，頌千載會昌之運。謹繕寫應制七言四韻詩詣通進司，隨狀進呈。

校勘記

〔一〕采，原作『乘』，據四庫本、宜秋館本改。

謝賜御製重陽詩

右臣伏蒙聖慈，以重陽五、七言詩二首賜直館已下依韻和者。伏以千年嘉運，九日良辰，宸歡發於詠歌，睿意屬於豐稔。雲天六義，下館閣以傳觀；風雅二章，與星辰而並麗。臣忝竊近職，灰琯屢遷，遭逢聖時，塵露無益。憂慙交集，節序惟新。良期當采菊之辰，故事有登高之會。君唱臣和，雖理道可發於詩聲；金馬石渠，而就列亦承於宣示。受命兢惕，構思怔忪，俯慙葑菲之詞，豈稱絲綸之詔。

進撰述文字草本

右臣昨五月八日蒙宣詔顧問之次，臣因奏乞以經史中要切之言書於屏風，寘於御座之側，所貴旦夕披覽，如座右銘之類。臣又奏今陛下以何道理天下，願以皇王之道爲理。臣又奏舊有《御覽》〔一〕，但記分門事類，共三百六十卷，取日覽一卷，可周歲讀徧。然不如節略經史子集作三百六十卷，或萬機之暇，日覽一卷，所貴理亂興亡之事，常在目前也。臣欲撰進。至明日，又再承召對，宣諭所言皇王爲理之道，可款曲著撰進來。臣遂略言《尚書》堯、舜典是帝道，其注亦甚分明。陛下稱『朕亦常看《尚書》，其注頗甚易曉。』臣又奉聖旨，令寫先帝時所進封章。臣自請假往鄭州迴，尋寫先朝時所進封章，已於五月二十六日詣東上閤門實封進呈訖。所有撰進文字兩本，隱其名。今且各寫兩卷進呈，取進止。欲依此撰進。如聖旨允所奏，即乞内降劄子指揮所是。餘一卷軸稍多，候撰及三五十卷旋具奏草進納。今詣通進司進上件草本四卷，隨實封狀聞奏。

校勘記

〔一〕此句原作『臣奏舊又有御覽』，據四庫本乙。

謝内降劄子獎諭〔一〕

右臣昨日通進司差人送到實封内降劄子一道，伏蒙聖慈特加獎諭，並以臣所進文字，令餘上卷帙旋撰集得相次進來者。臣本無器業，素乏才能，遭逢先朝，驟歷華貫，衹事陛下，未展微勞。昨因召赴深嚴，再承顧問，遂有所奏，欲以皇王之道，編撰進呈。遽承英睿之知，特垂聽允。洎撰集之次，館中將文曆令臣署字，隨例勘書。所撰集既密受指揮，不敢洩漏；其校讎又難爲訴免，不敢奏聞。相次奉敕考試舉人，昨已了畢，遂進所撰草本，取候進止〔二〕。豈謂聖恩曲被，睿獎遄臨，退思庸淺之才，曷稱照臨之德。俯伏愧荷，兢惶失圖。今因事復有愚誠，合取聖旨。爲所撰進文字卷軸稍多，所有館中勘書，欲乞蠲免。貴一志得專於檢閲，數年方就於功夫。兼得逐旋進呈，以備接續披覽。仰祈玄造，俯鑒丹懷。

校勘記

〔一〕諭，原作『喻』，據四庫本、宜秋館本改。下同者，徑改不出校。

〔二〕止，原作『上』，據四庫本、宜秋館本改。

奏乞不差出

右臣所撰進文字旋進五卷訖，未審陛下書於屏風已寘座隅否？所進文字，隱名。是臣致君於堯、舜之心也。嘗因宣召，陛下問臣所進文字，幾日撰得一卷，臣奏五日撰得一卷。臣因以日計撰成之數，一年計七十二卷，五年方得成就。雖五日撰得一卷，然須子細披詳，慮有差錯或誤，則檢會比覆，以至寫净，可七日至八日方了一卷。今以八日之數，大槩總計一月可得三卷，一年得三十六卷，十年方得三百六十卷。别隱名。一十卷不在計數外，其餘已進十七卷訖，餘三百四十三卷，計九年餘六個月方始成就。臣慮十年之間，陛下差臣出官，若臨時求免差出，是違王命也，又慮十年之間，陛下差臣莅事，若至時欲免差遣，是違聖旨也。以臣愚見，若差出一郡，不過治一方〔一〕，孰若留臣在館殿〔二〕，常以皇王之道致陛下於堯舜也；若差莅事，不過供一職，孰若留臣在左右，得以帝霸之道致陛下於堯、舜也。臣始乞免勘書，欲專以撰述，蒙聖恩，尋有内降劄子下館中矣。臣又乞借書，欲廣於聞見，亦得睿旨，尋有内降劄子下館中矣。臣既有書檢閲，又無事牽束，以副陛下降綸言奬喻之恩，足以成微臣奉聖旨著撰之志。今陛下春秋鼎盛，英睿天資，聽政之餘，好古不倦。若師皇王之道，日新厥德，必十年之内，能致太平；若遵帝霸之道，夕惕若厲，則千載之運，永固鴻業。臣雖衰邁，得見太平之時，臣之私幸足矣。臣雖愚蒙，得成所撰之書，臣之夙願亦足矣。如聖慈允臣所奏，乞御批劄子直付微臣，貴無洩漏，緣所撰書未成，須至慎密，庶免譏謗也。干冒宸嚴。

校勘記

〔一〕『不過治一方』，此句原無，據四庫本補。

〔二〕『孰』字原無，據四庫本改補。

奏蔭長男慶遠一

伏以皇家積慶，聖主誕生。當斗樞繞電之辰，咸思祝頌；仰日馭葵傾之際，輒欲披陳。願垂臨照之恩，實荷生成之德。伏念臣迹惟羈旅，年已衰邁，忝冠侍曹〔一〕，叨兼憲署。風霜舉職，愧未展於臣誠；雨露均恩，因仰祈於子蔭。臣有長男慶遠，竊嘗訓勵〔二〕，今已長成。遇華封祝壽之時，起宗嗣奉先之念。乞該恩例，願在宦途，冀微臣告老之年，得嗣子及親之禄。伏望陛下俯垂睿鑒，恕以物情。牛畜有舐犢之心〔三〕，烏鳥懷反哺之性。以臣子僭望，式君父推恩。進退憂虞，不遑寧處。干冒宸扆。

校勘記

〔一〕侍，原作『𠂆』，據四庫本改。

〔二〕竊，原作『切』，據宜秋館本改。

〔三〕舐，原訛『紙』，據四庫本、宜秋館本改。

奏蔭長男慶遠二

右臣伏以忠於國莫先於至公，孝於家莫重於繼世。臣去年因逢聖節，輒露私誠，以《六典》素有明文，五品得用資蔭。遂上言長男慶遠，幼能寫字，長好讀書。隨臣出入爲官，見臣日夕莅事，頗知畏慎，稍識公方。雖文學之間，未能應舉，而恭謹之性，足以幹家。臣以年齒已衰，生涯未有，除俸禄充給之外，無田園終老可歸。慮一旦云亡，卜葬無地，一家私屬，失所可憂。遂拜封章，與長男希求入仕。及經旬月，聞正郎無例該恩。然臣男慶遠，自來與臣寫所奏封章，與臣寫所進文字，年已成立，性亦恭勤。欲及臣未死之時，聊慰臣有後之意，望不候聖節，不俟郊禋，乞陛下垂特達之恩，遂微臣懇求之請。況臣年六十有三，餘七年當已致仕。以人生百歲，七十者稀，未知七年之間，得事陛下否？若一旦溘如朝露，永謝明時，則遺表進男，亦無及矣。臣不避罪責〔一〕，因悉敷陳，伏望聖慈，俯垂憫念。干冒宸扆。

校勘記

〔一〕責，原訛「貴」，據四庫本改。

謝傳宣

右臣昨日中使至，伏蒙聖慈傳宣「昨日所上表，朕已知，令安心著述文字，必不別有差委」者。伏以王命猥降，睿旨密宣，既聞命以兢榮，益省躬而愧惕。切以臣遭逢景運，忝竊居多；欲報殊私，涓埃未效。念尸禄素餐之責，靡所遑寧；因聖恩召對之時，輒有禀覆。欲以管窺之見，采摭群言；庶期日覽之時，發揮古道。資帝堯欽明之德，副虞舜好問之心。退思學識非精，見聞未博，以檢閲須備，非三館固難得書；以卷帙稍多，非十年豈易絶筆。是以輒陳私懇，上黷宸嚴。方懷憂懼之心，未寧丹素；忽有宣傳之旨，曲賜允俞。感君親奬激之恩，成臣子撰修之志。供集賢之職，雖愧古人；戀承明之庭，豈憂外任。天顔咫尺，五日一與朝參；聖運升平，十稔得終事業。守官次莫榮於此，受聖知莫幸於斯。

知雜後謝傳宣

右臣十六日中使至，傳宣旨：『近者覽卿章奏，恐有住滯，爲趙誠信差出勾當，不欲別差人來。卿自來章疏，所司不敢住滯，並總收得。今日所爲除改事，此名位朝廷甚難其人，亦不妨撰述，慮少暇可慢慢撰述，候及卷數進來，但安心勿過慮。或有所見，逐旋聞奏，不欲召卿。兼今後不更差人，並降劄子去與卿便穩。及今後奏狀，不要洩漏字〔一〕，上更著白帖子，言裹面有貼黃。卿自來奏狀，朕一一親覽，但祇狀内著黃貼子』者。俯伏聞命，釋愚臣危懼之心；兢榮失圖，感英主照臨之德。臣蓋念於通進司每下奏狀，執政間或有探人。古謂禁闈有九重之嚴，中堂喻千里之遠，蓋虞左右輒蔽聰明，所以下之情誠少得上達聞聽。今陛下宣示，以臣自來章疏，所司不敢滯留〔二〕。臣之至愚，固無可采，但以有所聞見，敢不敷陳。既一一盡達宸聰，則區區得罄臣節。仍諭臣以近所除兼職，朝廷甚難其人，臣實何人，當兹重選，將何稱職。但奉至公，上酬聖知，以贖官謗。仍勉臣以不妨撰述，候及卷數進呈。令臣但安心，命臣勿過慮，或有所見，逐旋奏聞。臣學識非優，器能無取，但以遭逢景運，涓埃無報國之勞；采摭群書〔三〕，緗素形致君之志。撰集未畢，除改忽新，慮構罪尤，合先敷奏。豈謂封章朝達，宣旨夕傳，優容同覆載之仁，敦喻表慈憐之旨。柏臺莅公之暇，竹簡著書之餘，得以皂囊，上陳丹陛。雖虛佇讜直，無間於芻蕘；而仰鑒融明，願傾於葵藿。干冒旒扆。

校勘記

〔一〕洩漏字，原作『可漏子』，據四庫本改。

〔二〕司，原作『思』，據四庫本、宜秋館本改。

〔三〕采，原作『來』，據四庫本、宜秋館本改。

謝宣賜弟亡孝贈

右臣昨日伏蒙聖慈，以臣弟喪亡，特有宣賜。受命纔畢，中使言迴，雖尋拜於奏章，尚未罄於愚懇。伏念臣自離鄉井，頗歷星霜。以岐路之阻修，念兄弟之契闊。豈謂私門積釁，爰及連枝；遠地聞喪，遂陳假牒。有司所奏，已煩黷於宸聰；就寺舉哀，忽頒宣於孝贈。緡錢出於内帑，酒醴降於上樽。臣實何人，遽霑優渥，光生里巷，禮異品倫。生成仰莫大之恩，存殁荷殊常之賜〔一〕。省循憂惕，不知所裁。

校勘記

〔一〕常，原作『嘗』，據四庫本改。

謝聖旨許諫事

右臣前月二十八日長春殿伏蒙聖慈宣喻，臣昨所奏之事，『朕一一披覽，又以其人介然，别無朋黨，可耳』。仍舊令臣知之，即不得洩漏者。兼再奉聖旨：『有可奏之事，但上實封，以廣朕之聞見。』臣受命已來，今已浹旬，内省惶懼，何以堪勝。所念臣實何人，一無識見，但以直道，早幸逢時。先帝以臣遇事敢言，特降敕書奬喻；陛下以臣所進文字，隱名。内降劄子褒稱。荷兩朝優假之恩，實千載遭逢之幸。敢不益堅夙志，彌勵愚誠。天至高，雖管窺詎識於運行；日至明，而圭測亦知其長短。今陛下嗣守大位，臨御兆民，博訪賢良，躬親機務，日新厥德，夕惕若厲。以大舜好問之意，文王猶勤之心，昭九廟垂休之靈，保萬世無疆之祚。臣謂蕭牆之外，有可聞之事，非因奏覆，固不可得而知，況於遠者乎？清禁之中，有欲見之事，不因求訪，固不可得而見，況不求訪乎？然爲臣事君，孰敢不盡忠節；明主待下，常欲聞其直言。《春秋》曰：『子好直言，必思自免於難。』《詩》曰：『既明且哲，以保其身。』故《象》《繫》示吉凶之微，冀君臣保始終之分。所以君不密則失臣，失臣者爲大臣所憎嫌，爲近臣所排斥。憎嫌之深者，則讒構其罪戾，而寘之於刑戮。排斥之遠者，則誣枉其過咎，而逐之於遐荒。此由不密在於君，而所失在於臣也。伏念臣識既凡庸，性惟愚直，供職兼於臺憲，莅事在於獄刑〔一〕，固無微勞，但憂獲罪。若非陛下與臣爲主，則大臣必因事見誣，故逐度所上實封，皆乞留中不出，蓋慮事不密而身已危矣。況臣無才略，安足廣陛下見聞，臣之愚蒙，敢不守陛下宣諭。憂畏惶恐，倍萬常情。

校勘記

〔一〕刑，原作『形』，據四庫本改。

轉諫官後謝傳宣

右臣今日中使趙誠信至，傳宣『昨日所進實封已收得，朕亦仔細披覽，但安心著撰文字，必不差出。如要上殿，先奏來』者。伏以臣誠上達，必憑奏牘之詞；天睠下臨，忽降出綸之旨。俯伏聞命，兢惶失圖。竊以臣改授官資〔二〕，塵忝清近。志有所蓄，理合備陳；仰黷宸嚴，方憂罪戾。豈謂皇明燭察，比太陽之照臨；聖造優容，同昊穹之覆燾。憂疑遽釋，歡抃交並，柏臺既免於重難，竹簡得專於撰述。況聖朝無事，皂囊虛獻替之詞；諫省餘閑，緗帙遂討論之志。比在家修史，雖遠愧於古人；以戀闕著書，實仰依於明主。餘取上殿進止，必先有狀奏聞。

校勘記

〔一〕竊，原作「切」，據四庫本、宜秋館本改。

謝兼史職

右臣叨列諫垣，又兼史職，聖恩曲被，私願允諧，榮莫如之，幸實多矣。榮幸交集，感惕彌深。告謝之時，雖依常例；中謝之禮，莫遂對敭。蓋閤門以既該敕差，内殿即舊無謝例。臣雖已赴職，豈敢寧心。竊念臣近纔改官，又乞兼職，實憂冒黷，自掇悔尤。豈謂人欲天從，遽降出綸之命；才微識淺，慙非載筆之臣。蓋陛下恕以迂疏，恤其衰老，寘在優賢之地，不離近侍之班。獻替箴規，敢忘匪懈；述修編撰，唯守靖恭〔一〕。時政記得見鴻猷，起居注式資潤色；纂成日曆，賡續季編〔二〕。冀鉛槧之微勞，展涓埃之薄效。諷從五諫，仰遵將聖之言；運偶千齡，幸紀太平之事。

校勘記

〔一〕恭，四庫本、宜秋館本作「共」。

〔二〕編，原作「終」，據四庫本改。

告假謝傳宣撫問

右臣昨日伏蒙聖慈以臣有狀，暫請患假，特差中使傳宣撫問，兼依允所奏，不差醫官者。伏念臣拙於脉理，昧於攝生，致久病未安，服餌少效。豈謂聖恩之軫惻，俯憐疾苦之纏緜。雖自來内殿起居，不敢許免；因昨日隨班舞蹈，頓覺衰羸。以此須至上言，仰干睿聽。犬馬之疾，既已醫治〔一〕；君親之恩，曲加勉諭。情有所感，不覺涕零。

校勘記

〔一〕已，原訛「旦」，據四庫本改。

奏蔭次男慶餘

右臣伏以千年慶誕之辰，萬壽延長之日，臣輒披丹素，上告慈仁。臣男慶餘，訓以詩書，教之忠孝，幸因聖節，願在宦途。仰祈日照之明，俯鑒葵傾之懇。干冒宸扆。

咸平集卷第二十八

制誥一

永清軍節度使駙馬都尉王承衍妹王氏封琅琊縣君

敕：具官王承衍妹王氏，賢明爲德，婉淑其儀，環珮中於禮容，蘭蕙藹其令範。嬪於良族，既詠《柏舟》；茂我皇姻，宜封石窌。載協雲雷之澤，俾疏湯沐之封。

衛州衛縣簿王光圖可衛州司理

敕：具官王光圖能以公才，往爲邑佐，恭勤足以贊宰字，廉慎可以典獄刑。不離汲郡之寮，俾掌理官之職。當思盡瘁，毋陷非辜。

三司大將加恩

敕：躬耕之禮，用示於勸農；慶賜之恩，必均於效職。以爾等各伸勞績，常夙夜以在公；例援恩榮，表雲雷之霈澤。

皇城司勘契官仇延郎可銀青階兼官 將東郊，先除授

敕：具官仇延郎，有司上言，先事列職，俾靖恭於禁籥，宜時茂於朝章。假以宫賓，兼之憲職。冀以階資之寵，參乎儀衛之司。恪奉斯恩，無怠所守。

端州防禦使李克文落起復依舊端州刺史充本州防禦使

敕：具官李克文，明於韜略，真以幹能，弓箕克嗣於家聲，符竹早隆於邦寄。頃因禮制，俾奪哀情。洎喪紀以外除，茂朝章以斯在。任當禦侮，寵列頒條，眷惟高要之民，實佇撫臨之政。勉膺嘉命，無替忠規。

道州軍事推官知長沙縣趙沂可將作監丞

敕：具官趙沂，經術策名，賓榮從事；試廷評之美職，藹邑尹之嘉稱。宜示朝恩，俾陞京秩，用酬勞績，更勵恪勤。

朔州觀察使左驍衛大將軍趙希贊可泰州刺史

敕：分朕憂寄，頒於詔條；親吾黎民，行其風教。惟良之命，既難其人；作牧之榮，實重其選。以爾具官趙希贊，忠貞抗節，毅勇存誠。弓冶襲其慶靈，韜鈐著於績效。以拱衛腹心之任，委察廉風俗之能。邊鄙用寧，惸嫠受賜。宜膺茂賞，別降璽書。淮甸之邦，漢符劇郡，命以俾乂，疇其允釐。佇騰襦袴之謡，達予聞聽；豈吝絲綸之詔，獎爾賢能。佩兹訓詞，孚予明命。

太常丞張適父好問前守黄州麻城令可授太子左贊善大夫致仕並妻封邑號

敕：具官張適父好問，早彰幹局之才，頗著親民之譽。克生令子，爲朕良臣。涵濡郊祀之恩，翊贊宫寮之職。宜膺慶賞，仍遂優榮。

敕：具官張適妻王氏，中饋傳芳，宜家稟德；女範訓從於和惠，夫賢贊自於柔明。宜膺疏邑之榮，用洽禋宗之澤。

大理司直前青州録事參軍麻希夢可守工部員外郎致仕

敕：具官麻希夢，朕嗣位十有三載，天下無事，思勸農務本，躬耕藉田。改元乃與物維新，發號則均人之慶。可以行古道，禮高年，由是赦書有賜爵一級之命。而希夢年過九十，以伏生之經術壽考，踐歷官途，而爲廷尉屬僚，兼憲府之職。督郵罷秩，頤養於家。守臣上言，軒墀引見，嘉其華皓，是用旌陞。榮之列宿之班，優以懸車之秩。所以表朕養老尚齒之意也。

著作佐郎梁宜可舊官

敕：具官梁宜，儒行克修，宦途早踐，嘗列秘文之府，頗彰稽古之名。禮制既終，朝章可復，小著清選，士流所榮。勉膺綸綍之恩，無忝圖書之職。

知廬江縣劉寅可蒲城令

敕：具官劉寅，雅有才名，早彰官業。既茂絃歌之化，宜更銅墨之資。關輔之間，蒲城劇邑，往膺朝命，撫我黎元。廉明則吏屬知方，惠愛則鰥寡受賜。勉高課第，當議甄升。

右司諫直館王仲華監察御史潘太初等母封太君

敕：具官王仲華母信都戴氏，聖善之賢，慈仁之訓，克生令子，爲吾諫官。朱紱彩衣，足榮具慶，粉田石窌，未該邑封。嘉其孝養之心，特乞優隆之澤。宜從子貴，式顯母儀。俾新湯沐之封，以適庭闈之意。

前廉州刺史陳文顥可起復雲麾將軍

敕：金革從權，禮典既稱於無避；苴麻易制，國恩宜茂於必行。具官陳文顥器識淹深，才謨明允，著公侯之名節，彰行素之勳勞。寄重圭符，嘗布詔條之化；禮居苫塊〔一〕，俾新綸綍之恩。冀移孝以資忠，表奪情於優寵。

校勘記

〔一〕苫，原作「苦」，據四庫本、宜秋館本改。

光禄寺丞前知緜州彰明縣李簡能可著作佐郎

敕：具官李簡能，早以公才，俾權邑政，而廉幹之譽，聞於使車；舉奏之章，達於朕聽。小著清簡，是命甄升。更克勉於律身，勿有孤於知己。

前蓬州伏虞令盧倩可華州鄭縣令

敕：具官盧倩，亟爲宰字，備著廉勤。昔國家平定於并汾，當岐邑饋供於芻粟，幹於事任，尤見勞能。三峰之間，百里之政，親民命爾，下車推仁。勸課爲先，惠恤是務。俾我赤子，知吾任人。儻聞政聲，當有升獎。

著作佐郎滕玄錫可舊官

敕：東觀爲郎，佐於著作，士之清選也。具官滕玄錫歷兹美職，爰屬家艱，祥禫既除，恩榮可復。勉祗服於官次，俾允稱於朝章。

前漢陽軍漢陽尉李日休可本軍司理

敕：具官李日休，軍壘之間，刑獄尤重，苟非勤幹，寧應選差。閲長吏之奏章，俾正名於理掾。縲絏無令於淹滯，絲綸豈吝於甄陞。

前濱州軍事判官李準可光禄寺丞

敕：具官李準，恪勤官業，裨贊郡條，在公既著於廉能，滿秩來參於選調。有司引見，俾陟京寮；列寺甄升，勿孤朝獎。

前守霸州大城令張守中可許州別駕

敕：具官張守中，朕昨藉田行慶，涣汗推恩，民之高年，尚云賜爵；吏之暮齒，忍棄其人。爾早居銅墨之資，嘗莅邊防之邑。睠言衰邁，爰此對敭。特示朝恩，俾升郡佐。

密州別駕蘇德祥可殿中丞分司西京

敕：具官蘇德祥，早彰文價，實粤通儒。題別乘於百城，既聞清慎；俾亞司於六尚，允稱甄升。勉膺出綍之恩，無忝分曹之命。

光州刺史王明可禮部侍郎

敕：中臺六卿之職，斯爲重任，而設以卿亞，苟非智識通敏，機務淹詳，公望素高，清議惟允，則何以爲時瞻重，稱吾簡求。以爾具官王明，直方特操〔一〕，沉毅有謀。臨事彰適變之才，奉上見盡忠之節。剖竹每聞於課第，兼襦必藹於政聲。朕嘗便殿與言，觀其敷奏，方略才用，良足嘉稱。宜副疇咨，以旌茂賞。春官峻秩，可以貳之，禮闈崇資，諒無忝也。爾識量既如彼，而緜歷又如此，豈煩訓告，勉荷寵光。

校勘記

〔一〕直，原作『真』，據四庫本改。

翰林圖畫待詔夏侯延祐可廬州巢縣令

敕：具官夏侯延祐，早以藝能，列於禁署，每聞恭恪，克守官箴。可以命之親民，觀其莅事。遂爾上章之意，勿辜非次之恩。清廉可以保躬，畏慎所以無過。繪事後素，是爲禮歟；能達斯言，必善爲政。

高麗使副判官等授官

敕：朕以推恩示信，覃聲教於殊鄰；進秩書勳，賞勤勞於將命。式表綏懷之德，用旌恭恪之誠。具官某，遠自辰韓，來朝象魏，涉滄波之萬里，輸職貢於九重。方物充庭，達帥臣之忠節；華簪就列，有專介之禮容。言念使乎，宜加朝獎。或紆黻從大夫之後，或握蘭參郎吏之班。勳級增榮，器名非假。勉荷殊常之寵，無忘來遠之恩。

高麗職員軍將等授官

敕：具官某等，列外區之右職，達主帥之明誠，遠涉滄溟，底其方物。載念恭勤之節，宜隆旌賞之恩。憲府華資，儲闈美秩，加以參六勳而示賞，表重險以懷來。無忘訓激之詞，益勵忠貞之操。勉膺鳳綍，歸耀雞林。

禁軍將校授官

敕：具官某，軍旅之事，朕所悉知；殿廷之間，今自訓閱。至於將校，例有甄酬。習兵鈐，韞武藝，是爾之事業；捍邊鄙，爲國家，是爾之胸襟。此時立功，與吾展效〔一〕，言念於爾，無後他人。俾升遥郡之榮，仍列親軍之職。

敕：具官某，職效和門，班升禁旅。早習訓齊之令，素彰勇敢之名。言念勤勞，特加旌賞。部分未遷於騎籍〔二〕，朝恩無忝於龍綸。勵乃忠誠，膺吾嘉命。

敕：刺舉之任，恩寄非輕；兼察之權，寵章則峻。具官某，氣唯驍勇，志則忠良，禁庭居列校之班，武略負兼人之藝。聞蕩寇則詞意慷慨，能處衆則禮貌恭和。爲吾武臣，深協時論。自升守土，仍著風謠。雖竹符以遥領之榮，而襦袴有來蘇之詠。今則方當蒐乘，屬在講兵，擇其將領之才，副我旌求之旨。必增賞秩，用壯宣威。名器昭其材能，車服榮於廉問。服我休命，爾其念之。

敕：朝廷武備，雖在擇人；爵服恩加，實期報國。况以廉車之秩，列於禁旅之班，苟非簡在朕心，何以副於公議。具官某，忠能有勇，智則多謀。韞金石之明誠，禀風霜之勁氣。而能以和處衆，以禮事君。自錫寵於圭符，聞載歌於襦袴。今國家爰因蒐乘，將務平邊，念既屬於貞師，命宜隆於出綍。委以察廉之寄，寘於親侍之行。盡爾忠謀，膺吾異奬。

敕：車服之榮，固不虛授；軍旅之賞，亦不徒施。或先其勞，所以悦使；或後其報，所以酬勳。具官某，列在親軍，職爲諸校，有謀有勇，盡節盡忠。夙夜見其公勤，委使諳其敏幹。或帶專城之貴，或居練武之權。章綬在躬，圭符領郡，雖爲榮達，更議甄升。宜加魏闕之恩，可布漢條之詔。俾遷要劇，仍委察廉。

敕：親軍之職，廉郡之榮，藉貞純果毅之臣，副委用勳勤之寄。具官某，名因勇立，節以忠聞，明誠恪事於君親，鋭氣誓平於戎陣。而况早經任使，夙著勞能，識兵謀之卷舒，習陣法於奇正。若委之集事，必能守方〔三〕。今命爾爲察廉，居吾之三將。佇伸報效，用答恩榮。

敕：君賞臣以爵秩，下報上以勳庸。存諸典章，謂之名器。具官某，志懷忠恪，節概矜修，嚴乎師律之貞，深得武經之要。自居親衛，彌見公勤。苟隆渥之未加，於念勞以何有。特命察廉之寵，用旌優異之恩。

校勘記

〔一〕吾，原作『吴』，據四庫本、宜秋館本改。

〔二〕未，原訛『魏』，據四庫本、宜秋館本改。

〔三〕方，原作「力」，據四庫本、宜秋館本改。

前資州内江令鍾文拯可黄州黄陂令

敕：具官鍾文拯，爾以内江罷秩，華陽改官，屬有銜除，遽聞陳乞。俾换闕員之命，式補選調之資。牛里黄陂，佇聞善政。單車之任，廉幹有聲。咸俾吾民，實受爾賜。則將獎遷善職，無所吝焉。

前濟州金鄉令孫運可左贊善大夫致仕

敕：具官孫運，朕以躬耕之禮，既則古先，慶賜之恩，必加耆宿。爾早紆命服，今享遐齡。當殿披陳，臨軒召見，宜霈雲天之澤，俾光蒲柳之年。晉秩宫坊，諒爲嘉寵；懸車里第，足遂優閑。勉思涣汗之文，以協貞頤之吉。

吏部流外銓勒留官涿州固安簿鄭德明可陳州項城簿

敕：具官鄭德明，賫佐之才，勾稽之職，膺兹除授，勉在恪勤。儻有勞能，豈無外奬。

耀州司法王繼榮可邠州宜禄簿前耀州同官尉陶化成可耀州司法

敕：具官王繼榮、具官陶化成，一邑勾稽之任，六聯掌法之能，苟非廉明，寧副奬用。令以繼榮佐邑理，命化成列掾曹〔二〕。無忝予恩，勉恭爾職。

校勘記

〔二〕『命』下似脱一『以』字。

前舒州太湖尉方寧可和州歷陽令

敕：具官吕文仲、舉具官方寧，今歷陽令闕員，方求廉平之吏，俾之撫綏。而文仲稱爾理行，是用命爾，往莅厥邑。苟三載考績，課第頗高，是文仲不謬舉人，而爾亦不誤知己也。

前大理評事吕覃可舊官

敕：具官吕覃，孝爲百行之本，禮有三年之喪。爾居親憂，既去厥職；今除禫制，宜復舊官。獄讞是思，朝章勉稱。無忘聿修之訓，更揚匪懈之名。

前夏州節度推官王九言可宋州觀察支使

敕：具官王九言，早彰佐幕之才，能舉鞫刑之職。秩滿受代，課第可酬；睢陽詔條，方藉參贊。勉荷甄升之異渥，用仲廉恪之政聲。

馬守榮諸司副使

敕：具官馬守榮，早列班資，頗聞恭謹。屢膺朝委，亦著勞能。向公罔怠於夙宵，莅事足彰於才識。苟無勸賞，寧表旌酬。是用進階秩於明庭，列職司於近務。更觀勤恪，式副甄升。

如京副使劉永德可濠州團練副使崇儀副使劉永恭可潁州團練副使供奉官劉永和可武騎尉唐州長史

敕：具官劉永德等，各榮使職，或列廷臣。事吾軒陛之間，雖經任用；更爾内外之命，式示遷除。貳車之榮，上佐之職，恪謹日守，循省勿忘。

大理寺法直官傅珏可廬州録事參軍

敕：具官傅珏，精彼刑書，直於法寺。三載既周於考績，六聯宜示於陟明。用旌丹筆之勞，特茂紫泥之寵。爾其表儀諸掾，糾正群司，來效儻伸，叙遷寧吝。

衛尉寺丞張自明可右贊善大夫賜緋

敕：具官張自明，早以時才，列於通籍，嘗因左宦，寘彼京寮。聞兢慎之聿修，在奬升之可復。青宫命秩，茜綬采章，無忘若厲之誠，勉答惟新之寵。

右贊善大夫知大理少卿李壽可秘書丞依前充職

敕：朝廷以法律委廉平之士，以爵秩賞效勞之人。茂績既彰，明恩豈吝。以爾具官李壽，參亞寺卿之職，詳明邦憲之微，課最宜旌，封章自達。俾陟圖書之府，以獎前勞；勉膺綸綍之恩，且仍舊貫。更體哀矜之旨，勿渝明慎之心。

追官人韓勵己可青州臨淄簿勒停人王崇吉可建州建陽簿

敕：具官韓勵己等，早歷官途，嘗因公過，既聞修省，宜復遷升。各膺佐邑之榮，勉贊字人之政。無忝兹授，俾飾自新。

除名人宗文式可東岳廟主簿

敕：除名人宗文式，雖效官常，有虧家檢，抵律既從於除免，滌瑕宜示於甄升。祗命嚴祠，無忝勾稽之職；榮名官路，更虔如在之誠。

故淄州刺史累贈太子太師李處耘可贈侍中

敕：國家褒贈之恩，臣子哀榮之典，式昭故實，可舉而行。故具官李處耘忠亮事君，韜鈐立節，既荷葭莩之寵，宜增漏壤之恩。矧堂構之上言，冀琰辭之飾寵。俾列珥貂之貴，追酬露冕之榮。貞魂有知，可膺賁贈。

勒停人郭文集可邢州平鄉令

敕：具官郭文集，頃爲宰字，既失兢廉。滌瑕宜示於恩榮，出綍俾新於邑理〔一〕。勉膺嘉命，以補前非。

追官人吴衡可密州安丘令停官人陳吉甫可陳州商水尉劉鼎可晉州汾西簿

敕：具官吴衡等，各因遺曠，追削官資。既推含垢之恩，宜復惟新之命。或升宰字，或掌勾稽，當補過以省循，副盡公於録用。

校勘記

〔一〕綍，原作「綽」，據四庫本改。

相州永定令李昭嘏可濮州鄄城令

敕：具官李昭嘏，臨莅邑政，頗著廉能。部送軍儲，嘗聞了辦。洎繁難之試可，亦勤幹以足稱。既召對於軒墀，宜踐更於銅墨。撫綏勸課，稱兹寵榮。

太子中允御史臺推直宋鎬可監察御史

敕：具官宋鎬，憲府爲寮，公才稱職。既茂强明之績，仍聞慰薦之言。霜簡遷升，勉服輝光之命；臺綱整肅，更觀糾察之能。

左贊善大夫程文度可監察御史充荆湖轉運使

敕：國家轉輸之任，荆湖衝要之邦，必擇周才，付兹重委。厥職既稱於繁劇，改官宜陟於清華。以爾具官程文度，以文學策名，以貞固幹事，嘗莅京口，鬱有政聲。俾升執憲之班，往莅汎舟之役。伸爾嘉畫，稱子懋恩〔一〕。儻奏課之有聞，固陟明之無吝。

校勘記

〔一〕恩，原作「思」，據四庫本改。

賜中丞知貴州朱允元可國子博士

敕：具官朱允元，南海列郡，貴爲衝要之邦。爾昔頒詔條，分憂寄，而廉幹之外，方略用心。嘗與轉輸掩捕寇賊，谿洞既聞於静謐，繻袴諒藹於聲光。苟無旌酬，寧示奬勸。是用升爾爲學官之秩，亦表吾通籍之間，有能副予委任，可以爲邊吏也。勉膺寵命，無替始終。

司門郎中知福州源護可兵部郎中依前知州

敕：朝廷命南宮郎分吾憂寄，而荐歷繁劇，以課第上聞者，得不時隆異奬〔一〕，超授名曹，以勸賞焉。具官源護，早踐周行，素彰公幹，所至爲理，雅有政聲。方兹念勞，懋其成績，會以章奏，達於聽聞。予於寵榮，固無所吝。是用命爾爲司戎大夫，在郎署間實爲華顯。東冶名郡，勉布詔條，無怠初終，佇聆殊效。

校勘記

〔一〕時，四庫本作『特』。

起復如京使順州團練使石保興可落起復加金紫光禄大夫依舊官

敕：内列近司，外分憂寄，委任之恩斯茂，旌酬之命宜隆。具官石保興，忠諒存誠，恭謙得禮，克嗣弓箕之業，頗知鈐略之書。寵之以剖符，榮之以練武。而能敏於莅事，勤以奉公。於貴介諸子之間，無簡傲驕人之性。嘗因在疚，爰舉奪情。既終制以加恩，必進階以懋寵。勉荷惟新之澤，無忘盡瘁之心。

界歸明人張崇敏康廷弼可將軍

敕：具官張崇敏，朕以環列之尹，翼衛之班，苟非忠貞，寧稱甄獎。以爾名彰毅勇，識藴變通，嘗受職於虜廷，願輸忠於魏闕。馳驅入塞，既傾葵藿之心；優異推恩，宜濡雲天之澤。拱宸峻秩，爪牙之寄攸親；事主良規，金石之誠益固。勉膺嘉命，彌勵匪躬。

敕：康廷弼〔一〕，志稟忠良，心明逆順，恥列酋渠之職，來歸禮義之鄉。臣節可嘉，予恩豈吝？是用寘於拱環之秩，總諸交戟之班。賞爾勤勞，襲朝廷之冠蓋；表吾寵異，參宸極之爪牙。勉思盡瘁於夙宵，無忝殊常之渥澤。

校勘記

〔一〕廷，原作「延」，據四庫本、宜秋館本改。

前果州西充尉陳文廣可陳州南頓令前秦州清水尉林思問可耀州華原令

敕：具官某等，民皆朕之赤子，爾爲朕之命官，念黎庶之是親，實慘舒之攸繫〔一〕。以爾尉司罷秩，俱聞捕獲之勞；宰邑闕員，命布清廉之政。勉思恭慎，以答恩榮。

校勘記

〔一〕攸，原作「憂」，據四庫本、宜秋館本改。

習進士李涉可宛丘簿

敕：李涉文藝飾身，進修爲業，雖月桂未題於金榜，而縣花宜佐於銅章。仍以爾父居樞近之司，有義方之訓，試爾公幹，列於官途。勉贊親民，勿忝殊渥。

大名府參軍党待問可鄆州盧縣簿

敕：具官党待問，卑居官序，頗歷公途，俾伸莅事之才，往佐親民之任。恪勤自勵，甄録斯酬。

户部員外郎充史館修撰胡旦可知制誥

敕：朕以王道致時雍，人文化天下。而訓誥之職，侍從之臣，必敷求其才，簡拔精選，俾朕約束言語，與三代同風。以爾具官胡旦，學識該通，筆力遒健，傑出多士，綽有文名〔一〕。自中臺爲郎，史閣供職，得《春秋》之微旨，見襃貶之餘才。然未司吾言，寧滿爾志。是用升於清切之禁，覩其潤色之詞，無令元、白、常、揚，專美前代。勉修儒行，以答殊恩。

校勘記

〔一〕文，原作『大』，據四庫本改。

陳州參軍劉澤可光州司理判官

敕：具官劉澤，移易吏員，佐理刑獄，既資廉幹，俾無滯留。爾方自乞於效官，予即命之以莅事。勿孤獎擢，更勵恪勤。

敕賜同學究出身趙日用可徐州彭城主簿

敕：具官趙日用，以爾兄作掾饒陽，歿於王事，存亡之念，良所嗟稱。昆仲之間，宜加甄録。佐邑爲理，莅事效官，慎守廉勤，以酬獎擢。

許州司法宋可觀可許州司理

敕：具官宋可觀，爾事郡爲司法掾，而長吏選擢，可典獄刑。無以丹筆之重輕，而侮黄沙之鞫效。往踐厥職，勿累知人。

故容州觀察使劉文裕可贈寧遠軍節度使

敕：朝廷褒贈之恩，臣子哀榮之典，載稽彝訓，式表始終。具官劉文裕韜略英才，公侯令德。稟直方之器識，茂勳績於旂常。自廉問宣風，化條綏遠，賓海著兼穠之詠，佐時圖鏤鼎之名。奄忽遽聞，悼傷寧弭。宜舉飾終之理，用彰念往之懷。旌節之榮，藩宣之秩，俾增輝於窀穸，示追寵於明靈。貞魂有知，欽兹賁飾。

將作監丞朱澤可右贊善大夫

敕：具官朱澤，素曉習於科條，備覆詳於案牘〔一〕，俾差推鞫，益見精勤，敷奏之言，明敏其事。可茂勞能之賞，用彰旌陟之恩。勉祗命於儲闈，冀增榮於閨籍。

校勘記

〔一〕案，原作『按』，據四庫本改。

廬州慎縣尉盧顯忠可廬州合淝令

敕：具官盧顯忠，格令近條，全火獲賊〔一〕，殊其考課，旌以勞能。爾效官既著於廉勤，舉職頗聞於屏肅。宜更黄綬〔二〕，俾佩銅章。爾其惠恤惸嫠，敦勵風俗，使農桑知勸，而輿賦及期。當議獎升，勿忘終始。

校勘記

〔一〕獲，原作『復』，據四庫本、宜秋館本改。

〔二〕綬，原訛『緩』，據四庫本、宜秋館本改。

供奉官殿直殿前承旨加恩

敕：具官某，朝廷耕藉之儀，綸綍階升之命，用均慶賜，以勸勞能。以爾忠於事君，勤於莅事，列班行而素久，經委任以居多。既因作解之辰，宜洽惟新之寵。勉成茂績，以稱殊私。

樞密院押衙知客李繼敏可東明令

敕：具官李繼敏，職隷樞機之地，服勤典謁之儀，言念勞能，方行慶賜。睠惟畿邑，委以親民。勉守官箴，勿辜朝奬。

襄州鄧城尉權知穀城縣事褚德臻可穀城令

敕：具官褚德臻效公勤於尉職，權宰字於鄰封，二邑之民，稱爾廉幹；十連之帥，舉爾强明。俾之布政於象雷，必能綏我之赤子。勉致惠和之化，以酬旌陟之恩。

著作佐郎郭堯卿可殿中丞

敕：具官郭堯卿，素有公才，明於法律，既達詳刑之旨，尤彰鞫獄之能，洎覩敷陳〔一〕，宜加奬擢。俾自麟臺之秩，升爲御府之寮。勉荷寵章，無忘恭恪。

校勘記

〔一〕洎，原作「泊」，據四庫本、宜秋館本改。

御史臺孔目官門下省雜事南曹諸司勒留歸司等官可中書省主書門下省主事千牛衛長史及簿尉司馬勒留并出外縣簿尉

敕：國家以耕藉之儀，内外洽涵濡之命，具官某等官曹委質，公幹小心。星霜備歷於勞能，雨露宜均於恩渥。省庭禁衛，郡佐邑僚，各勵恭勤，以奉爾職。

夏州録事參軍宋若拙可著作佐郎

敕：具官宋若拙，爾爲糾掾，綽有公才，載披敷奏之詞〔一〕，宜懋勤勞之績。蘭臺美秩，小著華資，勉膺奬擢之恩，更勵恪恭之節。

校勘記

〔一〕披，四庫作「彼」。

咸平集卷第二十九

制誥二

諸衛上將軍宋渥等加恩

敕：朕以躬耕之禮，初畢於東郊，慶賜之恩，方行於北闕。矧在拱環之列，早彰宿衛之勳〔一〕，宜茂寵章，以新賞典。具官宋渥等，爲吾心腹，列在爪牙，忠貞之大節無渝，英果之威名自得。功崇社稷，勳鏤鼎彝。擁旄疇昔之殊庸，出綍惟新之寵數。恩光並及，渥澤斯均。俾增井賦之榮，用洽藉田之慶。勉膺嘉命，益勵輸忠。

校勘記

〔一〕宿，原作「朔」，據四庫本、宜秋館本改。

永清彰德等軍節度使駙馬都尉王承衍男世隆魏咸信男亮并加階勳如京副使

敕：具官某男某，生於戚里，爲吾外孫。禀明訓於義方，昭令名於士範，才能可試，慶賜宜均。是用加珥貂騎省之資，帖執簡烏臺之秩。茂之勳賞，進以階資。莅於使局之名，命以副車之職。勉圖成效，無怠寵光。

河中府推官張文琇可大理寺丞

敕：具官張文琇，自膺朝獎，往贊藩條，睠惟按鞫之能，允協察廉之政。長吏言薦〔一〕，廷臣舉揚，閱稱善於衆多，俾陟明以旌賞。丞於法寺，典彼刑章。勉膺用爾之恩，勿誤知人之鑒。

校勘記

〔一〕吏，四庫本作「史」。

前趙州軍州事判官李慕清可光禄寺丞

敕：具官李慕清，倅彼藩條，幹於王事。洎銓衡之引對，俾綸綍以旌升。是用擢自賓筵，列於卿寺。甄爾才而適用，體予意以勤公。往踐厥官，勿忝嘉命。

別議恩榮。

前利州司户鄭子捷可揚州參軍

敕：具官鄭子捷，維揚名郡，命爾爲參卿掾。月有幣俸，償爾前勞；日無公事，以爾備位。儻能砥礪，別議恩榮。

追官人高紳等授官

敕：追官人高紳等，各因譴累，追削官資。既當覃慶之時，宜霈惟新之澤。廷評理掾，禮寺京寮，勉勵在公，思補前過。

洪州觀察推官馮源可永清軍書記

敕：具官劉掾舉具官馮源，爾以公才，列於賓席，按章旌審，莅事强明。廷臣舉稱，是用甄奬，俾掌羽書之職，仍兼霜憲之資，廷評且貫以舊銜，幕畫佇聞於方略。儻副知己，豈吝加恩。

汝州團練推官前知絳州太平縣事路表正可河南府推官

敕：具官路表正，爾以賓幕之名，往莅絳臺之邑。洎聞考課，益見廉能。洛師按章，朝命推擇。勉副甄升之寵，更觀幹敏之才。

敕賜同學究出身宋純可密州安丘簿

敕：具官宋純，爾父適莅饒陽，歿於王事，載念公忠之節，特隆慶恤之恩。命爲邑僚，勉學親民之政；榮其堂構，俾伸幹蠱之才。

内班都知押班已下加恩

敕：具官某，朕以既舉藉田之禮，方覃率土之恩。矧列軒墀，常親左右。宜均嘉慶，俾洽鴻私。以爾等奉上之心，無渝忠恪；適時之智，各韞周通。夙宵匪懈以在公，事務服勤以成績。爰新渥澤，用示甄升。或進以階資，或榮其爵邑。勉荷雲雷之寵，更增班秩之榮。

前著作佐郎楊巽可舊官

敕：具官楊巽，爾以文學之稱，列在圖書之府。既終喪紀，宜復朝章。與秘省之清資，實士流之嘉選。服勤儒行，砥礪時才，别俟恩榮，以伸器業。

儒州縉山簿李文益可太府寺主簿

敕：具官李文益，吏能廉謹，佐宰邑以效官；經術該通，在王門而侍教。爰因朝慶，是陟府僚。詩書訓導之能，方資師授，典籍勾稽之職，更試公才。

起居舍人李若拙可鹽鐵判官

敕：朕以管榷之利，軍國是資；必求經濟之謀，委以重繁之務。以爾具官李若拙，素有文學，藹然聲光。加以通明，善於操剸。珥筆軒墀之下，直史是咨；運籌征賦之能，幹時攸屬。勉倅銅鹽之職，更觀盤錯之才。

幕職加官

敕：王者展藉田之禮，慶賜遂行；賓從列幕府之榮，寵章斯洽。具官某等，咸懷器業，素蘊籌謀。或樽罍亹亹之談，能申婉畫；或牋奏翩翩之俊，俱藹聲光。渥澤宜均，華資式叙，粉闈兼秩，動籍增榮。勉揚裨贊之才，用答優隆之命。

秘書省正字劉巨川可太常寺太祝

敕：具官劉巨川，朕以爾父歿于王事，念往恤孤，命爾效官，列於秘閣。當慶賜遂行之際，申賞延於世之恩。勿墜家聲，勉揚官業。

勒停追官人林嶠等加官

敕：勒停前某官某，嘗因譴累，除削官資。既逢慶賜之辰，方舉棄瑕之典，住寮軍倅，尉掾奉常。勉膺霶霈之恩，以補曠遺之過。

堂後官一十五人轉官

敕：國家行藉田之禮，覃慶賜之時。以爾具官某等，素以才能，早彰勞績。丞相之府，既列職以爲榮；王者之恩，方出綸以均寵。蘭臺美秩，棘寺華資，勉祗荷於寵光，更靖共於官次。

守當官等二十人受官

敕：具官某等，各以勞能，勤於職次。既偶覃恩之際，可膺進秩之榮。宜錫階資，或升佐職。題輿初命，勉荷殊遷。無忘夙夜之勤，以答雲雷之澤。

故諫議大夫劉保勳可贈工部侍郎

敕：生享顯秩，殁有追封，表君親終始之恩，彰臣子忠貞之節。況殁於王事，殲我邦良，宜因覃慶之辰，特茂飾終之典。故具官劉保勳早登華貫，素藹嘉稱，玉瑨融和粹之誠，冰壺瑩潔清之操。踐更臺閣，茂著風猷。正直表於搢紳，簡廉允於公議。洎邊朔平戎之役，見馳驅盡瘁之勞。哲人其萎，悼百身以何贖；徽章有贈，加三禭以寧忘。是用旌爾身魂，因予大慶。冬官亞卿之秩，可賁漏泉；勤王隕命之靈，諒歆玄澤。申恩念往，式表予懷。

前大名府朝城令劉昪可京兆府鄠縣令

敕：具官劉昪，宰字邑里，部送軍儲，聞勤幹以奉公，因疾痛以離任。痊損引見，除授攸宜。鄠社之間，賦輿爲劇；臨莅之際，廉恪居先。親吾之民，勉爾善政。

宋州寧陵尉趙全可本州左司理

敕：具官趙全，朕以州郡理獄之掾，必委廉勤。聞爾作尉寧陵，頗彰公幹，宜膺新命，往莅厥官。儻囹圄以屢空，加綸綍而豈吝。

開封府祗候都孔目官左右軍巡使及諸王府内知客等加恩

敕：國家因慶覃恩，自邇及遠。矧京府左右之職，王門親近之人，必均寵榮，用甄勞績。具官某選於班秩，擇以公才，裨祗事於磐維〔一〕，覩恪勤於夙夜。果能盡瘁匪懈，畏法保躬。式當作解之辰，宜洽惟新之澤。勉膺嘉命，益勵忠誠。

校勘記

〔一〕禅，四庫本作『俾』。

西頭供奉官白守琪可崇儀副使

敕：具官白守琪，朕以儀衛之司，使副之職，必求公幹，用稱甄升。以爾自列班榮，亟膺任委，恭恪盡忠之節，周通莅事之能。備作彰聞，可以遷陟，式予職局，展乃時才。儻著勤勞，更茂光寵。

耀州節度李繼捧母漢陽郡夫人吴氏可進封南陽郡太夫人祖母河西罔氏可特封西河郡太夫人

敕：耕藉之儀，則后妃獻穜稑之種；閨闈之慶，則命婦進湯沐之封。具官李繼捧母，賢和並茂，貞淑允修，榛栗得婦贄之容，蘋藻協母儀之訓。生育令子，爲吾師臣〔一〕。剖符仗鉞之榮，既彰家範；石窌魚軒之貴，宜懋國封。勉遵内則之規，佇奉公桑之禮。

校勘記

〔一〕師，四庫本作『帥』。

東頭供奉官折御冲可崇儀副使加階勳

敕：具官折御冲，早列通班，素彰勤績。祇命屢膺於任使，莅官備悉於器能。是用旌酬，以勸勞效。

帖以省秩，兼之憲銜。仍觀適用之才，俾列副車之職。勉於忠恪，以答恩榮。

故左僕射致仕贈侍中沈倫可追封魯國公

敕：追榮念舊，悼往申思，方當覃慶之辰，宜舉飾終之禮。故具官沈倫，巖廊耆德，社稷純臣，輔邦國以貞方，遺子孫以清白。儒行昭明於信史，忠規模範於搢紳。既諧止足之誠，遽起殲良之歎。徽音豈昧，慶澤宜優。龜蒙進大國之封，洙泗協漏泉之澤。式揚嘉命，以慰英魂〔一〕。

校勘記

〔一〕英，原作『熒』，據四庫本、宜秋館本改。

六宅副使張茂宗可西京作坊使

敕：具官張茂宗，嘗以文學，早策科名，爰自清班，俾從使職。謙恭周慎，所莅可觀。勤幹通明，何用不適。雖未周歲律，而益見時才。宜自副車之名，序遷繕工之局。表文武之兼濟，彰委任於踐更。勉答寵光，別伸殊效。

宰臣三代追封

敕：國家覃慶賜之時，幽顯迨追崇之典。實因賞以示勸，旌貽厥以延恩。某官某曾祖母，淑善慈仁，既作嬪於祖德；賢明軌範，果垂慶於孫謀。宜其光大庭闈，昭宣輔弼，湯沐遺榮於封國，雲雷飾寵於漏泉。

皇姪孫惟叙等三人加官

敕：朕以勸勉三農，既舉藉田之禮；敦叙九族，宜均出綍之恩。所以榮茂本枝，繁昌奕世也。皇姪孫某等，岐嶷早彰於令器，温恭自毓於賢才；閲詩禮以飾躬，諷圭璋之比德。或慶隆朱邸，或粹稟青宫。協《雅》《頌》於振振，錫貽謀之翼翼。是用榮之階爵，列在拱環，兼中臺端揆之資，加憲府準繩之秩。增其勳賞，進以户封。爾其礪行以砥名，勿怠推忠而盡節。佩此明訓，爲吾令孫。

致仕分司等官加恩

敕：國家行藉田之禮，内外覃慶澤之恩，比雨露以咸均，協地天之交泰。以爾具官某等，各以才行，萃列班資。或洛邑分曹，荷朝章於結綬〔一〕；或燕居優秩，得禮典於懸車。增其井賦之榮，茂以勳階之賞。俾膺嘉慶，以洽鴻私。

校勘記

〔一〕綬，原作「緩」，據四庫本、宜秋館本改。

押東郊進奉衙内指揮使并衙前職員等加恩

敕：藉田之禮，所以獻穜稑，奉粢盛。躬耕既畢於三推，覃慶是均於萬國。某等各以將命，來貢明庭。

宜嘉勤恪之誠，俾浹涵濡之澤。勉膺寵異，更勵公忠。

翰林書畫琴阮醫藥等待詔加恩

敕：藉田之禮久廢，今朕行之；慶澤之恩既普，與衆同之。某等技藝精通，履行純謹，各奉禁林之職，夙彰藝圃之名〔一〕。覃恩既洽於涵濡，祗寵勿忘於惕勵。

校勘記

〔一〕夙，原作『風』，據四庫本、宜秋館本改。

中書守當官李恭等五人可簿尉

敕：具官李恭等，各以公勤，供於職次。既布惟新之慶，宜膺懋賞之恩。邑佐親民，尉司主盜，廉慎勉修於官業〔一〕，甄升寧吝於朝章。

校勘記

〔一〕官，原作『害』，據四庫本、宜秋館本改。

追官人張仁操等除官

敕：張仁操等，有過則既正典章，遇赦則必該慶賞。宜霈龐洪之澤，用昭蕩滌之恩。改行自新，以酬寵渥。

攝太祝郭賁可正太祝

敕：具官郭賁，朕昨率古禮，耕藉田；祀先農，遵故典。而太常六祝，或有攝官。以爾賁恭命祗肅，奉職勤勞，必也正名，以示優渥。爾其砥礪，用答恩榮。

知制誥制一

敕：朕嘗讀《漢書》，閲其制詔，譽不過實，詞不近誣，有《周官》之遺風，得王言之大體。深詳其旨，嘉歎久之。今命詞臣，典於文誥，豈惟周漢之制，抑慕唐虞之文。苟非兼才，寧副兹選。以爾具官某，名卿之子，修身踐言，士流之間，好古博雅。策名以文章之價，莅事有廉幹之稱。宣室召之而與言，相府命之以再試。甚有詞彩，可以甄升。是以寘之掖垣，觀其識用。爾其秉筆立意，代予措詞，必有宗師，勿近浮鄙。俾一時訓誥，爲千載典謨也。

知制誥制二

敕：朕每讀《易》，至『言出乎身，加乎民；行發乎邇，加乎遠』，未嘗不惕然增念。所以言必顧行，行必顧言，書之爲典謨，用之成風教。以爾具官某，素有文學，可掌絲綸。爾知朕之言乎？懲惡不近誣，獎善不過譽。爾知朕之行乎？舜聞一善以服膺，湯務日進以爲德。爾秉筆之際，斯言莫忘。

拾遺直史館制一

敕：諫垣之職，史閣之才，必文學可稱，聲實相副，加之識量，方協簡求。具官某，文必宗經，學實爲己。清慎簡直，温恭粹和，自中第於時髦，既效能於官業。聞其聲彩，是用詔徵。列獻替之清曹，觀紀述於直筆。斯爲嘉寵，爾其勉之。

拾遺直史館制二

敕：書館之職，不限資地，亦無常員，惟文學兼著，名識交茂者，得與兹選。以爾某策名時俊，流譽科場，修詞益勤，爲學自懋。洎試之莅事，亦藹然有聲。是以召詣公車，待問宣室。茂秀文行，果稱詢求；筆削箴規，可以超獎。佇諫垣之風彩，揚史閣之聲光。副予憐才，無忝厥職。

拾遺直史館制三

敕：朕以六經之術化於人，以三代之文訓於下，俗用丕變，才亦挺生，時之得人，斯亦爲盛。以爾某精用意於爲文，無倦勤於積學。自掇科第，迨歷官常，藉藉之名流在衆口，翹翹之選簡於朕心。是用升之諫寮，寘爲良史。佇爾匪躬之節，伸爾執簡之能。無俾得人，專美前代。

著作直館制一

敕：蘭臺著作，史閣清華，苟非其人，何以輕授？以爾某策名俊造，馳譽輩流。試之臨民，善於爲政。專於好學，敏於屬詞。吾東觀有書，可以資爾之游泳。直館之職，足以榮爾之聲光。

著作直館制二

敕：麟臺有著作之局，晉則專掌注記，唐則兼撰碑辭，稱是職名，必擇英茂。以爾某敏於爲學，長於屬詞，性稟貞方，識亦通悟。寘之秘閣，足茂爾之聲光；閲我群書，更廣爾之聞見。無忝甄擢，以孤恩榮。

諫議大夫制

敕：朝廷設諫諍之臣，舉箴規之職，雖云慎選，實在無遺。何以？忠讜在乎人，而用舍由乎上。或直言未當，或敢諫不從，徒爲備員，適謂虚器也。以爾某素有文學，頗歷官常，效用以來，聲塵有得。觀其風度之淹雅，蹟其理行之貞方，是用升於諫垣，列爲近侍。《六典》謂事之大者庭諍，事之小者上封。爾無越思，靖恭斯職。爾無養望，或忝厥官。佇聞謇諤之名，稱我清華之選。

幕職州縣官料錢敕

敕：王者設官分職，求才任能，俾庶績以允釐，即黎元之受賜。然責其廉則豐其禄，督其理則足其家。朕自臨御以來，十有四載，或親民之吏，或佐幕之寮，覿其考課之間，悉乃廉平之績。苟不均其資俸，何以絶其覬覦？自來應幕職、州縣官料錢，皆一分見錢，二分折色。今有司建議，事貴酌中，宜令今後中停支與見錢，一半支與折色，俾令稍足，更勵向公。凡爾庶僚，勉荷優渥。

咸平集卷第三十

考詞

録事參軍朱適

具銜朱某。糾轄勤廉，監臨辦濟，檢身守法，精意奉公。詢於衆人，甚有清譽。據考課令，明於勘覆，稽失無隱，爲句檢之最。一最以上有一善，或無最而有二善，爲中上。朱適明於勘覆稽失無隱之外，有清慎明著之善，考課宜爲中上。

涇縣簿王中古

具銜王中古。考課之令，品第有常，功即明言，過亦具舉，示否臧之必信，冀黜陟而可憑。王中古既職簿書，兼司寇盜，閲其所理，良亦能官。獲賊之功，以勞可賞，輸銅之罰，非已受贓。依長定格，宣省有殿罰者，其考亦降一等。今考宜書中下。

太平令賈昭偉

具銜賈昭偉。宰理太平，繇歷二考。版圖閲户，數及三年。地賦所征，總有二萬。國家恩信逮下，凋弊漸蘇，而能莅事施勞，在公無過。考課品第，格令分明，善不妄加，詞尚摭實。今考依書中上。

太平簿張誦

具銜張誦。披詳考帳，品教政能，市肆無賒苛，見其廉也，宣省無責罰，知其寡過也。擒獲正賊，表其有功也。佐理一邑，彰問三善。飾辭難下，恐亂否臧。實行可稱〔一〕，信若符璽。依令與格考書中中。

校勘記

〔一〕行，原作『銀』，據四庫本改。

南陵令孫甚夷

具銜孫甚夷。國家克復江南，選擇良吏，委之宰字，俾無凋殘。孫甚夷邑在南陵，政稱寬簡。版圖計户，流者旋歸；輿賦常程，欠者有納。准長定格第二考，且書常考，宜曰中上。

南陵簿楊光益

具銜楊光益。佐理南陵，諳詳吏道，郡中諸掾，稱舉其名。無何司寇闕員，俾之承乏。觀其所理，勤恪廉平；召而與言，謹密恭遜。洎來書考，再審厥官，在任無曠遺，莅事能幹辦。初考獲賊，准格不許更書；今考獲賊，依令得以稱善。據考課令四善二十七最中，恪勤匪懈爲一善。職事修理，供承强濟，爲監掌之最。一最以上有一善，爲中上。品較諸邑，課績可稱，雖進考有文，而定格難越，俟至終考，旌陟良才。今依書爲中中。

寧國簿康震

具銜康震。邑有萬户，闕令與尉，能兼其職，善守厥官。有司稱刑獄無冤，考帳見宣省無罰。頻獲盜賊，良辨徵輸。考司憑品較之詞，直筆絶否臧之幸〔一〕。依按格令，書曰中中。

校勘記

〔一〕直，原作「真」，據四庫本改。

宣城令毋克温

具銜毋克温。宣州六邑，宣城居首。閲其版籍，僅二萬户；較其租賦，盈十萬數。兵戈之後，災歉相仍；凋瘵之餘，葺理非易。毋克温植性寬簡，莅事廉平，既闕佐寮，又兼捕盜。考較在任，自無疏遺。品第其功，依書中上。

司法參軍張玄珪

具銜張玄珪。精詳法書，諳熟吏道。勤廉通悟，而秉節無渝；遜順恭和，而臨事有斷。聖朝平復疆土，擒滅姦雄，吴之奥區，宣爲劇郡。習俗未深於教化，比年仍值於凶荒。民貧盜生，自掇刑網；訟多事冗，空黷政條。張玄珪三載莅官，庶事能理。有司勘帳，稱獄無冤；考狀較能，直詞無愧。據考課令推鞫得情，處斷平允，爲法官之最。公平可稱爲一善，有善有最，書爲中中。

涇縣簿王中古

具銜王中古。莅官以來，今滿二考。邑吏供帳，府掾按詞，課績有無，臨莅臧否，焕然斯在，可得而書。徵督租征，多及分數。取責市肆，稱無賒苛。仍獲賊徒，足爲功課。今依令格，書爲中中。

旌德簿劉德元

具銜劉德元。詳覆版圖，考閲帳狀，旌德名邑，令尉闕員。能兼厥官，無曠所理。擒捕盜賊，徵督賦輿，詢會有司，比較終考，無宣省責罰，無市肆賒苛。臨莅疲民，庶幾奉職。按格考第，書曰中中。

録事參軍朱適

具銜朱適。宣城之郡，古號名藩，皇風近被於全吴，遺俗尚疑於大信。民鮮畏法，獄不暇空。矧以歲徵之征踰五十萬，月供之籍僅百餘帳，管庫出納，儲廩支收，勾稽簿書，主掌刑禁，適莅厥職，衆稱其廉。年任再周，課考有令，善最如一，品第無私，詞何敢誣，書爲中上。

南陵令孫甚夷

具銜孫甚夷。自宰南陵，已周三考。常式佛書於茂績〔一〕，有司上請於直詞。湖鄉地卑，水潦繼作；吴中俗薄，恩信未知。加以農鮮服勤，逃者大半，賦有常限，敕有倚徵。課第臧否，帳狀可覆，詢於掾吏，援行格文，事有可憑，許書常考曰中上。

校勘記

〔一〕佛，四庫本作「備」。

南陵簿楊光益

具銜楊光益。司寇改爲司理，聖朝新典也。楊光益召自南陵，權理院事，將僅周歲，乃得替人。有司具舉其勞能，常式請書其考第。因閱所斷之獄，杖刑三百七十九，徒罪三十五，大辟五十六，輕繫遞罰，總而計之，凡七百餘人，吏稱廉平，人無怨讟。直筆旌顯，書曰中中。

寧國簿康震

具銜康震。寧國萬户之邑，征賦管權僅十餘萬，朝廷選吏，難可其人。震莅厥官，令尉俱闕，上兼宰字之政，下總擒捕之司。邑無流民，人鮮爲盗。徵斂云足，征利弗虧。衆人悦寛裕之心，諸邑推辦集之地。按考帳而下直筆，固無矯焉。考書中中，合終考之格令也。

司法參軍張玄珪

具銜張玄珪。國家長定格，考課條件，凡一十有六，應州縣吏員考滿，未替在任，復經於周歲有例許書於四考。張玄珪掌用筆定刑之外，兼權户掾，仍主勾司。錢穀簿書，常勤較覆；賦輿條限，靡住舉行。户雖有逃，税幸登數。詳條内災沴之處，許得常考。六邑乃江湖之地，頻年罹水潦之災。考書中中，亦合常式。

宣城令毋克温

具銜毋克温。在蜀乃公卿之後，聖朝受擢用之恩，渡江而南，莅宣首邑。性寛裕，政簡易，在任滿四載，今書第四考。夏徵之賦，及九分已上，災傷水潦，户逃二千四百。按格令之常式，詳考課之舊條，直筆無私，書爲中上。

太平簿張誦

具銜張誦。與賈昭偉共理太平之邑，俱滿三考。司分雙伸於考帳，品量各見其官才。户口存亡，賦輿納欠〔一〕，課績次第，臧否無殊，書爲中中，循舊式也。

校勘記

〔一〕輿，原作「與」，據四庫本改。

太平令賈昭偉

具銜賈昭偉。國家設考課之法，官吏在任，功過必書，將以憑否臧而定黜陟也。江南歲多不稔，農鮮服勤，信卜筮而佞鬼神，棄耕桑而從網罟。是以民無土著，家無積儲。太平在公邑之間，土田瘠而物貨薄。災傷之地，常考可書。今依仍第二考，書爲中上。

涇縣簿王中古

具銜王中古。涇州獨理，考限三周。常程賦租，徵斂有足；全火盜賊，擒捕無遺。品第功勞，直詞無愧。中中之考，依格而書。

先君贈工部郎中墓碣

先君諱懿，字伯達，嘗誨諭曰：『余世本京兆人，因唐末亂離，僖宗幸蜀，爾祖徙家至於此。』錫披譜諜，錫高祖開、曾祖易直、祖誠，皆高尚不仕。先君好術數，聚書數千卷，博施濟衆，交親有婚嫁之累，而窶貧者悉爲嫁娶焉。捐館之年，無疾而終。嘗光會鄉里〔一〕，別親族，大署於廳事之南廡壁曰：『亡六月二十三日。』果於是日終焉。蜀後主時，陵州刺史趙庭讓，聞先君好古博施之名，署攝本郡司馬。享年四十有八，以丁巳年六月二十三日終。乃周顯德五年蜀廣政二十年也。冬十二月八日，葬於縣西北歸仁鄉崇教里大塋也。先君嘗作壽壙，既而筮之曰：『斯壙也，吾不得而居之。』洎歿後，果別卜宅兆而葬焉。先夫人楊氏，世以孝行稱，事舅姑以孝聞，婦道母儀，合於詩禮。甲寅年十一月五日終，享年四十三。乙卯年春二月，葬在先君壙西南五十步，以龜筮叶從，不宜行合祔之禮。由是先君之葬，同大塋而別封樹。錫兄弟三人，兄繼雲，錫名繼冲，後改曰錫，弟繼英。姊一人，適宋知讓；妹二人，仲適鮮延壽，季適楊懷貴，俱以令淑聞。雲後更曰筠。錫入關拔解，開封府寄應首薦，御前就試。太宗嗣位之三載，歲在戊寅，九月二日，一舉登第，釋褐將作監丞，歷著作郎，左拾遺，右補闕，起居舍人、知制誥，兵部員外郎，户部、吏部郎中。弟英在故鄉守先人之舊廬。錫弟兄相次云亡，兄亡於鄭，弟終於蜀。錫幼好讀書，慕揚雄、相如爲文，先君曰：『觀爾之性，必光大吾門也。當立身揚名，勉副吾望，吾望乎爾也。』歷諫省，拜章言事，太宗以敕書獎諭曰：『敕田錫，省所上書具悉。汝賢路奮身，諫垣就列，罔效循循之輩，竊禄居官；思齊謇謇之臣，拜章言事。適符虛佇，諒慰深衷。朕頃以交趾封郵，非時怙亂。廣南轉運，有狀奏聞。言其王師之衆〔二〕，枉被賊臣所害；念其曾未效貢，豈可不爲救焚。爰命偏師，往安彼俗，固不貪其土地，况尋罷其干戈。且如京西閑田，素來窪下，就開池沼，良有其由。一則以安泊戰船，一則以澄渟水潦，既益皇都之壯麗，亦資士庶之遨遊。况其執役之流，皆是下軍之士，固不曾差驅編户，妨奪農功；又如髡鉗之刑，前王所用。若比之於劓刖，諒有其等差。且令斷頸之徒，得遂全身之路，誠非酷法，却大好生。自覽爾封章，固亦軫余懷抱，見令檢尋制度，别較重輕。今後凡有見聞，更在無辭獻替。或行或寢，斷自朕心。盡節盡忠，勿渝爾志。其於嘉歎，無廢寐興。故兹獎諭〔三〕，想宜知悉。』洎太宗晏駕，皇上嗣位，太宗所賜敕書，已編於《實録》矣。先君訓諭之言，俾立身揚名以光門族，幸兩朝遭遇聖主，身既立而名已揚矣。先君累贈工部郎中，先夫人追封京兆縣太君。慮年祀寖遠，乃撰表墓之碣，立於先君、夫人二墳之間。嗚呼！霜露之感，載懷怵惕；風樹之悲，無所逮及。思晝錦還鄉而未遂，涕泣西望，因嘉州通判、大理評事萬簡赴任，託召妹夫楊懷貴與姪嗣宗同訪求貞石，以刻斯文。時咸平五年歲在壬寅冬十月十日，嗣子朝請大夫、尚書吏部郎中、兼侍御史知雜事、上柱國、京兆縣開國男、食邑三百户、賜紫金魚袋錫撰述。

校勘記

〔一〕光，四庫本作『先』。

〔二〕衆，原作『家』，據四庫本改。

〔三〕兹，原訛『滋』，據四庫本改。

附録

附録一 《咸平集》集外詩文

詩

送僧歸天寧萬年禪院

帝里來朝謁，林泉却憶歸。得詩從史閣，掃石向巖扉。雲伴離丹闕，猿窺換紫衣。天台壽昌寺，山水有光輝。（宋）李庚《天台續集》卷上（台州叢書續編本）；收入《全宋詩》卷四六。

望西林寺

憶昔嘉州歲已周，西林僧舍未曾遊。可憐遥見如圖畫，竹箐南邊露寺樓。（宋）王象之《輿地紀勝》卷一四六《成都府路·嘉定府》（咸豐五年粤雅堂刊本）；收入《全宋詩》卷四六。

秋日過嘉州凌雲寺獨坐偶成

江上凌雲寺，乘閒一問禪。橘楓青落圃，秔稻白横田。鴻影暮砧急，鐘聲殘月懸。疏梅是何處，一嶂起茶烟。（明）李采修、范醇敬纂《（萬曆）嘉定州志》卷八（民國間鈔本）。

文

論邊事奏 太平興國七年五月

臣聞動静之機，不可妄舉；安危之理，不可輕言。利害相生，變易不定；用捨無惑，思慮必精。夫動静之機不可妄舉者，動謂用兵，静謂持重。應動而静，則養寇以生奸；應静而動，則失時以敗事。動静中節，乃得其宜。今北鄙繹騷，蓋亦有以居邊任者，規羊馬細利爲捷，矜捕斬小勝爲功。賈怨結仇，乘秋致寇。召戎起釁，職此之由。伏願申飭將帥，審固封守，勿尚小功，許通互市，素獲蕃口，撫而還之。如此不出五載，河朔之民得務三農之業，亭障之地可積十年之儲。前歲俶擾邊陲，親迂革輅；今兹張皇聲勢，頗動人心。若玁狁來侵，六龍夙駕；戎羯既退，萬乘方歸，是皆失我機先，落其術内。所以五月兵不得分屯，農時人不得務斂，勞頓斁耗，可勝言乎！軍國大端，固當慎始。戎族未亂，未煩强圖；狄勢未衰，何勞力取？待其亂而取之則克，乘其衰而兵之則降。既心服而志歸，則力省而功倍。自古貪利荐食，不獨匈奴；邀功起戎，亦自邊將。當鑑前軌，以恢永圖。昔漢安帝時，東夷犯境，連年不息，漢頗患之。其主云亡，其子繼立，漢乃命使弔之。東夷感悦，還漢生口，一隅晏然。至於南蠻，亦嘗畔涣。始由邊吏增賦，乘怨爲寇。光武時西戎犯邊，班彪請置護羌校尉，通其貨之有無，治其人之冤枉，塞垣遂安。誠願考古道，務遠圖，示綏懷萬國之心，用駕馭四夷之策。事戒輒發，理在深謀。臣又謂安危之理，不可輕言者。國家務大體，求至理則安，舍近謀遠，勞而無功則危。爲君有常道，爲臣有常職，是務大體也。上不拒諫，下不隱情，是求至理也。帝王之道，忌萌欲心。漢武帝躬秉武節，遂登單于之臺；唐太宗手結雨衣，往伐遼東之國。

率義動之衆，徇無厭之求；輸常賦之財，奉不急之役：是捨近謀遠也。沙漠窮荒，得之無用；夷狄遺種，殺之更生：是勞而無功也。位下秩卑，敢言者少。言而見聽，則進而無疑；言而不從，則退而懼罪。臣又謂利害相生，變易不定者。兵書曰：『不能盡知用兵之害者，則不能盡知用兵之利。』蓋事有可進而退，則害之成事至焉；可退而進，則利用之事去焉。可速而緩，則利必從之而失；可緩而速，則害必由之而致〔一〕。可誅而赦，則奸宄之心或有時而生害；可赦而誅，則忠勇之人或無心而利國。可賞而罰，則有以害勤勞之功；可罰而賞，則有以利僭踰之幸。能審利害，則爲聰明。以天下之耳聽之則聰，以天下之目視之則明。故《書》曰：『明四目，達四聰。』惟此聰明，在無壅塞。盡去相蒙之弊，乃協知幾之神。臣又謂取捨不可以有惑，故曰『孟賁之狐疑，不如童子之必至』；思慮不可以不精，故曰『差若毫釐，繆以千里』。自國家圖燕以來，連兵未解，財用不得不耗，人臣不得不憂。恢復吊伐之名，雖建洪業；可否禍福之實，宜留聖心。願陛下精其思慮，決其取捨，無使曠日持久，窮兵極武。爲國大計，不得不然。（宋）呂祖謙《皇朝文鑑》卷四一（四部叢刊初編影宋本）、（宋）趙汝愚《國朝諸臣奏議》卷一二九（台灣文海出版社《宋史資料萃編》影宋本）、《宋史》卷二九三《田錫傳》；收入《全宋文》卷八六。

校勘記

〔一〕『可緩』至『而致』原脱，據《宋史》本傳補。

論旱災奏 端拱二年十月

臣今奉敕差在太一宮，用青詞文設醮行祈雨者。竊以時雨愆亢，聖慮焦勞。自秋涉冬，諸寺及廟雖遍祠禱，未彰感通，以至陛下親降乘輿，躬詣諸廟寺觀，有以見仁主憂民之旨，聖人恤物之心。雖災沴流行，何代蔑有，而帑廩儲積，可備不虞。然自今歲以來，天見星祅，秋深雷震，繼以旱暵之沴，可虞饉飢之災。此實陰陽失和，調變倒置。上侵下之職，而燭理未盡；下知上之失，而規過未能。所以成兹咎徵，彰乎降鑑，或天文示變，或沴氣生祅。昨陛下以天垂譴告之文，御樓行赦。德音朝發，祅星夕消。天不言而感報昭彰，神幽贊而應答遄速。今以粟麥未種，甘雨未降，人心不寧，農望已失。或聞小小寇盗，聚散靡常；嗷嗷蒸黎，憂畏實甚。愆陽既盩於寒沍，厥疾乃生於癘疵。民或流亡，穀必翔貴。尚賴陛下聖德，宗廟慶靈，蠢爾獯戎，騷邊稍息；惠然諸國，底貢交修。不然人心一摇，盗計斯得，何以静潢池弄兵之嘯聚，何以禦胡馬南牧之奔衝？惟是秋冬，久無雪雨。此乃天意尚欲垂戒，聖心諒亦深思。豈刑繫之間，尚未平允？法令之設，尚爾煩苛？或力役未悉矜蠲，或奢靡未盡撙節？言路雖啓，蹇諤者未必一一聽從；王道雖行，孤苦者未必人人受賜。或刑賞過於常理，或喜怒失於厥中。嘉言納忠，見破於横議；任賢待下，或難於至誠。若然，則雖旰食勞懷，宵衣軫念，孜孜萬務，適足勞於聖躬；翼翼小心，尚未臻於至化。今舉大略，上犯宸嚴。《禮》曰：『王言如絲，其出如綸。』《書》曰：『慎乃出令，令出惟行。』今朝廷所言，或異於是。謀始稍虧於審謹，令出無愧於改更。以是知急速機務，寧無錯行！臣之愚衷，豈敢逭於誅戮；臣之遭遇，安忍負於聖明？是以因事上言，庶裨萬一。伏望陛下因此時旱，更降詔書，引咎責躬，以答天戒；進德覃慶，以安民心。蠲減征徭，簡約科禁，搜察淹滯，登進才良。猛士守方，無使黜賢召怨；朝臣典郡，正宜選廉任能。或旌別勤勞，或省閱浮泛。振廪通貨，以救餓殍；加估收儲，以備闕乏。蕃戎蹂踐之處，士庶陷歿之家，哀亡恤存，憫其餘苦；掩骼置奠，慰彼沉冤。閭里再命於復除，孤寡量優其給賜。儉約奉己以合禮，謹静息民以安邊。詳延忠鯁之臣，詢究災祥之理。弭災求理，正在此時；變沴致祥，屬當今日。若旱沴不已，歲歉相仍，盜聚葦蒲，伺隙而動，狄乘饉塞，幸災爲虞，是則國家之慮實深，朝廷之憂非淺也。（宋）趙汝愚《國朝諸臣奏議》卷三七、（宋）李燾《續資治通鑑長編》卷三〇（中華書局校點本）；收入《全宋文》卷八六。

論時政奏 淳化五年八月

臣伏聞去歲或霖潦作沴，或癘疫爲災，陛下憂勞太切，勤儉過中，乃至進菲薄之膳羞，御補浣之服飾。又復發廪減儲，以饘濟衆；損民抑理，以粟爵人。今聞自邇及遐，被原帶隰，秋稼大稔，流庸復歸。苟非英聖之至誠，豈致豐年之上瑞！所慮者，河西尚警，劍外未寧。此則天機制禦之時，睿聖綏懷之際，固大臣之與議，豈微臣之敢知。惟聞静以徐清，即時底定；動無遺策，不日乂寧。若以民間利病，臣不盡知，時政闕失，臣不備見；所思者唯制科可設，鄉飲可行。制科設，則賢良方正之人得伸其志，直言敢諫之士得罄其懷；鄉飲行，則孝悌之行自修，淳厚之風自復。儲闈建后，用光主鬯之容；王府設官，宜制正名之秩。館殿之職，可補吏員；樞近之司，亦委編録。其次講求典禮，更訪諸儒，優恤蒸黎，可詢群彦。冬年可以立仗，俾儀衛之式瞻；雨雪可以放朝，冀禮容之允肅。邦國庠序，興復宜先；州郡城池，增修亦便。常平之廪，因稔加儲；底貢之財，因時立制。或爲民祈穀，耕於藉田；或齒胄尊儒，行之國學。征税寬則與民偕足，法令簡則俾人易從。抑臣聞君子恐懼於所未聞，戒謹於所未至。故未萌者所以易慮，未兆者所以易謀。謀於外則先靖於中，制於遠則當思於近。萑蒲聚嘯，既勞我師；沙漠乘秋，復窺王略。師老則民力重困，寇玩則狡心必萌。今河、湟委輸，方牽國用；井絡凋弊，實軫宸衷。安之既在於睿謀，討之亦勞於神算。夫理絲而棼之則愈亂，烹鮮而擾之則靡全。御衆以寬，惟新聖德；臨下以簡，素在帝心。臣之至愚，但思報國，臣之寡識，安能合時？管窺之辭，庸以塞詔，芻言之拙，仰冀留中。（宋）李燾《續資治通鑑長編》卷三六；收入《全宋文》卷八六。

論安關輔奏　真宗至道三年七月二十五

陛下臨御以來，觀庶政以仁，接大臣以禮。聞奏山陵諸事，必泫然流涕；聞奏靈州往事，必惻然動容。聖智淵深，臨事能斷；睿機神速，馭下以寬。濟之以嚴明，小人屏退而斂迹；博之以詢訪，大臣畏愛而推誠。臣未見時政之是非，亦未見人君之過失。若軍旅措置之宜，非臣所能知；若黎民利害之本，微臣輒敢議。民之利莫先於省征徭、寬賦役，民之害莫大於用兵甲、輓芻粟。利害有大小，康濟有先後。今利害之大者無先於舍靈武，康濟之先者莫重於安關輔。舍靈武則甲兵不興，甲兵不興則輓運自息，輓運既息則關輔必寧，關輔既寧則四方無虞，四方無虞則四夷無事。臣今所憂者，關西二十五州軍，昨經靈武之役，不勝困弊。加以時雨稍愆，秋田失種，府庫未實，倉廪尚虚。若西戎輒敢騷邊，北狄忽來犯塞，則朝廷何以備之？關輔何以寧之？臣虞此患必生，臣謂此災必有。何以知之？臣竊聞去年九月十九日未時，永興、環州、慶州、延州、清遠軍、隰州，同日同時六處地震，塌損城墻，毀壞廬舍，在處州府不敢不奏，所屬轉運不敢不申。洎靈州送糧草回來，死者十有餘萬。議者即云地震已應於此，臣則未以爲然。夫天垂象動而不息，地生物静以爲常，苟當静而動，是失其常。若永興、環、延、慶、隰、清遠軍六處地震，臣亦竊見報狀，延州路祗候、冬官正楊文鎰奏稱其月是戌月，又是戌日未時，自北上來。臣以爲當静而動，動之方位既在關輔，將來慮至戌年，豈無在下者輒動乎？關輔若有寇盗弄兵，萑苻聚嘯，跨連州郡，僭稱王公，則臣慮西川復保劍關之危，南方復恃重江之險，閩中、越中、淮南、湖南豈無見利忘義之人，豈無幸災乘便之者？願陛下思之〔一〕。禳此災者在修德，除此患者在早圖。德之修者，以誠信感神明，以言行動天地，以簡易理機務，以清静安黎元；圖於早者，減關市之征，放莞榷之利，蠲減租賦，優復流亡。鄉閭與人爲害者，募之入軍；郡縣在官未理者，命之移任。設制科，使懷才抱器者悉爲朝廷所用；置屯田，俾棄本競末者盡爲户籍所收。鑄農器以結之，儲時種以貸之，免五年之租徵，冀十年之生聚。如此紓民，民無不安；如此安民，民無不泰。《管子》曰：『倉廪實，知禮節；衣食足，知榮辱。』既知禮節，又知榮辱，則豈敢爲寇盜，豈敢犯禁令！禁令既不敢犯，寇盜必不敢爲，又何憂嘯聚之虞，又何慮侵擾之患？此置屯田，其利一也。制舉科目，不可具陳，今略舉可設者：有賢良方正能直言極諫科，才識兼茂明於體用科，道侔伊吕才比管樂科，傳道經典達於教化科，詳明政術可以理人科，文堪經邦科，武足安邊科。臣伏覩太祖朝曾設制科，於時敕限三千字已上成。字數既多，書寫不易，賜食之後，就試以來，既對天顔，豈無兢懼？又值日晚，固不遑寧。雖有經邦之謀，豈能周悉；雖有安邊之策，靡暇敷陳。今若設此科條，但用漢時公孫弘、董仲舒所試之法，則往復問答，既盡見其才謀；品藻甄升，信無遺於器業。此設制科，其利二也。與人爲害者，募之入軍，則鄉閭静謐；在官未理者，命之移任，則臧否詳明。税賦蠲減，則民稍蘇；流亡優復，則民不散。放莞榷之利，則米麥可充於邊備；減關市之征，則商旅交通於萬物。暫如此五年，則關輔之民必安；暫如此十年，則靈武之役必息。若以此下主者，若以是問有司，必以臣不達時機，必以臣不諳世務，必以臣只知蠲減賦税以息黎元，而不知供軍日費之多少；必以臣只知除放莞榷以安疲俗，而不知歲計備邊之盈虚。臣豈不知沿邊有屯兵，豈不知備邊須積粟，豈不知歲時衣裘之賜錫，豈不知將卒酬賞之頒宣，豈不知上供京師之貨財，豈不知量留州郡之物色？然以臣所見，則帝王所務，當務廣大；官吏所守，各守職司。所職爲主計之臣，不得不聚斂供億；所司在主計之職，不得不經度有無。然天生時而地生財，下用力而上節用。時不可失，故授時勸農，使不失時；財生有數，故務穡勸分，使不乏用。財之生也有數，上之用也有節，則民力不困，國用常豐。今未喻國家有九年之蓄乎？未喻西北隅邊郡有六年之蓄乎？未喻陝西二十五州軍有三年之蓄乎？訪聞糴麥糴穀，以充折變;將無作有,以應供輸。謂供輸不得不然,不然則軍儲無備;謂折變不得不然,不然則軍食不充。若如是,可見陝西二十五州軍無三年之蓄。加以民憂再送靈州糧草,臣慮變故從此生,臣憂禍亂從此起。變故未生,陛下得不慮之?禍難未起,陛下得不思之?若以靈州送糧草之人,死者十餘萬,已應地震之災,即國家昨已降敕榜撫論軫恤也;若未應地震之災,則臣慮變故起於關輔。關輔既有變生,則西川上供錢帛恐未能上供,南北常貢物貨亦未得常貢。上供既有阻,常貢復未來,乃是國家只知督責關輔之貨財,只知供備靈武之糧草,是急小利而忽大利,舍遠圖而勞近謀。願陛下謀之。謀之於未兆則易謀〔二〕,理之於未亂則易理。臣又聞朝廷昨差使臣往諭遷賊,以禮義觀其來意,以恩信導其歸心。李繼遷既忽聞朝廷告哀,亦能舉部族大臨,縞素受命,貢奉謝恩。既未聞乞守塞垣,又未聞乞歸朝闕。大臣必有擬議,必有臧謀;謀之允臧,計必先定。今山陵既在近,邊塞雖無虞,黎元尚未蘇,倉庫尚未實,邊防或有騷動,朝廷何以枝梧?關輔或有亂離,朝廷何以制禦?謀之正在今日,理之正當是時。時不再來,又不可失,無使有心者知關輔亂而知劍閣可守,無使適變者見關輔亂而謂天塹可憑,無使關輔所得之貨財不併吳蜀所得之貨財,無使關輔所守之疆土不併吳蜀之疆土。關輔靜則蜀貨吳財交至,關輔亂則劍外江南各有所守。此所謂舍小利而必得大利,無遠慮則必有近憂也。(宋)李燾《續資治通鑑長編》卷四一;收入《全宋文》卷八六。

校勘記

〔一〕『願陛下』句,《續資治通鑑長編》校:『宋本、宋撮要本此句下均有「望陛下圖之」五字。』

〔二〕『謀』字原無,據文意補。

論靈州饋運奏 真宗至道三年七月二十六日

臣未喻陛下降詔以來有人上言否？未審下詔之後有人抗疏否？若未有人上一言，未有人抗一議，即望陛下再降優詔，曲諭聖心，虛佇以待賢良，矜容以求直諒，則懷才抱器者安敢有所隱，蹈忠履信者必盡有所伸。臣昨日所上奏章，所陳鄙見，止爲關右一時之弊，止爲河西一處之言，餘未悉陳，慮煩聖覽，須至備述，庶補達聰。今靈州閉壁以待饋糧，無外援不敢禦寇。昨聞百姓饋送糧草，死者十餘萬人；糧草二十五萬，到者七八萬。糧草不到者，非戎人劫掠之；百姓不來者，非戎人殺戮之。是自相蹈籍，或因被劫奪。飢餓既衆，死亡遂多，去雖援之以甲兵，迴即害之者士卒。今關西父哭子，弟哭兄，妻哭夫。悲哀之聲，感動行路；冤枉之苦，軫惻聖心。臣謂非十年未見生其民，民生十年方可充力役；臣謂非十年未能聚其財，財聚十年方可備供億。於三十年間，陛下生之、聚之、教之、化之，然後致太平，然後臻至理。今臣年五十八，事陛下十二年，年七十，已當外退。十二年間，願伸微勞以答聖恩，願罄真誠以報大造。然犬馬之年未必保餘齡，葵藿之心幸得承委照。則未退休間，有合言不敢不言；未隕越間，有合奏不敢不奏。願陛下所務者廣大，所圖者幾微。幾微者事之先，廣大者君之體。陛下方欲求至理致太平，無忽事之未萌，勿輕事之未兆。臣聞帝者與師處，王者與友處，霸者與臣處，亡國之君與厮役處。與師處則無爲，無爲是無事；與友處則機務簡易，德業光大。駁雜者霸道，不足爲陛下言之；暴慢者亡國，安敢對陛下陳之。道尊德盛者帝之師，才高識遠者王之友。今陛下睿聖既與天同極，聽斷乃與日惟新。若道尊德盛者，陛下勞謙以師之；才高識遠者，陛下推誠以友之。友之則四友斯來，師之則三師可至。師道見尊，則天下何憂不理；王道得友，則天下何慮不寧。臣昨日所奏，望陛下且留中不出，爲言地震災祥之必有，爲言下動叛離之將作，非外人所可得而知，非大臣不可得而議。留中未出之際，略與大臣言之，其中可行之事，更令近臣議之擬之而後動。天下無異議，中外無異言，擇善而從之，從長而行之，不爲横議所非，不爲非理所破，豈獨微臣之幸，其實國家之福。（宋）李燾《續資治通鑑長編》卷四一；收入《全宋文》卷八六。

論防下動奏 真宗至道三年十一月

臣昨七月二十五日所進封章，爲言地震之災，是彰下動之象。臣經宿思慮，以其事非外人所可得而知，非大臣不可與之議；臣達旦憂懼，以所奏請陛下且留中不出，乞陛下與大臣略言。至二十六日，再上封章。所貴謹密，未審陛下曾以其事與大臣評議否？不知大臣曾聞其事爲陛下商較否？今地震之災漸見，下動之象已萌。臣見銀臺司諸道奏報，自九月初至冬節前，申奏賊盗不少。今不一一具奏，慮煩聖聰，且據其可言者一二而言之。九月四日施州奏，群賊四百餘人驚劫人户。十月七日滑州奏，有賊四十餘人過河北；十五日衛州奏，有賊七十餘人過河北；十九日絳州奏，垣曲縣賊八十餘人殺縣尉成柄。西京奏，十月二十三日，有賊一百五十三人入白波兵馬都監廨署，并劫一十四家，至午時，奪州船往垣曲，至河陽、鞏縣界。濮州奏，群賊入鄄城縣。單州奏，群賊入歸恩指揮營。濟州奏，群賊劫金鄉、鉅野縣郭十九家。永興軍奏，虎翼軍賊四十餘人劫永興南莊。今月二日西京奏，王屋縣賊一百餘人，白高渡潰散軍賊六十餘人；七日陝府奏，集津鎮群賊六十餘人，并驚劫人户，至午時乘船下去峽石縣，群賊自河北渡過河南；八日西京奏，草賊見把截土壕鎮，官私往來不得。豈有京師咫尺而群盜如此，邊防寧静而叛卒如是？臣所謂地震之災漸見，下動之象已萌，臣爲陛下憂之。臣每見宣命指揮，以諸處奏報，但令巡檢使臣掩捕，但令巡檢地分襲逐。而安之討之，未見其嘉謀；備之禦之，未見其遠慮。若其勢漸盛，而有謀者與之爲謀，其力難制，而思亂者濟之爲亂，乃是國家失於早圖，乃是朝廷失於輕事。今地震之災漸見，陛下何不早謀而杜其漸；下動之象已萌，陛下何不熟慮而防其萌？臣七月所奏望再取披詳，今所奏望必垂聽信。防其萌正在今日，杜其漸不可失時。近京盜起既如此，向西民困又如彼。昨楊允恭請置糧草車三千輛，要推車兵士一千人；盧之翰兩狀奏乞自京支撥錢四十五萬貫；度支奏靈州五月下旬，米每升一貫文。要車子運糧，是邊上倉廪素無儲備矣；請自京支錢，是關右帑庫素無積蓄矣；奏米每斗十貫文，即靈州軍民今已餓殍矣。未審朝廷惜靈州有何所得，棄靈州有何所失？若因力役未息而中原難起，制禦失宜而外方變生，實謂所得不如所失也。今陛下宜精於所慮，斷在不疑。若惜靈州必然有益於國家，即乞明降敕書，曉諭天下，使天下知之；棄靈州必然有損於國家，亦乞明降敕牓曉諭，使天下知之。曉諭之意，以蘇息萬民爲意；取舍之謀，以優恤萬民爲謀。令邊敵知取舍之謀，使中外知損益之理，示朝廷之大體，表王道之至公，此所謂陛下修德以禳地震之災，此乃是陛下早圖以防下動之象。若賊勢漸盛，民患未除，而謀慮之不深，剪滅之未得，被賊輒據州郡，僭稱公侯，河北倉廒能先占取，河西部落來與結連，百姓力役之未休，四方觀望而相效。此事非細，繫社稷之安危；此策非輕，係朝廷之治亂。今廟堂之上，必有嘉謀；樞軸之間，必有善計。若言小小寇盜，不勞聖慮憂虞，若以屢屢指揮，只令使臣捕逐，如此則群盜終難剪滅，如此則諸處終未平寧。若賊徒聚得三二千人，徑度淮南，往保吴、越，則運糧綱船不至京師矣；若賊徒取得一二州郡，善據要衝，則上供錢帛不充國用矣。因此則人情必有向背；人情既有向背，則軍情豈無動摇？當此時北敵輒來騷邊，陛下不得不憂；四戎輒來犯塞，大臣不得不懼。臣今所言激切，不爲身謀，所慮安危，實爲國計。（宋）李燾《續資治通鑑長編》卷四二；收入《全宋文》卷八七。

將赴泰州上奏 咸平元年二月

臣自去年七月至冬節已後三上章，所言者朝廷密謀，所陳者國家大體。識見雖淺，不足動於宸聰；果敢所陳，亦足伸於忠節。每至奏覆公事，咫尺天顔，亦望聖聰略賜宣問。豈謂陛下略不詢所陳之事，殊不訪所貢之言。退有憂遑，慮獲罪戾；進無聽納，固不遑寧。所以輒拜封章，乞歸館殿。旋承敕命，令知泰州，已蒙聖恩，給與假限，許至三月初進發。臣既受敕，不合立班，唯候朝辭，以赴任所。於二月八日方覩御札，許貢芻詞。臣子之事君親，愚直之逢明聖，有所見聞，豈敢緘默。臣聞君不密則失臣，臣不密則失身。臣去年所上第一章，下在中書；第二、第三章，留中不出。臣慮外人窺其曾有貼黄，乞未付中書，且宣召宰臣、樞密使問其可否，然尚有不敢形於奏疏，擬俟面陳。所慮者非輕，慮陛下失臣；所憂者非細，憂微臣失身。今日陛下若許臣面言，容臣口奏，即乞宣召，必得敷陳。臣於正月十二日得實録院牒，要臣太宗朝所上諫疏，臣已寫録，於二月二日送實録院，記其間可行之事、可用之言，先皇帝亦聽納而行之，亦優容而用之。伏乞陛下令實録院進呈，略賜披覽。有先朝未行者，乞擇而行之；有今日可用者，乞取而用之。御札云『良由時事舛誤，政化鬱堙』。臣謂李繼遷不合與夏州，又不合呼之爲趙保吉。雖賜姓與名，已自先朝；然狼子野心，終是異類。昨以陛下登極，雖來進奉，錫之優詔，奬以來王。識其姦謀，辨其詭計則可；錫之土宇，授以節旄則非。以臣愚蒙，料彼變詐，必不肯久奉朝命，必不能永保塞垣。既如此恵之懷之而弗來，討之除之而未得，翻成姑息，似失機宜。臣謂關輔勞擾從此生，國家費耗從此起，是時事舛誤之大者。密院公事，宰相不得與聞；中書政事，樞密使不得與議。相承既久，驟改固難，致兵謀不精，國計未善。求之近驗，即去年靈州之役，關西之民死者十五餘萬，生民無辜而死者十五餘萬，罪在何人而不問，咎將誰執而不知，此政化鬱堙之大者也。臣今爲陛下言其大者遠者，自餘瑣屑之事，何足爲陛下言之！（宋）李燾《續資治通鑑長編》卷四三；收入《全宋文》卷八七。

論舉武勇才器奏 咸平三年三月一日

臣伏見去年十一月十四日赦文，欲興行武舉，令所司條奏以聞。今年二月一日，又見轉運司行下御史臺牒，限五日内舉員外郎以下見任京朝官有武勇才器堪任武職，安排充沿邊親民差遣者。以臣所見，若爲邊上要人，訪求有武勇才器者，急速如此，竊慮未得盡理。蓋見往年朝臣中求武勇者，得劉墀、鄭宣等數人，劉墀以易州陷没契丹，鄭宣卒無勞效。今又朝臣中求人，臣慮朝臣中武勇者少，設使有武勇，多不願在武職。況限之以五日奏舉，若非相諳識，豈易得人？臣恐舉非其人，有誤陛下任使也。今日是陛下注意於良將之時，是選求文武材幹爲沿邊刺史之際。夫理亂必有漸，而安危必先見。臣曾上章，爲關西地震是下動之象。奏狀進入後，降在中書，尋却奉聖旨取索入内。相次近京諸處，多報軍賊逃背，沿黃河劫掠軍縣；後來驅除，雖稍寧息，昨契丹犯境，聞龍猛兵士三二千人詐作契丹，擄劫河北，今聞散在兖州山林間。又近日西川駐泊神衛軍都虞候王均作亂，奔衝劍門，尋已殺戮。近又訪聞河東州郡澤、潞間亦有盜賊。此實下動之萌也。昨李繼遷雖授夏州節度使，在彼自稱西平王，豈不爲將來邊患？國家積儲糧草，繕完甲兵，尚要素有其備，豈得良將謀臣，料敵制勝，國家却素無備？若求騎射之藝、勇猛之人，兵法中自有選求之法；便求得人，但要有智謀者指使之而已。所謂獲兔者犬，指蹤者人也。況善用兵者，人無勇怯，以智略使之，則怯者有勇。今若限以五日舉有武勇才器者，臣實慮懷才抱器者未盡得，奇謀遠見未易知。願陛下於宰相近密商量，別畫選求之策也。若且於見今節度、防、團、刺史、諸司使副中，有智見勳勞者，選擇使用，在陛下以賞罰二柄使之而已。往年楊業擊契丹，侯延廣守靈州，人多稱許。若見今節度、防、團、刺史、諸司使副中，因賞罰激勵，豈無楊業、侯延廣輩爲國家立功勳也？臣又以江南、兩浙，自去年至今，民餓者十八九，未見國家精求救療之術。初聞遣使煮粥俵給，後來更不聞別行賙恤。今月十二日，有杭州差人齎牒泰州會問公事，臣問彼處米價，每升六十五文足，彼中難得錢。又問疾疫死者多少人，稱餓死者不少，無人收拾，溝渠中皆是死人。却有一僧收拾埋葬，有一千人作一坑處，有五百人作一窖處。臣又問有無得雨，稱春來亦少雨澤。臣問既少雨澤，麥苗應損，稱彼處種麥稀少。又問饑饉疾疫去處，稱越州最甚，蕭山縣三千餘家逃亡，死損並盡，今並無人。其餘明、杭、蘇、秀等州積屍在外沙及運河兩岸不少。雖未審虛實，然屢有聽聞；兼聞常、潤等州死損之人，村保各隨地分埋瘞。况掩骼埋胔，是國家所行之事，文王葬枯骨而天下歸心，今積屍暴骨如是，而使僧人收藏，村保埋瘞，甚無謂也。伏乞陛下命使弔奠，以慰幽魂；遣人掩藏，免傷和氣。所貴王者德澤，及於存亡。然後訪有兼并之家，能出財助國者優奬之；有儲蓄之家，能發廩救民者旌酬之。又宜放一二年税賦，免三二年徭役，非富商大賈之税不用税，非摘山煮海之貨不用徵，用此以安民心，以防盗起也。去年淮南地震，臣已畫時奏訖。又聞江南地震尤甚，望陛下宣御札、降德音以禳災異，訪問樞相以放税賦、減課利。若不可減，臣請以近事比。臣讀《五代史》，梁朝、後唐、晉、漢及周，封疆不及千里，江南、兩川、兩浙、荆湖、廣南，各有主帥。當時中國多事，尚欲制禦蕃戎。自太祖平吴、取蜀、下廣南，太宗平河東，吴越王舉國歸朝廷，此國家封疆萬里，税賦課利百倍於前。除邊上所費外，但減省不急之用，則倉廩府庫自然盈餘，何必於江、浙饑饉疾疫之後，籍其所出税賦課利，以贍軍國？今江南二十七州軍，兩浙一十六州軍，宜知若干州是饑饉疾疫之處，若干不是饑饉疾疫之處。其他無災沴、人無疾疫處，依每年上供錢帛糧草外，餘係災沴處，朝廷早行指揮，以有均無，以多濟寡，以安民生，以防盗起也。臣又訪聞江、淮每年漕運五百六十萬碩米。今年春運不如常年，其江、浙共四十四州軍，上供錢帛之數，臣即不知，亦不知朝廷今春規畫之計。臣但以四十四州軍有餓死疾疫處，州軍放税賦、減課利、免徭役，是國家安民生、防盗起也。《易》不云乎：『君子以思患而預防之。』又兵法曰：『攻其東南，備其西北。』謂敵若攻城之東南，當先防備其西北，慮敵人出其不意也。今若西北沿邊未息侵擾，東南沿海復有騷動，則臨時制禦必費力，臨時籌度難成功。今雖差楊允恭等江、淮、兩浙巡檢，屏除盜賊，朝廷已有此指揮，然於防盜起之萌，致民安之漸，未見朝廷經度也。況所求武勇才器者，要沿邊任使；又以所舉三班使臣，如犯入己贓，即連坐舉主。若三班中求廉謹有行止者，豈得無人，其實亦難得人。若連坐舉主，則舉者必少。又所舉員外郎見任京朝官，不如舉狀，責在舉主。如此求人，慮難得人；如此求沿邊任使，慮未副聖旨。夫事有本末，理有遠近，今不急求謀臣而先求武勇，不思將來之患而務目前之事。《易》曰：『王公設險，以守其國。』《漢書》有盜卒起殺長吏、取庫兵、放禁囚、驅人民作亂者。今諸處城池多不修築，壞垣填塹，往來如平地，萬一卒有盜起，逐處官吏何以固守？加以在營兵士多非精銳，在庫甲仗少有堅完，道路出入之要衝，山川險阻之形勝，有不相統攝之處，有不相叶同之人。況太平既久，士卒不慣行陣，將帥不知戰守，加以士卒驕而將帥鄙，致昨來傅潛輩臨事而苟且，遇敵而進退。伏望陛下以選求將帥爲急務，以博訪謀猷爲上策。若止三班中求任使，文班中求武勇，臣竊懼失朝廷大計，失國家大事也。臣讀《漢書》，見日蝕、地震，必降詔書，求直言極諫之士；必降德音，復赦宥復除之令。自去年九月八日淮南地震，九月十六日夜月食，未見降御札、下德音。夫至大者天地之變，知幾者聖哲之心。乞陛下以聖哲知幾之心，答天地示變之異，經心於遠者大者，圖事於未萌未兆，覃恩於饑饉疾疫之處，布德於月食、地震之後。況臣憂國之心非今日，言事之疏非一章。自前年將赴任泰州蒙宣召時，後殿面奉聖旨，令臣今後有事入遞奏來。今具實封進呈，伏乞聖慈特賜留在禁中披覽，可行可止，斷在宸衷。（宋）李燾《續資治通鑑長編》卷四六；收入《全宋文》卷八七。

乞召樞相訪問籌謀奏 咸平五年正月十五日

臣昨見差張齊賢充經略使，曾致堯爲經略判官，鄭文寶爲轉運使。臣讀孫子《兵書》云『不盡知用兵之害者，則不能盡知用兵之利』，今未諭張齊賢、曾致堯、鄭文寶等盡知用兵之利害否？若盡知利與害，動無遺策，方可委之經略邊事。臣讀《漢書》，高祖稱『運籌帷幄之中，決勝千里之外，吾不如張子房』。今宰相、樞密使是陛下運籌帷幄之臣，不知曾議沿邊利害，然後定差張齊賢等否？昨楊瓊等不副陛下任使，致失清遠軍，糧草既委棄不少，人民殺戮驅虜去亦不少。今方當春時，興發兵師，雖救患防虞，自合權變；然聖人動必順時，則天道助順。今戎狄爲患非細，陛下宜召宰相、樞密使，更訪以決勝千里之外籌謀，不得輕敵翫寇，致戎狄謂中國無人也。若是宰相、樞密使面言不盡，即令直書利害必然之計，畫一申奏。必然，謂蕃人至若干月必退，若干月必來，其來必勝，其退必敗也。若宰相、樞密使有所見不同，又不敢果決敷陳必然之策，又忌見同列，則乞陛下於便殿從上一人入，獨召與語，使盡其所見。臣去年五月六日內殿起居所進轉對奏狀，言宰相不諳練邊事，今乞陛下檢尋再披閱；又於去冬所進《御覽》第二卷，曾引杜牧注《兵書序》引宰相不知兵之説，望陛下亦重子細披覽。況《禮》云：『四郊多壘，卿大夫之辱也。』今邊境被戎狄侵擾，宰相、樞密使不知以爲辱乎，不知以爲耻乎？若不以爲辱，又不知耻，是孤負陛下任用，是安於廟堂之上而不知危亂之將至也。望陛下速宣召樞相，逐一人人訪問，所貴盡其所見，免陛下宵旰之憂也。臣之此言，言出患入，陛下若不密，即失臣矣。（宋）李燾《續資治通鑑長編》卷五一；收入《全宋文》卷八七。

乞三院御史歸本職奏 咸平五年四月二十三日

臣昨蒙聖恩，授以憲職。按《六典》及《百司舉要》《御史臺故事》：自大夫、中丞以下及三院御史，沿革各有人數。今闕班簿，既無定員。有侍御史三人，有殿中侍御史一十二人，有監察御史七人，除邵曄在省司及施謂在患假，餘皆差使在外，却以他官在臺。臣謂今之推直官僚乃是古之知推御史。按《唐會要》興元元年敕：『知東推、西推侍御史各一人。臺司請令第一殿中同知東推，第三殿中同知西推，仍分日受事。先所置推官二員請停。』又建中三年臺司奏：『其知推御史差使改移，舊例有推直官，今請置兩員，與本推御史同推。敕旨：依奏。』此蓋隨時沿革，因事廢興也。今三院共有二十一人，或命親民，或委釐務，憲司之職，似是而非，朝廷用人，如此未審。又準近敕，臺寺勘斷官令大兩省已上保舉。臣謂雖令保舉，終是他官。臣昨在銀臺司，見諸道轉運司或巡撫使察訪外任京朝官功過，具姓名聞奏，有中書劄子下審官院。今欲乞指揮審官院檢前後中書劄子，應三院御史二十一人中，曾有貪猥過犯者，不得令在憲秩，可改授他官。其有清慎勤幹者，不得令在外官，可詔歸本職。去推直因仍之號，抽兩省保舉之敕。所貴復臺司之故事，存朝廷之舊規，使百執事各正其名，群有司各親其職也。（宋）李燾《續資治通鑑長編》卷五一；收入《全宋文》卷八七。

論政事奏 咸平五年十月〔一〕

伏覩内殿起居近罷轉對，封章迭送，今已踰年，班行之中，頗有竊議。蓋爲上章應詔，並無旌酬；失儀被彈，即有責罷。雖左右巡使，見失儀不敢不彈；在輔相大臣，知此事不合不奏。國家比開言路，將導化源，既欲求其讜言，又不捨其小過，雖弭是非之論，寧符虚佇之懷？況芻蕘之詞，尚有可采，豈簪纓之列，略無所長？蓋未嘗獎一嘉謀，亦未曾降一優詔。今郊禋俯近，慶賜將行，可令中書檢尋轉對，分其優劣，奏其姓名，或降獎諭敕書，或與轉改官秩。所貴知陛下鑑其用意，感陛下賞其盡忠，表明君好諫之心，彰至仁待下之意。

臣又覩近敕戒勵大臣，謂其不守廉隅，多置資產。祿厚而不知耻者尚應慊恨，官崇而能自省者豈不憂慚？斯乃陛下示之以止足之訓詞，責之以貪饕之顯過。然敕文尚有漏略，事意未得精詳。蓋文武班官僚不該戒勵，似王者命令有失均平，更須頒行詔書，徧下分明條貫。在京則已行止絕，外郡則未有指揮。況近畿闤闠之間，悉大臣資產之地，好利忘義，未知云何，擅富兼貧，一至於此。可以檢郡縣稅籍，自然見公卿戶名，其務殖貨財，不知紀極。以貪化下，安得風俗淳和；忘國憂家，豈令官吏廉潔！今敕命施行之後，兼文武豪富之家，可於敕書更布新令，食厚祿者不得與民爭利，居崇官者不得在處迴圖。此乃申明舊章，備載前史，可師古制，以戒貪夫。臣又聞有勞績稍殊，未與區別；有刑禁久滯，未與辯明。今略舉一二言之：有如都官郎中李韶差在廣濟河，令催輦運。訪聞自前界分，每年般得八萬餘石。今來李韶界分，一年般得四十五萬石，未見酬奬，却歸東京。又聞屯衛上將軍王漢忠頗知儒書，甚知方略，輕財重義，臨事有謀，未嘗交結中官，亦不曲奉同列。昨赴京闕，似失聖恩，遽令歸班，又差典郡。聞於輿論，疑其被讒，今已云亡，孰不嗟惜？臣今聞奏，貴陛下細知，慮侯伯之中，有素秉忠良，不事權貴，介然公直，因致讒言。況臨事有謀者求之實難，輕財重義者尤不可得。良將之體，漢忠得之，未諭此時棄而不用，今若有似王漢忠輩，望陛下選擇用之，注意求之，推誠待之，必有英傑，可副指呼。又聞齊州制勘公事，頗甚淹延。著作佐郎張檢、國子博士張瓘，並是制勘使臣，欲望宣令對揚，問其事意。或法寺受人請囑，固稱奏案未圓；或上司有人主張，使令詣闕披訴。張檢等必一一聞奏，望陛下亦一一審詳。又訪聞密院、中書，政出吏胥之手。吏胥行遣，只檢舊例，無舊例則不行；樞相商議，別無遠謀，無遠謀則多失。失於邊計者，去年失清遠軍，今年失靈州。失於邦計者，不知府庫有無，不知倉廩虛實。戎夷深入，則請大駕親往；將帥無功，則取聖慈裁斷。所以倉廩盈虛，過不在樞密院；邊防動靜，事不屬中書。因此相承，寖以成例。聖恩若且任用，則不失享富貴；聖旨若令罷免，則不過歸班行。昔漢之三公，若罷免則放之歸農，若誅戮則賜其自盡。其任用既重，則黜責非輕。操國柄者，所以不敢不盡心；持兵權者，所以不敢不盡節。今則不然，臣下得優逸，而君上但焦勞。勞逸失於尊卑，實爲倒置也。故陰陽不順，水旱不調，法令滋章，盜賊多起，尚率京城父老與百辟千官，五度上章，請加尊號。賴聖君英睿，以爲天不可欺，御劄丁寧，示志不可奪，必斷來表，深愜群情。由是見宰相以甘言佞上求聖知，以國計軍機非己任，蓋自來任重責輕之所致也。今之所急者，國家帑藏無餘財，倉廩無積粟，但急備邊之用，不思經國之謀。地愈荒而黎民愈貧，事彌繁而資貨彌少，官吏自救過不暇，國家欲求治實難。若加以水旱之災，乘以戎夷之患，不知在廟堂者用何智略，總軍兵者作何籌謀？臣不曉機務，但以稽古聞於達聰，望陛下詳臣所言，聽臣所奏。賞罰二柄，不必一一問中書；通變萬機，不必一一由密院。然後所切者辨認讒謗，察訪忠良，速究危亂之已萌，早覺衰微之有漸也。（宋）李燾《續資治通鑑長編》卷五三；收入《全宋文》卷八七。

校勘記

〔一〕《續資治通鑑長編》原注：『錫自注云：咸平五年九月二十一日。按錫稱近敕大臣不守廉隅，多置資産，蓋指宰相向敏中也。敏中罷相在十月丁亥，不應在九月便有此奏，當是九月字誤，今移付十月末。』

送張司寇序

兗海之地，降婁古封，洙泗爲夫子之鄉，龜蒙啓伯禽之國。聖主嗣位，黎元是憂。始命諫臣，權莅觀風之政；次以賢帥，遥領擁旄之任。唯擒姦摘伏之寄，理獄常刑之司，司寇主之，久虚其位。苟非素諳練於政術，善精究於刑章，則安能應執政之虚懷，伸循吏之歷試也！清河張君嗜經史之學，衆人推之曰巨儒；

懷經緯之文，識者目之曰奇士。嘗副天階之選，光有士材之名，宜乎彯華纓，列清貫，出則應皇華之命，居則朝丹墀之下。然□途釋褐，必試諸難，君子不器，何所弗適？矧鄒魯之舊俗，藹禮義之遺風，凡適茲以莅官，亦同志之相慶爾。月旅春仲，景融韶光，國門之東，官柳初緑。漢將河梁之什，江淹恨別之懷，俱寫於詞，以爲祖道。其言曰：余常觀俊茂之士，居廉秀之中，未嘗不以兼濟天下爲心。逮乎獲太常之名，居初命之秩，吏事迫屑，壯圖消磨，何暇恤人之憂，而拯人之急。今皇帝閔生民之利病，精進仕之才能，故命天官，課以判第，取其善者，然後用之。君始以文翰升甲科，又以書判爲高第，於主帥有嘉賓之舊，與小諫爲莫逆之交，仕之遭逢，何厚於此？幸識量之通變，器官職之高卑，汲之以仁，勿忘兼濟之心也。《新刊國朝二百家名賢文粹》卷一六四（國家圖書館藏宋慶元刊本）；收入《全宋文》卷九四。

御覽序

臣聞聖人之道，布在方策。六經則言高旨遠，非講求討論，不可測其淵深。諸史則迹異事殊，非參會異同，豈易記其繁雜。子書則異端之説勝，文集則宗經之辭寡。非獵精以爲鑑戒，舉要以觀會同〔一〕，可爲日覽之書，資於日新之德，則雖白首，未能窮經。矧王者機務餘暇，端拱穆清，所宜不勞躬而得稽古大端，不煩覽而達爲理大意。臣每讀書，思以所得，上補達聰。而天啓微衷，神佑私志，近因宣召，面得敷陳，可以銘於座隅者書於御屏，可以用於帝〔二〕道者録爲《御覽》。今經取帝王易曉之意，史取帝王可行之事，子或總於雜録，集或附之逐篇，悉求切當之言，用達精詳之理。覽之詳其義，則事與機會；用之得其時，則名與功偕。冀以塵露之微，上裨高深之德。即嗣聖功業，與堯舜比崇；生靈富壽，在羲軒之上。（宋）吕祖謙《皇朝文鑑》卷八五、《宋史》卷二九三《田錫傳》；收入《全宋文》卷九四。

校勘記

〔一〕同，《宋史》作『通』。

〔二〕帝，《宋史》作『常』。

符瑞圖序

君德昭明，則天地應焉；和氣絪緼，則禎祥生焉。和氣升於天也，爲靈芒，爲潤沐，爲文彩；和氣發於地也，爲靈源，爲枝葉，爲器皿。器皿之衆，不可勝載，或丹其甑，或寶其鼎者也。枝葉之繁，不可偏紀，秀即爲芝，靈即爲蓂者也。爲淵爲源，若醴泉之類者也；爲文爲彩，若卿雲之比者也。潤沐則發爲膏露，靈芒則出若景星。以類旁求，舉一相貫。羽蟲得之，則威鳳神雀至焉；鱗蟲得之，則黄龍白魚出焉。蓋聖人修動天之德，自臻其祥；史官撰編年之書，得誌其異。披於竹素，驗於疇昔。闇君暴主，不無禎祥，衰世亂邦，亦有符瑞。故王莽矯詐而白雉入貢，晉恭衰微而騶虞乃來。錫嘗本其微，原其理，以爲天之六氣，抒軸元化之萬物，陶鎔成質。在生植之多品，因邂逅以不類。所以禾之秀也，或異畝而同穎；穀之實也，或一年而再稔。實天地偶然之理，非時政必應之感。矧禽妖獸怪，雲態煙姿，呈象實繁，賦形不一。佞人苟悦於視聽，援毫遂疏於縑緗，貽厥後君，目爲瑞典，常情一覽，不無所惑。且草莫靈於屈軼，逢佞必指，未嘗指一佞人，而當時從而去之。獸莫祥於獬豸，遇邪必觸，未聞觸一邪臣，而當時從而殛之。以堯之明，迨舜之聖，《唐典》斯在，《虞書》備存。於時佞人居庭，邪臣就列，非舜舉賢則元凱無由進也，非堯去凶則驩苗無由去矣。况草靈弗及於指佞，獸祥未俾於觸邪，雖朱葉紫莖，自灌叢而特異，黼毛繢羽，於生類以稱靈，固不足貴也。若以春執耒耜，時逢一雨，錫必謂之靈雨；冬斂稼穡，時飄一雪，錫必謂之瑞雪。以豐年爲瑞，則民之福也。年之不豐，由風霜水旱之爲災；爲災不已，則强者執戈以寇糧，弱者易子以相食；相食不已，餧流於道路，死繼於溝壑。是時雖以一盃甘露，五色靈芝，易秕稗之食，不可得已。以賢人爲瑞，則國之福也。賢之不來，由讒邪姦佞之爲災；爲災不已，則智者慎言以避禍，怨者有心以思亂；思亂不已，則揭竿於耒耜，争危於社稷。當是時，雖獲九苞之禽、雙觡之獸，俾靖邦國之難，不可得已。夫居安思危，雖有妖災，妖災無所害也；當憂而樂，雖有符瑞，符瑞不足徵也。叙於至理，表於畫圖，以警好祥之心焉。《新刊國朝二百家名賢文粹》卷一六二；收入《全宋文》卷九四。

欹器圖序

欹器之制，前書詳備之焉；欹器之象，畫圖得而玩也。觀聖人之創意，虚則欹，中則正，滿則覆，置於座右，以爲明戒。仁不足以濟衆，惠不足以利物，禮不足以齊俗，信不足以質疑，亦猶器之虚也。虚則邦國必欹，社稷必危矣。以貴傲賤，以富驕貧，以衆暴寡，以强凌弱，亦猶器之滿也。滿則福禄不保，殃咎必至。崇高而有禮，富貴而能儉，功業顯赫而好讓，智能敏悟而用謙，亦由器之正也。正則國享無窮之祚，身享可大之業。是以君子勉勵於道德，而禁抑於過差。身者，禮法之器也；天下者，邦國之器也：當置之不欹不覆之地。若慮其欹且覆也，則汲汲於宗道祖德，以實於仁；孜孜於懲惡勸善，以實於義；切切於以宜制事，以實於禮；遑遑於踐言顧行，以實於信。信不實則生譎詐，譎詐既生，則在國不可以發號施令，在軍不可以盟衆誓師。禮不實則生僭差，僭差既生，則爲君不能垂法而立制，爲臣不能抑非而貶過。義未當則上下疏焉，上下既疏，則尊不可以和於卑也，貴不可以利於賤也。仁不實則道德薄焉，道德既薄，雖有誠信之言，不足感人之深心也；雖有禮法之政，不足躋人於至理也。徐偃之亡，仁不足也；陳恒之惠，義僭上也；晏嬰之儉，禮不足也；尾生之死，信太過也。堯之茅茨土階，禹之卑宫菲食，蓋以恭儉而持富貴也；桀之玉盃象箸，紂之璿臺瑶室，蓋以盈滿而致傾覆也。所以箕子演九疇之書，有建皇其極之道；帝舜執兩端之理，有過猶弗及之言。故聰明睿智者守之以愚，功業隆高者守之以讓，勇悍果敢者守之以法，富貴豐崇者守之以儉，怠惰疏慢者勵之以勤，昧闇迷惑者篤之以學，貪冒縱欲者戒之以廉，詭譎矯詐者束之以正，讒毁告訐者抑之以默，懦弱怯懼者聳之以氣；然後挹於道，注於德，斟酌於欹覆之間，則修身之理備矣。

《新刊國朝二百家名賢文粹》卷一六二；收入《全宋文》卷九四。

和宋小著雜詠詩序

文貴於才周而識通，通則無偏，周則非一途。舉其喻而言，十二律在五音，旋相爲宫，如環之無端，所以能通天地萬物之情也。在六籍子史，典策教令碑銘箴贊歌頌詩賦亦旋相爲文。文以意爲主，主明則氣勝，氣勝則鏘洋精彩從之而生。（宋）陳應行編《吟窗雜録》卷四一（嘉靖二十七年崇文書堂刻本）。

賞千葉蓮詩序

花有譜録，余嘗閲之。雖芳格各殊，而艷名自異。然薔薇千葉，芍藥重臺，比夫蓮之在水也，群芳衆卉之間，兹苑爲貴，矧香苞初坼，有千葉乎。（宋）陳應行編《吟窗雜録》卷四一。

斬馬劍贊 并序

直言貽禍，雖君子之自知；殺身利君，固忠臣之所樂。是以奮剛腸而不顧，蹈烈節以如歸。每觀史氏之書，景慕朱雲之節，誠堅若金石，氣烈俟風雷。其悦善也，若行潦之趣江河；其嫉惡也，若秋鷹之逐鳥雀。憤張禹之大佞，請利劍而欲誅。犯天顔，觸逆鱗，言切直以無疑，氣慷慨而不懾。百寮爲之聳懼，一人爲之赫怒。持之下殿，將寘於法。賴慶忌黨其直也，故成帝霽乎震威。丹墀之折檻弗修，青史之芳名遂遠。千載之下，英魂若生。願揚直臣之名，以贊尚方之劍。曰：

三尺秋色，百鍊剛德。玉匣深藏，金玦爲飾。直臣勃然，就帝請焉。誅姦氣作，抗節詞專。庭辱貴重，天威震動。言雖上聞，劍不克用。鋒鍔應飛，英靈何歸？載懷美事，含毫發揮。《國朝二百家名賢文粹》卷一八七；收入《全宋文》卷九九。

題羅池廟碑陰

柳子厚終於柳州，以精多魄强爲羅池之神，昌黎韓退之叙其事而銘之於碑矣。其有遺意，錫幸得而紀焉。古人或有其言而無其行，或有其質而無其文。故周勃持重而詞則寡焉，子夏美才而行或缺焉，猶能安漢皇之阼，游仲尼之門。惟公之文緯天經地，惟公之行希聖齊賢，彬彬然若黼黻之華袞，鏘鏘然若《咸》《韶》之在懸。古人或有其才而無其時，必避害以巽，令人以隨。顔子之賢，當周德之衰微；孟軻之仁，值王道之陵遲，亦能服膺於聖人之道，偃蹇爲霸者之師。惟公策名於貞元之間，通籍於元和之時，闊步高視，飛聲流輝，謂王佐之才得以施，謂當朝大臣不我遺。古人或雖得其時而無知己，設有知己，一人而已。故國僑出涕，以子皮之死；夷吾之慟，以鮑君亡矣。唯公有劉公禹錫之交，有韓侯退之在朝，有吕衡州以倜儻與公爲游處，有皇甫湜以文章與公相游遨。而公位不過爲南宫外郎，命不過爲柳州之牧。以謫而出，至死不服。如明堂之材朽於谿谷，如千里之馬軛於鞏轂。時耶？命邪？以是知爲仁者未必獲祐，修德者或虧多福。予聞四瀆視諸侯，五嶽視三公，爲靈神甚貴，在祀典尤崇。所職者以明以晦，所主者爲雷爲風。助天以總萬靈，助國以濟三農。所以籩豆有加，蘋蘩用豐。其疏爵也有衮冕劍舄，其用樂也有簫笳笙鏞。安得公之生也惠惟及於一州，公之亡也神猶介於遐陬？唯裔夷感慕，而靈祠修潔。迓神之威有荃橈兮桂舟，饋神之奠有椒漿兮蘭羞。無金策追封之贈，無衮衣加寵之優。使公與沈湘之魄爲偶，而配濤之神作儔。以公之齊聖廣淵，聰明正直，宏深之量，昭明之識，而不爲星爲辰、斡運陰陽，拱於北辰；不爲嶽爲瀆，含吐風雲，康於黎民，胡爲在柳州之陋，爲羅池之神？是知天難諶兮命靡常，因紀爲碑陰之文。（清）汪森《粤西文載》卷五九（影印文淵閣四庫全書本）；收入《全宋文》卷九四。

睦州夫子廟記

夫子之道，布在六經。深於六經者，得其時、遇其主而用之，則王道明而萬邦受其賜也。夫子之廟，列在郡縣。典於郡縣者，習其禮、潔其誠而祀之，則廟貌嚴而諸儒知所宗也。不然，則帝王之道未融，卿大夫棄德背義，而朝廷禮樂似是而非也。祭祀之禮不修，士庶民淫祀徼福，而春秋享奠如存若亡也。宜其宫垣闃寂，草木羅生，祠宇荒蕪，風雨不庇。矧浙江之右，桐溪之濱，建邦於山邑之間，居民多水潦之害。巋然舊廟，密邇通溝，當子城東南之隅，在故壘闉闍之下。藩籬疏壞，固無數仞之高；堂廡湫隘，且非兩楹之制。水至則几筵斯没〔一〕，水落則塑像其頹。不堪庳陋之憂，安仰高明之祀？加以俗巫交惑，徼求木偶之靈〔二〕；風教未還，奔走金人之福。迨乎祀先聖，享先師，食禄者忽略而不知，爲儒者流蕩而忘返。錫以東岳待封之歲，移殿是邦；北戎薄伐之年，議遷此廟。人來獻地，縣亦庀徒。宫贊温仲舒僉謀之，護戎張元吉輔成之，督郵丘直方經營之。七月某日興役也，八月上丁釋奠也。廟無祭器，拜章以請之；郡無經書，上言以求之。志素王之新祠，成斯文也；列門人之遺像，題舊贊也。翼翼諸廡，不浹日而成；慺慺衆心，不俟募而至。惜乎鄉飲酒之禮久廢，人不知尊卑；黨有序之學久廢，人不識廉耻。列郡無軒懸之樂，祭不足觀；在笥非衮冕之衣，禮不足取。《白華》《南陔》之詩寢，則無以警不孝不悌之心；頖宮、齒胄之儀亡，則無以訓爲臣爲子之學。然廟不立則釋奠無所就，禮不備則釋菜無所觀。是以築爲儒宮，修其祀事，請籩豆之古器，復牲幣之舊儀。祭之者可以交神明，觀之者可以知勸教。神明交則福至，勸教明則化行。夫世之澆淳在乎時，禮之用舍由乎上。故顔回謂舜亦人也，孟軻曰回亦人也。若然，則克念謂之聖，罔念謂之狂，必也。祖述夫子之至仁，憲章顔氏之亞聖，則文中子亦人也，韓文公亦人也。乃知取法於延陵季子，問禮於柱史老聃，生而知之乎，學而知之乎？勉人之學，讀是碑也；遷廟之志，見是記也。罪言者得於斯，知言者得於斯。時雍熙三年八月日記。《新刊國朝二百家名賢文粹》卷一二一、《嚴陵集》卷八；收入《全宋文》卷九六。

校勘記

〔一〕几，原作『兩』，據《嚴陵集》改。

〔二〕木，原作『未』，據《嚴陵集》改。

大宋重修鑄鎮州龍興寺大悲像并閣碑銘 并序

朝奉郎、尚書兵部員外郎、知制誥、柱國、賜緋魚袋臣田錫奉勑撰，翰林待詔、將仕郎、試少府監主簿、御書院祗候、賜緋魚袋臣吴郢奉勑書并篆額。

國家改元曰端拱之年，有司下鎮陽之奏，以大悲銅像鎔範既久，高閣精廬締構已就，琢佗山之琬琰，請好詞以銘鏤。秋七月，天子視朔於明堂之日，王言如綸，乃命詞臣，俾濡染摭實之文，叙修鑄廢興之事。臣再拜稽首，惶恐祗肅，以爲刻貞石，垂不朽，揚聖朝崇建之本末，視後人耳目之聽信，苟非鴻儒碩生，有大手筆，空門實相，達□心觀，則安能抽秘思，答明詔？徒以末學膚淺，味道荒忽，聊叙萬分之一也。夫隨感而通，能救諸苦，謂之大慈大悲乎；應變無方，能現諸相，謂之千手千眼乎。然真性本空，不生亦不滅；冥數前定，有廢必有興。周顯德中，世宗納近臣之議，以爲奄有封略不過千里，所調租庸不豐邊備，校貫屢空於軍實，算口莫濟於時須，於是詔天下毁銅像，鼓鑄以爲錢貨，利用以資帑財。金人其萎，梁木斯壞。化身從革，通有無於市征；圓府流形，豈執着於我相？而惟鎮之邦，惟鎮之民，萬人聚，千人計，惜成功以見毁，冀上意以中輟。雖卜式出財以有助，而贊皇執議以不迴。洎像壞之際，於蓮葉之中有字曰『遇顯即毁』，無乃前定之數乎？物不可以終隳，必授之以興復；時不可以終否，必授之以隆昌。我國家應乎天，順乎人，革有周之正朔，造皇宋之基業。南取越，西平蜀，崇道教，興佛法，無文咸秩，隳像重興。乾德中，乃命重鑄大悲之像於是邦也。虞衡伐木，司爟用火，法陰陽以爲炭，規天地以成鑪。豈萬物之銅，萬靈之庸，憑帝力以神速，因匠哲而功倍。既而鎔成，滿月之容，如冠輕霞，昇於顥穹。青蓮爲目，天花飾躬。四十二臂，金色瞳矓；七十三口，寶相穹隆。仰之彌高，瞻之益恭。洎構以摩雲之閣，如揭蓬壺，倚於遼廊；星拂旋題，風清寶鐸。十尋三襲，危梁虬躍；重階複道，飛棟電燿。夕月瑩其藻繪，朝霞飾其丹雘。有周之毁也既如彼，我宋之興也復如此。今皇帝嗣鴻業，凝睿圖，運應千齡，道超三古。成湯克己，稱其德也謂『齊聖廣淵』；帝堯爲心，稱其道也曰『聰明文思』。用七德，講五兵，□□禮義德刑爲戰器；疆四海，宇萬方，而以動植黎元躋壽域。豆籩有踐，配烈祖於上□；金石成文，謁先師於太學。列儒臣以侍講，祀先農以躬耕。禮容彬彬，帝儀穆穆。六服群辟，罔不率服；四夷左衽，罔不來王。延虎觀以議偃兵，訪鵷林以俟檢玉。包匭述菁茅之職，公車獻封禪之書。豈不由德動天？天道順，星辰軌道，風雨咸若，來浙帥，俘晉主，祥麟出，黄河清。天且弗違，況於人乎！佛猶其依，況於鬼神乎！越太平興國之七年，秋仲之月，粤有苾蒭，其名瓊法，祗受宣旨，專主佛閣，焚修勤恪，住持教化。以爲像之設也，大閣之成也，宜周之以廊宇，嚴之以閈閎。於是經之營之，七年于兹。化輿□，鳩衆財，人心同，財用備，土木其萃，班、倕斯至。始揆日以悦使，俄有時而告成。長廊翼舒，迴映羅其千柱；重門洞啓，壯麗豁然四達。然瓊法有如是勤、如是化、如是緣、如是功乎？噫！民有餘財，方能施佛財；衆有羡利，方能修福利。引而伸之，夫所寳者慈與儉，所修者禮與樂。叙彝倫，建皇極，生民所以獲福者，中國聖人之教也。所去者貪嗔癡，所修者戒定慧，諸天由修福生，諸趣由造罪入，超無生、證無漏者，西方釋氏之教也。然非明聖在上，則像法疇依；非富庶在下，則塔廟不立。今公帑有羡財，國廪有餘積，可以營佛事，創梵宫，不害民，不妨農。農亦有餘糧，民亦有經産，可以捨净利，結善緣。聞鍾磬之音，則隨喜之心生；睹慈悲之相，則求福之念起。香花由是獻，金幣由是臻。贊睿澤如東溟之深，祝聖壽若南山之固。其應如響，獲福無量也。臣文非潤色，職在司言，祗詔徬徨，命筆數四，以爲文不迨意，意不迨理，理不達於真諦，文不稱於王命。江淹才盡，寧摛五色之毫；相如思遲，徒奉九重之旨。銘曰：

吾皇御宇，運膺下武。金玉王度，爲佛法主。《易》不云：『聖人作而萬物睹。』《禮》有中庸，《易》有變通。筌蹄至理，與佛□同。臣所謂王澤流而三寳方崇。天生蒸民，樹之司牧，□□帝力，謂衣食自足。所以歸依佛，歸依法，而獲天人之福。佛度衆生，攝以慈悲，莫測神化，以感應無遺。所以不可量，不可思，而爲□人之師。範金成象之容，瞻仰雲中。傍雙列於□，□嚴厥功。上棟下宇之制，岌嶪空際。高特出於樓臺，彫鎪其麗。若士若庶，至菩薩前，稽首發願，結其因緣。無遠無近，睹菩薩相，膜拜展禮，除其罪障。其毁也無乃示有周之亡，其興也□以彰皇宋其昌。詔下創立，聖謨洋洋。功成磊落，福善穰穰。惟鎮之邦，在冀之方。全趙封圻以畫野，恒山鬱盤以連崗。慈爲雲兮敷陰，慧爲日兮揚光。祐我聖皇，寶祚無疆。

端拱二年，歲次己丑，正月癸未朔，十五日丁酉建立。李思順、李嶼、李繼元鐫字。拓本、（清）沈濤《常山貞石志》卷一一（台灣新文豐出版公司石刻史料新編本）；收入《全宋文》卷九九。

附録二　田錫年譜

羅國威撰

孟昶後蜀廣政三年庚子（九四〇）　一歲

田錫生。

范仲淹《贈兵部尚書田公墓誌銘》（以下簡稱《墓誌銘》）：『公諱錫字表聖，世爲京兆（今西安市）人，唐德之衰，徙家於蜀。』《宋史》卷二九三《田錫傳》：『田錫字表聖，嘉州洪雅人。』是其先徙家於蜀之嘉州洪雅（今四川洪雅）也。田錫《先君贈工部郎中墓碣》（以下簡稱《先君墓碣》）載，唐末亂離，僖宗幸蜀，徙家於此。

案（唐）林寶《元和姓纂》卷五：『田，嬀姓，舜後，陳厲公子完，字敬仲，仕齊，或號田氏。至田和篡齊爲諸侯，九代至王建，爲秦所滅。建弟假及田儋、儋子市、儋從弟榮、弟横、弟子廣，項羽時並列地稱王。』（《元和姓纂》岑仲勉校訂本，中華書局一九九四年五月版）。

又案（宋）鄭樵《通志·氏族略》云：『漢興，諸田並徙陽陵，後又徙北平。又田都田角田間亦田氏之族也。漢興，徙關中。春秋時，晉有田蘇，宋有田景，齊有田巴；漢有魯相田叔，太尉田蚡，丞相田千秋，大鴻臚田廣明，大司農田延年；魏議郎田疇。皆敬仲之苗裔也。後周田弘爲大司公雁門郡公，賜姓紇于氏。』

曾祖易直、祖誠皆隱居不仕。

《墓誌銘》。

父懿，亦隱居不仕。

《先君墓碣》謂其父『好術數，聚書數千卷。博施濟衆，交親有婚嫁之累而屢貧者，悉爲嫁娶焉。』

母楊氏，以孝行稱，婦道母儀，合於詩禮。

《先君墓碣》。

錫幼聰悟，好讀書屬文。

《宋史·田錫傳》：『楊徽之宰峨眉，宋白宰玉津，皆厚遇之，爲誕譽，繇是聲稱翕然。』

廣政十七年甲寅（九五四）　十五歲

母楊夫人卒。後以錫貴，追封京兆縣太君。

《先君墓碣》：『甲寅年十一月五日終，享年四十三。乙卯年春二月，葬在先君墳西南五十步，以龜筮叶從，不宜行合祔之禮。』又云：『先夫人追封京兆縣太君。』

廣政二十年丁巳（九五七）　十八歲

父懿卒。

《先君墓碣》：『享年四十八，以丁巳年六月二十三日終。乃周顯德五年（蜀廣政二十年也）冬十二月八日葬於縣西北歸仁鄉崇教里大塋也。』

懿善教於家，後以錫貴，累贈工部郎中。

《先君墓碣》。《墓誌銘》云：父懿誨之曰：『汝讀聖人之書而學其道，慎無速，爲期二十年可以從政矣。』《先君墓碣》載其父曰：『覩爾之性，必光大吾門也，當立身揚名，勉副吾望乎爾也。』

錫兄弟姊妹六人。

《先君墓碣》：『錫兄弟三人，兄繼雲，錫名繼冲，後改曰錫，弟繼英；姊一人，適宋知讓，妹二人，仲適鮮延壽、季適楊懷貴，俱以令淑聞。（繼）雲後更曰鎬。』

廣政二十一年戊午（九五八）　十九歲

遊學長安。

《墓誌銘》：『公服其（父）訓，拳拳然博通群書，東遊長安昌黎韓丕，復居驪山白鹿觀。』雖未具年月，然以情理考之，父母殁，方遠遊，此乃古訓，故繫於此。且以『爲期二十年』考之，錫三十九歲登第，恰相符合。

宋太祖開寶五年壬申（九七二）　三十三歲

以白衣上《藉田頌》。

頌文載《咸平集》卷二一，文中有『國家嗣位之十三載』，從建隆元年（九六〇）迄今，恰好十三年，故繫於此。

宋太宗太平興國二年丁丑（九七七）　三十八歲

以白衣上《太平頌》。

頌文載《咸平集》卷二一，文中有云：『聖朝垂統，十有八載』，從建隆元年（九六〇）迄今，正十八載，故繫於此。

太平興國三年戊寅（九七八）　三十九歲

九月二日，錫登進士第。

《墓誌銘》：『太宗皇帝親策天下進士，擢公第二人，時太平興國三年秋也。』

除將作監丞，通判宣城。

《墓誌銘》。

太平興國四年己卯（九七九）　四十歲

召還，改著作佐郎。

《墓誌銘》。未具年月，姑繫於此。

太平興國五年庚辰（九八〇）　四十一歲

九月，由著作郎除左拾遺、直史館。

《續資治通鑒長編》卷二二『九月壬寅』條李燾考辨云：『今別取錫所著《咸平集》，檢其《謝敕書獎論表》《獻宰相書》《升平感遇詩》參考日月，蓋錫自太平興國五年九月二十三日由著作佐郎除左拾遺、直史館……』

太平興國六年辛巳（九八一）　四十二歲

獻《升平詩》二十章。

《續資治通鑒長編》卷二二：『先是，中書請以著作郎洪雅田錫爲京西北路轉運判官，錫不樂外職，拜表乞居諫署，且獻《升平詩》二十章，上悦之。』案《升平詩》當爲李燾考辨條中所提及《升平感遇詩》，今已佚。

翌日，改授右拾遺、直史館。上《謝兼史職狀》。

《續資治通鑒長編》卷二二。案《謝兼史職狀》載《咸平集》卷二七。

八月，致宰相盧多遜書。

《續資治通鑒長編》卷二二：『時盧多遜專大政，有司受群臣章奏，不先稟多遜則不敢通。錫初從幸大名，欲獻《平戎歌》，多遜許之，始得進御。又嘗詣閤門獻書，請皇帝東封，其書不實封，且言已白多遜，閤門吏乃受其書，又令錫依常式署狀云：「不敢妄陳利便，希望恩榮。」錫自念有言責，欲闗說於上，猶如此委曲，事體非便，乃貽書多遜，乞自今諫官上章勿令閤門署具狀，多遜不悦。』李燾『九月壬寅』條考辨又云：『至今年八月十五日獻多遜書。』姑繫於此。案《平戎歌》即《聖主平戎歌》，載《咸平集》卷一八，獻多遜書即《上宰相書》，載《咸平集》卷四。

九月，以錫爲河北南路轉運副使。

《續資治通鑑長編》卷二二。

上太宗《論軍國要機朝廷大體》疏。

案疏載《續資治通鑒長編》卷二二，又載《咸平集》卷一。

太宗即賜《答田錫上疏璽書》，並賜錢五十萬。

《續資治通鑒長編》卷二二、《宋大詔令集》卷一八七並載此詔，然文字頗有異同。《續資治通鑒長編》卷二二：『或謂錫曰：「今日之事鮮矣，宜少晦以遠譏忌。」錫曰：「事君之誠，惟恐不竭，且天植其性，豈一賞可奪耶！」』

是月，除相州（今河南安陽）知州。

《宋會要輯稿》食貨四九之五：『（太平興國）六年九月，詔選留朝臣十人復爲諸路轉運使……並同轉運使三十人並爲諸州知州……田錫相州……』案，此與《墓誌銘》：『俄拜右拾遺、直史館、賜五品服，出爲河北轉運使、改知相州』相合。

作《相州郡樓贈高秘丞》《贈楊監察》詩。

二詩並載《咸平集》卷一六。案《贈楊監察》題下小字注云：『坦時相州通判。』

太平興國七年壬午（九八二）　四十三歲

仍知相州。

《宋史》卷二九三《田錫傳》。

五月，上《論邊事奏》。

《皇朝文鑑》卷四一、《宋史·田錫傳》。此文又載《諸臣奏議》卷一二九。案《續資治通鑑長編》卷二三亦載此文，繫在太平興國六年九月，李燾考辨云：『或附後疏於明年五月，不知何據，當考。』是李燾所見，已有將此疏繫於七年五月者，今依《諸臣奏議》繫於此。

累上章論邊事。

《墓誌銘》：『在河朔暨相州，累章論邊事。』嘉靖《彰德府志》卷五：『宋田錫字表聖，嘉州人。知相州，居官不懈，雖在州，每上章論國事云。』

改右補闕，仍知相州，復上章論事。上《謝除右補闕表》。

《宋史·田錫傳》。案表文載《咸平集》卷二三。

十二月，上太宗《條奏事宜》。疏入，不報。

文載《咸平集》卷一，文末注云：『太平興國七年十二月上，時以右補闕知相州，入迎上此奏。』《續資治通鑒長編》卷二四：『是月，權知相州、右補闕、直史館田錫上疏』云云，即此疏。又云：『疏入，不報。』

太平興國八年癸未（九八三）　四十四歲

知睦州（今屬浙江）。

《宋史》本傳：『明年，移睦州。』又云：『睦州人舊阻禮教，錫建孔子廟，表請以經籍給諸生。詔賜九經，自是人知相學。』《嚴州圖經》卷一：『田錫字表聖，嘉州人，太平興國八年，以右補闕知睦州，即宣聖祠建學，表請入紙國子學印經籍給諸生講授，詔特賜之，還其紙。』案睦州於宋徽宗宣和三年（一一二一）改爲嚴州（詳《宋史》卷八八《地理志四》）。又《宋元學案補遺》卷六：『至桐廬郡，下車建孔子廟，教之詩書，天子賜九經以佑之。自是睦人舉孝秀、登搢紳者比焉。』案《宋史》卷八八《地理志四》『兩浙路』：睦州統縣六，桐廬即其一焉。

作《謝賜九經書》奏。

文載《咸平集》卷二七。

宋太宗雍熙元年甲申（九八四）　四十五歲

八月，上太宗《應詔論火災》。

疏載《咸平集》卷一、《續資治通鑒長編》卷二五。《咸平集》所載，文末注云：『雍熙六年八月上，時以右補闕知睦州。』雍熙僅四年（九八四—九八七），『六』字當爲『元』字之訛。《續資治通鑒長編》卷二五，繫此疏於雍熙元年八月，此從之。案文明殿火災當在雍熙元年六月，因太宗六月詔詞中有『數日前迅雷之中，烈火遽作，既延災於上殿，蓋示譴於眇躬。』而《續資治通鑒長編》卷二五有云：『秋七月壬子，改乾元殿爲朝元殿，文明殿爲文德殿。』即是説，在雍熙元年七月以後，文明殿已改名爲文德殿了。

疏中極言時政，太宗嘉納焉。

《宋史·田錫傳》。

雍熙三年丙戌（九八六）　四十七歲

上《賀潘美勝捷表》。

文載《咸平集》卷二三。案表文有云：『三月十九日至二十日，雲、應、幽、朔等州行營都部署太師潘美等奏』云云，案《宋史》卷二五八《潘美傳》：『雍熙三年詔美及曹彬、崔彦進等北伐，美獨拔寰、朔、雲、應等州。』

作《望京樓賦》。

案賦文載《咸平集》卷六，賦首云：『餘杭上游，左曰嚴州。入松院兮何處，七里瀨兮清秋。』是此篇作於知睦州時也。

八月，作《睦州夫子廟記》。

文載《國朝二百家名賢文粹》卷一二一。

作《紅樹》《聖節有懷》《秋夜有懷寄副翰宋白舍人》《釣臺懷古》《郡齋即事》《暇日偶題》《桐江即事》《秋霖》《和温仲舒殘春遺懷》《郡中遺意寄友人》《桐江詠》《偶題因懷張王二諫議》《七里灘》《和温仲舒寄贈》《和温仲舒》《感懷》《倚樓》《秋懷》《題天竺》《茱萸堰泊》《桐溪行》《酬桐廬知

縣刁衎歌》等詩。

案《咸平集》卷一六《紅樹》題下注云：「此下睦州。」是《紅樹》以次之《聖節有懷》迄《茱萸堰泊》十八首，並作於睦州也。

又案《元和郡縣圖志》卷二五「江南道」載：七里灘在睦州所轄之建德縣境，而桐廬江（即桐江）、嚴陵釣臺並在桐廬縣境，故《咸平集》卷二〇之《桐溪行》《酬桐廬知縣刁衎歌》亦當作於睦州。

雍熙四年丁亥（九八七）　四十八歲

轉起居舍人。

《宋史·田錫傳》載此事，未具年月。《續資治通鑒長編》卷二八六云：「（雍熙四年）九月，起居舍人田錫」云云，故繫於此。

上《謝起居舍人表》。

文載《咸平集》卷二四。

九月，上《進乾明節詩表》及《乾明節祝壽詩》。

《續資治通鑒長編》卷二八：「九月，起居舍人田錫獻《乾明節祝壽詩》。上覽之，謂宰相曰：『錫有文行，敢言，甚可賞也。』因和以賜之。」案表文載《咸平集》卷二三，《乾明節祝壽詩》載《咸平集》卷一六。

上《謝御製和詩表》。

表文載《咸平集》卷二三。

丙子，錫又上書請東封泰山。《續資治通鑑長編》卷二八。案上書請封禪之奏疏已佚。

丁丑，命錫守本官、知制誥。作《謝知制誥笏記》。《續資治通鑑長編》卷三八：『錫好直言，上或時不能堪，錫從容奏曰：「陛下日往月來，養成聖性。」上悦，益重焉。』《謝知制誥笏記》載《咸平集》卷二五。

尋加兵部員外郎。《宋史·田錫傳》。

宋太宗端拱二年己丑（九八九）　五十歲

正月，上太宗《答詔論邊事》。文載《咸平集》卷一，《續資治通鑑長編》卷三〇載此文，繫於端拱二年正月，今從之。

作《大宋重修鑄鎮州龍興寺大悲像並閣碑銘》。文載《常山貞石志》卷一一，文末云：『端拱二年歲次己丑正月癸未朔十五日丁酉建立。』題下原署『朝奉郎、尚書兵部員外郎、知制誥、柱國、賜緋魚袋田錫奉敕撰。』此文又見《金石萃編》卷一二五、《八瓊室金石補正》卷八五。

八月，太宗先遣取杭州釋迦佛舍利塔置闕下，前後踰八年，工畢，巨麗精巧。知制誥田錫上疏諫，有『衆以爲金碧熒煌，臣以爲塗膏釁血』之語，上亦不怒。《續資治通鑑長編》卷三〇，李燾注云：『錫此疏必可觀，惜其不載於史，奏議亦無。』

十月，上太宗《論旱災奏》。

文載《諸臣奏議》卷三七。文末注：『端拱二年十月上，時知制誥。』

以户部郎中出知陳州（今河南淮陽）。

《續資治通鑒長編》卷三〇：『奏疏，上不悦，宰相亦怒錫有「爕調倒置」等語，尋罷知制誥，以户部郎中出知陳州。』案《墓誌銘》云：『以直言改户部郎中，出守淮陽』，與之相合。淮陽，即隋之淮陽郡，唐、宋之陳州也（《元和郡縣圖志》卷八『河南道四』）。又案：檢《宋史》卷二一〇《宰輔表一》，端拱二年之宰相爲趙普、吕蒙正。

上《陳州謝恩表》。

表文載《咸平集》卷二四。

宋太宗淳化元年庚寅（九九〇）　　五十一歲

仍知陳州。

淳化二年辛卯（九九一）　　五十二歲

仍知陳州。有感於官場險惡，作《歸去來》詩。

詩載《咸平集》卷二〇。因詩中有『爾今已年五十二』之句，故繫於此。

淳化三年壬辰（九九二）　　五十三歲

坐稽留殺人獄，責授海州（今江蘇連雲港）團練副使。

《墓誌銘》：『以留獄之謗，左降海州團練副使。』案《宋大詔令集》卷二〇三載《責田錫等詔》，所署日期爲『淳化三年五月丁未』。詔文有云：『近者部民張矩殺人，繫獄殆兩月，曾不慮問，以至稽留……錫可責授海州團練副使。』又案《宋史》卷五《太宗紀二》：『（五月）丁未，户部郎中田錫、通判殿中丞郭謂坐稽留刑獄，並責州團練副使，不簽署州事。』

上《海州謝恩表》。

表文載《咸平集》卷二四。

淳化四年癸巳（九九三）　五十四歲

責授單州（今山東單縣）團練副使。

《宋史》本傳：『後徙單州。』未具年月，今姑繫此。

上《謝量移單州表》。

文載《咸平集》卷二四。

淳化五年甲午（九九四）　五十五歲

八月，上《論時政奏》。

《續資治通鑑長編》卷三六：『兵部員外郎田錫奏疏』云云。

召爲工部員外郎，復論時政闕失。

《宋史·田錫傳》。案八月上疏時，似已召起，然《續資治通鑑長編》作『兵部員外郎』，『兵』疑『工』之訛。

至道三年丁酉（九九七）　五十八歲

七月，上《論安關輔奏》，次日又上《論靈州饋運奏》。

《續資治通鑑長編》卷四一：『吏部郎中、直集賢院田錫應詔上書』云云，二文並載《續資治通鑑長編》卷四一。

十一月，上《論防下動奏》。

《續資治通鑑長編》卷四二：『是日（即十一月己巳），同幹當審官院、通進銀臺司封駁事田錫又上疏』云云，《宋史》本傳謂其『至道中，復舊官』，是矣。

宋真宗咸平元年戊戌（九九八）　五十九歲

真宗嗣位，遷吏部郎中，同知審官院兼通進、銀臺、封駁司，賜金紫。

《宋史·田錫傳》。

出使秦、隴。

《宋史·田錫傳》：『出使秦、隴，還，連上章，言陝西數十州苦於靈、夏之役，生民重困，帝爲之戚然。』

與魏廷式聯職，以議論不協求罷，出知泰州（今江蘇泰州）。

《咸平集》卷二七《泰州乞替表》有云：『臣至道三年，蒙恩差與魏廷式同勾當審官院通進銀臺封駁司事，因魏廷式奏二司使陳恕已下犯大不恭罪，爲所奏與御史中丞李惟清所奏不同，臣所以不敢同共所奏，自是魏廷式與臣不和』云云，是二人不協久矣。

會星變，又上《將赴泰州奏》。

《續資治通鑑長編》卷四三：『（咸平元年二月）先是，吏部郎中、直集賢院田錫出知泰州，未之任，會星變，錫上疏言』云云。《宋史》本傳：『會彗星見，拜疏請責躬以答天戒，再召見便殿。及行，降中使撫諭，仍加優賜。』

咸平三年（一〇〇〇）庚子　六十一歲

仍知泰州。三月一日，上《論武勇才器奏》。

《續資治通鑒長編》卷四六：『吏部郎中、直集賢院田錫上疏曰』云云，案此疏又節略載於《咸淳臨安志》卷八九。

詔近臣舉賢良方正，翰林學士承旨宋白以錫應詔。

范仲淹《墓誌銘》《宋史》本傳。

十月，上《賀克復益州表》及《賀殺下王均表》。

《宋史》卷六《真宗紀一》：『（咸平）三年冬十月甲辰，雷有終大敗賊黨，復益州……己丑，雷有終追斬王均於富順監。』《賀克復益州表》：『十月三十日進奏院報十月八日閤門准樞密院劄子雷有終等奏，九月二十日已取下益州城池』云云，《賀殺下王均表》：『王均等十月三日到富順監，楊懷中、馬貴前陣先與賊人相見，一合殺下軍賊，斫到王均首級』云云。案二表文並載《咸平集》卷二五。

奏《上真宗論制科當依漢制取人》疏。

《咸平集》卷一載此疏，末注：『咸平三年上，時自知泰州召還。』

奏《上真宗進經史子集要語》疏。

《咸平集》卷一載此疏，末注云：『咸平三年上，時宋白舉錫應賢良方正，自知泰州，召還朝。』

案《咸平集》之繫年疑有誤，錫至咸平四年方得歸朝，或二疏於三年上，歸朝在四年也。

咸平四年辛丑（一〇〇一）　六十二歲

上《泰州乞替》奏。

疏載《咸平集》卷二七，有『臣今在任已二年八個月，三逢聖節，以官秩未滿，朝覲無由，不獲隨班上壽，所謂身在江湖之上，心歸魏闕之下』等語。

上《謝得替》奏。

疏載《咸平集》卷二七。《續資治通鑑長編》卷四九：『初，田錫知泰州，幾三年不得代，錫乃上章自陳，即詔歸闕。』

還朝，召對言事，上《進撰述文字草本》奏。

奏文載《咸平集》卷二七，又略見《續資治通鑑長編》卷四九及《宋史》本傳。

上《御覽》三十卷，《御屏風》五卷，手詔褒答之。

《續資治通鑑長編》卷四九。李燾注云：『案田錫五月八日召對，請修書，二十六日進草藁，降詔獎諭不得其時，今附見六月末。』

咸平五年壬寅（一〇〇二）　六十三歲

正月以吏部郎中、直集賢院權幹當通進銀臺司，兼門下封駁事。

《續資治通鑑長編》卷五一。

上《乞召樞相訪問籌謀奏》。

《續資治通鑑長編》卷五一載此疏，末注云：『據錫奏議自注，云正月十五日上。』

錫再掌銀臺。每覽天下奏疏，有言民饑盜起及詔敕不便者，悉條奏其事。上對宰臣稱錫得争臣之體。即日以本官兼侍御史知雜事，擢右諫議大夫、使館修撰。

《宋史》本傳，《續資治通鑑長編》卷五一。

三月上《乞賑給河北饑民》奏。

《咸平集》卷一載此疏，末注：『咸平三年正月。』然《續資治通鑑長編》卷五一載此文，繫於三月三十日，今從之。

四月，上《乞三院御史歸本職奏》。

《續資治通鑑長編》卷五一載此疏，作『吏部郎中兼侍御史知雜事田錫言』云云，末注云：『錫奏議自注云：四月二十三日上。』

五月，上《論點集强壯》奏。

《咸平集》卷一載此奏，末注：『咸平五年五月上，時爲侍御史知雜事。先是召集近京諸州丁壯選逮軍，錫上此疏。』《續資治通鑑長編》卷五二載此奏，末注：『錫自注云：五月二十二日奏此。』

十月，上《論政事奏》。

《續資治通鑑長編》卷五三載此疏，末注：『錫自注云：咸平五年九月二十一日。案錫稱近敕大臣不守廉隅，多置資産，蓋指宰相向敏中也。敏中罷相在十月丁亥，不應在九月便有此奏，當是九月字誤，今移附十月末。』

作《先君贈工部郎中墓碣》。

載《咸平集》卷三〇附録，篇末云：『時咸平五年歲在壬寅冬十月十日，嗣子朝請大夫、尚書吏部郎中兼侍御史知雜事、上柱國、京兆縣開國男、食邑三百户、賜紫金魚袋錫撰述。』

上真宗《論輕於用兵》奏。

載《咸平集》卷一，末注：『咸平五年上，時爲侍御史知雜事。』

上真宗《乞早建儲闈》奏。

《咸平集》卷一載此奏，末注：『咸平元年上』，然文中『陛下自纂承大位改元以來，五年於兹』，『元』疑『五』之訛。《續資治通鑑長編》卷五三載此疏，於篇首注云：『錫奏議無月日，因改五年附此。』是也。

咸平六年癸卯（一〇〇三）　六十四歲

三月，上真宗《論揀選强壯失信》奏。

《咸平集》卷一載此疏，末注：『咸平六年三月上，時爲侍御史知雜事。先是五年十一月令近京諸州募强壯願充軍者給衣服裝錢送闕下，錫上此奏。』《續資治通鑑長編》卷五四載此奏，末注：『錫自注云：咸平六年三月一日奏，今附本日。』

五月，拜左諫議大夫。

《續資治通鑑長編》卷五四：『乙未，以吏部郎中、兼侍御史知雜事田錫爲左諫議大夫。』

八月，上真宗《乞詢求將相》奏。

《咸平集》卷一載此疏，末注：『咸平六年八月上，時左諫議大夫、使館修撰。』《續資治通鑑長編》卷五五：『八月癸亥，右諫議大夫、使館修撰田錫言』云云，末注：『錫自注云：咸平六年八月六日奏此。』是八月錫已擢右諫議大夫矣。

十二月十一日，田錫終於私第。

《墓誌銘》。《續資治通鑑長編》卷五五：『辛未，右諫議大夫、使館修撰田錫卒。錫耿介寡合，嚴恭好禮。居公庭，必危坐終日，未嘗懈容。慕魏徵、李絳之爲人。及居諫署，連上八疏，皆直言時政得失。嘗曰：「吾立朝以來，封疏五十二奏，皆諫臣任職之常也。言苟獲從，吾幸大矣，豈可藏副示後，謗時賣直耶！」悉取焚之。』

臨終，自作遺表，殁，上之。

表載《咸平集》卷二五。遺表猶勸上以慈儉守位，以清静化人，居安思危，居理思亂。上覽之惻然。

壬申，優詔贈工部侍郎，賻贈加等。其子將作監主簿慶遠、慶餘並爲大理評事，給俸終喪。命有司録其事

佈告天下。

《墓誌銘》《續資治通鑒長編》卷五五、《宋史》本傳。《宋大詔令集》卷二二〇載有《推恩田錫

詔》，題下署『咸平六年十二月壬申』。

錫子女五人。

《墓誌銘》：『公娶楊氏，再娶奚氏，封江陵縣君，能循法度以配君子。二子：長曰慶遠，今爲駕部員

外郎；次曰慶餘，今爲比部郎中，並克奉堂構，有能政於四方。三女，長適王氏，次適龐氏，季適張氏，

皆以婦道稱。』

錫殁後，范仲淹爲之撰《贈兵部尚書田公墓誌銘》，司馬光撰《書田諫議碑陰》，蘇軾爲作《田表聖奏議

序》，並稱其爲『天下之正人』，足以垂範後世。

范仲淹《墓誌銘》載《范文正公集》卷一二，司馬光《碑陰》載《温國文正公文集》卷七九，蘇東

坡序載《東坡集》卷二四。紀昀《四庫全書》集部別集類《咸平集》『書前提要』有云：『其没

也，范仲淹作墓誌，司馬光作神道碑，而蘇軾序其奏議亦比之賈誼。爲之操筆者，皆天下偉人，則錫之

生平可知也。』